KB083403

마음과 욕망

『천군기』 연구

지은이

김수영 金秀永, Kim Soo-young
현재 서울시립대학교 인문대학 국어국문학과 교수로 재직 중이다. 고전소설과 고전산문을 공부하고
있으며, 동아시아 비교의 시각에서 한국문화의 특수성과 보편성을 밝히는 데 관심을 두고 있다. 논문
으로 「『천군실록(天君實錄)』의 서사 특성과 사상적 지향」, 「효종(孝宗)의 『삼국지연의(三國志演義)』
독서와 번역」, 「「어득강전」의 희극성 구현방식」, 「연의소설 「김영철전(金英哲傳)」의 창작방법」 등이
있으며, 편역서로『새벽에 홀로 깨어 – 최치원 선집』이 있다.

마음과 욕망 천군기 연구
초판인쇄 2021년 9월 18일 **초판발행** 2021년 9월 30일
지은이 김수영 **펴낸이** 박성모 **펴낸곳** 소명출판
출판등록 제13-522호 **주소** 서울시 서초구 서초중앙로6길 15, 2층
전화 02-585-7840 **팩스** 02-585-7848 **전자우편** somyungbooks@daum.net **홈페이지** www.somyong.co.kr

값 23,000원
ISBN 979-11-5905-636-9 93810
ⓒ 김수영, 2021

天君紀

『천군기』 연구

김수영 지음

마음과 욕망

Mind and Desire A study of Cheongungi

　마음은 어디에 있는가? 과학 분야의 연구가 방대하게 축적되고 있는 오늘날에도 이 물음에 명쾌하게 답하기는 쉽지 않은 듯하다. 전통적으로 동아시아인들은 사람의 심장 부근에 마음이 있다고 여겼다. 그러한 문화적 토대 속에서, '한 사람이 하나의 나라라면, 마음은 하늘이 그 나라에 내려준 고귀한 임금天君이다. 천군은 몸 가운데에 자리하고 있으면서 신하인 다른 신체기관들을 통솔한다'라는 발상이 나오게 되었다. 『천군기天君紀』는 그런 발상을 토대로 상상력을 더욱 확장해 17세기 초엽에 황중윤黃中允이 창작한 한문소설이다.

　『천군기』에 담겨 있는 마음에 관한 생각들은 기본적으로 유교적인 것이다. 이 작품은 중국 송대宋代에 집대성된 성리학 및 16세기 이래 독자적 이론을 구축한 조선의 심성론心性論을 바탕으로 창작된 철학소설이다. 그렇지만 소설 『천군기』에서 보다 주목되는 성취는, 그러한 유교적 사유에 도교적 사유를 일정하게 더함으로써 인간의 '마음'을 '몸'과 결부해 생각하는 참신한 관법을 제시한 점이다. 또한 당대 조선의 어떤 철학적 논의에서도 볼 수 없었던 '욕망'의 문제에 대한 현실적이고도 구체적인 사유를 긴 편폭의 '서사'로 펼쳐낸 점 역시 『천군기』의 의미 있는 성취이다.

　마음을 다스리며 욕망에 휘둘리지 않는 일이란, 치열한 전투와 같은 것이다. 가까스로 욕망과의 싸움에서 승리하더라도 그것이 끝이 아니다. 인간의 생 자체가 욕망의 연속이므로 마음을 유혹하는 대상들은 언제든 다시 출현할 것이기 때문이다. 『천군기』의 묘미는, 이처럼 욕망에 직면한 인간의 어려움을 도덕적 당위를 넘어 새로운 시각에서 통찰한 데 있다.

이 책은 '일사逸史'라는 황중윤의 소설집에 실려 있는 『천군기』의 완성작을 찾아내, 그 문학적 특질과 사상적 의미를 고찰한 저자의 박사학위 논문인 「『천군기』 연구」2011를 보완한 것이다. 이 책의 말미에는 『천군기』와 중국 연의소설 『삼국지연의』의 관련을 고찰한 저자의 논문 「『천군기』의 『삼국지연의』 원용援用 양상과 의미」2018가 보론으로 덧붙여져 있다. 여전히 미진한 점들이 보이지만, 연구의 한 단계를 매듭짓고 앞으로 더 나아가기 위한 계기로 삼고자 이렇게 책으로 엮게 되었다.

돌아보니 지금까지 참 많은 분들께 학은學恩을 입었다. 저자의 박사학위 논문을 심사하시며 귀중한 가르침을 주신 임형택 선생님, 정학성 선생님, 조현설 선생님, 정병설 선생님께 머리 숙여 감사드린다. 학부와 대학원에서 공부할 때 많은 격려와 가르침을 주신 이종묵 선생님과 조해숙 선생님께도 깊이 감사드린다. 그리고 부단한 학문적 실천을 통해 통합인문학으로서의 한국고전문학 연구의 길을 열어 보여주시는 지도교수 박희병 선생님께 진심으로 감사드린다.

아울러 고전문학 대학원에서 귀감이 되어 주신 여러 선배님들, 오랜 시간 함께 공부해 온 동학들에게도 이 자리를 빌려 고마운 마음을 전하고 싶다. 또한 늘 격려해 주시는 서울시립대학교 국어국문학과의 선배 동료 교수님들께도 감사의 말씀을 드리고 싶다.

그리고 『일사逸史』를 비롯한 황중윤의 저작과 친필 원고를 소중히 보전해 한국국학진흥원에 기탁하신 후손 황의석 님, 자료의 이용에 큰 도움을 주신 한국국학진흥원의 임노직 박사님께 심심한 사의를 표한다.

끝으로 어려운 시기에도 흔쾌히 이 책의 출판을 맡아주신 소명출판의 박성모 대표님과 편집을 담당하신 공홍 전무님, 조혜민 님께도 감사드린다.

사랑과 존경의 마음을 담아 나의 선친과 어머니께 이 책을 바친다.

2021년 8월

김수영

차례

제1장

문제와 방법

『천군기天君紀』는 17세기 초에 황중윤黃中允, 1577~1648이 창작한 한문소설이다. 『천군기』는 알레고리를 활용하여 성리학적性理學的 심성론心性論을 서사화한 문학 양식인 '천군서사天君敍事'[1]의 대표작이다. 본서는 『천군기』의 문학적 특질과 사상적 의미를 종합적으로 탐구하고, 그 문학

---

[1] '천군서사(天君敍事)'란 '알레고리를 활용하여 성리학적 심성론을 서사화한 문학작품'을 포괄적으로 지칭하는 용어로서, 본서에서 처음 사용한다. 선행연구에서 사용해 온 '천군소설(天君小說)'·'심성우언(心性寓言)'·'심성가전(心性假傳)' 등의 용어는 연구자의 다양한 관점을 반영하고 있는 용어로 각각 의미가 있다고 생각한다. 다만 '천군소설'이라는 용어를 쓸 경우 '소설'로 보기 힘든 단편(短篇)의 천군서사를 아울러 파악하는 데 난점이 있으므로 이 용어는 필요에 따라 제한적으로 사용하고자 한다. 다음으로 '심성우언'이라는 용어를 쓸 경우 '우언'의 하위 장르로서 천군서사를 자리매김하게 된다. 그런데 일단 '우언'의 범위가 상당히 포괄적이고, 장르로서의 '우언'에 대한 논의가 여전히 진행 중이므로 천군서사만의 특수성을 예각화해서 보여주기에는 그다지 효과적이지 않다. 한편 '심성가전'의 경우 가전뿐만 아니라 기(記)·연의(演義)·지(誌) 등 다양한 문체를 표방하고 있는 천군서사 전반을 아우르는 데 한계가 있으며 가전이 아닌 작품도 가전이라고 일컬어야 하는 문제가 있다. 이에 본서에서는 '천군서사'라는 용어를 사용하고자 한다. 이 용어는 장르 개념은 아니며, 일종의 양식 개념이라 할 것이다. 김광순, 『天君小說 硏究』, 형설출판사, 1980, 9~11면; 안병설, 「天君系 寓言의 形成 過程과 特徵」, 『중국학논총』 7, 국민대 중국학연구소, 1991, 45~48면; 이동근, 「朝鮮朝 心性假傳의 硏究」, 『古小說硏究』 1, 고소설학회, 1995, 353면; Rita Copeland·Peter T. Struck, *Allegory*, Cambridge : Cambridge University Press, 2010, 1~11면 참조.

사적 의의를 규명하는 데 목적이 있다.

황중윤은 16세기 후반기에 태어나 17세기 전반기까지 살았던 사대부 문인이다. 그는 당대의 사대부 문인으로서는 이례적으로 『천군기』 외에도 「달천몽유록㺚川夢遊錄」,[2] 「사대기四代紀」, 「옥황기玉皇紀」[3] 등의 한문소설을 창작했다. 그러나 대표작 『천군기』를 비롯한 그의 작품세계 전반이 온전히 조명되지 않은 까닭에 17세기 소설가로서의 그의 이름은 아직 덜 알려진 편이다.

황중윤의 본관은 평해平海[4]이고, 자는 도광道光이며, 호는 동명東溟이다. 조부는 장례원 판결사掌隸院判決事에 추증된 창주滄洲 황응징黃應澄이고, 부친은 공조 참의工曹參議를 지낸 해월海月 황여일黃汝一, 1556~1622이다. 평해 황씨 가문은 고려시대 이래 많은 관료를 배출해 온 명문가로, 대

---

2 「달천몽유록(㺚川夢遊錄)」은 황중윤이 35세 때인 1611년에 지은 작품이다. 그해 봄에 황중윤은 증광시를 보고 돌아오는 길에 충주(忠州)의 탄금대(彈琴臺)에서 비를 피했는데, 그 때 이상한 꿈을 꾸어 이 작품을 짓게 되었다고 한다(黃㫆九, 『東溟集』 권8 「家狀」). 이 작품은 몽유자인 '생(生)'이 용궁(龍宮)에 가서, 임진왜란 때 충주에서 탄금대 전투를 이끌었던 달천후(㺚川侯) 신립(申砬) 장군 및 그 막하의 인물들과 더불어 전투의 패인을 논하는 내용이 중심을 이루고 있다. 황중윤의 「달천몽유록」은 윤계선(尹繼善)의 「달천몽유록(達川夢遊錄)」(1600년 작)과 같은 제재를 다루고 있지만, 황중윤의 작품이 좀 더 현실적인 시각에서 당대의 정치적 상황에 대한 비판적 문제의식을 표출했다는 평가가 있다(신해진, 「黃中允의 政治的 立場과 「㺚川夢遊錄」」, 『국어국문학』 118, 국어국문학회, 1997 참조). 황중윤의 「달천몽유록」은 『黃東溟小說集』(문학과언어연구회 편, 대구 : 대동인쇄소, 1984)이라는 영인(影印) 자료집을 통해 학계에 처음 보고되었다. 「달천몽유록」의 원자료는 현재 경상북도 안동시에 소재한 한국국학진흥원에 소장되어 있다.

3 「사대기(四代紀)」와 「옥황기(玉皇紀)」는 『천군기(天君紀)』와 함께 '三皇演義'라는 제목의 황중윤의 소설 작품집 및 『逸史』라는 제목의 황중윤의 소설 작품집에 수록되어 있다. 「사대기」와 「옥황기」에 대해서는 조금 뒤에 『三皇演義』 및 『逸史』에 대해 고찰하면서 간략히 검토하고자 한다.

4 '평해(平海)'는 지금의 경상북도 울진군 평해읍에 해당한다. 강원도와 경상도의 경계에 위치한 지역으로, 구한말까지는 강원도에 속했다. 1913년에 울진군과 평해군이 '울진군'으로 통합되었으며, 울진군 전체가 경상도로 이관되었다.

대로 평해에 거주해 왔다. 모친은 의성義城 김씨金氏로, 귀봉龜峯 김수일金守─의 장녀이자 학봉鶴峯 김성일金誠─의 질녀이다.

황중윤은 1577년 음력 5월 7일[5]에 경상도 안동 천전리川前里의 외가에서 태어났다. 어려서 조부에게 글을 배웠는데 총명하여 큰 기대를 받았으며, 일찍이 아계鵝溪 이산해李山海로부터 문재文才를 인정받았다. 20세때인 1596년 봄, 대암大庵 박성朴惺, 1549~1606의 차녀인 밀양密陽 박씨朴氏와 혼인하고, 그 무렵부터 박성의 문하에서 공부했다.[6] 24세 여름에는 부친의 명에 따라 한강寒岡 정구鄭逑, 1543~1620를 찾아가 몇 달 간 가르침을 받았다. 29세 때인 1605년선조38에 생원시와 진사시에 합격했으며, 36세때인 1612년광해군4에 문과에 급제했다. 그 후 세자시강원 사서世子侍講院司書, 사간원 정언司諫院正言 등에 제수되었다.[7] 사간원 정원으로 있던 1615년광해군7 11월, 심경沈憬 사건[8]에 연루되어 국문鞫問을 받고, 이듬해 10월에 관직을 삭탈당했다.[9] 이에 41세 때인 1617년광해군9, 울진 덕신촌德新村에 내려와 밭을 사서 농사를 지으며 야인野人처럼 지냈다. 이듬해 조정에 복귀해 세자시강원 사서世子侍講院司書, 사간원 헌납司諫院獻納 등을 지냈다. 1619년광해군11에 파병 문제로 명明과의 외교적 갈등이 불거지자 재자관賫咨官으로서 중국 요양遼陽에 다녀왔고, 1620년광해군12에는 주문사奏聞使로

5　이하 본서에서 언급하는 날짜는 모두 음력임을 밝혀둔다.

6　黃屍九, 『東溟集』 권8 「家狀」 참조.

7　『光海君日記』 광해군 7년(1615) 4월 28일자 기사; 6월 8일자 기사 참조.

8　정인홍(鄭仁弘) 등이 인목대비(仁穆大妃)의 폐비를 논의한 일을 심경(沈憬)이 대사헌 한찬남(韓纘男)에게 폭로한 사건이다. 황중윤은 이 사건에 연루되어 정경세(鄭經世)·김몽호(金夢虎)·이명(李溟) 등과 함께 국문(鞫問)을 받았다. 『光海君日記』 광해군 7년(1615) 11월 10일자 기사 참조.

9　『光海君日記』 광해군 8년(1616) 10월 30일자 기사 참조.

서 연경燕京에 다녀왔다.[10] 외교적 공로를 인정받아 그 이듬해인 1621년 광해군 13에 승정원 동부승지承政院同副承旨, 승정원 우부승지承政院右副承旨에 임명되었다.[11] 하지만 1623년인조1에 인조반정이 일어나자 후금後金과의 화친을 주장한 '주화론자主和論者'로 낙인 찍혀 전라도 해남海南에 유배되었다.[12] 십 년 후인 1633년인조11 해배되어 고향에 돌아왔으며,[13] 그 해 가을 중추절仲秋節에 『천군기』의 서문을 썼다. 고향에서 여생을 보내다기[14] 1648년인조26 3월 19일, 72세로 생을 마쳤다. 소설 작품 외에 문집

---

10 광해군은 1620년(광해군 12)에 고급사(告急使)로서 홍명원(洪命元)을 연경(燕京)에 보내, 만일 후금이 조선을 침략할 경우 명에서 군대를 파병해 조선을 보호해 줄 것을 요청하는 문서를 명의 병부(兵部)에 제출하게 했다. 후금과 명이 대치하고 있는 긴박한 정세 속에서 조선이 명의 안위를 위해 필요한 전략적 요충지임을 부각시키는 한편, 미리 명의 추가 파병 요구를 저지하기 위한 방책으로서 홍명원을 보낸 것이다. 그런데 홍명원이 맡은 임무를 수행한 뒤, 조선의 물력(物力)이 탕갈되어 사신을 접대하기 어렵다는 이유를 내세워 명에서 흠차사신(欽差使臣)을 파견하는 일을 중지해줄 것을 요청했다. 이에 명 조정에서 홍명원의 요청을 수락하기는 했으나, 흠차사신의 파견을 통해 조선의 내부 사정을 기찰(譏察)할 수 없게 되자 조선에 대해 의구심을 품고, 고출(高出)을 감군어사(監軍御史)로 진강(鎭江 : 조선과 만주의 접경 지역)에 보내 조선의 내부 사정을 정탐하게 했다. 이에 황중윤이 주문사로서 북경에 가서 홍명원이 흠차사신의 파견을 중지해달라고 요청한 데에 다른 의도가 없음을 해명했다. 黃中允, 『東溟集』 권6 「西征日錄」; 『光海君日記』 광해군 11년(1619) 4월 11일자 기사, 5월 25일자 기사; 한명기, 『임진왜란과 한중관계』, 역사비평사, 1999, 273~280면 참조.

11 『光海君日記』 광해군 13년(1621) 4월 11일자 기사; 5월 3일자 기사 참조.

12 1621년(광해군 13) 겨울에 후금의 군대가 압록강을 건너 용천(龍川)에서 명나라 군대를 습격하여 큰 피해를 입힌 사건이 발생했다. 황중윤은 계(啓)를 올려 '안으로는 전쟁에 대비하고, 밖으로는 기미책(羈縻策)을 씀으로써 눈앞의 위급함을 늦추자'고 했다. 광해군 이하 비변사 및 여러 대신들의 논의가 모두 '기미책(羈縻策)'에 지나지 않았으나, 계를 올려 이를 직접적으로 언급한 점이 빌미가 되어 박승종(朴承宗)으로부터 '주화론자(主和論者)'로 몰리게 되었다. 黃中允, 『東溟集』 권6 「南遷日錄」 참조.

13 황중윤은 47세 때인 1623년(인조 1) 5월 19일부터 전라도 해남에서 유배 생활을 했으며, 55세 때인 1631년(인조 9) 8월 4일부터는 이배지(移配地)인 충청도 서산(瑞山)에서 지냈다. 그 후 57세 때인 1633년 5월 8일, 해배의 명이 내려지나 사헌부의 탄핵으로 시행이 미루어지다가 마침내 11월에 고향 울진으로 돌아왔다. 黃中允, 『東溟集』 권6 「南遷日錄」; 黃中允, 『東溟集』 권4 「自瑞山, 蒙有還家. 三首」 참조.

으로 『동명집東溟集』이 전하고, 『주역周易』에 대해 논한 책인 『희경연의羲經衍義』가 전하며, 수창시집인 『월동난고月洞亂稿』가 전한다.[15]

이상에서 살핀 것처럼 황중윤은 칠십여 평생에 걸쳐 많은 부침을 겪었다. 다른 모든 삶과 마찬가지로 그의 삶에도 빛나는 시절과 어두운 시절이 공존했다. 명문가에서 태어나 빼어난 문재文才로 큰 기대를 받으며 훌륭한 스승 밑에서 가르침을 받았으나, 문과에 급제하여 등용된 지 얼마 되지 않아 벼슬에서 쫓겨났다. 그리하여 야인처럼 지내다가 재기용되어 대명對明 외교에서 주요한 역할을 담당함으로써 영예로운 자리에 오르기도 했지만, 정국의 변화 속에서 도리어 죄인이 되어 긴 세월 동안 유배되기도 했다. 다만 한 가지 분명한 사실은, 그 생애의 부침이 당시 조선이 처했던 역사적 현실과 깊은 관련을 맺고 있다는 점이다. 그는 유년시절 이래 임진왜란과 정유재란, 정묘호란과 병자호란이라는 큰 전란을 수차례 겪었다. 또한 그는 격동기의 조선에서 대외 정책의 수행에 참여하며, 명·청 교체기 정치 지형의 급변을 직시했다. 말하자면 그는 16세기 후반기부터 17세기 전반기에 동아시아의 역사적 전환을 목도하고, 그 변화의 흐름을 몸소 체험한 지식인이었다. 그러나 황중윤의 삶과 그의 작품세계는 오랫동안 본격적으로 조명되지 못했다.

---

14 황중윤은 해배되어 고향에 돌아온 뒤 부친의 유지에 따라 울진 월야동(月夜洞)에 수월당(水月堂)을 짓고 그곳에서 독서하고 시를 읊으며 지냈다. 그러던 중 61세 때인 1637년(인조 15), 남한산성의 비보(悲報)를 듣고 통곡했으며, 비분하여 산사(山寺)와 협촌(峽村)에 들어가 우거했다. 黃中允, 『東溟集』권4 「入仙巖寺」; 金道和, 『東溟集』권8 「墓碣銘幷序」 참조.

15 황중윤의 생애에 대한 좀 더 자세한 고찰은 본서의 제5장에서 『천군기』의 창작의식을 탐구하며 이루어질 것이다.

이렇게 된 데에는 무엇보다 자료와 관련된 문제가 있다.

『천군기』를 비롯한 황중윤의 소설 작품은 1980년대에 들어와서야 학계에 처음 보고되었다. 1981년 7월 23일부터 25일까지 '문학과언어연구회 학술자료 조사단'은 경상북도 울진군 기성면箕城面 사동리沙銅里 433번지에 위치한 황여일・황중윤 부자의 고택古宅을 방문했다. 조사단을 통해 종손宗孫인 황의석黃義錫 씨가 간직해 온 평해 황씨 문중의 고문헌들이 학계에 알려지게 되었다.[16] 그 중에서도 『천군기』, 「사대기四代紀」,[17] 「옥황기玉皇紀」[18] 등 황중윤의 소설 작품이 새 자료로서 주목되어, 1984년에

---

16 문학과언어연구회 편, 『黃東溟小說集』(대구 : 대동인쇄소, 1984)에 수록된 '해제'에 당시 조사된 자료의 목록이 다음과 같이 소개되어 있다 : ①『海月集』(총220장), 『東溟集』(총158장), 『赤壁賦』(총5장) ②『天君紀』(I), 『天君紀』(II), 『四代紀』, 『玉皇紀』, 「遯川夢遊錄」 ③ 황중윤의 재취 부인인 전주(全州) 이씨(李氏)가 후사(後嗣) 문제로 자손과 관청에 보낸 유언문 ④「노인가(老人歌)」 등의 가사 ⑤『大學諺解』. 이 자료들에 대한 자세한 서지사항은 김동협, 「달천몽유록」 고찰」, 『국어교육연구』 17, 경북대 사범대학 국어교육연구회, 1985, 39~41면 참조.

17 「사대기(四代紀)」는 봄・여름・가을・겨울 사계절의 변화를 각각 원(元)・하(夏)・상(商)・연(燕)이라는 나라의 흥망성쇠에 빗대어 서술한 작품이다. 봄에 해당하는 '원기(元紀)'에는 태조(太祖) 삼원동황제(三元東皇帝), 인종(仁宗) 목제(木帝), 명종(明宗) 청제(靑帝), 연종(衍宗) 윤제(閏帝)라는 네 황제의 시대가 서술된다. 여름에 해당하는 '하기(夏紀)'에는 태조(太祖) 청화적제(淸和赤帝), 이세(二世) 염제(炎帝), 삼세(三世) 화제(火帝)라는 세 황제의 시대가 서술된다. 가을에 해당하는 '상기(商紀)'에는 태조(太祖) 금천서황제(金天西皇帝), 중종(中宗) 백제(白帝), 숙정(肅宗) 금제(金帝)라는 세 황제의 시대가 서술된다. 겨울에 해당하는 '연기(燕紀)'에는 태조(太祖) 전욱황제(顓頊皇帝), 현종(玄宗) 음제(陰帝), 민종(愍宗) 수제(水帝)라는 세 황제의 시대가 서술된다. 이처럼 시대 순에 따라 네 왕조의 역사가 기술되는 과정에서 계절의 흐름을 잘 보여주는 날씨와 동식물이 의인화되어 등장하고, 백성의 삶과 직결된 농사가 주요 제재로 다루어진다. 작품의 마지막 부분에서는 태사씨(太史氏)의 논평을 통해 총 13명의 황제에 대한 포폄이 압축적으로 이루어진다. 「사대기」에 대한 기초적 검토는 김동협, 「黃中允 小說 硏究」(경북대 박사논문, 1990), 57~66면에서 이루어진 바 있다.

18 「옥황기(玉皇紀)」는 고대(古代)로부터 명대(明代)에 이르기까지의 중국의 역사가 모두 '옥황상제'의 권능과 계획에 따라 이루어진 것이라는 독특한 발상에 기초한 작품이다. 차례로 전설시대, 삼대(三代), 춘추전국시대, 진대(秦代), 한대(漢代), 오호시대(五

이 자료들을 영인한 『황동명소설집黃東溟小說集』이라는 자료집이 발간되었다.[19] 특히 『천군기』의 경우 2종의 자료가 조사되었는데, 그 중 '三皇演義'라는 표제의 책에 「사대기」·「옥황기」와 함께 편철되어 있으며 작품의 내용이 끝까지 서술된 완결본完結本 1종이 '『천군기』(Ⅰ)'이라는 명칭으로 『황동명소설집』에 수록되었다. 한편 독립된 필사본으로 존재하며 작품의 내용이 중반부까지만 서술된 미완결본未完結本 1종이 '『천군기』(Ⅱ)'라는 명칭으로 『황동명소설집』에 수록되었다. 이로써 황중윤의 『천군기』가 세상에 알려졌다.

그런데 1987년 8월 1일에, 조사단의 일원이었던 김동협이 황여일·황중윤 부자의 고택을 재방문했다. 이 2차 답사에서 또다른 『천군기』 자료가 추가로 조사되었다.[20] 이 『천군기』의 주요한 서지적 특징을 제시하면 다음과 같다.[21]

- 이 『천군기』는 1권 1책으로 된 필사본이다. 책의 크기는 가로 19.5cm×세로 29cm이다. 1면은 10행으로 이루어져 있고, 1행은 22자 전후이다.
- 책 표지의 우측 상단에 "雜著"라는 글귀가 있고, 좌측에 "東溟先祖遺稿

胡時代), 수대(隋代), 당대(唐代), 원대(元代), 명대(明代)의 주요한 역사적 사건이 기술되는데, 각 사건에서 중요한 역할을 한 임금, 충신, 학자 등의 인물이 실은 옥황상제의 명령을 좇은 것으로 서술된다. 이 작품은 천상계(天上界), 선계(仙界), 속계(俗界)를 넘나드는 다채로운 공간을 배경으로 삼고 있다. 「옥황기」에 대한 기초적 검토는 위의 논문, 67~79면에서 이루어진 바 있다.

19 문학과언어연구회 편, 『黃東溟小說集』, 대구 : 대동인쇄소, 1984.
20 김동협, 「『天君紀』考察」(『韓國의 哲學』16, 경북대 퇴계연구소, 1988), 135면에서 이 자료를 'B-천군기(Ⅰ)'이라고 명명했다.
21 위의 논문, 136~137면 참조.

八"이라는 글귀가 있다. 한편 책의 첫 면에는 "東溟文集卷之十一 別集"
이라는 글귀가 있다.

- 책은 「천군기서(天君紀敍)」, 「일사목록해(逸史目錄解)」, 『천군기』 순
  으로 구성되어 있다.
- 「천군기서」의 제목 아래에 "此敍入元稿序中"이라는 글귀가 붉은 색으
  로 쓰여 있다. 이 「천군기서」는 『동명집』에 수록된 서문보다 자세하다.
- 「일사목록해」의 제목 위에 "此以下不可入元稿中其云別集者有以也"
  라는 17자가 붉은 색으로 쓰여 있다.
- 이 『천군기』는 총 31회의 장회(章回)로 이루어져 있다. 각 장회에는
  제목이 있으며, 제1회에서 제30회의 끝에 "畢竟如何, 下回便見"이라
  는 글귀가 공통적으로 보인다.

이상의 서지적 특징 가운데 무엇보다 주목되는 점은, 이 『천군기』가
'장회체 형식'을 취하고 있다는 사실이다. 이 점은 『천군기』와 『천군연
의天君衍義』[22]의 관계를 확정 짓는 데 결정적인 근거가 된다. 왜 그런가
를 살피기 위해 그간의 『천군연의』 연구사를 간략히 검토해 본다.

『천군기』의 존재가 1980년대에 들어와서야 알려진 데 반해, 『천군연
의』는 국문학 연구 초창기부터 주목받아왔다. 일찍이 김태준이 『증보
조선소설사』에서 "(『천군연의』는-인용자) 성정性情의 요소를 의인화하여
심통心統을 국가군신에 비유한 것이니 『천로역정The Pilgrim's Progress』과

---

[22] '천군연의'는 한자로 '天君衍義'로도 표기되고, '天君演義'로도 표기된다. '衍'과 '演'은
같은 뜻이다.

일철一轍을 밟는 개념소설"[23]이라고 평가한 이래, 『천군연의』에 대한 연구는 작가론, 작품론, 장르론 등 다방면에서 꾸준히 축적되어 왔다.

그 중 작가론의 경우, 1980년대까지도 '『천군연의』의 작자가 누구인가'라는 실증의 문제가 주요한 논제로 다루어져 왔다.[24] 크게 보아 '정태제鄭泰齊 작자설'을 긍정하는 입장[25]과 '작자 미상설未詳說'을 주장하는 입장[26]으로 양분되었다.

오랫동안 작자 문제가 논란을 빚어 온 것은 다음의 두 기록 때문이다.

①정태제는 「천군연의서(天君衍義序)」에서 "『천군연의』라는 이 책은 누가 지은 것인지 모른다"[27]라고 했다.

②정태제의 후손인 정교의(鄭敎義)는 「천군연의발(天君衍義跋)」에서, "이 작품은 우리 오대(五代) 선조이신 휘(諱) 태제(泰齊)께서 지으신 것이다. 다만 서문에서 '누가 지은 것인지 모른다'라고 말씀하신 것은 스스로 이름을 감추신 것이다"[28]라고 했다.

---

23 김태준, 박희병 교주, 『校注 증보 조선소설사』, 한길사, 1990, 109면. 『증보 조선소설사』는 1939년에 간행되었다.

24 20세기 초반부터 1980년대까지 이루어진 『천군연의』 작자에 관한 연구사는 강재철, 「天君衍義 作者攷」(『東洋學』 19, 단국대 동양학연구소, 1989)에 자세히 정리되어 있다.

25 장지연, 「天君衍義序」, 『懸吐 天君衍義』, 翰南書林, 1917; 김태준, 앞의 책, 108면; 김광순, 「天君演義의 作者是非와 創作意圖」, 『淵民李家源博士六秩頌壽紀念論集』, 1977, 169~189면 참조.

26 조윤제, 『國文學史』, 동방문화사, 1949, 252~254면; 김기동, 『李朝時代小說論』, 선명문화사, 1973, 173~174면; 안병설, 「李朝心性假傳의 展開와 그 性格」, 『韓國學論集』 1, 국민대 한국학연구소, 1978, 107~110면 참조.

27 원문은 "『天君衍義』一書, 不知何人所作也"이다. 『천군연의』 이본 가운데 서울대 규장각 소장본, 동래(東萊) 정씨(鄭氏) 가장본(家藏本), 한남서림에서 1917년에 간행한 현토본(懸吐本)에 서문이 실려 있다.

두 사람의 발언이 모순되는 것도 문제려니와, 서문을 쓴 정태제의 말을 우선시하더라도 그 말을 그대로 사실로 받아들이는가, 아니면 소설 창작 사실을 감추기 위한 발언으로 받아들이는가에 따라 연구자의 입장이 나뉘게 되었다.

이와 같이 양측의 논의가 분분한 가운데, 1984년에 『황동명소설집』을 통해 2종의 『천군기』 자료가 학계에 소개됨에 따라 작자 문제를 실증할 새로운 단서들이 포착되었다. 첫째, 『황동명소설집』에 수록되어 있는 『천군기』(I)의 내용이 『천군연의』의 내용과 상당 부분 일치한다는 점, 둘째, 황중윤의 문집에 수록된 「천군기서天君紀序」에서 그 자신이 작자임을 밝힌 점, 셋째, 황중윤이 정태제1612~1669보다 한 세대 앞선 인물이라는 점이 그것이다. 이런 단서들을 통해 황중윤의 『천군기』가 정태제의 『천군연의』에 직접적인 영향을 주었으리라는 추정이 가능하게 되었다.

그렇기는 하나 아직 『천군기』가 『천군연의』의 원작原作이라고 단정지을 수는 없었다. 왜냐하면 『천군연의』는 장회체 형식을 취하고 있는 데 반해, 『황동명소설집』에서 소개된 2종의 『천군기』는 그렇지 않았기 때문이다. 이 때문에 『천군기』의 존재가 알려진 후에도, 『천군연의』가 『천군기』보다 체재상 진일보한 작품이므로 『천군연의』는 『천군기』와는 별개의 작품으로서 독자적인 의의를 인정해야 한다는 견해가 제기되었던 것이다.[29]

---

28 원문은 "此吾五世祖諱泰齊之所作, 而序文中'不知何人所作'者, 蓋自韜也"이다.

29 이 견해는 강재철의 「天君衍義 作者攷」(1989년)에서 제기되었다. 김동협이 바로 전 해

이상의 연구사 검토를 통해, 1987년에 장회체 형식을 취한 『천군기』의 존재가 밝혀진 것이, 『천군기』 및 『천군연의』 연구사에서 얼마나 중요한 전기轉機인지를 알 수 있다. 그러나 새로 조사된 장회체 『천군기』에 대한 연구는 그 후 활발하게 이루어지지 못했다. 김동협은 장회체의 『천군기』가 3종의 『천군기』 중에 가장 높은 수준의 완성도를 보인다고 보아 이를 최종작으로 추정했다. 그리고 장회체 『천군기』의 발견 경위와 서지적 특징을 밝히고, 각 장회별 내용을 분석했다.[30] 또한 황중윤의 가계와 생애를 연구했으며,[31] 그러한 성과를 종합하여 「황중윤 소설 연구」를 발표했다.[32] 이 논문은 자칫 잊힐 뻔한 17세기 소설가 황중윤의 존재와 그의 대표작 『천군기』를 학계에 소개한 의의가 있다. 하지만 아쉬운 점이 없지 않다. 김동협의 『천군기』 분석 방법은, 기본적으로 김광순이 『천군소설 연구』[33]에서 보인 『천군연의』 분석 방법에서 크게 벗어나지 않는다. 그 결과 원작인 『천군기』가 지닌 본래적 특질들이 규명되지 못한 채, 『천군기』의 존재가 알려지기 전과 크게 다를 바 없는 논의가 재생산되는 데 그쳤다. 이렇게 『천군기』의 독자적 의의가 규명되지 못했으므로, 『천군기』와 『천군연의』의 관계를 정확하게 해명하고, 그 둘을 비교해야 할 필요성에 대한 인식이 학계에서 공

에 「『天君紀』 考察」(1988년)이라는 논문에서 장회체 형식 『천군기』의 존재를 학계에 보고했으나, 강재철은 미처 김동협의 논문을 참조하지 못했던 것으로 추정된다.

30 김동협, 앞의 논문, 134~145면.

31 김동협, 「東溟 黃中允의 小說觀과 생애」, 『국어교육연구』 20, 국어교육학회, 1989.

32 김동협, 「黃中允 小說 硏究」, 경북대 박사논문, 1990. 『천군기』는 이 논문의 제2·3장에서 주로 다루어졌다. 그 외에 「달천몽유록」, 「사대기」, 「옥황기」에 대한 기초적 검토가 제4장에서 이루어졌으며, 황중윤 소설의 문학사적 의의가 제5장에서 논의되었다.

33 김광순, 『天君小說 硏究』, 형설출판사, 1980.

유되지 못했다. 또한 최근까지도 원작인 『천군기』에 대한 고려 없는 『천군연의』 연구가 계속 이어져 왔다. 이처럼 『천군기』는 연구자들로부터 별다른 주목을 받지 못한 채로 오랫동안 잊혀 왔다.

필자는 2006년 무렵 『천군기』 연구에 착수했다. 장회체 『천군기』의 경우, 당시 자료가 공개되지 않아 김동협의 논문에 인용된 자료를 토대로 간접적으로 접근할 수밖에 없었는데, 특히 「일사목록해逸史目錄解」라는 글의 제목에 보이는 '逸史'가 무엇을 가리키는 것인가 하는 의문이 통 풀리지 않았다. "글은 『열국지列國誌』 등의 사서史書를 본받았기에 '일사逸史'라고 했으며"[34]라는 구절로 보아 작품 혹은 책의 제목과 관련된 것이라는 추정이 가능했지만, '逸史'가 정확하게 무엇을 의미하는지 확정할 수 없었다. 한편 장회체 『천군기』가 수록된 책의 표지 좌측에 "東溟先祖遺稿八"이라는 글귀가 있으며 책의 첫 장에 "東溟文集卷之十一 別集"이라는 글귀가 있다는 사실을 근거로, 장회체의 『천군기』가 1905년에 간행된 『동명집東溟集』의 편찬을 위한 사전 준비 단계에서 황중윤의 후손에 의해 필사된 자료로 추정되었는데,[35] 그렇다면 그 저본이 존재하는지의 여부도 큰 의문이었다.

그러던 중 필자는 황중윤의 종손인 황의석[36] 씨를 통해 자료에 대한 중요한 정보를 얻게 되었다. 황의석 씨는 황여일·황중윤 선조의 고택

---

34 "文字則畵虎於『列國誌』等史, 故曰逸史 (⋯⋯)" 이 구절은 김동협, 「黃中允 小說 硏究」, 28면에서 언급되었다.
35 김동협, 「『天君紀』 考察」, 136면.
36 황의석 씨는 경상북도 경주시에 소재한 경주고등학교에서 근무했으며 2000년에 퇴직했다. 재직시에는 경주시에 거주하면서 울진을 오가며 해월헌(海月軒)과 그 부속 서고(書庫)를 관리했고, 퇴직 후에는 해월헌에 거주하면서 그곳을 관리하고 있다.

인 해월헌海月軒과 그 부속 서고書庫를 관리하던 중 여러 차례에 걸쳐 서고에 보관해 온 수천 권의 고문헌을 도난당하는 일을 겪었다. 그래서 특별히 귀중한 것으로 판단되는 일부 자료만을 별도로 보관해 오다가 1994년에 경상북도 안동시에 소재한 한국국학진흥원韓國國學振興院에 기탁했다는 것이다.

이에 필자는 2007년 10월 4일부터 5일까지 한국국학진흥원을 방문하여 황의석 씨가 기탁한 자료를 조사했으며, 그 중에서 '逸史'라는 제목의 책을 새로 발견했다.

『일사逸史』는 황중윤의 소설 작품집으로, 「천군기서天君紀敍」, 「일사목록해逸史目錄解」, 『천군기天君紀』, 「사대기四代紀」, 「옥황기玉皇紀」가 차례로 수록되어 있다.[37] 이로써 「일사목록해逸史目錄解」에서 거론한 '逸史'가 『천군기』가 수록된 소설 작품집의 이름임이 밝혀지게 되었다. 아울러 『일사』에 수록된 『천군기』가 장회체 형식을 취하고 있음으로 보아, 이것이 1987년에 조사된 장회체 『천군기』의 저본임을 확정할 수 있었다.[38]

이에 본서는 자료의 문제로 인해 오랫동안 침체와 답보 상태에 있었던 『천군기』 연구를 텍스트에 대한 실증적 접근을 통해 재개하고자 하

---

37 『逸史』에 수록된 「사대기」와 「옥황기」는 『三皇演義』에 수록된 것과 동일하다. 단지 필사 과정에서 생긴 것으로 추정되는 몇몇 글자의 출입이 확인될 따름이다. 이처럼 황중윤이 『천군기』, 「사대기」, 「옥황기」의 세 작품 가운데 『천군기』만을 개고·개작하면서 그 창작에 특별히 공력을 쏟았던 것으로 보아 이 작품에 애착을 가졌던 것으로 여겨진다. 한편 『三皇演義』는 자료의 여러 군데가 훼손되어 글자를 확정하기 어려운 대목이 다수 있다. 『逸史』가 발견됨으로써 「사대기」와 「옥황기」에 대한 보다 정밀한 독해 및 연구가 가능하게 되었다.

38 이 자료의 서지적 특징 및 '逸史'라는 표제에 대해서는 본서의 제3장 제1절 '자료의 존재양상'에서 자세히 검토할 것이다.

며, 『천군기』에 대한 본격적인 작품론으로서 다음의 몇 가지 문제들을 중점적으로 밝히고자 한다.

먼저 어떻게 『천군기』라는 소설이 17세기 전반의 한국문학사에 등장하게 되었는가를 해명하고자 한다. 이를 위해 사상적 배경으로서, 16세기 조선에서 성리학적 심성론의 전개 및 그것이 사대부의 문화의식에 미친 영향을 고찰하고자 한다. 또한 그러한 배경 하에 '천군서사'가 창작되어온 과정을 살피고자 한다. 특히 16세기에 창작된 천군서사의 문제작인 김우옹金宇顒, 1540~1603의 「천군전天君傳」과 임제林悌, 1549~1587의 「수성지愁城誌」를 검토함으로써 천군서사의 사적史的 전개에서 두 작품이 지닌 의미와 영향을 짚어보고자 한다.

이러한 예비적 검토를 바탕으로 『천군기』에 대한 본격적인 작품론을 전개하고자 한다. 먼저 『천군기』의 성립과정을 고찰하고자 한다. 『천군기』가 학계에 보고된 지 30년이 넘었지만 전체 3종의 자료에 대한 면밀한 검토는 이루어지지 않았다. 장회본의 경우 자료가 공개되지 않아 불가피한 점이 없지 않았으나, 『황동명소설집』에 수록되어 1984년에 학계에 공개된 2종의 『천군기』 자료에 대해서도 지금까지 자세한 검토가 이루어진 바 없다.[39] 본서에서는 세 자료의 서지적 특징 및 성립과정에 대한 면밀한 검토가 이루어질 것이며, 그 과정에서 작가 황중윤이 『천군기』를 창작하는 데 얼마나 공력을 기울였는지가 드러날 것이다.

---

[39] 장효현·윤재민 외, 『校勘本 韓國漢文小說 寓言寓話小說』(민족문화자료총서 1, 고려대 민족문화연구소 편, 2007)에서 『黃東溟小說集』에 수록된 'A-천군기(I)'의 원문을 교감하고 표점을 달아 소개한 바 있으나, 자료에 대한 분석은 이루어지지 않았다.

이와 같은 텍스트에 대한 기초적 분석에 이어『천군기』가 '원리적으로' 어떻게 창작되었는가를 종합적으로 규명하고자 한다. 우선『천군기』에 나타난 성리학적 심성론의 서사화 양상을 검토함으로써 이 작품이 전대의 천군서사에서 만들어진 서사구조를 따르면서도 어떠한 점에서 차별화를 시도하며 새로운 지점으로 나아갔는가를 밝힐 것이다. 이 과정에서『천군기』의 주제와 형식 간의 긴밀한 관련이 새롭게 해명될 것이다. 다음으로 '몸'이라는 문제에 주목하고자 한다. 지금까지의 연구에서는 간과되어 왔지만,『천군기』에서는 심성론의 문제가 단지 '마음'이라는 '추상적' 차원에서만 다루어지지 않고, '몸'과 결부되어 '구체적' 차원에서 사유되었다. 여기에는 도교적 관점이 직접적인 영향을 미쳤는데, 이 문제가 본서에서 처음으로 검토될 것이다. 그 다음으로『천군기』가 한문 서사 전통과 어떤 관련을 맺고 있는가를 고찰할 것이다. 전대 한문 서사와 천군서사의 관련은 선행 연구에서도 논의되어 온 문제이기는 하나,『천군기』의 경우 특히 '꿈'과 '욕망'의 관련 양상이 문제적인바 그 점에 특별히 관심을 두고자 한다. 또한 장회체 형식 도입의 배경 및 그 활용 양상을 고찰함으로써『천군기』가 시도한 소설 형식상의 특징적 면모가 검토될 것이다.

이상의 고찰이 텍스트에 대한 원리적 특성을 해명하고자 하는 시도라면, 그에 이어 '작가'라는 창작주체에 주목하여『천군기』를 읽고자 하는 시도가 '창작의식'의 탐구를 통해 이루어질 것이다. 황중윤은 한국문학사 및 소설사에서 아직 덜 알려진 작가이다. 그렇지만 이렇게 작가의 자서自序와「일사목록해逸史目錄解」라는 자해自解, 그리고 작가의 문집이 모두 전하는 17세기 초 소설가의 사례는 흔치 않다. 본서에서는 이러한 자료를 두루 살핌으로써 『천군기』에 투사된 창작주체의 문제의식 내지 고민에 접근해 보고자 하며, 이를 통해 『천군기』의 서사와 작가의 내면을 연결해 고찰하고자 한다. 특히 '심성 수양'의 문제를 서사화한 『천군기』는 실제 서사화 과정에서 '욕망'의 문제에 대한 탐구를 도저하게 밀고 나감으로써 양자 사이에 모순의 지점이 발생하는데, 그것이 어떤 의미가 있는가를 따져보고자 한다.

이처럼 텍스트의 층위와 작가의 층위를 아우르며 그 성립과정, 창작원리, 창작의식을 해명하는 과정을 통해 『천군기』라는 작품의 문학적 특질과 사상적 의미가 좀 더 선명하게 밝혀지리라 생각한다.

이상의 주요한 문제들을 고찰한 뒤, 지금까지 정태제의 창작으로 인정된 『천군연의』가 실은 황중윤의 『천군기』를 변개變改한 것이라는 사실을 분명히 밝히고자 하며, 『천군기』가 『천군연의』로 변개되면서 어떤 차이가 생기게 되었는가, 그리고 그것이 어떤 의미를 갖는가를 검토할 것이다. 이로써 『천군연의』의 위상과 가치가 재정립되고 재평가될 것이다.

마지막으로 『천군기』가 한국문학사에서 지니는 의의를 짚어보고자 한다. 먼저 『천군기』에서 황중윤이 시도한 형식적 실험들이 17세기 소설사에서 어떤 의미가 있는가를 검토하고, 다음으로 이 작품의 '철학소설'로서의 의의와 한계를 따져볼 것이다.

이상의 쟁점을 중심으로 한 본서의 연구를 통해 『천군기』의 문학적 특질과 사상적 의미가 종합적으로 밝혀지고, 아울러 한국문학사에서

독특한 위상을 점하는 '천군서사'의 특징과 의의가 새롭게 밝혀지기를
기대한다.

제2장

『천군기』 창작의
사상적 · 문학적 배경

1. 성리학적 심성론의 심화와 확장

조선왕조가 시작되자 사림파 선비들은 유교이념을 통치원리로 삼은 왕도정치의 이상을 펼칠 수 있을 것이라는 희망을 품었다. 그러나 16세기 초엽에 시도된 조광조趙光祖의 개혁이 기묘사화己卯士禍로 무산되는 등 연이은 사화士禍로 사림파 선비들은 참혹한 화를 당하게 되었다. 그리하여 많은 선비들이 초야에 은둔해 학문을 연구하게 되었으며, 16세기 중반에는 조선시대를 대표한다고 할 만한 학자들이 대거 등장했다. 개성의 서경덕徐敬德, 1489~1546, 영남의 조식曺植, 1501~1572과 이황李滉, 1501~1570, 한양의 이이李珥, 1536~1584 같은 대학자들이 모두 이 시기에 등장해 신유학新儒學 이론을 정립했다.[1] 이런 가운데 특히 당대 조선 성리학이 심성론心性論 쪽으로 정위定位되었다는 점에 주목할 필요가 있다.

---

1 금장태, 「退溪 · 南冥 · 栗谷과 선비意識의 세 유형」, 『退溪學報』 105, 퇴계학회, 2002, 7~11면 참조.

조선 성리학이 심성론 쪽으로 가닥을 잡음에 따라 성리학의 본원本源이라 할 중국의 성리학과는 차별되는 이른바 '조선적 성리학'이 구축되었다. 특히 조선의 유학자들은 중국 명대의 신유학자인 정민정程敏政, 1445~1499이 지은『심경부주心經附註』에 각별한 관심을 갖고 다양한 논의를 펼쳤으며, 그 결과 백여 종이 넘는 주석서와 해설서를 남겼다는 점이 주목된다.[2] 이런 현상은 중국이나 일본에서는 나타나지 않았다.

정민정의『심경부주』는 중국 남송南宋의 성리학자인 진덕수眞德秀, 1178~1235가 편찬한『심경心經』에 대한 주석서이다. 잘 알려져 있듯『심경』은 진덕수가 유교의 여러 경전과 선유先儒들의 글에서 마음의 수양과 관련된 내용을 추려 장章을 나누어 편집한 책이다. 진덕수는 주희朱熹, 1130~1200의 직전直傳제자는 아니었지만 스스로 주희를 사숙했다고 말했으며, 후세인들도 그를 주희의 직전 제자와 동일한 지위로 인정했다. 그런 만큼 진덕수는 주희의 언급을 가장 중심에 두고『심경』을 편찬했다. 따라서 진덕수의『심경』은 마음의 수양에 대한 유학의 전통적인 견해들을 충실하게 정리해 소개한 의의가 있으나, 새로운 이론의 제기로 이어지기보다는 큰 틀에서 주희의 사상을 계승한 것으로 평가된다.[3]

반면 정민정의『심경부주』는 진덕수의『심경』에 대한 주석서를 표방했지만, 실제로는 주희의 사상에 대해 새로운 해석을 추구했다. 정민정은『심경부주』를 편찬하면서 주희와 다른 견해를 보인 육구연陸九淵, 1139~1192[4]

---

2   조선시대 유학자들이 편찬한『심경부주』의 주석서 및 해설서에 대해서는 홍원식 외,
    『조선시대 심경부주 주석서 해제』, 예문서원, 2007 참조.
3   황지원,「『심경』,『심경부주』,「심경후론」」,『심경부주와 조선유학』, 예문서원, 2008,
    43~48면 참조.

등의 언급까지 주석에 포함시켰다. 정민정의 이런 편찬 방식은 궁극적으로 주희와 육구연의 사상을 회통會通시키고자 하는 목적에 따른 것이었으나, 그 과정에서 자의적 해석이 적지 않게 가미된 것으로 평가된다. 주희는 본래 '덕성을 높임尊德性'과 '이치를 탐구함道問學', 즉 '거경居敬'과 '궁리窮理'라는 공부의 두 방법을 동등하게 중시했다. 반면 육구연은 '덕성을 높임', 즉 '거경居敬' 공부를 보다 우선시했다. 그런데 정민정은 『심경』의 마지막 장인 '존덕성재명尊德性齋銘' 장章에 대단히 긴 부주附註를 달아, 주희 역시 만년晩年에는 '덕성을 높임' 공부를 더 중시했다는 견해를 피력함으로써 주희의 사상이 육구연의 사상과 본질적으로 통한다는 주장을 펼쳤다.[5] 이런 정민정의 편찬 태도에 대해 '원의原義의 왜곡'으로 보는 입장도 있고, '창조적 오독誤讀'으로 보는 입장도 있다. 어느 편에 서든 『심경부주』에는 많은 논란의 여지가 있다.[6]

『심경부주』가 조선에서 처음 간행된 것은 늦어도 1519년 이전으로 추정된다.[7] 그렇지만 본격적으로 『심경부주』에 대한 관심이 증폭된 것은 이황에 의해서이다. 이황이 처음 『심경부주』를 접한 것은 성균관에서 공부하던 때인 33세 무렵이지만, 그가 본격적으로 『심경부주』에 대

---

4 육구연(陸九淵)은 주희의 논적(論敵)으로 꼽히는 중국 송대의 철학자로, 그 자는 자정(子靜)이고, 호는 상산(象山)이다. '심즉리(心卽理)'라는 이론을 주장하여 주희의 '성즉리(性卽理)'에 반대했으며, 주렴계(周濂溪)의 〈태극도설(太極圖說)〉 중 '無極而太極'이라는 구절을 놓고 주희와 논쟁을 벌인 것으로 유명하다.

5 정민정의 이 견해는 왕수인(王守仁)이 주장한 '주자만년정론(朱子晩年定論)', 즉 주자가 만년에 육구연을 만남으로써 비로소 깨닫게 되었다고 하는 견해와 통하는 측면이 있어 이후 『심경부주』에 대한 여러 논란을 유발했다. 홍원식, 「李滉과 그의 直傳 제자들의 『心經附註』 연구」, 『退溪學報』 121, 퇴계학회, 2007, 79~82면 참조.

6 황지원, 앞의 논문, 48~53면 참조.

7 김종석 역주, 『심경강해』, 이문출판사, 1999, 6면 참조.

해 연구하고 강학한 것은 낙향한 50대 이후이다.[8] 이황은『심경부주』를 더없이 존숭했으며, 그의 제자들과 오랜 시간 토론을 하며『심경부주』를 공부했다. 그런데 이황의 가장 가까운 제자 중의 한 사람인 조목趙穆, 1524~1606이『심경부주』에 대해 강도 높은 비판을 제기했다. 조목은 정민정이『심경부주』에 정복심程復心의〈인심도심도人心道心圖〉를 수록한 것이 잘못이며, 무엇보다『심경부주』가 육구연의 사상과 연결되는 점이 있음을 비판했다. 뿐만 아니라『황명통기皇明通紀』라는 중국의 책을 입수하여 정민정이 과거科擧 시험관으로서 시험문제를 팔아서 파직되었던 일 등을 밝혀냈다. 조목의 이런 비판을 접한 이황은 고민에 빠졌고, 마침내 1566년에「심경후론心經後論」을 지어『심경부주』에 대한 자신의 정견定見을 다음과 같이 밝혔다.

공자는 "글로써 학식을 넓히고 예(禮)로써 간략하게 표현한다"고 했고, 자사(子思)는 "덕성을 높이고 이치를 탐구한다"고 했으며, 맹자는 "널리 배우고 상세히 강설(講說)하여 장차 간략함으로 돌아간다"고 했다. 양자 (兩者)가 서로 의지하는 것이 수레의 두 바퀴와 같고 새의 두 날개와 같아서, 한 쪽을 없애면 굴러갈 수도 없고 날아갈 수도 없으니 이것이 진정한 주자의 학설이다. (……)
혹자는 이렇게 묻는다.
"그대의 말대로라면,『심경부주』는 존신(尊信)할 바가 못 되는가?"

---

8   홍원식,「전기 퇴계학파」,『심경부주와 조선유학』, 94면.

"그건 그렇지 않다. 내가 이 책을 보건대 『시경』, 『서경』, 『역경』의 경문(經文)으로부터 정자와 주자의 학설까지 걸쳐 있으니 모두 성현의 위대한 가르침이다. 또 주석은 주돈이, 이정, 장재, 주희로부터 후대의 여러 현인들의 학설까지 아울러 뽑았으니 지당하지 않은 말이 없다. 어찌 황돈(篁墩: 정민정의 호號 - 인용자)이 잘못이 있다고 해서 위대한 교훈과 지당한 말씀까지 함께 존신하지 않을 수 있겠는가?"[9]

인용문에서 보듯 이황은 「심경후론」을 통해 '덕성을 높임'과 '이치를 탐구함'이라는 두 가지 공부 방법을 함께 중시한 것이 주희의 본의本意라는 점을 분명히 했다. 이어 『심경부주』의 경문과 주석이, 삼경三經 및 공자로부터 주희에 이르는 성현의 말씀으로 되어 있으므로 비록 정민정의 잘못이 없지 않으나 『심경부주』는 존신하여 마땅하다는 입장을 폈다.[10]

이처럼 이황이 『심경부주』에 대한 지지의 입장을 표명한 이래 퇴계 학파 내에서 『심경부주』에 대한 논의는 어느 정도 일단락되었다.[11] 그

---

9 "孔子曰 : '博學於文, 約之以禮'; 子思曰 : '尊德性而道問學'; 孟子曰 : '博學而詳說之, 將以反說約也'. 二者之相須, 如車兩輪, 如鳥兩翼, 未有廢一而可行可飛者, 此實朱子之說也 (……) 或曰 : '如子之言, 『心經』其不足尊信乎?' 曰 : '是則不然也. 吾觀是書, 其經則自『詩』、『書』、『易』以及于程、朱說, 皆聖賢大訓也. 其註則由濂、洛、關、閩, 兼取於後來諸賢之說, 無非至論也. 何可以篁墩之失, 而竝大訓至論, 不爲之尊信乎?'"(李滉, 『退溪集』권41 「心經後論」).

10 『심경부주』에 대한 이황과 조목의 입장에 대해서는 홍원식, 「退溪 心學과 『心經附註』」, 『民族文化論叢』30, 영남대 민족문화연구소, 2004; 홍원식, 「李滉과 그의 直傳 제자들의 『心經附註』 연구」; 김기주, 「퇴계학파의 『심경부주』 이해」, 『심경부주와 조선유학』 참조

11 퇴계학파를 전기(이황과 그 직전直傳 제자들), 중기(17세기 초반~19세기 초반), 후기(19세기 초반 이후)로 나누어 볼 때, 퇴계가 「심경후론」을 지은 후 『심경부주』에 대한

렇지만 조선 철학계 전체로 보자면 이황의 「심경후론」 이후 『심경부주』에 대한 논의가 한층 더 본격화되었다.

이이는 이황의 사후死後에 「학부통변발學蔀通辨跋」을 지어 『심경부주』의 저자 정민정의 인간됨에 대해 부정적인 의견을 비쳤다.[12] 또한 「인심도심도설人心道心圖說」을 지어 이황이 인심人心을 '기의 발현氣發'으로, 도심道心을 '리의 발현理發'로 이해하는 방식에 반론을 제기했다. 대신 마음이란 기氣의 맑고 탁함에 따라 인심이 되기도 하고 도심이 되기도 한다는 '기발일도氣發一途'를 주장했다.[13] 이이의 입장은 이후 『심경부주』에 대한 율곡학파의 기본적인 관점이 되었으며, 조익趙翼, 1579~1655과 송시열宋時烈, 1607~1698, 박세채朴世采, 1631~1695 등에 의해 계승되면서 『심경부주』에 대한 논의가 율곡학파 내에서도 활발히 이루어지게 되었다.[14]

퇴계의 입장을 대체로 묵수(墨守)한 것은 전기 퇴계학파의 경우에 해당한다. 중·후기 퇴계학파의 경우, 다시 『심경부주』를 둘러싸고 열띤 논의를 펼쳤으며 그 결과 김종덕 (金宗德, 1724~1797)의 『심경강록간보(心經講錄刊補)』(1795년), 이진상(李震相, 1818~1886)의 『심경관계(心經觀啓)』(1840년) 등의 문제적인 주석서가 간행되었다. 김기주, 위의 논문; 김기주, 「중기 퇴계학파」, 『심경부주와 조선유학』; 손미정, 「후기 퇴계학파」, 『심경부주와 조선유학』 참조.

12 李珥, 『栗谷全書』 권13 「學蔀通辨跋」.

13 "理本純善, 而氣有淸濁. 氣者, 盛理之器也, 當其未發, 氣未用事, 故中體純善. 及其發也, 善惡始分, 善者, 淸氣之發也, 惡者, 濁氣之發也. 其本則只天理而已"(李珥, 『栗谷全書』 권13 「人心道心圖說」).

14 퇴계학파에서 중시되던 『심경부주』가 율곡학파에서 본격적으로 연구되기 시작한 이유는 효종(孝宗)과 숙종(肅宗) 연간에 경연에서 이 책이 자주 거론되며 중시되었기 때문이다. 게다가 숙종의 명으로 교서관(校書館)에서 『심경부주』를 간행할 때 이황의 「심경후론」이 덧붙여졌다. 그런데 당시 율곡학파의 수장이라 할 송시열이 『심경부주』의 편찬을 맡게 되었다. 이를 계기로 율곡학파 내에서 『심경부주』에 대한 논의가 심화되었다. 그 후 숙종의 명으로 송시열에 의해 『심경석의(心經釋義)』가 간행됨으로써 『심경부주』에 대한 이황의 견해뿐 아니라 율곡학파의 견해가 공식적으로 반영될 수 있었다. 이기훈, 「율곡학파의 심경부주 이해」, 『심경부주와 조선유학』; 황지원, 「전기율곡학파」, 『심경부주와 조선유학』 참조.

그런데 이상에서 살핀 16세기 유학자들의 『심경부주』에 대한 각별한 조예와 탐구가 조선 성리학의 독자적 이론의 구축, 특히 심성론의 심화와 직결되었다는 점이 중요하다.

이황이 조목과 같은 제자들의 반대에도 불구하고 『심경부주』를 중시한 이유는, 무엇보다 자신이 정립한 심성론의 체계를 『심경부주』를 통해 뒷받침하고자 한 의도 때문이었을 가능성이 크다.[15] 이황의 주된 철학적 관심은 '마음을 성리학적으로 어떻게 인식하고, 어떻게 수양하여 도덕적인 실천을 할 것인가'라는 문제에 있었다. 이황이 정립한 심성론의 핵심적인 명제는 '마음은 리理와 기氣의 통일체이다心是理氣合'라는 것이다.[16] 이에 따르면 마음을 리로서의 본성性과, 기로서의 감정情의 주재자主宰者로 보는 '심통성정론心統性情論'[17]에 대한 근거가 좀 더 명확히 확보된다.[18] 그러므로 이황의 심성론에서는 마음으로부터 직접 도덕 실천의 필연성이 확보될 수 있으며, 자연히 '덕성을 높임'의 공부 방법, 즉 '거경'이 강조된다. 이는 앞에서 살폈듯 정민정이 『심경부주』에서 주장하고자 한 바와 이론적으로 통한다.

이황과 달리 이이는 '마음은 기氣이다心是氣'[19]라는 이론을 폈다. 이이

---

15 황지원, 「『심경』, 『심경부주』, 『심경후론』」, 54~60면 참조.

16 "理氣合以爲心, 自然有虛靈知覺之妙. 靜而具衆理, 性也, 而盛貯該載此性者, 心也; 動而應萬事, 情也, 而敷施發用此情者, 亦心也, 故曰'心統性情'"(李滉, 『退溪集』 권18 「答奇明彦別紙」).

17 '심통성정론(心統性情論)'이란 '마음[心]이 본성[性]과 감정[情]을 통괄(統括)한다'는 이론이다. 이것은 본래 중국 송대의 성리학자인 장재(張載, 1020~1077)가 제시한 것인데, 주희가 이를 수용하여 심성론의 핵심 명제로 삼았다. '심통성정론'에 대해서는 천군서사와의 관련을 중심으로 본서의 제4장 제1절에서 자세히 검토한다.

18 금장태, 『한국유학의 心說』(서울대 출판부, 2002)의 제2장 '退溪의 心合理氣說과 寒洲의 心卽理說' 참조.

의 이론은 한 세대 앞서 이루어진 이황과 기대승奇大升, 1527~1572의 사단
칠정四端七情 논변의 연장선상에서 파악될 필요가 있다. 이황은 기본적으로 사단四端을 선한 것으로 보고 칠정七情을 악한 것으로 보았다. 따라서 칠정을 배제하고 사단을 드러나게 할 수 있다면, 개개인이 도덕 실천을 하는 군자가 되고, 나아가 사회 전체가 이상사회가 될 것이라고 보았다. 이황의 이 주장에 대해 기대승은 몇 가지 문제를 제기했으며, 사단과 칠정은 서로 대립적인 관계로 볼 수 없다는 점, 사단이 선하고 칠정이 악한 것이 아니라 발發한 후에 절도에 맞는가에 선악이 달려 있다는 점 등을 주장했다. 이이는 기대승의 이 견해를 이어 '미발未發 중심'의 성격이 짙은 이황의 철학을 비판하며 '이발已發 중심'의 독자적 철학을 주장했다.[20] 그 결과가 '마음은 기氣이다'라는 이론이다. 그런데 이이의 이론에 따라 마음을 기로 파악하면, 주희가 주장한 심성론의 핵심 명제인 '심통성정론心統性情論'을 부정하게 된다. '심통성정론'에서의 마음이란 기로만 볼 수도 없고, 리로만 볼 수도 없는 것이기 때문이다.[21]

이상의 고찰에서 보듯, 조선의 심성론은 크게 보아 주희가 제시한 성리학적 심성론의 틀 안에서 전개되었으나, 그에만 머물지 않고 독자적 이론을 제시하는 데까지 이르렀다. 이황은 주희에게서 다소 불분명하게 논의되었던 '마음'과 '리기理氣'의 관계를 '심시리기합心是理氣合' 이론을 통해 명징하게 정의했다. 이를 바탕으로 '심통성정론心統性情論'의 근

---

19 "且朱子曰 : '心之虛靈知覺, 一而已矣, 或原於性命之正, 或生於形氣之私', 先下一心字 在前, 則心是氣也"(李珥, 『栗谷全書』 권10 「答成浩原」).
20 정원재, 「知覺說에 입각한 李珥 철학의 해석」, 서울대 박사논문, 2001, 16~17면 참조.
21 위의 논문, 82~89면 참조.

거를 보다 명확히 확보했다. 이황이『심경부주』를 존숭한 것은 미발未發을 중심으로 삼는 그의 철학과 관계가 깊다. 반면 이이는 마음을 기氣로 파악함으로써 이발已發 중심의 철학을 정립했다.[22] 따라서 '거경居敬'을 중시하는『심경부주』에 대해 퇴계학파와는 다른 입장을 제기했다. 두 이론 모두 퇴계학파와 율곡학파의 유학자들에게 큰 영향을 미치면서 이후 조선 심성론의 주요한 구심점이 되었다.[23]

한편 16세기를 중심으로 조선에서 심성론에 대한 탐구가 심화되는 과정에서 '심성도설心性圖說'이 본격적으로 등장하게 되었다. 본래 성리학에서는 도상圖像을 중시하는 전통이 있다. 그래서 주돈이周敦頤, 1017~1073의「태극도설太極圖說」을 비롯해 소옹邵雍, 1011~1077과 주희가 여러 가지 도설을 남겼다. '도설圖說'은 철학의 이론을 간명하게 그림으로 나타내고, 거기에 약간의 설명을 붙인 형식을 취하고 있어, 복잡한 이론을 전달하는 데 효과적이다. 조선에서는 일찍이 권근權近, 1352~1409이『입학도설入學圖說』을 지은 바 있는데, 16세기에 들어와 도설의 창작이 보다 활발해졌다.

그중에서도《성학십도聖學十圖》는 열아홉 살에 왕위에 오른 선조宣祖가

---

22 정원재와 손영식은 이이가 순자(荀子) 이래 중국 송대의 호남(湖南) 학자들이 주장한 '지각설(知覺說)'의 계보를 잇고 있으며, 특히 명대 철학자인 나흠순(羅欽順, 1465~1547)의 '리일분수(理一分殊)' 이론으로부터 영향을 받았다고 본다. '지각설'이란 마음의 핵심적인 기능이 '지각(知覺)'하는 데 있다고 보는 이론 체계이다. 위의 논문, 21~31면; 손영식,『성리학의 형이상학 시론 : 이황과 이이 철학의 성격 규정』, 울산대 출판부, 2007, 212~217면 참조.

23 한편 조식은 이황이나 이이와 구별되는 또다른 길을 걸었다. 조식은 이황이나 이이가 펼친 심성에 관한 형이상학적 이론의 제기가 자칫 공리공론에 빠질 위험을 경계하며, '마음을 어떻게 다스릴 것인가'라는 실천적 문제에 초점을 두었다. 그 결과 '경(敬)'과 '의(義)'를 중시하는 수양론을 주장했다. 금장태,『한국유학의 心說』, 서울대 출판부, 2002, 85~97면 참조. 조식의 마음 수양론(修養論)에 대해서는 본서의 제2장 제2절에서 고찰한다.

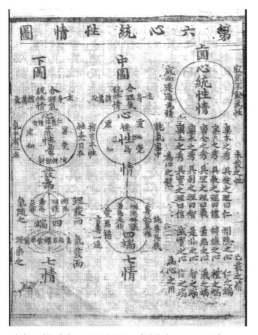

이황, 〈심통성정도(心統性情圖)〉, 《성학십도(聖學十圖)》,
국립중앙도서관 소장

장차 훌륭한 왕이 되기를 바라며 이황이 지어 올린 책이다. 선조의 즉위로 훈구파의 시대가 가고, 사림士林이 집권하는 새 시대가 오기를 바란 이황의 마음이 이 책에 담겨 있다고 평가된다.[24] 《성학십도》에는 총 열 가지 도설이 수록되어 있는데, 그 가운데 심성론과 관련된 도설은 제6도인 〈심통성정도心統性情圖〉, 제7도인 〈인설도仁說圖〉, 제8도인 〈심학도心學圖〉, 제9도인 〈경재잠도敬齋箴圖〉, 제10도인 〈숙흥야매잠도夙興夜寐箴圖〉이다. 이 중 두 가지를 살펴보자.

제6도인 〈심통성정도〉는 상도上圖, 중도中圖, 하도下圖로 이루어져 있는데, 상도는 중국 송대의 신유학자인 정복심程復心, 1279~1368이 그린 것이고, 중도와 하도는 이황이 추가한 것이다. 이 그림의 상도는 주희 심성론의 핵심 명제인 '심통성정心統性情'의 요지要旨를 표현한 것이다. 거기에 이황이 중도와 하도를 추가하여 그 안에 자신이 정립한 '심시리기

---

24 李滉, 『역주와 해설 성학십도』(고려대 민족문화연구원 한국사상연구소 편), 예문서원, 2009, 15면 참조.

합心是理氣合'의 이론을 담아냈다.

제8도인 〈심학도〉는 본래 정민정의 『심경부주』에 실려 있는 정복심의 도설이다.[25] 이 그림은 '마음'이 한 몸의 주재자一身主宰임을 그린 상도上圖와, '경敬'이 마음의 주재자一心主宰임을 그린 하도下圖로 이루어져 있다.[26]

이황 외에도 이이가 〈심성정도心性情圖〉를 짓고, 조식이 〈신명사도神明舍圖〉를 짓는 등 조선 신유학의 대가로 꼽히는 학자들이 공통적으로 도설을 지었다.[27] 그런데 이와 같은 도설은 복잡한 철학 이론을 이해하기 쉽게 전달하는 데 효과적이기는 하지만, 다른 한편으로는 이론이 단순화됨으로써 교조적으로 흐르기 쉽다는 폐단이 없지 않다.

한편 권근의 『입학도설入學圖說』에 영향을 받아 일찍부터 유희적 도설圖說이 등장하기도 했다. 권채權採, 1399~1438라는 인물이 만든 〈작성도作聖圖〉는 일종의 주사위 놀이를 위한 그림으로, 성리학의 마음 수양론을 '놀이화'한 것이다. 즉 9분分에서 1분分까지 사람의 어질고 어리석음에 따라 마음의 맑고 흐림을 다르게 하여 1분을 좇으면 올라가기 쉽고 9분을 좇으면 올라가기 어렵게 만든 놀이로 알려져 있다.[28]

이처럼 도설을 통해 성리학적 심성론의 논의가 일부 학자들의 전유

---

25 위의 책, 261면 참조.
26 이 두 가지 도설에 보이는 심성론의 주요 이론은 천군서사의 기본구조와 밀접한 관련을 맺고 있다. 후에 살피겠지만, '마음과 몸'의 관계를 군신(君臣) 관계로 설정한다거나 '경(敬)'을 재상의 역할을 맡은 인물로 설정하는 구도가 천군서사에서 나타난다.
27 도설의 전통은 정지운(鄭之雲, 1509~1561)의 「천명도설(天命道說)」, 이항로(李恒老, 1792~1868)의 〈성정도(性情圖)〉, 이진상(李震相, 1818~1868)의 〈심도(心圖)〉에서도 확인된다. 신상필, 「天君類 出現의 철학적 기반과 서사문학적 지위」, 『漢文學報』 22, 우리한문학회, 2010, 294~296면 참조.
28 위의 논문, 289~290면 참조.

물이 아닌 사대부 공통의 문화를 이루어 감으로써 자연히 '천군서사'가 등장할 만한 배경이 형성되어 갔던 것으로 생각된다. 본래 성리학은 중국에서 전래된 것이지만 중국에서는 명대에 이미 양명학적陽明學的 논의가 무르익고 있었다.[29] 그에 비해 조선에서는 성리학이 주류 학문의 자리를 차지하면서 점차 학문적 영역을 넘어 사대부의 문화 전반에 침투해간 것이다.

2. 천군서사의 전개

'천군서사'는 기본적으로 동아시아 의인체擬人體 산문의 전통을 계승하고 있다. 즉 사람이 아닌 사물을 사람인 것처럼 서술하는 허구적 산문, 이를테면 '가전假傳'과 같은 글쓰기의 전통을 계승하고 있는 것이다. 잘 알려져 있듯 동아시아에서 가전 장르를 창안한 인물은 중국 당대唐代의 문인인 한유韓愈, 768~824이다. 한유는 붓을 '모영'이란 인물로 의인화한 「모영전毛穎傳」을 창작했는데 이것이 가전의 시초이다. 이후 중국에서는 특히 송대에 여러 사물들을 입전한 가전이 활발히 창작되었다. 벼루를 의인화한 소식蘇軾, 1037~1101의 「만석군나문전萬石君羅文傳」, 술을 의인화한 진관秦觀, 1049~1100의 「청화선생전淸和先生傳」, 죽부인을 의인화한 장뢰張耒, 1054~1114의 「죽부인전竹夫人傳」 등이 그것이다. 이 밖에도 종이,

---

29 시마다 겐지(島田虔次), 김근우 역, 『朱子學과 陽明學』(제2판), 까치, 2001, 146~163면 참조.

먹, 화살, 술잔, 나무 등을 의인화한 다양한 가전이 창작되었다.

중국의 가전 작품을 접한 고려시대의 문인들도 가전을 창작했다. 임춘林椿은 술을 의인화한 「국순전麴醇傳」과 돈을 의인화한 「공방전孔方傳」을 지었다. 그 뒤를 이어 이규보李奎報, 1168~1241는 술을 의인화한 「국선생전麴先生傳」과 거북이를 의인화한 「청강사자현부전淸江使者玄夫傳」을 지었다. 이 외에도 이곡李穀, 1298~1351은 죽부인을 의인화한 「죽부인전竹夫人傳」을, 이첨李詹, 1345~1405은 종이를 의인화한 「저생전楮生傳」을 남기는 등 고려시대에는 가전의 창작이 활발히 이루어졌다.[30]

그런데 조선시대에 들어와 한국의 가전에만 보이는 독특한 입전대상이 등장했으니 바로 '마음'이다. '천군天君'으로 표상된 '마음'이 가전의 등장인물로 출현한 것이다. 본래 '천군'이라는 말이 '마음'을 뜻하게 된 것은 중국 제자백가서의 하나인 『순자荀子』에서 연원한다. "마음은 몸 가운데 빈 곳에 거주하여 다섯 신하를 제어하니 바로 이를 일컬어 '천군'이라 한다"는 언급이 그것이다.[31] 그렇지만 이렇게 마음을 의인화한 인물이 서사 문학에 등장한 것은 중국 작품이 아닌 한국 작품에서였다.

---

30 김창룡, 『韓中假傳文學의 硏究』, 새문사, 1985; 김창룡, 『가전문학의 이론』, 박이정, 2007 참조.

31 "心居中虛, 以治五官, 夫是之謂天君"(『荀子』 「天論」). 또한 『순자』에는 '마음'을 유교적 질서와 결합시키는 한편, '마음'과 '몸'에 사회적 관계를 부여함으로써 마음의 의인화 방향을 제시하는 중요한 언급이 보인다 : "마음은 몸의 군주이며 신명(神明)의 주인이니, 명령을 내릴 뿐 명령을 받지 않는다. 스스로 금지하고, 스스로 시키고, 스스로 빼앗고, 스스로 취하고, 스스로 행하고, 스스로 그친다. 그러므로 입은 강제로 다물거나 말하게 할 수 있고, 몸은 강제로 굽히거나 펴게 할 수 있지만, 마음은 강제로 뜻을 바꾸게 할 수 없다[心者, 形之君也, 而神明之主也, 出令而無所受令. 自禁也, 自使也, 自奪也, 自取也, 自行也, 自止也. 故口可劫而使墨云, 形可劫而屈申, 心不可劫而使易意]"(『荀子』 「解蔽」).

앞 절에서 고찰했듯 조선 사대부들이 성리학적 심성론에 대한 논의를 심화·확장해간 것이 이런 문학적 현상에 주요한 영향을 미친 것으로 보인다. 이런 현상은 가전뿐 아니라 다른 장르에 속하는 의인체 산문에서도 확인된다. 그 초기작으로 김안로金安老, 1481~1537의 「성의관기誠意關記」와 홍성민洪聖民, 1536~1594의 「천군이 지수를 보내 수성을 공격하다天君遣志帥攻愁城」가 주목된다. 그 중 「천군이 지수를 보내 수성을 공격하다」는 '천군'이 '지수志帥'에게 보내는 조서詔書의 형식을 취하고 있으며, 술을 의인화한 '면생麯生'이라는 인물이 등장한다. 한편 권호문權好文, 1532~1587의 「계약옥시啓鑰玉匙」는 부賦의 형식을 취하고 있는데, 이 작품에서는 '신명사神明舍', '영대靈臺', '의문義門' 등 마음과 관련된 추상적 관념들이 여러 공간적 배경으로 의물화擬物化되어 있다. 또한 장현광張顯光, 1554~1637의 「박인로의 「무하옹 구인산기」의 뒤에 쓰다書朴仁老無何翁九仞山記後」에는 '경敬'을 의인화한 '성성옹惺惺翁'이라는 인물이 등장하고 있어 주목된다. 이 밖에도 윤광계尹光啓, 1559~1619의 「중수신명사기重修神明舍記」와 같은 작품은 '마음'을 '신명사神明舍'라는 집으로 형상화하여, 마음을 수양하는 것을 집을 잘 관리하는 것에 빗대고 있는데, 이런 발상법은 일찍이 남효온南孝溫, 1454~1492의 「옥부屋賦」에 나타난 바 있다.[32]

이상과 같이 15, 6세기에 천군서사의 초기작들이 활발히 창작되는 가운데, '마음'을 탐구하는 '서사적 방법'들이 다채롭게 모색되었다. 그

---

32 강혜규, 「천군계 작품의 史的 고찰」, 『精神文化研究』 31, 정신문화연구원, 2008, 302~317면; 안세현, 「15세기 후반~17세기 전반 성리학적 사유의 우언적 표현 양상과 그 의미」, 『民族文化研究』 51, 고려대 민족문화연구소, 2009, 218~224면 참조.

중 가장 문제적인 작품으로 김우옹金宇顒, 1540~1603의 「천군전天君傳」과 임제林悌, 1549~1587의 「수성지愁城誌」를 꼽을 수 있다. 「천군전」과 「수성지」는 『천군기』의 창작에도 주요한 영향을 미쳤으므로, 이하 이 두 작품을 중점적으로 고찰하고자 한다.

1) '주경적主敬的 서사구조'의 확립

김우옹金宇顒의 「천군전天君傳」은 조식의 〈신명사도神明舍圖〉를 바탕으로 창작되었다. 조식은 1561년명종 16에 〈신명사도〉를 제작한 뒤, 같은 해에 도상圖像의 의미를 밝히는 「신명사명神明舍銘」이라는 명을 지었다.[33] 그리고 1566년명종 21에 수제자인 김우옹으로 하여금 「천군전」을 짓도록 명했다.[34]

이황이나 이이에 비해 조식은 성리학의 사변화思辨化를 지양하고 성리학의 실천성에 주목한 학자였다. 그래서 그는 16세기 조선 학계에서 가장 뜨거운 논쟁이었던 이황과 기대승 사이의 사단칠정 논변에 대해서도 비판적이었다. 이런 지향 때문에 조식은 자신의 사유체계를 이론적 저술로 남기는 대신 압축적인 명銘이나 간략한 도상으로 제시했다. 그 중에서도 〈신명사도〉는 마음에 대한 조식의 생각을 집약적으로 담아낸 도상으로 평가받는다.

---

33 정인홍(鄭仁弘)이 쓴 조식의 행장에 "일찍이 〈신명사도〉를 지으시고 이어서 「명」을 지으셨다[嘗作〈神明舍圖〉, 繼爲之銘]"라는 언급이 보인다. 김충열, 「神明舍圖·銘의 새로운 考釋」, 『南冥學研究論叢』 11, 남명학연구원, 2002, 6면 참조.

34 "남명 선생께서 〈신명사도〉를 지으시고 선생(김우옹-인용자)으로 하여금 전을 짓게 하셨는데 선생이 젊을 때였다[南冥先生作〈神明舍圖〉, 命先生作傳, 盖先生少時也]" (金宇顒, 『東岡集』 권16 「天君傳」).

그간 철학계에서는 주로 〈신명사도〉의 해석, 특히 도상 각 부분의 의미에 주목한 연구가 이루어져 왔다.[35] 한편 국문학계에서는 「천군전」의 서사를 인물과 사건 중심으로 분석하고, 작품의 주제를 검토하는 연구가 이루어져 왔다.[36] 이와 같은 선행 연구를 통해 조식 사상의 요체라 할 〈신명사도〉의 의미가 상당 부분 밝혀졌고, 「천군전」의 문학적 특징 및 문학사적 의의 또한 논의되었다.

김우옹이 「천군전」을 쓴 시기는 1566년, 그의 나이 27세 때였다. 김우옹은 24세에 조식의 문하에 들어갔으며 당시 이미 조식의 수제자로 인정받고 있었다.[37] 게다가 김우옹은 특별히 조식의 명을 받아 「천군전」을 지었다. 이런 정황들을 고려할 때, 김우옹이 「천군전」 안에 스승의

---

35 전병윤, 「南冥 曺植의 〈神明舍圖〉 考察」(『南冥學研究』 1, 경상대 남명학연구소, 1991)에서 〈신명사도〉를 '권내(圈內)'와 '권외(圈外)'로 나누어 각 부분의 의미를 다양한 전거를 들어 분석했다. 최석기, 「南冥의 〈神明舍圖〉·「神明舍銘」에 대하여」(『南冥學研究』 4, 경상대 남명학연구소, 1994)에서 〈신명사도〉를 '곽내(郭內)', '곽외(郭外)', '하면(下面)'의 세 부분으로 나누어 도상의 의미를 분석하고, 〈신명사도〉와 「신명사명」의 내용을 주제 중심으로 고찰했다. 손영식, 「남명 조식의 주체성 확립 이론과 사림의 정신 (II)」(『南冥學研究論叢』 7, 남명학연구원, 1999)에서 〈신명사도〉의 각 부분을 남명의 주체적인 마음 이론과 관련지어 논의했다. 한편 『남명집』(경상대 남명학연구소 편, 한길사, 2001)의 〈신명사도〉 부분에 여러 학자들의 해석이 집성되어 있다.

36 이동근, 「朝鮮朝 心性假傳의 研究」, 『古小說研究』 1, 고소설학회, 1995; 김광순, 「天君傳의 構造와 小說史的 位相」, 『語文論叢』 40, 한국문학언어학회, 2004; 허원기, 「天君小說의 心性論的 意味」, 『古小說研究』 11, 고소설학회, 2001; 허원기, 「心性圖說의 圖像學的 意味와 心性寓言小說」, 『南冥學研究』 20, 남명학연구원, 2005.

37 김우옹은 생애 전체로 보면 조식과 이황의 양문(兩門)에 속한 제자로 평가된다. 김우옹은 1566년, 과거에 응시하기 위해 한양에 갔다가 마침 왕명을 받아 도성에 와 있던 이황을 찾아갔다. 첫 만남에서 이황에게 깊은 감화를 받은 김우옹은, 이후 이황의 학문을 사숙하며 평생 그를 우러렀다. 이에 벗 정구(鄭逑)는 김우옹의 만사(輓詞)에서, "퇴도(退陶)의 정맥을 끝까지 우러렀고 / 산해(山海 : 조식의 당호(堂號)-인용자)의 고풍을 특히 흠모했네[退陶正脈終天慕, 山海高風特地欽]"라고 했다. 그렇기는 하나 「천군전」을 지을 당시의 김우옹은 남명의 지도 하에 있었다는 사실을 기억할 필요가 있다.

사상을 충실히 담아내고자 의도했으리라는 사실은 분명해 보인다. 그럼에도 불구하고 그 '표현 형식'으로 인해 〈신명사도〉와 「천군전」은 차이를 보인다. 이 문제를 고찰하기 위해 먼저 〈신명사도〉의 주요 부분을 살펴보도록 한다.

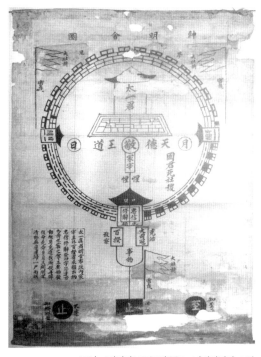

조식, 〈신명사도(神明舍圖)〉, 남명기념관 소장

그림에서 보듯 〈신명사도〉는 크게 성곽의 내부와 외부 및 글귀가 있는 하단부로 이루어져 있다. 성곽 내부를 보면 '신명사神明舍'라는 집이 있고 그 안에 '태일군太一君'이 자리하고 있다. '신명사'는 마음을 집으로 형상화한 것으로, 『주자어류朱子語類』 권5의 "마음은 신명神明의 집이다心是神明之舍"라는 진술에 근거한다.[38] '태일太一'은 '태극太極'을 뜻한다. 그러므로 '태일군太一君'은 마음을 임금으로 형상화한 것이다.[39] 이 점에서 '신명사'와 '태일군'은 둘로 나뉘어 있으나, 실제로는 '마음'이라는

---

38 최석기, 앞의 논문, 162면 참조. 다만 최석기는 조선시대에 「신명사도명혹문(神明舍圖銘或問)」을 쓴 허유(許愈)의 견해에 동조하며 '신명사'를 심장(心臟)으로 간주하고 있는데 그렇게 확정할 만한 근거는 부족하다고 생각한다.

39 위의 논문, 162~163면; 전병윤, 앞의 논문, 28~31면 참조.

하나의 대상을 뜻한다.

성곽 내부에서 다음으로 주목되는 것은 '경敬'이다. '경'은 총재冢宰라는 직위의 인물로 의인화되어 있다. 『주역周易』 곤괘坤卦에 "경敬으로서 안을 바르게 한다敬以直內"는 말이 보이는데, 바로 이에 해당된다. 총재의 아래 쪽 좌우에 '성성惺惺, 깨어있음'이라는 글귀를 적어 총재가 제 역할을 하기 위해서는 늘 깨어 있어야 함을 강조하고 있다. 한편 '경'의 좌우에 '천덕天德'과 '왕도王道'라는 말이 쓰여 있는데, 이 글귀가 '경'에 속하는 것인가 아닌가에 대한 논의가 분분하다. 19세기 성리학자인 허유許愈, 1833~1904는 '천덕'과 '왕도'를 각각 『대학大學』의 '명명덕明明德'과 '친민親民'에 견주어, 그 요체가 '경'에 있으므로 '경'의 좌우에 이 글귀를 써 놓은 것으로 해석했다.[40] 반면 조식이 「무진봉사戊辰封事」에서 "안으로 마음을 보존해 혼자 있을 때 삼가는 것이 천덕天德이고, 밖으로 성찰해 행하기를 힘쓰는 것이 왕도王道이다"[41]라고 한 것이 〈신명사도〉의 '천덕'과 '왕도'의 의미라고 보는 견해도 있다.[42]

한편 성에는 구관口關, 목관目關, 비관耳關이라는 세 개의 관문이 있는데 이곳에 "조짐을 살피는審幾" 세 개의 대장大壯 깃발이 있다. 이는 마음을 수양함에 있어 외적外敵과 싸우는 요충지가 입, 눈, 귀라는 생각을 표현한 것이다. 그 중에서도 입은 국가의 중요 기밀을 받들어 내보내고 들여

---

[40] "天德,王道卽『大學』所謂明德,親民是也. 明德,親民, 其要只在敬, 此所以夾敬而書也"(許愈, 『后山集』 권12 「神明舍圖銘或問」).
[41] "存心於內而謹其獨者, 天德也; 省察於外而力其行者, 王道也"(曺植, 『南冥集』 권2 「戊辰封事」).
[42] 최석기, 앞의 논문, 163~165면 참조.

보내는 일承樞出納을 하므로 '참된 마음과 미더움忠信', '말을 닦음修辭'이
추가되었다.[43]

이처럼 〈신명사도〉에 그려진 마음의 성城은 언제 일어날지 모르는 외
부의 공격에 맞서 즉각 싸워 이길 만한 준비가 되어 있는 강한 자아로 그
려져 있다. 이것은 조식이 평소 늘 차고 다니던 검에 붙인 「패검명佩劍銘」
에 보이는 "안으로 밝게 하는 것은 경敬이요, 밖으로 과단果斷하는 것은
의義이다內明者敬, 外斷者義"라는 정신과 직결된다.[44]

이상의 검토를 종합해 보면, 조식이 〈신명사도〉라는 도상 안에 자신
이 정립한 마음 수양론의 요체를 압축해 제시했음을 알 수 있다. 그런
데 〈신명사도〉는 이상적인 마음의 상태를 그리고 있어 도상 안에 '갈등
의 과정'이 담겨 있지 않다. 무엇보다 구체적인 외적外賊이 나타나 있지
않다.[45] 완전하게 방비된 상태, 다시 말해 '완성태完成態'라고 이를 만한
상태만이 포착되어 있다. 이는 도상이라는 표현 형식에서 비롯된 결과
이다. 그러나 실제 인간의 마음은 고요하고 평화로운 상태에 처해 있기
보다 끊임없이 투쟁 중이다. 조식도 이 점을 간과하지 않은 듯하다. 이
에 조식은 〈신명사도〉에 이어 창작한 「신명사명」에 그 투쟁의 과정을
담아냈다. 다음이 「신명사명」의 전문이다.

---

43 손영식, 앞의 논문, 198~203면 참조.
44 曺植, 『南冥集』 권1 「佩劍銘」.
45 김광순, 앞의 논문, 88면에서 「천군전」과 〈신명사도〉를 비교하며, 「천군전」에 등장하는
     반동인물들이 〈신명사도〉에 보이는 '아홉 구멍[九竅]'과 비슷한 기능을 한다고 언급했
     는데 착오인 듯하다. '아홉 구멍'은 「신명사명」에만 보이며, 〈신명사도〉에는 나타나 있
     지 않다.

태일진군(太一眞君)께서

명당에서 정사(政事)를 펴시니

안에서는 총재(冢宰)가 주관하고

밖에서는 백규(百揆)가 살핀다.

국가의 기밀을 받들어 출납을 맡고

진실하고 미더운 언어로 표현한다.

네 글자 부절(符節)을 발부하고,

백 가지 금지(禁止)의 깃발을 세운다.

아홉 구멍[九竅]의 사악함이

세 군데의 요처(要處)에서 처음으로 나타나니

조짐이 있으면 용감하게 이겨내고

나아가 반드시 섬멸한다.

태일진군께 승리를 보고하니

요순(堯舜)의 세월이로다.

세 관문을 닫아두니

청아한 들판이 끝없이 펼쳐 있다.

하나로 돌아가니

시동(尸童)과 같고 연못과 같도다.[46](강조는 인용자)

---

46 "大一眞君, 明堂布政. 內冢宰主, 外百揆省. 承樞出納, 忠信脩辭. 發四字符, 建百勿旂. 九竅之邪, 三要始發. 動微勇克, 進敎廝殺. 丹墀復命, 堯舜日月. 三關閉塞, 淸野無邊. 還歸一, 尸而淵"(曺植, 『南冥集』 권1 「神明舍銘」). 번역은 『남명집』(경상대 남명학연구소 편), 한길사, 2001, 162~174면 참조. 「神明舍銘」은 판본에 따라 주석에 조금씩 차이가 있으나 그 차이가 본서에서 다루는 문제에 영향을 미치지 않으므로 따로 논의하지 않는다.

인용문 서두의 8행은 〈신명사도〉에서 제시한 이상적인 마음의 상태를 이상적인 국가의 상황에 빗대어 알레고리로 표현한 것이다. 주목할 곳은 강조 표시한 대목이다. 〈신명사도〉에 그려지지 않은 외적外賊이 "아홉 구멍의 사악함九竅之邪"으로 구체화되어 등장한다. "세 군데의 요처三要"는 〈신명사도〉의 구관口關, 목관目關, 이관耳關과 대응되고, "조짐"은 〈신명사도〉의 '대장기大壯旗' 및 '심기審幾'와 대응되며, "용감하게 이겨내고"는 〈신명사도〉의 '극치克治' 및 '치찰致察'과 대응된다. 이렇듯 「신명사명」의 주요 내용은 기본적으로 〈신명사도〉에서 이미 구상된 것이다. 그럼에도 불구하고 '아홉 구멍의 사악함'이라는 구체적인 외적의 설정으로 인해, 비로소 〈신명사도〉의 '심기'와 '극치'와 '치찰'이 일련의 '서사'로 연결되어 사건과 갈등을 담아내게 되었다.

즉 〈신명사도〉 내에 잠재되어 있기는 하지만, 표현 형식의 제약으로 인해 분명히 그려질 수 없었던 인간의 마음에서 벌어지는 갈등의 원인과 그 극복의 과정이 「신명사명」에 이르러 표현되었다. 그렇기는 하나 '명'이라는 짧고 응축된 형식 안에서 서사를 전개하는 데에는 한계가 있다. 이 때문에 조식이 김우옹에게 '전傳'이라는 형식으로 〈신명사도〉 및 「신명사명」의 주지를 다시 표현할 것을 명하지 않았나 추정된다.

김우옹의 「천군전」에는 '유인씨有人氏'라는 나라를 배경으로 본래 '리理'라는 이름을 지녔으나 인간 세계에 봉해진 뒤 '심心'이라는 이름을 갖게 된 천군이 등장한다. 〈신명사도〉나 「신명사명」에 보이는 태일진군太一眞君이라는 이름과는 차이가 있다. 천군은 태재太宰인 '경敬'과 백규百揆인 '의義'라는 두 신하의 보필을 받는다. 경과 의는 〈신명사도〉와

「신명사명」에도 보인다. 군신들과 화합하여 국가를 잘 다스리던 천군이 점차 미행微行을 좋아하니 공자公子 해懈, 게으름 와 공손公孫 오傲, 거만함 가 태재 경을 쫓아낸다. 공자 해와 공손 오는 「천군전」에서 처음 등장하는 인물들인데 〈신명사도〉와 「신명사명」에서 '조짐을 살핀다審幾'고 할 때의 '조짐幾'에 해당된다. 천군이 점차 밖으로만 다니니 요적妖賊인 화독華督이 난을 일으키고, 괴수怪獸 유척柳跖이 성에 들어와 어지럽힌다. 모두 천군을 버리고 떠나지만 공자 양良이 시를 지어 천군을 일깨운다. 천군이 깨달아 군사들을 모으고 경을 태재의 자리에 복귀시킨다. 천군이 대장군 극기克己를 앞세우고 공자 지志와 협력하여 백여 차례의 전투 끝에 성을 되찾는다. 경과 의가 직책을 잘 맡아 나라가 태평해지자 천군은 재위 백년 만에 육룡六龍을 타고 건원제乾元帝의 조정에 올라간다.

이처럼 김우옹의 「천군전」은 기본적으로 조식의 〈신명사도〉와 「신명사명」에 표명된 마음 수양론의 요체를 담고 있다. 즉 「천군전」을 통해 '철학의 문학화' 내지 '이념의 서사화'라고 할 만한 시도가 본격적으로 이루어진 것이다.[47] 하지만 「천군전」은 '서사'의 형식을 취함으로써 시간성時間性이 가미되었고, 그로 인해 공자 해와 공손 오, 요적 화독과 괴수 유척이라는 구체적인 반동인물이 등장하여 그들과 경·의가 대립하는 전투가 그려지게 되었다. 또 한 가지 주목되는 차이는 경과 의 가운데 '경'이 부각되는 구조가 정립되었다는 점이다. 조식의 사상에서는 본래 경과 의가 동등한 중요성을 지닌다.[48] 그런데 '의'란 먼저 내면의

---

47 박희병, 『유교와 한국문학의 장르』, 돌베개, 2008, 53면 참조.
48 조식 사상에서 경과 의가 동등하게 강조되었다는 사실은 선행연구에서 많이 논의되었

경을 바탕으로 삼아 이를 사회적 차원으로 확장하여 실현할 수 있는 가치이다. 이 때문에 시간의 제약을 받는 「천군전」이라는 서사에서 김우옹이 '경'을 우선시하지 않았나 생각된다. 「천군전」의 마지막 부분에서 '경'에 대한 강조가 잘 확인된다.

태사공(太史公)이 말했다.

"내가 보건대 천군의 임금됨은 태재 경의 도움에 의지한 것인저! 나라가 잘 다스려진 것은 경을 재상으로 삼았기 때문이요, 나라가 어지러워진 것은 경을 버렸기 때문이요, 다시 회복한 것은 경이 돌아왔기 때문이요, 상제(上帝)의 조정에 올라간 것도 경으로써요, 만방을 통치한 것도 경으로써니, 첫째도 태재이고 둘째도 태재이다! (……)"[49]

이처럼 「천군전」을 계기로 '경'을 뜻하는 등장인물이 서사 진행에서 중심적인 역할을 맡는 '주경적主敬的 서사구조'가 확립되었다. 「천군전」에서 확립된 이와 같은 서사구조는 황중윤의 『천군기』를 비롯한 후대의 천군서사에 영향을 미치며 하나의 공통구조로 자리 잡게 된다.[50]

다. 『남명사상의 재조명』, 남명학연구원 편, 예문서원, 2006 참조. 한편 손영식은 이에 대해, 조식의 사상은 언제나 대립되는 두 가지가 팽팽하게 긴장된 관계를 유지하고 있으며, '경'과 '의'에 대한 동등한 강조란 내면이 맑은 사람으로서의 '안회(顔回)'와 큰 임무를 맡은 사람으로서의 '이윤(伊尹)'의 정신을 종합한 것으로 해석한 바 있다. 손영식, 앞의 논문, 91~114면 참조.

49 "太史公曰:'予觀天君之爲君也, 其賴太宰敬之輔乎! 其治也, 以相敬, 其亂也, 以去敬, 其還也, 以復敬, 其配上帝也, 以敬, 其統萬邦也, 以敬, 一則太宰, 二則太宰! (……)'" (金宇顒, 『東岡集』 권16 「天君傳」).

50 김광순, 『天君小說 硏究』(형설출판사, 1980), 105면에서 "「천군전(天君傳)」은 후대에 나온 천군소설(天君小說)에 많은 영향을 끼쳤음을 물론, 후대 작품들은 「천군전」에서

2) 역사의식과 불평지심不平之心의 가탁

임제林悌의 「수성지愁城誌」는 16세기 말에 창작되었는데, 1617년광해군9에 초간初刊된 그의 문집인 『임백호집林白湖集』에 실렸다. 이 글은 당대 최고의 비평가였던 허균許筠, 1569~1618으로부터 "이른바 「수성지」는 문자文字가 생긴 이래 하나의 특별한 글이니, 천지 사이에 이 글이 없어서는 안 될 것이다"[51]라는 평을 받았다. 또한 당대의 문장가인 이식李植과 이수광李睟光도 「수성지」에 대한 평을 남겼다.[52]

그런 만큼 「수성지」에 대한 연구는 한국 고전문학 연구 초창기부터 활발히 수행되어 왔으며, 그 결과 상당한 질적·양적 축적을 이루었다.[53] 그 중에서도 많은 연구자들에 의해 꾸준히 쟁점이 되어온 것은 「수성지」의 주제의식 및 창작의식이었다. 그리하여 우원迂遠한 비유로 자기의 불우를 탄식한 것이라고 본 견해가 있는가 하면, 현실에 대한 풍자로 본 견해도 있고, 정치적 상황에 대한 비판으로 본 견해도 있다.

공통적으로 '수성愁城'으로 표현된 시름의 정체가 무엇인가가 쟁점이

부연(敷衍) 혹은 변이(變移)된 것으로 보인다"라고 했다.

51 "所謂「愁城誌」者, 結繩以來別一文字, 天地間自欠此文字不得"(許筠, 『惺所覆瓿藁』 권 26 『鶴山樵談』).

52 李植, 『澤堂先生續集』 권1 「五評事詠」; 李睟光, 『芝峯類說』 권8 「文評」.

53 「수성지」에 대한 연구사는 김유미, 「『愁城誌』의 서술구조와 주제 연구」, 이화여대 석사논문, 2003, 2~6면; 황일근, 「임제 문학에 나타난 '욕망'과 '시름'의 양상」, 연세대 석사논문, 2005, 47~54면 참조. 본서에서는 천군서사의 전개와 관련하여 「수성지」를 검토하므로, 이 문제와 관련된 연구사를 선별적으로 논하기로 하고 연구사 전체를 개관하지는 않는다. 주요 연구 성과로 임형택, 「李朝前期의 士大夫文學」, 『韓國文學史의 視角』, 창작과비평사, 1984; 정학성, 「林白湖 文學研究」, 서울대 박사논문, 1986; 윤주필, 「『愁城誌』의 3단 구성과 그 의미」, 『韓國漢文學研究』 13, 한국한문학회, 1990; 김현양, 「16세기 후반 소설사 전환의 징후와 『愁城誌』」, 『古典文學研究』 24, 한국고전문학회, 2003; 강혜규, 「『愁城誌』의 주제의식」, 『大東文化研究』 62, 대동문화연구원, 2008 참조.

되어 온 것인데, 그 중 「수성지」의 주제의식을 '계유정난癸酉靖難에 대한 분민憤懣'으로 본 연구가 주목된다.[54] 즉 「수성지」에 나타난 우수憂愁와 분한憤恨이 '세조世祖의 왕위찬탈'이라는 역사적 사건에 대한 비판의식의 표출이라고 본 것이다. 이 주장은 「수성지」의 문제적 인물을 송옥宋玉과 굴원屈原으로 파악하는 데 근거를 둔다. 두 인물은 모두 고대 중국의 충신으로, 송옥은 초楚 회왕懷王을, 굴원은 초楚 양왕襄王을 끝까지 섬겼다.

필자는 이 관점에 대체로 동의한다. 그런데 「수성지」가 천군서사의 사적史的 전개에서 점하는 위상과 의미를 파악하기 위해서는 이런 주제적 접근에 서사적 특질에 대한 고찰이 더해져야 할 듯하다. 이 점에 대해 검토하기에 앞서 임제의 생애를 간략히 살펴보도록 한다.

임제는 을사사화가 일어난 지 4년 뒤인 1549년명종 4에 태어났다. 당시는 이미 연이은 사화로 사림士林의 세력이 크게 위축된 시기였다. 조부인 임붕林鵬, 1486~1553은 1519년 기묘사화로 조광조趙光祖가 화를 입게 되자 그를 구명하는 데 앞장섰던 인물이다. 이런 정치적 성향은 아들인 임복林復, 1521~1576에게로 이어졌다. 임복은 임제의 백부伯父로서 외직에 있던 부친 임진林晉, 1526~1587을 대신해 어린 시절의 임제에게 지대한 영향을 준 인물이다. 임복은 1546년명종 1에 문과에 급제해 승문원 정자承文院正字에 등용되었다가 그 이듬해에 양재역良才驛 벽서壁書 사건[55]에 연

---

54 강혜규, 위의 논문.
55 1547년 9월에 부제학(副提學) 정언각(鄭彦愨) 등이 경기도 과천 양재역(良才驛) 벽 위에서 문정왕후와 이기(李芑) 등의 권력 농단을 비방하는 내용의 글을 발견했다. 이 벽서가 조정에 보고되자 당시 섭정을 하던 문정왕후가 명종(明宗)에게 지시하여 윤임(尹任) 일파를 숙청하게 했다. 이 사건은 윤원형(尹元衡) 일파가 정적을 숙청하기 위해 만들어낸 일로 알려져 있다. 『明宗實錄』 명종 2년(1547) 9월 18일자 기사 참조

루되어 평안도 삭주朔州에 유배되었다. 이런 환경 속에서 임제는 지배체제에 대해 비판적인 정서를 갖게 되었을 가능성이 크다. 그런데 1565년에 문정왕후文定王后가 죽고 사림파 정권이 수립되었다. 임제는 과거 공부에 힘써 1577년선조 10에 문과에 급제하고, 승문원 정자承文院正字에 임명되었다. 그러나 실제로 그가 체험한 관료 사회는 당파 간의 정쟁 속에 모순과 파탄을 드러냈으며, 임제의 호탕한 기질로 인해 환로 또한 순탄치 못했다.[56] 결국 임제는 내직에 머물지 못하고 함경도 안변安邊의 고산찰방高山察訪, 북도병마평사北道兵馬評事, 서도병마평사西道兵馬評事 등을 전전하며 변방을 떠돌았다.[57]

이런 임제의 삶을 염두에 두면서 「수성지」의 구성을 검토해 보자. 필자는 「수성지」의 구성을, '복초復初'로 연호를 고치는 사건을 전후로 크게 두 부분으로 나누어 보는 편이 이 작품을 해석하는 데 적합하다고 생각한다.

이렇게 나눌 경우 작품 앞부분의 경개는 이러하다 : 천군은 강충降充 원년元年에 즉위하여 인仁·의義·예禮·지智와 희喜·노怒·애哀·낙樂 그리고 시視·청聽·언言·동動 등의 신하와 함께 국가를 잘 다스린다. 세월이 지나 천군이 점차 안일해지자 충직한 신하인 주인옹主人翁이 나아와 천군에게 모영毛穎,붓, 도홍陶泓,벼루 등의 무리와 어울리지 말 것을 아뢰

---

56 이종묵,「白湖 林悌 漢詩의 文藝美學」(『震檀學報』 96, 진단학회, 2003), 104면에서 임제의 조부가 김안로의 당여(黨與)로 지목되고, 백부가 윤형원의 당여로 지목되어 사림파로부터 배척을 받은 사실이 임제로 하여금 더욱 기탄이 없이 행동하게 했을 수 있다는 논의를 제기한 바 있다.

57 임제의 생애에 대해서는 위의 논문, 101~105면; 신호열·임형택 편역,「연보(年譜)」,『譯註 白湖全集 下』, 창작과비평사, 1997, 1043~1055면 참조.

는 상소를 올린다. 그러나 천군은 주인옹의 말을 듣지 않고 모영 등의 무리와 어울리며 시를 읊고 노닐기를 그치지 않는다. 주인옹이 다시 나아와 상소를 올려 간언하자 이에 천군이 깨닫는다. 그리하여 인·의·예·지와 오관五官과 칠정七情 등의 신하들을 불러 천군을 보필하는 임무를 소홀히 하지 말 것을 당부하는 조서詔書를 내리고, 처음의 정치를 회복할 것을 다짐하며 연호를 '복초復初'로 고친다.

앞부분의 이 서사는 「수성지」 전체에서 차지하는 분량이 적다. 그래서 갈등 양상이 크게 부각되어 있지 않다. 「수성지」 서사의 중심은 수성愁城, 시름이 축조되고 국양麴襄, 술이 이를 격파하는 뒷부분의 서사에 놓여 있으며, 앞에서 검토했듯이 이 부분에 작품의 주제의식이 잘 표출되어 있다. 그렇다면 왜 앞부분에 그러한 서사를 배치했을까? 뒷부분의 서사는 '심성 회복 이후의 서사'라는 점에서 의미를 갖는다고 생각된다. 즉 한 차례의 갈등과 혼란이 지나간 뒤 회복된 마음의 '이후'를 묻고 있는 것이다. 그런데 두 번째로 찾아온 갈등과 혼란이 '시름'에서 비롯되었다는 설정과, 그 시름이 근본적으로 '역사적 및 사회정치적 맥락'을 갖는다는 데 중요성이 있다. 「천군전」에서 제시한 마음 수양의 문제가 초월적인 시공간을 배경으로 이상적이고 관념적인 차원에서 다루어졌다면, 「수성지」에서는 현실적이고 역사적인 차원에서 마음 수양의 문제를 묻고 있는 것이다.

그러므로 「수성지」에 대해 "그(임제-인용자)의 심성론이 마음껏 설파되고 있다"[58]거나, 그 구성이 "태평-혼란-회복의 심성론적 구조"[59]를 취하고 있다고 보는 해석에는 동의하기 어렵다. 오히려 「수성지」는 심성

론적 교양에 기초한 기존의 천군서사를 활용하면서도 그 틀과 문제의식
을 그대로 따르지 않고, 새로운 문제의식을 담아내고 있다고 판단된다.
이 점에서 「수성지」는 「천군전」과 달리 심성론에 대한 문학적 발언이라
기보다 심성론의 논리를 가차假借하여 역사의 부조리함과 비극성을 드러
내고 작가 자신의 불평不平의 소회를 표백하는 데 목적이 있는 것으로 여
겨진다. 바로 이 점에서 「수성지」의 창안이 인정되며, 이 작품의 독특한
위상이 간취된다. 작가는 조선 초기에 일어난 세조의 왕위 찬탈이 도덕
적으로 불의한 것이라고 보고 있으며, 그래서 성삼문成三問, 박팽년朴彭年,
유응부兪應孚 등에 대해 정서적 공감을 표시하고 있다.[60]

하지만 「수성지」에서 작가가 말하고자 한 점이 단지 이것만은 아니
다. 다음의 두 가지 점이 동시에 주목될 필요가 있다. 그 하나는, 이 작
품이 천군서사를 이용해 도덕적으로 정당했으면서도 역사에서 패배하
거나 불우한 삶을 산 인물들에 대한 연민과 공감을 표시하고 있다는 사
실이다. 작가는 이들 인물에 자신의 처지와 마음을 투사하고 있는 게
아닌가 생각된다. 다른 하나는, 뛰어난 능력과 경륜을 지니고 있음에도
정치적으로 소외된 작가 자신의 불우에 대한 수심愁心과 분만憤懣의 감

---

58 김광순, 「白湖 林悌의 生涯와 文學世界」, 『語文論叢』 39, 어문학회, 2003, 63면.
59 윤주필, 「「愁城誌」의 3단 구성과 그 의미」, 『韓國漢文學研究』 13, 한국한문학회, 1990,
     45면.
60 작가는 수성에 있는 네 개의 문 가운데 하나인 '충의문(忠義門)' 안에 거하는 인물들을
     열거하면서 그 맨 끝에 슬쩍 '난파학사(鸞坡學士)'와 '호두장군(虎頭將軍)'을 등장시
     키고 있다. '난파학사'는 '한림학사(翰林學士)'의 이칭이므로 사육신 중 집현전 학사를
     지낸 성삼문과 박팽년 같은 이들을 가리키고, '호두장군'은 무신인 유응부를 가리키는
     것으로 추정된다. 박희병 標點·校釋, 『韓國漢文小說校合句解』, 제2판, 소명출판, 2007,
     187면 참조.

정이 이 작품의 기저에 자리하고 있다는 사실이다. 「수성지」의 다음 대목에 등장하는 인물은 바로 작가의 분신이다.

성 밖의 한 사람이 관성자(管城子 : 붓)를 붙들고 이렇게 말했다.

"그대는 어찌 옛날 일만 추억하고 현실을 무시하며, 저승의 귀신 장부를 점검하는 일만 하고 이승의 사람들에 대해서는 무시하는가? 내가 바로 당세의 호걸이네. 내가 지은 시 한 수가 있으니 그대는 수고스럽더라도 지금 받아 써 주게."

그리고는 소리 높여 이렇게 읊었다.

이 사람 기남자(奇男子)로 일컬음직 하니
십오 세 되기 전에 육도(六韜)를 통달했지.
날카로운 검은 칼집에 먼지 낀 채 꽂아두고
가을 기운 소슬한데 변방 산하 둘러보네.
중년에는 성현의 글 즐겨 읽었으니
허름한 옷 입는 것이야 부끄러운 것 아닐세.
우가(牛歌) 불러 제왕(齊王)의 귀에 들리게 못하였건만
귀밑머리 흐르는 세월 저물자 곧 아침일세.

관성자가 시 읊는 것을 듣고 강개한 기분으로 기록했다. (……)[61]

---

[61] "城外一人, 執管城子曰:'子何追古而遺今, 點鬼簿而蔑陽・也? 我乃當世之人豪, 有詩一章, 煩君寫之. 乃高聲浪吟曰:〈若人足稱奇男子, 十五年前通「六韜」. 塵生古匣劒

성리학에서 개인의 마음 수양을 강조하는 이유는 도덕적 인간이 되고자 하는 데 있다. 나아가 그러한 도덕적 인간이 모여 유가적 이상이 구현된 사회를 만들고자 하는 데 그 궁극적인 목표가 있다. 그러나 임제가 직접 체험하거나 추체험追體驗한 조선은 사화와 역모와 당쟁으로 점철된 불의한 사회였다. 그렇듯 정의가 사라진 사회에서 과연 개인의 온전한 마음 수양이 가능한가에 대해 물음을 던진 것, 그리고 '시름'이라는 것이 과연 개인의 마음 수양에 의해 해소될 수 있는 것인가, 그것은 단지 개인적 문제일 수만은 없으며 사회역사적 맥락 속에 있는 문제가 아닌가 하는 물음을 던진 것이야말로 「수성지」의 중요한 성취이다. 이 점에서 「수성지」는 천군서사의 '형식'을 공유하고 있지만 그 '주제의식' 혹은 '문제의식'에 있어서는 천군서사의 경계 밖에 있는 작품이다.

「수성지」는 심성론의 심화와 확장 속에서 천군서사가 주목되던 시기에 창작되었다. 특히 조금 앞서 창작된 김우옹의 「천군전」은 '주경적 서사구조'를 확립함으로써 17세기는 물론 18, 9세기에 창작된 천군서사에까지 지대한 영향을 미쳤다. 그런데 그로부터 가까운 시기에 창작된 「수성지」에서 「천군전」의 이상주의적 심성론과는 다른 목소리의 문제제기가 이루어졌다는 점이 주목되어야 할 것이다. 특히 '시름'을 통해 성리학적 심성론의 파탄을 드러냄으로써 비관적 전망을 표출한 점이 문제적이다.[62]

未試, 目極關河秋氣高. 中年好讀孔氏書, 向來所恥非縕袍. 牛歌不入齊王耳, 鬢上光陰昏又朝.〉'管城子聞這詩, 慨然而寫 (……)"(林悌, 「愁城誌」, 박희병 標點·校釋, 앞의 책, 194~195면). 번역은 신호열, 『譯註 白湖全集 下』, 창작과비평사, 1997, 697~698면 참조.

그러나 「수성지」에서 임제가 제기한 문제의식은 후대의 천군서사에서 충분히 계승되지 못했다. 그보다는 「수성지」에서 임제가 시도한 서사 형식상의 실험들, 이를 테면 몽유록夢遊錄 전통의 수용이나, '술'을 제재로 삼은 가전假傳 전통의 계승이나, 편폭의 확대 등이 후대의 천군서사에 영향을 미쳤다. 다만 「수성지」가 보여준 현실에 대한 우의적寓意的 요소는 『천군기』의 창작에 시사를 주지 않았나 생각된다.[63]

---

62 이 점은 '경계인(境界人)'으로서의 임제의 남다른 면모와 관계가 깊다고 생각된다. 임형택, 앞의 논문, 408~414면 참조.
63 이에 대해서는 본서 제5장 제1절의 '치도(治道)에 대한 우의'에서 후술한다.

제3장

『천군기』의 성립과정

1. 자료의 존재 양상

『천군기』의 자료는 총 3종이다. 본서에서는 이 자료들을 각각의 특징이 잘 부각되도록 '초고본草稿本', '수정본修整本', '장회본章回本'으로 새로 명명하고자 한다. '장회본'의 경우 두 가지 형태의 자료가 존재하는데, 앞의 제1장에서 검토했듯 본서에서 처음 소개하는 '逸史'라는 표제의 작품집에 수록된 자료가 원본으로 추정된다. 선행 연구에서 이루어진 자료에 대한 명명과의 혼동을 피하기 위해 다음과 같이 표로 정리하여 제시하고, 자료의 서지적 특징을 살펴보고자 한다.

본서에서의 명명(命名)	「『天君紀』考察」[1]에서의 명명	「黃中允 小說 研究」[2]에서의 명명
초고본(草稿本)	A-천군기(II)	해당 명명 없음
수정본(修整本)	A-천군기(I)	천군기 A
장회본(章回本) A	해당 자료 없음	해당 자료 없음
장회본(章回本) B	천군기(I)	천군기 B

---

1 김동협, 「『天君紀』考察」, 『韓國의 哲學』 16, 경북대 퇴계연구소, 1988.
2 김동협, 「黃中允 小說 研究」, 경북대 박사논문, 1990.

● 초고본(草稿本)

황중윤의 종손가에 전해져 온 자료로, 1981년에 조사되어 학계에 보고되었다. 본래『천군기』수정본의 본문 사이에 끼어 있었다고 한다.[3] 표지가 없는 가로 23.5cm×세로 26cm의 크기의 한지에 행초行草로 필사되어 있다. 총 6장 12면이다. 1면은 11~15행으로 되어 있고, 1행은 20~25자로 되어 있다. 종이 하단부의 훼손이 심하여 각 면 하단부의 글자는 판독이 불가능한 것이 많다〈사진1〉 참조). 천군이 환백과 월백으로부터 공격을 받는 대목까지만 서술되어 있는 미완성본이다〈사진2〉 참조). 황중윤의 친필본으로 현재 한국국학진흥원에 소장되어 있다.

● 수정본(修整本)

황중윤의 종손가에 전해져 온 자료로, 1981년에 조사되어 학계에 보고되었다. 표제가 '三皇演義'로 되어 있는 책에 수록되어 있다〈사진3〉 참조). 이 책은 크기가 가로 27cm×세로 24.5cm이며, 표지를 제외하고 총 65장 129면이다. 1면은 16행 내외로 되어 있고, 1행은 21자 내외로 되어 있다. '三皇演義'라는 표제가 쓰여 있는 겉표지의 오른쪽 상단에 작은 글씨로 '四代紀', '玉皇紀'라고 쓰여 있다. 겉표지의 뒷면에 '수월당水月堂'이라는 정자를 중건重建할 때 황중윤의 후손이 쓴 것으로 보이는 상량문이 필사된 종이가 덧대어져 있다. 장1앞의 오른쪽 상단에 '天君紀',

---

3   김동협, 「「달천몽유록」 고찰」, 『국어교육연구』 17, 경북대 사범대학 국어교육연구회, 1985, 40면. 이 논문은 황중윤의 「달천몽유록」에 연구의 초점을 둔 논문이지만, 당시 「달천몽유록」과 함께 조사한 초고본 『천군기』(논문에서는 '천군기(Ⅱ)'로 부르고 있음)의 서지사항도 소개했다.

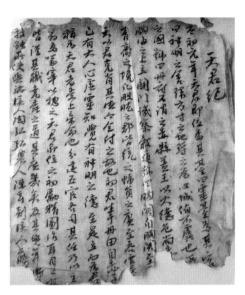

〈사진 1〉『천군기』 초고본 장1앞, 한국국학진흥원 소장

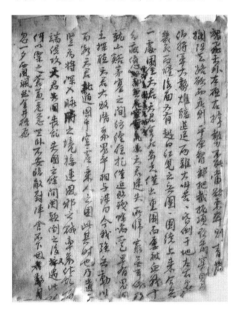

〈사진 2〉『천군기』 초고본 장6뒤, 한국국학진흥원 소장

〈사진 3〉『三皇演義』표지, 한국국학진흥원 소장

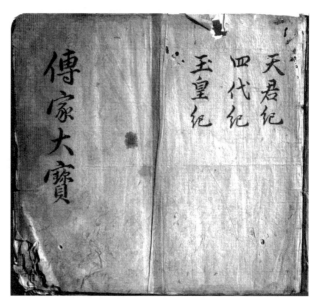

〈사진 4〉『三皇演義』장1앞, 한국국학진흥원 소장

'四代紀', '玉皇紀'라는 작품명이 차례로 쓰여 있으며, 그 왼쪽 가운데에 '傳家大寶'라는 네 글자가 좀 더 큰 글씨로 쓰여 있다〈사진 4〉 참조). 장1 뒤에는 행초行草가 필사된 종이가 덧대어져 있다. 장2앞부터 장21앞의 3행까지 『천군기』가 쓰여 있다. 장21앞의 4행부터 장40앞 15행까지 「사대기」가 쓰여 있다. 장40앞 마지막 행부터 장65앞까지 「옥황기」가 쓰여 있다. 전체적으로 행초行草로 필사되어 있고, 종이의 모서리 부분이 훼손되어 판독이 불가능한 글자가 있다. 고쳐 쓰거나 종이를 덧대어 쓴 흔적이 여러 군데 보이는데 작가 본인이 아니라면 하기 어려운 것으로 판단된다. 황중윤의 친필본으로 현재 한국국학진흥원에 소장되어 있다.

● 장회본(章回本) A

황중윤의 종손가에 전해져 온 자료로, 본서를 통해 학계에 새로 보고되는 자료이다. 표제가 '逸史'로 되어 있는 책에 수록되어 있다.[4] 이 책은 크기가 가로 25cm×세로 28cm이다. 1면은 16행 내외로 되어 있

---

4 이 책의 표제인 '逸史'는 『천군기』의 이칭이다. 이 책에 수록된 「逸史目錄解」의 다음 구절, 즉 "글은 『열국지(列國誌)』 등의 사서(史書)를 본받았기에 '일사(逸史)'라 했으며, 목록은 또한 하나같이 여러 연의에 의거했으므로 '연의(衍義)'라고 했다[文字則畵虎於『列國誌』等史, 故曰'逸史', 目錄則又一依於諸衍義, 故曰衍義]"에서 확인되듯, 황중윤은 『천군기』의 별칭으로 '일사(逸史)' 혹은 '연의(衍義)'라는 표현을 썼다. 그러므로 '逸史'라는 제목은 본래 『천군기』·「사대기」·「옥황기」의 세 작품을 포괄하는 소설 작품집의 제목이 아니라, 『천군기』만을 가리키는 것이다. 그렇다면 왜 이 책의 표제에 '逸史'라는 두 글자를 새긴 것일까? 만약 이 책의 편찬에 황중윤이 직접 관여했을 경우, 황중윤 자신이 '逸史'의 의미를 좀 더 확장하여 공통적으로 연의소설 장르의 성격을 지닌 세 작품을 포괄하는 제목으로 사용했을 가능성이 있다. 한편 만약 이 책의 편찬이 황중윤의 사후에 이루어졌다면, 후손이 '逸史'의 본뜻을 정확하게 파악하지 못한 채 세 작품을 포괄하는 작품집의 이름으로 이를 사용했을 가능성이 있다고 추정된다. 필자는 후자 쪽에 무게를 두고 있다.

고, 1행은 30자 내외로 되어 있다. '逸史'라는 표제가 쓰여 있는 겉표지의 오른쪽 상단에 조금 작은 글씨로 '天君紀', '四代紀', '玉皇紀'라는 수록 차례가 명시되어 있다〈사진 5〉 참조). 앞쪽 표지의 안쪽 면에 "逸史 癸卯梅雨節 謹造 天君紀 四代紀 玉皇紀 東溟所述"이라는 22자가 큰 글씨로 쓰여 있다〈사진 6〉 참조). '계묘년'이 정확히 언제를 말하는지는 알 수 없다. 추정컨대 황중윤 집안에 전해오던 황중윤의 소설 세 작품을 후인이 수선·보철補綴한 것이 아닐까 한다. 그래서 '근조謹造'라는 말을 쓴 것일 터이다. 앞쪽 표지와 본문 사이에 간지가 한 장 있다. 처음부터 장1앞 11행까지 「천군기서天君紀敍」가 수록되어 있고, 이어 장1뒤 7행까지 「일사목록해逸史目錄解」가 수록되어 있다〈사진 7〉 참조). 그 다음으로 『천군

〈사진 5〉 『逸史』 표지 앞. 한국국학진흥원 소장

〈사진 6〉『逸史』표지 뒤, 한국국학진흥원 소장

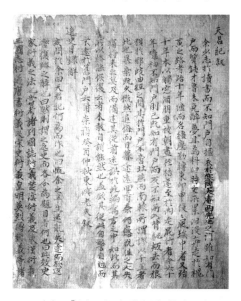

〈사진 7〉『逸史』장1앞, 한국국학진흥원 소장

기』의 제1회부터 제31회까지의 장회 제목이 장2앞 2행까지 차례로 제시되어 있다. 장2앞 3행부터 장30앞의 6행까지 『천군기』가 쓰여 있다. 그 뒤에 「사대기」와 「옥황기」가 쓰여 있다. 정사본淨寫本으로서 그 필체가 황중윤의 것은 아니라고 판단된다. 작품이 완성된 뒤 글씨 잘 쓰는 다른 사람을 시켜 필사하게 한 것으로 추정된다. 현재 한국국학진흥원에 소장되어 있다.

• 장회본(章回本) B

황중윤의 종손가에 전해져 온 자료로, 1987년에 조사되어 학계에 보고되었다. 현 소장자인 김동협이 소개한 서지사항은 다음과 같다 : 겉표지의 우측 상단에 '雜著'라 쓰여 있고, 그 왼쪽에 '東溟先祖遺稿八'이라고 된 책에 수록되어 있다. 이 책은 크기가 가로 19.5cm×세로 29cm이다. 1면은 10행으로 되어 있고, 1행은 22자 내외이다. 전체적으로 계선界線과 곽선郭線이 있다. 장1앞에 '東溟文集卷之十一 別集'이라고 쓰여 있다. 책의 차례는 「천군기서天君紀敍」, 「일사목록해逸史目錄解」, 『천군기』 순이다. '天君紀敍'라고 쓰여 있는 윗부분에 "此序入元稿序中"이라는 글자가 붉은 색으로 쓰여 있다.[5] 또 '逸史目錄解'라고 쓰여 있는 윗부분에 "此以下不可入元稿中, 其云別集者有以也"라는 17자가 붉은 색으로 쓰여 있다. 총 31회의 장회로 구성되어 있다.[6]

---

5   이 서문은 황중윤의 후손이 편찬한 『東溟集』에 실려 있는 서문보다 자세하다. 김동협, 「『天君紀』考察」, 136면 참조.
6   이상의 서지사항은 같은 논문, 같은 곳 참조.

이상에서 지금까지 조사된 『천군기』 자료의 서지적 특징을 살펴보았다. 서지적 특징에 대한 일별만으로도 『천군기』라는 텍스트가 여러 단계를 거쳐 형성되었다는 점을 알 수 있다. 그 중 본서에서 '초고본'으로 명명한 자료는 작품의 중반부까지만 서술된 미완성본으로, 자료 가운데 가장 기초적인 수준의 서사를 보여준다. 다음으로 '수정본'으로 명명한 자료는 초고본을 근간으로 삼아 서사를 좀 더 확장한 완성본으로, 중간 단계의 텍스트 형성을 보여준다. 마지막으로 '장회본'으로 명명한 자료들은 장회체 형식의 완성본으로, 수정본을 바탕으로 삼아 서사적 완성도를 보다 끌어올린 최종작이다. 장회본에만 「천군기서」가 수록되어 있다는 점은 이를 최종작으로 보아야 하는 중요한 근거가 된다. 다만 장회본의 경우 '장회본 A'와 '장회본 B'의 두 본이 존재하고 있는데, 김동협이 논문에서 밝힌 내용에 따르면,[7] 장회본 B는 장회본 A와 비교하여 똑같이 31회의 장회로 구성되어 있고, 각 장회의 제목이 일치하며, 등장인물과 중심내용도 일치한다. 또한 『천군기』의 앞에 수록된 「천군기서」와 「일사목록해」도 일치한다.

그러나 장회본 B는 겉표지의 우측 상단에 '雜著'라고 쓰여 있고, 그 왼쪽에 '東溟先祖遺稿八'이라고 쓰여 있는 책에 수록되어 있다. 또한 그 책의 첫 쪽에 '東溟文集卷之十一別集'이라고 쓰여 있다.[8] 그러므로 황중윤의 후손이 1905년에 『동명집東溟集』을 간행하기 전에, 그 준비 과정

---

7 장회본 B의 체제 및 내용에 대해서는 김동협, 「『天君紀』 考察」; 김동협, 「黃中允 小說 硏究」, 6~9·32~43면 참조.
8 김동협, 「黃中允 小說 硏究」, 8면.

으로 황중윤의 자료 일체를 정리하면서, 『일사』에 수록된 『천군기』, 즉 '장회본 A'를 필사한 것이 '장회본 B'일 것으로 추정된다.

그러므로 이상의 비교를 종합해 보면, 『일사』에 수록된 장회본 A가 저본底本이고, 장회본 B는 그것을 필사한 본임이 분명하다. 따라서 본서에서는 『천군기』의 최종 완성작에 해당하는 장회본 A를 연구의 주자료로 삼고, 필요에 따라 나머지 2종의 초고본 및 수정본도 검토할 것이다.

요컨대 『천군기』는 다음과 같이 두 차례의 개고改稿와 개작을 거쳐 완성된 것으로 추정된다.

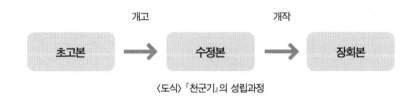

<도식> 『천군기』의 성립과정

이제 절節을 바꾸어 초고본과 수정본, 수정본과 장회본을 실증적으로 비교하여, 『천군기』의 성립과정을 추론해 보고자 한다.

2. 성립과정

1) 초고본草稿本에서 수정본修整本으로의 개고

초고본에서 수정본으로 개고되면서 나타난 특징을 살피기 전에, 필자가 '초고본'으로 명명한 이 미완성의 『천군기』가 정말 황중윤의 작作

인가에 대한 논증이 새삼스럽지만 필요할 듯하다. 이 자료를 소개한 김
동협은 「『天君紀』考察」에서 "(미완성의『천군기』가 - 인용자) 황중윤의 작품
이라는 결정적 근거는 없는 형편"[9]이라고 했으며, 「黃中允 小說 硏究」에
서는 "(미완성의『천군기』는 - 인용자) 황중윤의 작품이라 하기 어렵"[10]다며
고찰 대상에서 제외한 바 있기 때문이다.[11] 그러나 필자는 이 미완성
『천군기』가 황중윤의 작作이라고 본다. 그 근거는 다음과 같다.

첫째, 미완성『천군기』는 황중윤의 종손가에 전해져 왔다. 특히 조사
된 당시에 이 자료가 수정본『천군기』가 수록된『삼황연의三皇演義』의 책
갈피에 들어 있었다는 점이 주목된다.[12] 지금까지 한국문학사를 통틀어
'천군기'라는 제목의 작품을 남긴 문인은 황중윤 외에 없는 것으로 조사
되므로, 정황상 작자를 황중윤으로 추정하는 것이 가장 자연스럽다.

둘째, 미완성『천군기』에 보이는 중심 서사가 수정본『천군기』의 그
것과 상당히 일치한다. 미완성『천군기』의 경우 천군이 월백越白과 환백
歡伯에게 공격을 받는 대목까지만 서술되어 있으므로 수정본『천군
기』와 전체 서사를 비교할 수는 없다. 전반부만을 비교해 보면 다음의
중심 서사를 공유한다는 점이 확인된다 : 태초太初 원년元年에 천군이 즉
위하여 나라의 기틀을 잘 닦았다. 그러나 천군은 점차 여러 간신배와

---

9   김동협, 「『天君紀』考察」, 137면.
10 김동협, 「黃中允 小說 硏究」, 7면.
11 장효현·윤재민 외,『校勘本 韓國漢文小說 寓言寓話小說』(민족문화자료총서 1, 고려
    대 민족문화연구소 편, 2007) 134면에서도 "『천군기』는 현재 두 종이 있는 것으로 알려
    져 있다"고 소개하며 초고본『천군기』에 대해 거론하지 않았다. 이는 김동협의 견해를
    준신한 것으로 보인다.
12 김동협, 「「달천몽유록」 고찰」, 40면.

어울리며 마음가짐이 해이해졌다. 이에 충직한 신하가 상소를 올려 마음을 바로잡아 나라를 잘 다스릴 것을 간청하나, 천군은 간언을 받아들이지 않는다. 결국 뭇 간신들의 참소로 충직한 신하는 쫓겨나게 된다. 천군의 나라가 혼란한 틈을 타 요사妖邪한 두 적인 월백과 환백이 군대를 이끌고 와 협공을 펼쳐 천군이 큰 어려움에 처한다.

셋째, 미완성『천군기』에서 발견되는 작자의 '고유한' 특징이 수정본『천군기』와 장회본『천군기』에서도 발견된다. 마치 '화석'과도 같이 텍스트 내에 은밀하게 보존되어 있는 결정적인 흔적을 몇 가지 살펴보자.

일단 공통적으로 백화白話 투의 표현이 발견된다. 예를 들어 "其一時並驅者, 盡竪降旗, 莫敢爭衡, 四散奔潰去了"[13]와 "天君一遍看了, 便要進取"[14]의 경우처럼 '了'자를 활용한 구문이 보이는데, 전형적인 백화 투의 표현에 해당된다. 마찬가지로 수정본『천군기』에서도 "天君遂從黑甛投酣眠國睡鄕去了"[15]나 "今日果克了勁敵, 以成不拔之功"[16]과 같이 '了'자를 활용한 구문이 보인다.

다음으로 공통된 필사 습관이 보인다. 미완성『천군기』의 다음 구절, "不令之輩結倘山下"[17]나 "徒倘極多, 曰宋艶, 曰楚嬌, 曰吳娃"[18]에 보이는 '당倘'자는 '당儻'자의 약자인데, 여기서는 '당黨, 무리'이라는 뜻으로 쓰이고 있다. 이처럼 '당黨'자 대신 '당倘'자를 쓰는 것은 독특한 필사 습관이다. 그런데 장회본『천군기』에서도 같은 방식으로 倘'자를 쓴 용례가 다음 구절,

---

13 초고본, 장2앞.
14 초고본, 장2앞.
15 수정본, 장9뒤.
16 수정본, 장17뒤.
17 초고본, 장3앞.
18 초고본, 장3뒤.

"願君禁抑邪佞, 痛革前非, 不勝幸甚"[19]의 경우처럼 다수 발견된다.

뿐만 아니라 작자의 서술 태도에서도 공통된 면이 발견된다. 미완성 『천군기』에서는 맹자를 '맹가孟軻'로 일컫고 있다.[20] 유교에서 이른바 '아성亞聖'으로 존숭되는 맹자에 대해 기휘忌諱하지 않고 거리낌 없이 호명하고 있다는 점은 예사로 보아 넘길 일이 아니다. 그런데 수정본과 장회본에서도 맹자를 '맹가孟軻'[21] 또는 '맹씨孟氏'[22]로 일컫는 표현이 보인다.

이상의 공통점을 종합해 볼 때 미완성 『천군기』는 황중윤의 작作임이 틀림없다.

지금까지 초고본 『천군기』가 황중윤이 쓴 것임을 증명하기 위해 초고본·수정본·장회본의 공통점에 주목했다. 그런데 『천군기』의 성립과정을 밝히기 위해서는, 초고본에서 수정본으로, 수정본에서 장회본으로 개고·개작되면서 생긴 차이점에 주목할 필요가 있다. 이제 본래 목표한, 초고본에서 수정본으로 개고되면서 나타난 특징을 고찰해 보도록 한다.

일단 초고본은 사건의 중반부까지만 서술된 미완성본이지만, 수정본은 결말부까지 서술된 완성본이다. 수정본에 추가된 후반부의 중심 서사는 다음과 같다 : 천군이 월백과 환백의 협공으로 큰 어려움에 처하나 흑첨黑甛, 잠의 도움으로 감면국酣眠國 수향睡鄕에 거하며 잠시 환란을 피한다. 그러던 어느 날 천군의 신하인 애경哀卿, 슬픔이 찾아와 일찍이 천군이 쫓아낸 충직한 신하인 성성옹惺惺翁을 다시 불러올 것을 청한다.

19　장회본 제4회, 장4뒤.
20　초고본, 장2뒤.
21　수정본, 장1앞; 장회본 제1회, 장2앞; 장회본 제16회, 장14앞.
22　장회본 제23회, 장22뒤.

조서를 받은 성성옹이 돌아와 주일옹主一翁과 성의백誠意伯 같은 인재를 추천하자 천군이 이들을 불러들인다. 마침내 성성옹, 주일옹, 성의백의 협력으로 천군의 군대가 월백과 환백의 무리를 무찌른다. 천군이 무너졌던 나라의 기틀을 재건하고, 공과功過에 따라 신하들에게 상벌賞罰을 내리며, 길이 나라를 잘 다스릴 것을 다짐한다.

초고본과 수정본을 비교하면 큰 얼개가 되는 중심 서사는 상당히 일치한다. 그러나 두 자료의 서사 단락을 일대일로 비교해 보면 수정본의 전반부에 새로 추가된 서사가 많고, 세부서사도 강화되었다는 점이 확인된다.

먼저 초고본과 수정본의 도입부를 비교해 보도록 한다. 다음은 초고본의 도입부이다.

태초(太初) 원년(元年)에 천군이 즉위하여 나라의 대(臺)를 '영대(靈臺)'라 하고, 나라의 궁실을 '신명지사(神明之舍)'라고 했다. 사방 방촌(方寸)의 땅에 심성(心城)을 쌓아 방비하여 나라에 근심이 없도록 했다. 도읍한 나라를 '단부(丹府)'라 이름하고 이를 '적현(赤縣)'이라고도 불렀으니 왕이 화덕(火德)을 지녀 붉은 색을 숭상했기 때문이다. 흉해(胸海)의 가에 관문을 세워 곡도(穀道)를 기찰(譏察)하고 '흉관(胸關)'이라 이름했다. 흉관에서부터 청주(靑州) 재군(齊郡)[23]의 지경에 이르기까지 고굉(股肱)의 고을을 모두

---

23 청주(靑州) 제군(齊郡) : 본래 중국 산동의 지명인데, 여기서는 배꼽 아래[臍下]를 의미한다. 중국 진(晉)나라 환온(桓溫)이 술을 마실 때 주부(主簿)가 먼저 맛보고 품평을 했는데, 좋은 술은 '청주종사(靑州從事)'라 평하고 좋지 않은 술은 '평원독우(平原督郵)'라고 평했다. 청주에 있는 '제군(齊郡)'이 배꼽을 뜻하는 '제(臍)'자를 연상시키고, 평원에 있는 '격현(隔縣)'이 횡격막을 뜻하는 '격(膈)'자를 연상시키는 데 착안한 표현이다. 『世說新語』「術解」 참조.

통치했다. 그 강역(疆域)의 넓음이 영대를 삼키기에 이르렀다. '천(天)'이라고 한 것은 임금의 덕이 하늘의 덕과 같았기에 그에게 다 맡겼기 때문이다.

처음에 천군은 단전(丹田)에서 태어났다. 갓난아이 때부터 이미 대인(大人)의 마음을 지녔고, 허령지각(虛靈知覺)[24]하여 신명(神明)의 덕을 지녔다. 이때에 이르러 임금이 되었다. '천군'이라 칭한 것은 상제(上帝)의 명을 받았기 때문이다.[25]

—초고본

이 부분이 수정본에서는 다음과 같이 개고되었다.

천군의 성은 주(朱)이고, 이름은 명(明)이며, 자(字)는 명지(明之)이니, 격현(鬲縣) 사람이다. 그 선조는 천황씨(天皇氏)[26]와 함께 태어났으나 아득하고 조략(粗略)하여 상고할 바 없다. 도당씨(陶唐氏: 요임금)의

---

24 허령지각(虛靈知覺):『中庸章句』「序」에 "마음의 허령지각은 하나일 뿐인데 인심(人心)과 도심(道心)에 다름이 있다는 것은 혹은 형기(形氣)의 사(私)에서 나오고 혹은 성명(性命)의 바름에서 근원하여 지각을 한 것이 똑같지 않기 때문이다[心之虛靈知覺, 一而已矣, 以以爲有人心道心之異者, 則以其或生於形氣之私, 或原於性命之正, 而所以爲知覺者不同]"라는 말이 보인다.

25 "太初元年, 天君卽位, 爲其臺曰靈臺, 爲其宮曰神明之舍. 環方寸之地, 築之爲心城, 備不虞也. 所□[都]之國號曰丹府, 又謂之赤縣, 盖王以火德, 色尙赤□[矣]. 胸海之上, 立關門, 譏察穀道, 號曰胸關. 自胸關, 至□[于]靑齊之境, 凡股肱之郡, 皆統之. 幅員之廣, 至呑靈臺. 天以君克肖其德, 而全付之故也. 初, 君生于丹田. 自赤子, 已有大人心, 虛靈知覺, 有神明之德. 至是, 立而爲君. 稱爲天君者, 受上帝命也"(초고본). 원문 중의 '□'은 자료가 훼손되어 판독이 불가능한 글자를 대신해 추정한 글자 수만큼 표시한 것이다. '[ ]' 안에 있는 글자는 자료가 훼손되어 판독이 불가능한 글자 가운데 수정본 및 장회본과의 비교 등을 통해 가능한 대로 추정한 글자이다. 이하 마찬가지다.

26 천황씨(天皇氏): 태고(太古)에 존재했다는 삼황(三皇), 즉 천황(天皇)·지황(地皇)·인황(人皇)의 하나이다.

시대에 이르러 도심(道心)이라는 사람이 비로소 세상에 나타났는데 본성
이 은미(隱微)하여 순(舜)임금이 일찍이 그를 나무라며, "도심은 정말이
지 알 수 없어"[27]라고 말한 바 있다. 도심의 뒤로 우(禹), 탕(湯), 문무(文
武)의 삼대에 걸쳐 자손이 이어졌는데 주공(周公)과 공자(孔子)에게 가장
존숭받았다. 전국시대에는 추(鄒)나라 사람인 맹가(孟軻)가 도심의 직계
후손인 적자심(赤子心)[28]을 찾아내 그와 친하게 지내며 잠시도 떨어져 있
지 않았는데, 적자심은 늘 출입하기를 좋아하여 한 곳에 머물러 있지 않았
다. 그래서 맹가가 말하기를, "잡아 두어야 머무르고 놔두면 나가 버려 출
입이 무상하니, 어디로 갈지 도통 알 수 없는 사람이란 오직 적자심을 말
하는 것이지!"[29]라고 했다. 일찍이 제선왕(齊宣王)과 양혜왕(梁惠王)에
게 추천되었으나 두 왕은 기용하지 않았다.

　그 후 한(漢)나라 당(唐)나라의 천백 년 이래 자손이 천하에 뿔뿔이 흩어
져 닭이나 개를 풀어놓은 것 같았지만 거둬주는 이가 한 사람도 없다가 조송
대(趙宋代)에 이르러 주돈이(周敦頤), 이정자(二程子), 장재(張載), 주희(朱
熹) 등의 제공(諸公)이 후손을 다시 이끌어 친하게 지내며 매번 주인옹(主人
翁)이라고 칭했는데, 천군이 그 후손이다. 천군은 태어날 때부터 밝은 덕을
지녀 호수처럼 맑고 옥처럼 깨끗하여 한 점의 더러움도 없었으니 진실로 하늘

27　도심은 정말이지~수 없어 : 『書經』虞書 「大禹謨」에 나오는 말로, 본래 "도심(道心)은
　　은미하다[道心惟微]"로 풀이된다.
28　적자심(赤子心) : 갓난아이[赤子]의 마음을 의인화한 표현으로, '순일무위(純一無僞)
　　한 마음'이라는 뜻이다. 『孟子』「離婁」에 "대인은 갓난아이의 마음을 잃지 않은 자이다
　　[大人者, 不失其赤子之心者也]"라는 말이 보인다.
29　잡아 두어야~말하는 것이지 : 『孟子』「告子」에 나오는 공자의 말로, 본래 '잡아 두면 존재
　　하고 놓아버리면 없어지니, 출입이 무상하여 그 향하는 바를 알 수 없는 것은 오직 사람의
　　마음을 말함인저![操則存, 捨則亡, 出入無時, 莫知其鄕, 惟心之謂歟!]'로 풀이된다.

이 내린 바였다. 거하는 곳은 방촌(方寸)의 땅에 지나지 않았으나, 천하 만물을 그 안에 포함했다. 세상 사람들은 모두 천군이 허령불매(虛靈不昧)하므로 반드시 오래지 않아 천하의 정위(正位)에 서게 될 것이라고 했다. 마침내 즉위하여 하늘의 밝은 명(命)을 받았으므로 '천군(天君)'이라고 하니 또한 『춘추(春秋)』에서 '왕(王)'자를 천(天)자에 이어 쓴 뜻[30]이다. 화덕(火德)으로 임금이 되어 붉은 색을 숭상했다. 단부(丹府)에 도읍하여 '신경(神京)'이라 하고, 하나의 높은 성을 쌓아 '심성(心城)'이라 하며, 성내에 궁실을 지어 '신명지궁(神明之宮)'이라 하니, 대개 천하의 광거(廣居)이다.[31]

— 수정본

초고본에서 수정본으로의 개고에서 주목되는 점은 무엇인가? 먼저 수정본에 천군의 가계에 대한 자세한 서술이 추가되었음이 확인된다. 다음으로 『서경書經』·『맹자孟子』·『춘추春秋』 등에서 전거를 취해 인용문을 새로 보태었다는 점도 확인된다. 그 결과 서사가 한층 구체화되었

---

30 『춘추(春秋)』에서~쓴 뜻: 『춘추(春秋)』에서는 주(周)나라 임금에 대한 존칭으로 '왕(王)'자를 '천(天)'자 뒤에 붙여 '천왕(天王)'이라는 말을 썼다. '천왕'은 본래 '하늘의 명을 받은 임금'이라는 뜻인데 후대에는 점차 임금의 통칭으로 쓰이게 되었다.

31 "天君姓朱, 名明, 字明之, 甫縣人也. 其先與天皇氏並生, 而鴻荒朴畧, 無所知識. 降及陶唐氏, 有道心者, 始顯於世, 而以其本微, 帝舜嘗識之曰: '道心惟微.' 道心之後, 歷禹湯文武三代之間, 子孫相繼, 最爲周公孔子所尊尙. 戰國之時, 鄒人孟軻, 求得道心直孫赤子心者, 與之相熟, 造次不離, 而赤子心者, 嘗自出入, 不住一處, 故孟軻述仲尼之言曰: '操則存, 捨則亡, 出入無時, 莫知其鄕者, 惟心之謂歟!' 嘗薦於齊宣王梁惠王, 而二王不能用. 厥後漢唐千百年來, 心之苗裔散逸於天下, 有同鷄犬之放, 無一人收拾. 至趙宋, 有濂洛關閩諸公, 復引而相親切, 每稱曰主人翁, 天君蓋其後也. 天君生有明德, 淵澄玉瑩, 無一點塵累, 實天授也. 所居不過方寸之地, 而能牢籠天下萬物. 人皆稱其虛靈不昧, 必不久立天下之正位. 至是, 果卽位, 以共受天明命, 故曰天君, 亦 『春秋』繼王於天之義也. 以火德王, 色尙赤, 都於丹府, 名曰神京, 築一座高城, 號曰心城, 於城內, 建宮室, 曰安宅, 曰神明之宮, 蓋天下之廣居也"(수정본).

으며, 천군이라는 중심인물에 대한 설명이 보다 풍부해졌다.

다음으로 주목되는 개고의 특징은 등장인물의 증가이다. 수정본의 경우 기존의 인물을 좀 더 세분화하거나, 완전히 새로운 인물을 추가하는 방법을 통해 등장인물이 증가되었다. 초고본의 다음 부분을 보자.

> 천군은 즉위한 초기에 다스리기에 힘썼으며, 이목(耳目)의 신하들은 모두 삼가 맡은 직분을 감당하니, 거의 요순(堯舜)의 도가 펼쳐진 듯했다.[32]
>
> ─초고본

이 부분이 수정본에서는 다음과 같이 개고되었다.

> 연호를 태초(太初)로 고친 원년에 관(官)을 세우고 직(職)을 나누어 각각 직무를 맡게 했으니, 은해성(銀海城)을 맡은 자를 목관(目官)이라 하고, 오악하(五岳下)를 지키는 자를 비관(鼻官)이라 하고, 두현성곽(兜玄城郭)에 주둔하는 자를 이관(耳官)이라 하고, 해구(海口)를 담당하는 자를 구관(口官)이라 했다. 천군이 명을 내리면 이 사관(四官)이 명을 받아 밖에서 맡은 직무를 다했다.[33]
>
> ─수정본

---

32 "天君卽位之初, 勵精圖治, 耳目之官, 皆謹其職, 堯舜之道, 其庶幾矣"(초고본).

33 "改元太初元年, 設官分職, 各司其司, 其任於銀海城者, 曰目官, 其守於五岳下者, 鼻官, 其主於兜玄城郭者, 耳官, 其莅於海口者, 口官. 天君但施令, 而四官聽命, 盡職於外"(수정본).

초고본에서 '이목耳目의 신하들'이라는 말로 뭉뚱그려 일컬은 인물들을 수정본에서는 목관目官, 비관鼻官, 이관耳官, 구관口官으로 세분화하는 한편 이들을 '사관四官'이라고 총칭했다. 이처럼 인물을 다양화하면서도 공통된 특징에 따라 동아리로 묶는 방식이 수정본 전체에서 주요하게 구사되고 있다.

한편 수정본에는 새로 등장하는 인물도 많다. 그 중 '칠경七卿'이라 불리는 인물들을 살펴보도록 한다.

> 또한 일곱 사람이 함께 찾아와 알현하거늘 이 일곱 사람은 누구인가? 희(喜)라 하고, 노(怒)라 하고, 애(哀)라 하고, 낙(樂)이라 하고, 애(愛)라 하고, 오(惡)라 하고, 욕(欲)이라 하는 자들이다. 각자 자기가 잘하는 바로써 쓸모를 보이니 천군이 한 번 보고 이들을 총애하여 희라는 이는 희경(喜卿), 노라는 이는 노경(怒卿), 애라는 이는 애경(哀卿), 낙이라는 이는 낙경(樂卿), 애라는 이는 애경(愛卿), 오라는 이는 오경(惡卿), 욕이라는 이는 욕경(欲卿)이라 이름했다. '칠경(七卿)'으로 나눈 것은 진(晉)나라의 '육경(六卿)'을 본받은 것이다. 이들을 좌우에 두고 아침저녁으로 보좌하게 하니 천군은 다만 높이 팔짱을 끼고 앉아 있고, 칠경이 분주히 안에서 직무를 행했다.[34]
>
> ─수정본

---

[34] "且有七人者, 相率來謁, 這七人是誰? 曰喜, 曰怒, 曰哀, 曰樂, 曰愛, 曰惡, 曰欲者也. 各以所能, 以示可用, 天君一見而寵之, 名其喜者曰喜卿, 怒者曰怒卿, 哀者曰哀卿, 樂者曰樂卿, 愛者曰愛卿, 惡者曰惡卿, 欲者曰欲卿. 分爲七卿者, 效晉之六卿也. 置諸左右, 朝夕侍側, 天君但高拱□, 卿察任奔走於內"(수정본).

인용문에서 보듯 '칠경七卿'은 인간의 보편적 감정을 대표하는 희喜, 노怒, 애哀, 낙樂, 애愛, 오惡, 욕欲을 의인화한 인물들이다. 이들은 향후 사건의 전환 국면에서 중심인물 및 보조인물로서 주요한 역할을 맡는다.

'기사己私' 또한 수정본에 새로 등장하는 인물이다. 이름에서 알 수 있듯, '기사'는 인간의 '사욕私慾'을 뜻하는 인물로서,[35] 향후 천군으로 하여금 욕망을 과도하게 좇아 위기에 처하게 하는 내부의 반동인물이다.

그런데 초고본에서 수정본으로의 개고 과정에서 비교적 변화가 적은 인물도 있다. 바로 외부에서 침입한 두 적인 '월백越白'과 '환백歡伯'이다. 먼저 초고본에서 월백이 처음 등장하는 부분을 보도록 한다.

한편 양성(陽城) 사람 월백(越白)은 본래 남국 고당(高唐)의 후손이다. 어려서부터 화려한 비단옷 입기를 좋아했으며, 사는 집은 모두 비취 누각과 푸른 방이었다. 그 무리가 대단히 많으니 송염(宋艶), 초교(楚嬌), 오왜(吳娃)라 하는 이들로, 온유향(溫柔鄕)에 거하는 이도 있고, 저라산(苧羅山)에 머무는 이도 있고, 장대(章臺) 가에 있는 이도 있고, 하채(下蔡) 사이에 머무는 이도 있어 절인(絶人)의 재주를 갖추었는데 월백이 그 우두머리이다.[36]

—초고본

---

35 『論語』「憲問」에 대한 주희의 주(註)에 "자기의 사욕[己私]을 이겨서 제거하고 예(禮)로 돌아간다면 사욕이 남아 있지 않아 천리의 본연을 얻게 될 것이다[克去己私, 以復乎禮, 則私欲不留, 而天理之本然者, 得矣]"라는 말이 보인다.

36 "却說, 陽城人越白者, 本南國高唐之後也. 自少好着錦繡衣, 所居之室, 皆爲翠樓·靑閨. 徒侶極多, 曰宋艶·曰楚嬌·曰吳娃, 或居溫柔鄕, 或住苧羅山, 或在章臺之側, 或處下蔡之間, 俱有絶人之才, 而越白其魁也"(초고본).

수정본의 해당 부분은 다음과 같다.

성은 월(越)이고, 이름은 백(白)이며, 자는 야지(冶之)이고, 본관은 하
채(下蔡)이며, 양성(陽城) 사람이다. 그 선조 가운데 말희(妹喜)라는 이
는 걸왕(桀王)의 하(夏)나라를 멸망시키고, 달기(妲己)라는 이는 상(商)
나라 신(辛)의 사직을 무너뜨렸다. 포사(褒姒)라는 이는 포(褒)나라 출신
으로 주(周)나라 유왕(幽王)을 무도하게 만들어 거짓 봉화를 올리게 한
탓에 죽임을 당하게 했고, 서시(西施)라는 이는 월나라 출신으로 오(吳)
나라 부차(夫差)로 하여금 월나라의 침략을 받게 만들어 두건으로 얼굴이
가려진 채 도륙당하게 했다. 한대(漢代)에 조비연(趙飛燕)이 있고, 당대
(唐代)에는 양태진(楊太眞)이 있으니, 모두 일거에 나라를 패망시킬 수
있었다. 지금 이 월백이 그 후예이다.[37]

—수정본

두 인용문을 비교해 보면 초고본에 보이는 월백이라는 인물에 대한
구상이 수정본에서 큰 변화 없이 계승되고 있다는 점이 발견된다. 월백
의 성과 이름이 그대로이고,[38] 양성陽城 사람으로 설정된 것도 그대로이
다. 또한 중국 역사상 가장 유명한 미인들, 즉 경국지색傾國之色으로 일

---

[37] "其姓越, 名白, 字冶之, 本貫下蔡 陽城人也. 其[先]祖有曰妹喜者, 攻滅夏桀之國; 有曰
妲己者, 討覆商辛之社; 有曰褒姒者, 自褒而亂於周 幽王, 擧僞烽而就戮; 有曰西施者,
自越而寇於吳夫差, 掩面巾而被屠. 至漢而有趙飛燕, 至唐而有楊太眞, 皆能一擧而敗其
國. 今此越白, 卽其裔也"(수정본).

[38] 중국 당(唐)나라 시인 두보(杜甫)의 「壯遊」에, 절세미녀인 서시(西施)를 염두에 둔 표현
인 "越女天下白"이라는 구절이 보이는데, '월백'이라는 이름은 여기에서 차용한 듯하다.

컬어지는 인물들을 월백의 선조로 소개한 점 역시 같다. 그러므로 월백이라는 인물에 대한 구상이 초고본 집필 시에 이미 상당히 구체적으로 잡혀 있었던 것으로 보인다. 비록 초고본에서 "온유향溫柔鄕에 거하는 이도 있고"[39]라고 한 것을 수정본에서는 "한대漢代에 조비연趙飛燕이 있고"로 바꾸고, 초고본에서 "저라산苧羅山에 머무는 이도 있고"[40]라고 한 것을 수정본에서는 "서시西施라는 이는 월나라 출신으로 오吳나라 부차夫差로 하여금 월나라의 침략을 받게 만들어 두건으로 얼굴이 가려진 채 도륙당하게 했다"라고 바꾼 등의 차이는 있으나, 이는 인물의 성격이나 특징에 큰 변화를 주었다기보다 구체적인 세부 표현을 정련한 것이라 할 것이다.

다음으로 환백의 등장 부분을 비교해 보도록 한다. 초고본을 보면 다음과 같다.

> 한편 환백(歡伯)이란 이는 국수재(麴秀才)의 아들이다. 그 선조인 국군(麴君)은 하(夏)나라 우왕(禹王) 때에 의적(儀狄)과 가까이 지내다가 결국 내쳐지게 되었다. 그 뒤 자손이 공적(功績)을 쌓아 취향후(醉鄕侯)에 봉해졌는데 환백이 그 후예이다. 이에 앞서 주천군(酒泉郡)에 별의 정기가 문채를 드리우고 상서로운 기운이 하루 동안 계속되었는데 얼마 후 환백이

---

39 온유향(溫柔鄕)에 거하는 이 : 중국 한(漢)나라 성제(成帝)의 애첩인 조합덕(趙合德)을 가리킨다. 황후(皇后) 조비연(趙飛燕)의 자매이다. 성제는 조합덕의 따뜻하고 유연한 몸에 반해 그녀를 '온유향(溫柔鄕)'이라 불렀다고 한다.

40 저라산(苧羅山)에 머무는 이 : 중국 오(吳)나라 부차(夫差)의 애첩인 서시(西施)를 가리킨다. 본래 서시는 저라산(苧羅山)에서 땔나무를 팔며 살았다고 한다.

태어났다. 나면서부터 향기로운 덕을 지녀 사람들이 모두 그를 좋아했다.[41]

— 초고본

수정본의 해당 부분은 다음과 같다.

한편 환백(歡伯)이란 이는 주천군(酒泉郡) 사람이다. 본성은 양(梁)씨이다. 선조의 이름은 청(淸)이며 곤륜산(崑崙山) 황하(黃河)의 발원지에 살았다. 청이 현(玄)을 낳으니 황제(黃帝) 때에 종묘대례사(宗廟大禮使)를 지내며 신과 인간을 화합하게 한 공로로 합환백(合歡伯)에 봉해졌다. 현이 예(醴)를 낳으니 작위를 받아 제곡(帝嚳)과 요(堯) 임금 때 중헌대부(中憲大夫)를 역임했다. 예가 이(醷)를 낳으니 성격이 순박하여 국수재(麴秀才)의 딸인 국씨(麴氏)와 혼인하고 의적(儀狄)의 집에서 취객이 되었다. 적(狄)이 우왕(禹王)에게 이(醷)를 천거하니 알현하여 달콤한 말로 기쁘게 하자 우왕이 처음에는 그의 말을 달게 들었으나 이내 "나라를 망칠 자가 바로 이 사람이다"라고 하며 쫓아 버렸다.

이 때문에 성을 미(米)씨로, 이름을 양(釀)으로, 자를 엄(醶)으로 바꾸었다. 양의 자손으로 이름이 표(醥)인 이가 상(商)나라 고종(高宗)에게 총애를 받고 부열(傅說)에게도 칭송받았다. 그 후 자손이 끊이지 않았다. 진(晉)나라 때에 이르러 죽림칠현의 여러 군자와 생사를 함께 하는 벗이 되기를 약

---

41 "却說, 歡伯者, 麴秀才之子也. 其祖麴君, 在夏禹時, 與儀狄交通, 遂見疎. 其後, 子孫有功績, 封醉鄉侯, 歡伯卽其裔也. 先是, 星精降彩于酒泉郡, 瑞氣經日不歇, 未幾, 歡伯生. 生有馨德, 人皆悅之"(초고본).

속했으며, 유령(劉伶)은 그를 '대인선생(大人先生)'이라 부르며 송(頌)을 지어 찬미했다는 사실이 『통감(通鑑)』에 보인다. 사람들은 표(醥)의 후세가 향기로운 덕을 지녀 후에 반드시 크게 흥하리라 생각했다. 마침내 녹(醁)이란 이가 조정에서 벼슬을 하여 광록사 상경(光祿寺上卿)이 되고 제점양온서사(提點良醖署事)를 맡아 취향후(醉鄕侯)에 봉해졌으니 환백이 그 자손이다. 이름은 지(旨)이고, 자는 미숙(美叔)이며, 얼굴빛이 맑고 환하며 기상이 웅렬하여 조금도 속된 맛이 없어 일찍이 큰 그릇으로 자부했고 환백(歡伯)에 봉해졌으나 만년에는 관직을 버리고 술집에 숨어 살았다.[42]

— 수정본

환백의 등장 부분에 보이는 개고 양상은 월백의 등장 부분에 보이는 개고 양상에 비해 변화가 크다. 특히 수정본에서 환백의 가계가 한층 자세하게 서술되었다. 그렇기는 하나, 환백의 고향을 '주천군酒泉郡'으로 이름한 점, 환백의 선조가 하夏나라 우왕禹王에게 쫓겨났다는 고사를 든 점, 환백이 '취향후醉鄕侯'의 후예라는 점 등 수정본에 보이는 환백에 대한 주요 구상이 본래 초고본에서부터 이루어졌다는 사실이 확인된다.

이상 『천군기』의 개고 과정에 나타난 특징 가운데 가장 주목되는 점

---

42 "却說, 歡伯者, 酒泉郡人也. 本姓梁氏. 其始祖, 名淸, 居崑崙黃河源. 淸生玄, 黃帝時爲宗廟大禮使, 以和洽神人功, 封合歡伯. 玄生醴, 襲爵, 當帝嚳及堯時, 屢遷中憲大夫. 醴生醹, 性頗醇, 娶麯秀才女麯氏, 客於儀狄家, 狄薦之於禹, 得庭謁拜, 以甘言說禹. 禹初甘聽之, 乃曰: '亡國者, 必此人', 遂斥去之. 因改姓米氏, 名釀, 字曰醺, 釀之孫名醹者, 得幸於商高宗, 並美於傳說. 其後, 雲仍不絶. 至晉, 與竹林七賢諸君子, 結爲死友, 劉伶稱之爲大人先生, 作頌以美之, 事見『通鑑』. 人以醥之後世, 有馨德, 後必大興. 至是, 有名醁者, 仕於朝, 爲光祿寺上卿, 提點良醖署事, 封醉鄕侯, 歡伯乃其子也. 名旨, 字美叔, 神彩淸瀅, 氣象雄烈, 一表無俗味, 嘗以大器自許, 得封爲歡伯, 晩年棄職, 隱於店肆"(수정본).

은, 작가가 처음부터 천군에게 대적하는 외부의 주요 반동인물로서 '월백'과 '환백'을 구상했다는 사실이다. 월백미색과 환백술은 각각 성욕性慾과 식욕食慾의 대상을 의미한다. 그러므로『천군기』에서 중심적으로 다루고자 하는 서사가, '욕망'에 관한 문제라는 사실이 개고 과정에서 잘 확인된다.

2) 수정본修整本에서 장회본章回本으로의 개작

황중윤은 초고본에서 수정본으로의 개고를 통해『천군기』를 완성했다. 그런데 그에 만족하지 않고 다시 수정본에서 장회본으로의 개작을 수행했다. 이 사실을 통해 황중윤이『천군기』를 창작하는 일에 큰 의미를 부여했음을 알 수 있다.

수정본에서 장회본으로의 개작은 초고본에서 수정본으로의 개고에 비해 서사 내용상의 변화가 적은 편이다. 그렇지만 몇몇 등장인물의 변화가 주목된다. 그 중 수정본의 '기사己私'를 장회본에서 '욕생慾生'이라는 인물로 바꾼 점을 주의 깊게 볼 필요가 있다. 두 인물이 등장하는 부분을 비교해 보자. 먼저 수정본을 보도록 한다.

> 이때 칠경(七卿)이 천군의 뜻을 알고 지나치게 일을 행하고 방자함이 그치지 않았는데, 한 사람을 천군에게 천거하며 이렇게 말했다.
>
> "욕학(慾壑) 가에 한 사람이 있으니 그의 이름은 기사(己私)입니다. 이 사람은 능히 물아(物我)를 분별하고 경계 나누기를 좋아하며 뱃속을 가득 채운 것은 모두 이기고자 하는 마음입니다. 주상께서 이 사람을 쓰시면 반드

시 구체(口體)를 기를 수 있고 사지가 편안하시며 성색(聲色)을 주상께서 원하시는 대로 즐길 수 있을 터이니 주상으로 하여금 예법에 따라 몸을 단속하는 괴로움이 없게 할 것입니다."[43] (강조는 인용자)

—수정본

이 부분이 장회본에서는 다음과 같이 바뀌었다.

오리장군(五利將軍)이 천군의 뜻을 알고 한 사람을 천거하며 이렇게 말했다. "신(臣)의 지역에 한 사람이 있으니 그의 이름은 욕생(慾生)입니다. 주상께서 이 사람을 쓰시면 반드시 구체(口體)를 기를 수 있고 사지가 편안하시며 성색(聲色)을 주상께서 원하시는 대로 즐길 수 있을 터이니 주상으로 하여금 예법(禮法)에 따라 몸을 단속하는 괴로움이 없게 할 것입니다."[44] (강조는 인용자)

—장회본

두 인용문을 비교해 보면, 수정본에는 '칠경七卿'이 '기사己私'라는 인물을 추천하는 것으로 되어 있다. 그런데 장회본에는 칠경七卿 중의 한 인물인 오리장군五利將軍, 즉 '욕씨欲氏'가 '욕생慾生'을 추천하는 것으로 바뀌었다. '기사'와 '욕씨欲氏'는 모두 욕망과 관련된 인물이라는 점에서는 같다.

---

43 "於是, 七卿者揣知君意, 迭出用事, 肆焉不戢, 乃薦一人於天君曰: '慾壑之邊, 有一人焉, 名曰己私者. 其人能分物我, 好爲町畦, 滿腔都是勝心, 陛下若用之, 則必能養口體逸四肢, 凡彩色聲音, 惟陛下所欲, 而使陛下無擎跽曲拳之苦矣'"(수정본).

44 "五利將軍揣知君意, 乃薦一人曰: '臣部中有一人, 名曰慾生. 君若用之, 則必能養口體逸四肢, 彩色聲音, 惟君所欲, 而使君無擎跽曲拳之苦矣'"(장회본).

특히 수정본의 강조 표시한 부분에서 보듯 본래 '기사'가 "욕희慾墟 가"에 살고 있다고 한 설정을 보면, '기사'라는 인물이 '욕慾'을 뜻한다는 점을 알 수 있다. 그렇기는 하나 수정본의 설정으로는 '기사'와 '욕씨欲氏'의 관계가 뚜렷하게 드러나지 않는다. 이에 황중윤은 개작을 통해 '기사'의 이름을 '욕생慾生'으로 선명하게 바꾸고, 강조 표시한 부분에서 보듯 "신臣의 지역에 한 사람이 있으니"라는 말을 통해 욕씨와 욕생의 관계를 더 뚜렷하게 했다.[45] 게다가 고의적으로 두 인물명의 글자와 발음을 비슷하게 함으로써, 독자가 '욕欲'과 '욕慾'의 관계 및 차이에 대해 생각해 보게 만들고 있다. 이 개작은 단지 등장인물의 이름이 바뀐 것을 넘어, 황중윤이 『천군기』의 개작 과정 중에 '마음'에 대한 자신의 심성론적 견해를 보다 분명하게 정립해갔음을 보여주는 중요한 사례이다.[46]

다음으로 장회본의 제16회에서 수정본의 '애경哀卿'을 '유회씨有悔氏'로 바꾼 점이 주목된다.[47] 이 또한 개작 과정을 거치며 황중윤이 마음

---

45 작가는 수정본에서 '기사(己私)'라는 인물에게 부여한 역할을 장회본에서 '욕생(慾生)'에게 부여한 뒤, '기사'는 욕생의 선조(先祖)에 해당되는 인물로 설정했다.

46 '욕씨(欲氏)'와 '욕생(慾生)'이라는 두 인물을 구별하여 설정한 것은, 『천군기』에서 작가가 제시하는 '욕망'에 대한 현실적인 관점과 관련이 깊다. 이에 대해서는 본서의 제4장 제1절에서 다룬다.

47 수정본의 해당 부분은 다음과 같다 : "居數月, 光陰荏苒, 秋風夕起, 木葉蕭瑟, 金井梧桐, 雨聲凉凉, 水岸蒹葭, 露氣蒼蒼. 寒蛩哀響, 而旅鴈悲鳴, 空階月冷, 古壁燈殘. 潘安之鬢忽霜, 杜老之頭易雪, 令人有志士惜暮之感. 天君覽此景色, 爲之悽然, 念舊傷今, 泣數行下. 遙聞一人, 行行短嘆, 步步長吁, 天君怪訝, 開窓望之, 則那人乃七卿中之哀卿也"(수정본, 장11앞). 한편 장회본의 해당 부분은 다음과 같다 : "天君百敗漂竄之餘, 歲月蹉跎, 秋風夕起, 木葉蕭瑟, 金井梧桐, 雨聲凉凉, 水岸蒹葭, 露氣蒼蒼. 寒蛩哀響, 而旅鴈悲鳴, 空階月冷, 古壁燈殘. 潘安之鬢忽霜, 杜甫之頭易雪, 令人有志士惜暮之感. 天君覽此景色, 爲之悽然, 自傷曠安宅而不得居, 失正路而不得由. '荒涼故都, 收復何時!' 念舊傷今, 泣數行下. 有一人, 姓審, 名覺誤, 字改之, 人稱爲有悔氏者也"(장회본 제16회, 장13뒤).

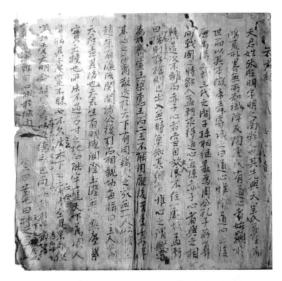

〈사진 8〉『三皇演義』 장2앞(수정본 『천군기』 첫 대목)

〈사진 9〉『逸史』 장2앞(장회본 『천군기』 첫 대목)

에 대해 보다 깊이 사유했음을 보여주는 대목이다. 해당 대목은『천군기』의 중심사건이 '마음 일탈'에서 '마음 회복'으로 전환되는 국면이다. 이 중요한 전환의 지점에 '뉘우침'을 의미하는 '유회씨有悔氏'를 새로 등장시킨 것이 의미 깊다.

한편 수정본에는 없던 인물로서, 장회본에만 등장하는 '단원丹元'이 있는데, 이 인물은 대단히 문제적이다. '단원'은 본래 '도교적' 배경을 갖는 인물인데, 장회본에서 새로 등장하게 되었다는 점이 중요하다.[48]

그 외의 부분에서는 대체로 서사의 내용 변화가 크지 않고 주로 표현을 다듬는 수준에서 개작이 이루어졌다. 이를테면 등장인물의 성명이나 자호字號를 조금씩 수정한다거나, 등장인물의 가계를 보다 구체화하는 등의 개작이 확인된다. 특히 월백과 환백의 등장 부분은 수정본에서 장회본으로의 개작 과정에서 변화가 가장 적다. 앞에서 초고본에서 수정본으로의 개고 과정을 분석한 결과대로, 월백과 환백에 대한 구상이『천군기』의 처음 집필 단계에서 비교적 분명하게 서 있었음이 재확인된다.

이처럼 수정본에서 장회본으로의 개작은 초고본에서 수정본으로의 개고에 비해 서사 내용상의 변화가 적은 편이지만, '장회체章回體 형식'을 도입했다는 점에서 큰 변화가 있다. 황중윤은 장회본『천군기』를 총 31회로 나누어 구성했다. 장회본『천군기』의 각 회별 제목을 보이면 다음과 같다.

---

[48] '단원(丹元)'에 대해서는 본서의 제4장 제2절에서 따로 자세히 고찰한다.

- 제23회 主一翁起兵誓師 주일옹이 군대를 일으키며 맹세하다

- 제24회 大將軍擊走歡伯 대장군이 환백을 공격해 달아나게 하다

- 제25회 主一翁驅兵追越白 주일옹이 군사를 몰아 월백을 추격하다

- 제26회 主一翁數罪誅慾生 주일옹이 죄를 따져 욕생을 죽이다

- 제27회 天君還都襃三傑 천군이 환도하여 세 영웅을 표창하다

- 제28회 三人交薦五賢士 세 사람이 서로 다섯 현사를 추천하다

- 제29회 惺翁贊頌主一翁 성성옹이 주일옹을 찬미하다

- 제30회 二賊提兵更謀亂 두 적이 군사를 이끌고 다시 난을 도모하다

- 제31회 天君平難封功臣 천군이 난을 평정하고 공신을 봉하다

장회본은 개고와 개작을 거쳐 완성된 『천군기』의 최종작이다. 그러므로 이하에서는 『일사逸史』에 수록되어 있는 장회본 『천군기』를 연구의 기본 텍스트로 삼아 논의를 진행하고자 한다.

제4장

『천군기』의 창작원리

1. 성리학적 심성론의 서사화

1) '마음 일탈-마음 회복'의 서사구조

『천군기』는 전체적으로 '마음 일탈放心─마음 회복求放心'이라는 두 단계의 서사구조로 이루어져 있다. 중심인물은 '마음'을 뜻하는 인물인 '천군天君', '욕구'와 '욕망'을 뜻하는 인물인 '욕씨欲氏'와 '욕생慾生'[1], '경敬'을 뜻하는 인물인 '성성옹惺惺翁'·'주일옹主一翁'·'성의백誠意伯'[2], '외물外物'을 뜻하는 인물인 '월백越白, 미색(美色)'과 '환백歡伯, 술'이다. 그 중에서도 '경'을 뜻하는 인물인 성성옹의 축출과 복귀, 주일옹과 성의백의 활

---

[1] '욕씨(欲氏)'와 '욕생(慾生)'은 모두 '욕망'과 관련된 인물이지만, 『천군기』의 작가는 이 두 인물에 중요한 '차이'를 부여하였다. 이에 대해서는 후술한다.

[2] '성의백'은 '성의(誠意)'를 뜻하는 인물이다. 그런데 성리학적 심성론에서 '성의(誠意)'는 종종 '경(敬)'과 긴밀한 관련을 맺는 개념으로 이해되어 왔다. 송대 성리학자 윤돈(尹焞)의 다음 설이 참조된다 : "學者須是誠, 須是敬, 敬則誠矣"(尹焞, 『和靖集』 권5 「師說」). 황중윤 또한 '성의'를 '경'과 결부시켜 보는 관점을 『천군기』 제18회에서 분명히 밝혀 놓았다. 이에 본서에서는 '성의백'을 포괄적으로 '경'을 뜻하는 인물에 포함시켰다. 자세한 논의는 본서의 보론을 참조하기 바란다.

약에 따라 중심사건이 전개되고, 전체적으로 '거경居敬'을 강조하는 마음의 수양을 주제로 삼는다는 점에서, 『천군기』는 「천군전天君傳」을 비롯한 전대의 천군서사에서 확립된 '주경적主敬的 서사구조'의 전통을 잇고 있다. 그러므로 '마음 일탈-마음 회복'이라는 『천군기』의 서사구조 자체는 완전히 새로운 것은 아니다.

그렇다면 어떤 점이 새로운가? 『천군기』의 새로운 점은 큰 틀로서의 서사구조가 아니라, 그 구조 내에 구축된 서사의 정교한 안배에서 찾을 수 있다. 『천군기』는 총 31회의 장회로 구성되어 있다. 이 중 제1회부터 제15회까지에서 '마음 일탈'이라는 내용을 알레고리를 활용하여 서사화했다: 태초太初 원년元年에 천군이 즉위하여 신하들과 더불어 나라를 잘 다스렸다. 그러나 욕씨가 추천한 욕생이라는 신하의 꾐에 빠져 천군은 성성옹을 쫓아내고 국정國政을 등한시한다. 그리하여 천군은 욕생과 결탁한 월백과 환백이라는 두 외적의 공격에 패하여 나라를 잃고 의지할 데 없는 곤란에 처한다. 다음으로 제17회부터 제31회까지에서 '마음 회복'이라는 내용을 알레고리를 활용하여 서사화했다: 천군이 성성옹을 다시 불러들인 뒤 성성옹이 추천한 주일옹을 대원수大元帥로 삼고, 주일옹이 추천한 성의백을 재상宰相으로 삼는다. 세 사람이 협력하여 군대를 정비한 뒤 월백과 환백의 무리를 공격해 전쟁에서 승리를 거둔다. 마침내 천군이 나라를 되찾아 그 기틀을 다시 세우고 공과功過에 따라 신하들에게 상벌을 내린다.

여기에서 주목해야 하는 점은, '마음 일탈'과 '마음 회복'이라는 두 단계의 서사가 정확히 각각 15회씩 구성되어 있다는 사실이다. 그리고 그 한 가운데에 제16회 '유회씨가 성성옹을 부르다有悔氏召惺惺翁'라는 중요한 사건이 자리하고 있다. 도적들에게 나라를 잃고 의지할 데 없이 외로운 처지에 있는 천군이 유회씨有悔氏와 만나는 다음 장면을 보자.

천군이 전쟁에서 누차 패하여 정처 없이 떠도는 동안 세월은 덧없이 흘러 어느덧 저녁녘에 가을바람이 불어 나뭇가지가 소슬하고, 우물가의 오동나무에 내리는 빗소리가 서글프며, 물가의 갈대에 서린 이슬의 기운이 푸르렀다. 차가운 귀뚜라미가 서글피 울고, 외로운 기러기가 구슬피 울며, 텅 빈 뜰에 달빛이 차갑고, 오래된 벽에 등불이 깜빡거렸다. 반안(潘安)의 귀밑털에 서리가 내리고,[3] 두보(杜甫)의 머리털이 눈처럼 변해 사람으로 하여금 지사(志士)가 늙음을 애석해하는 감회에 젖어들게 했다. 천군이 이 광경을 보고 처연히 여기며 편안한 집을 비워두고 주거하지 않고 바른 길을 잃어 그 길로 나아가지 못함을 슬퍼했다.[4]

'황량해진 옛 수도(首都)를 어느 때나 되찾을까?'

지난 일을 생각하고 지금의 처지를 슬퍼하니 눈물이 줄줄 흘렀다.

그때 한 사람이 나타났는데 그 사람의 성은 심(審)이고, 이름은 각오(覺誤)이며, 자(字)는 개지(改之)이니, 사람들이 '유회씨(有悔氏)'라고 부르는 자였다.[5]

---

3 반안(潘安)의 귀밑털에 서리가 내리고 : '반안(潘安)'은 중국 서진(西秦)의 시인인 반악(潘岳)으로, 그의 자(字)가 '안인(安仁)'이다. 반악이 지은 「秋興賦」에 다음 구절이 보인다 : "悟時歲之遒盡兮, 慨俯首而自省. 斑鬢髟以承弁兮, 素髮颯以垂領."
4 편안한 집을~나아가지 못함 :『孟子』「離婁」의 다음 구절을 차용한 표현이다 : "曠安宅而不居, 舍正路而不由, 哀哉!"
5 "天君百敗漂竄之餘, 歲月蹉跎, 秋風夕起, 木葉蕭瑟, 金井梧桐, 雨聲涼涼, 水岸蒹葭, 露

이 장면은 제16회의 처음 부분이다. 흡사 전기소설傳奇小說의 한 장면이 연상될 만큼 처연한 정조가 잘 그려져 있다.[6] 이와 같은 문체는 『천군기』 전체에서 이채異彩를 띠는 것으로서, 전반부 서사와 후반부 서사의 중간에서 사건 전개의 전환점이 되는 제16회의 독특한 위상과 호응한다. 이 장면에 보이는 쓸쓸한 가을날의 풍경에 대한 묘사는 실상 천군의 내면심리에 대한 묘사이다. 지난날의 과오를 돌이키며 눈물을 흘리는 천군 앞에 홀연 유회씨라는 사람이 등장한다. 이는 스스로 잘못을 뉘우치며 참회하는 마음을 알레고리로써 표현한 것이다.

유회씨는 천군에게 나아와 이제 선善에 뜻을 두었다면 지체 없이 실행해야 하며 천군을 보좌할 신하를 구해야 한다고 간언한다. 이 말을 들은 천군은 옛 충신인 성성옹을 떠올리고 그에게 보낼 조서詔書를 내린다. 유회씨가 조서를 받들고 성성옹을 찾아가 마침내 그를 천군에게 다시 데려온다. 이렇게 성성옹이 돌아옴으로써 자연스럽게 '마음 회복求放心'이라는 후반부의 서사가 전개되는 것이다. 앞에서도 언급했듯 『천군기』는 전대의 천군서사에서 시도한 '주경적 서사구조'를 취하고 있는바 '경'을 의미하는 인물들의 축출과 복귀, 활약에 따라 중심사건이 전개된다. 그런데 성성옹의 복귀에 앞서 '뉘우침'을 뜻하는 유회씨가 등장함으로써 사건 전환의 중요한 매개 인물이 된다. 이런 설정은 『천군기』만의 창안

氣蒼蒼. 寒蛩哀響, 而旅鴈悲鳴, 空階月冷, 古壁燈殘. 潘安之鬢忽霜, 杜甫之頭易雪, 令人有志士惜暮之感. 天君覽此景色, 爲之悽然, 自傷曠安宅而不得居, 失正路而不得由. '荒涼故都, 收復何時?' 念舊傷今, 泣數行下. 有一人, 姓審, 名覺誤, 字改之, 人稱爲有悔氏者也"(『천군기』 제16회).

6 이를 통해 황중윤의 소설가로서의 역량을 엿볼 수 있으며, 그가 전기소설도 즐겨 읽었으리라 추정할 수 있다.

이다. 즉 『천군기』는 '뉘우침'을 중심에 두고 전반부와 후반부가 대등한 비중으로 나뉘는 서사구조를 취하고 있는 것이다. 이 점에서, 유회씨는 제16회에만 잠깐 등장하는 보조인물이지만, 다른 중심인물 못지않게 중요한 인물이다.[7]

무엇보다도 『천군기』에서 확인되는 '뉘우침'이라는 사건은 심성론과 관련해 철학적으로도 의미가 크다. 유교에서는 선진유학先秦儒學 이래 부단한 자기수양의 필요성이 강조되어 왔으며, 특히 신유학新儒學에 이르러서는 구체적인 수양의 방법으로 '거경居敬'과 '함양涵養' 등이 중시되었다. 이렇듯 수양을 통해 군자, 더 나아가 성인聖人이라는 인간상을 목표로 삼는 유교의 마음 수양론은 이상주의적인 경향이 짙다.

이를테면 진덕수眞德秀가 편찬한 『심경心經』의 '불원복不遠復' 장章을 보자.

복괘(復卦) 초구효(初九爻)에서 '멀리 가지 않아 돌아오므로[不遠復] 뉘우침에 이르지 않으니 크게 선하고 길하다'라고 했다. 공자께서 이에 대해, "안씨(顏氏)의 아들이 아마 여기에 가까울 테지! 선하지 않은 일이 있으면 일찍이 알지 못한 적이 없었고, 그 선하지 않음을 알고는 일찍이 다시 행한 적이 없었지"라고 말씀하셨다.[8]

---

7 선행연구에서는 '유회씨'에 대해 주목하지 않았다. 그렇지만 『천군기』에서 확인되는 '뉘우침'의 장면은 비단 천군서사만이 아니라 한국 고전소설사 전체에서 보더라도 보기 드문 의미 있는 장면이다.

8 "復之初九曰: '不遠復, 無祇悔, 元吉.' 子曰: '顏氏之子, 其殆庶幾乎! 有不善, 未嘗不知, 知之, 未嘗復行也'"(眞德秀 編, 『心經』'不遠復'章).

'멀리 가지 않아 돌아온다不遠復'는 것은 잘못을 저지르게 될 경우 즉시 그것을 고쳐서 뉘우침에 이르기 전에 마음을 회복함을 의미한다. 그런데 이런 경지는 인용된 공자의 말처럼 "안씨顏氏의 아들"로 일컬어진 안회顏回 같은 인물이라야 가능하다. 잘 알려져 있듯 안회는 공자의 수제자로서 공자가 그 어짊을 높이 평가한 인물이다. 이처럼 '불원복'이라는 명제에서는 뉘우침의 가치가 강조되기보다는 뉘우침의 단계에까지 이르러서는 안 된다는 당위가 강조된다. 이와 달리『천군기』의 작가 황중윤은 좀 더 현실적인 입장에서 '뉘우침'에 주목함으로써, 안회와 같지 않은 범인凡人이라면 진정한 참회를 통해서만 비로소 잃어버린 마음을 회복하는 다음 단계로 나아갈 수 있음을 말하고자 한 것으로 보인다.

요컨대『천군기』가 취하고 있는 '마음 일탈－마음 회복'의 서사구조는 기본적으로「천군전」과 같은 전대의 천군서사에서 확립된 '주경적 서사구조'를 계승한 것이다. 그렇지만 유회씨라는 매개 인물이 등장하는 제16회를 중심에 두고 전반부와 후반부의 서사를 동일한 비중으로 정교하게 안배한 점, 그럼으로써 마음을 성찰함에 있어 '뉘우침'이 갖는 의의를 새롭게 부각시킨 점은『천군기』의 중요한 창안이다.

2) '경敬'과 '욕慾'의 갈등구조

『천군기』는 전체적으로 '경敬'과 '욕慾'의 갈등구조를 취하고 있다. 즉 중심인물 중에서 '경'을 뜻하거나 '경'과 관련된 성성옹·주일옹·성의백 대對 '욕慾'과 관련된 욕씨·욕생·월백·환백의 갈등이『천군기』서사의 중심이 된다. 특히 '성성옹'·'주일옹'과 '욕생'은 핵심적인 대립

관계에 있는 인물이다.

　그런데 선행연구에서는『천군기』의 갈등구조가 이와 다르게 해석되었다. 먼저 김동협은『천군기』의 등장인물을 '천군', '충신형忠臣型 인물', '간신형奸臣型 인물'의 셋으로 분류했다. 이를 바탕으로『천군기』의 갈등구조를 '충신형 인물'과 '간신형 인물'의 대립관계로 파악했다.[9] 이런 파악의 문제점은, 천군을 제외한 등장인물 전부를 '천군의 신하'로 간주하고, 이를 '충신형'과 '간신형'으로 이분二分한 데 있다. 그러나 월백과 환백 및 그 수하의 인물들은 천군의 신하가 아니다. 그러므로 이들을 '간신형 인물'로 분류하는 것은 적절하지 않다.[10]

　이렇게 등장인물을 '천군', '충신형 인물', '간신형 인물'의 셋으로 분류하는 방식은 일찍이 김광순의『天君小說 硏究』[11]에서 시도한 것이다. 이 책에서 김광순은 김우옹의「천군전」을 기준으로 삼아 후대의 천군소설을 비교하는 방법을 정립했다.[12] 즉「천군전」에서 도출된 등장인물 분류의 기준을『천군연의』를 비롯한 후대 천군소설에 그대로 적용해, 천군소설의 갈등구조를 '충신형 인물'과 '간신형 인물'의 대립관계로 파악했다.[13] 나아가 이를 심성론과 결부시켜 천군소설이란 "심통성

9　김동협,「黃中允 小說 硏究」, 경북대 박사논문, 1990, 32~43면 참조.
10　위의 논문, 36면의 등장인물 분류표에서 그러한 오류가 확인된다.
11　김광순,『天君小說 硏究』, 형설출판사, 1980.
12　위의 책 제4장 제2절이 '天君傳과 後代 天君小說의 比較'인데, 이 부분에서 등장인물과 서사구조가 종합적으로 비교 논의되었다.
13　「천군전」에 등장하는 화독(華督 : 미색)이나 유척(柳跖 : 괴수) 같은 외적(外敵)은 '간신형 인물'에 포함되기 어렵다. 그렇지만「천군전」에서 이 인물들이 차지하는 비중이 작기 때문에「천군전」의 전체 등장인물을 크게 '천군'·'충신형 인물'·'간신형 인물'의 셋으로 분류해도 될지 모른다. 그러나 이런 분류법을 후대 작품들에 일괄적으로 적용하는 것은 적절하지 않다.

정심統성정性情의 논리에 따른 성정性情의 대립, 갈등구조로 파악될 수 있다"[14]
라고 했다. 이런 견해는 다른 연구자들에게서도 확인된다.[15] 그러나
'심통성정心統性情'에서 대립이나 갈등이 도출되지는 않는다.

본서의 제2장에서 언급했듯 '심통성정心統性情'이란 '마음心은 본성性
과 감정情을 통괄統括한다'는 뜻의 철학 명제이다. 본래 이 명제는 중국
송대宋代의 신유학자인 장재張載, 1020~1077가 제시한 것인데,[16] 주희가 이
를 수용해 자신의 심성론의 핵심 명제로 삼았다.

> 본성[性]이란 마음이 아직 움직이지 않은 것[未動]이고, 감정[情]이란
> 마음이 이미 움직인 것[已動]이다. 마음은 아직 움직이지 않은 상태와 이
> 미 움직인 상태를 모두 포괄한다. 대개 마음이 아직 움직이지 않으면 본성
> 의 상태이고, 움직이면 감정의 상태이다. 그러니 이른바 '마음[心]은 본성
> [性]과 감정[情]을 통괄(統括)한다'는 것이다.[17]

---

14 김광순, 앞의 책, 182면.
15 조수학,「禹秉鍾의 心性假傳 및 托傳 硏究」(『嶺南語文學』 9, 영남어문학회, 1982),
    206면의 '心性系 作品의 人物構成 比較表'에서 등장인물을 '천군'과 '충신형' 및 '반역
    형'으로 분류했다. 한편 이동근,「朝鮮朝 心性假傳의 硏究」(『古小說硏究』 1, 고소설학
    회, 1995), 353면에서 '심성가전(心性假傳)'이란 "성정의 갈등, 대립투쟁의 면을 의인
    화하여 제시한 것"이라고 했다. 뿐만 아니라 356면에서는 "성리학 자체가 성정의 대립
    과 조화를 기본 도식으로 하고 있"다고 했다. 그러나 '성(性)'과 '정(情)'에 대한 이런
    해석은 심통성정의 본의와는 거리가 있다.
16 우노 테츠토(宇野哲人), 손영식 역,『송대 성리학사』(I), 울산대 출판부, 2005, 132면
    참조.
17 "性是未動, 情是已動, 心包得已動未動. 蓋心之未動則爲性, 已動則爲情, 所謂 '心統性
    情' 也"(『朱子語類』 권5, 71번째 항).

이처럼 주희는 마음心을 본성性과 감정情을 통괄하는 개념으로 확정했다. 이런 견해는 '통統'자에 대한 주희의 적극적인 해석과 관계가 깊다. 주희는 첫째, "'통統'은 '겸하다'와 같다"[18]라고 해석했다. 이를 좀 더 확장하면, '마음은 본성과 감정을 통칭하는 이름이다'라는 해석까지 가능하다.[19] 둘째, "'통統'은 '주재主宰'이다"[20]라고 해석했다. 이 말은 '마음이 본성과 감정을 다스린다'는 의미이다. 그러므로 주희가 "마음은 본성性과 감정情을 통괄한다"라고 한 뜻은, 이 두 가지의 해석을 종합하여 내린 견해로 이해되어야 한다. 아울러 주희는 "본성性은 본체體이고 감정情은 작용用이니, 본성과 감정은 모두 마음心으로부터 나온다"[21]라고 했다. 이것은 마음이 본체와 작용으로 구분되기 때문에 본성과 감정이라는 이름으로 나뉘지만, 실은 본성과 감정 모두를 포괄한 것이 마음이라는 의미이다. 그러므로 본래 주희가 주장한 '심통성정'에서 본성性과 감정情은 결코 대립하는 것이 아니다.

그런데 김광순이 천군소설의 등장인물을 '천군'·'충신형 인물'·'간신형 인물'의 세 가지로 나눈 이유는, 등장인물을 '심心'과 '성性'과 '정情'이라는 심통성정론의 세 가지 요소에 각각 대응시키고자 했기 때문으로 생각된다. "양兩 유형類型(충신형 인물과 간신형 인물─인용자) 인물의 갈등은 곧 성性과 정情의 갈등에 비유"[22]된다고 한 언급에서 이 점이 확인

---

18 "'心統性情', '統'猶兼也"(『朱子語類』 권98, 39번째 항).
19 중국 송대(宋代)의 성리학자인 채원정(蔡元定)의 해석이다. 蒙培元, 홍원식 외 역, 『성리학의 개념들』, 예문서원, 2008, 414면 참조.
20 "問：'心統性情, 統如何?' 曰：'統是主宰, 如統百萬軍. 心是渾然底物, 性是有此理, 情是動處'"(『朱子語類』 권98, 42번째 항).
21 "性是體, 情是用, 性情皆出於心"(『朱子語類』 권98, 41번째 항).

된다. 이런 해석은 '심통성정'의 본의本意에 대한 오해에서 비롯된 것으로 보인다.[23]

『천군기』에서 성성옹 등으로 형상화된 '경敬'은 흔히 오해되듯이 본성性에 속한 것이 아니다. 성리학에서 본성性이란 사람의 마음에 내재된 변치 않는 부분으로서 인仁·의義·예禮·지智로 발현된다고 본다. '경'은 이런 사단四端에 속하지 않는다. 그렇다고 '경'이 칠정七情과 같은 감정情에 속한 것도 아니다. 다시 말해 '경'이란 본래 마음에 내재된 것이거나 혹은 그것이 변하여 생성된 어떤 것이 아니라, 마음을 수양하는 일종의 '방법'이다.[24] 한번 '성성'옹과 '주일'옹의 이름에 대해 생각해 보자. '깨어 있음惺惺'과 '하나에 오로지 함主一'이라는 것은 모두 마음의 '상태' 내지 '작용'과 관련된 말임을 알 수 있다.

그렇다면 '경敬'과 대립하며 『천군기』의 갈등구조를 이루는 '욕慾'은

---

22 김광순, 「천군소설 해제」, 『천군소설』(연강학술도서 한국문학전집 26), 고려대 민족문화연구소, 1996, 9면.
23 허원기는 '천군소설'에서의 성(性)과 정(情)에 대한 대립적 해석의 문제점을 다음과 같이 지적했다 : "천군소설의 인물형상이 성(性)과 정(情)의 대립적 관계로 파악될 수 있는 성질의 것이 아님을 알 수 있다. 왜냐하면 정(情)은 성(性)의 동적인 표현방식이기 때문이다. 그러므로 성(性)·정(情)의 대립 구조보다는 성(性)·정(情)에 대해 경(敬)·의(義)로 나타나는 심(心)의 개입과 역할이 중요하다고 할 수 있다"(허원기, 「天君小說의 心性論的 意味」, 『古小說硏究』11, 한국고소설학회, 2001, 135~136면). 필자는 허원기의 문제제기에 동의한다. 그렇지만 천군소설의 연원을 남명학파(南冥學派)의 문학에서 찾음으로써, 조식(曺植)의 심성론을 『천군기』와 『천군연의』등을 비롯한 후대의 천군소설 분석에 적용한 것은 사실과 맞지 않는다고 생각된다. 이 점에서 필자의 관점과는 차이가 있다.
24 성리학에서 '경(敬)'이란 '정(靜)'과 더불어 마음 수양의 중요한 방법이다. '인간의 마음이란 무엇인가'라는 물음에 대한 답변으로서 본성[性]과 감정[情]에 대한 논의가 제출되었다면, 그 연장선상에서 '그렇다면 인간의 마음을 어떻게 수양할 것인가'라는 물음에 대한 답변의 하나로 제출된 것이 '경(敬)'이다.

어떻게 보아야 할까? '욕欲'은 칠정七情의 하나로서 분명히 감정情에 속한다. 그렇지만 '심心' 자가 더해진 '욕慾'은 '욕欲'과 구별하여 볼 필요가 있다. 선행연구에서는 논의된 바 없지만, '욕망'과 관련된 인물을 '욕씨欲氏'와 '욕생慾生'의 둘로 설정하고, 그 두 인물에 분명하게 차별성을 부여한 점이야말로 『천군기』의 독특한 창안이다.

그렇다면 '경敬과 욕慾의 갈등구조'에 대한 논의를 매듭짓기 위해서는 일단 『천군기』에서 '욕慾'이 의미하는 바가 무엇인가를 명확히 하지 않을 수 없다. 이에 '욕欲'과의 비교를 통해 '욕慾'의 의미를 고찰해 보기로 한다.

먼저 『천군기』에서 '욕欲'을 뜻하는 인물은 '욕씨欲氏'이다. 제1회 '천군이 즉위하여 관직을 나누어 봉하다天君卽位分封官'에서 욕씨는 희씨喜氏·노씨怒氏·애씨愛氏·낙씨樂氏·애씨哀氏·오씨惡氏와 함께 천군이 즉위한 원년에 '오리장군五利將軍'에 임명된다. 반면 '욕생慾生'은 제3회 '오리장군이 욕생을 추천하다五利將軍薦慾生'에서 처음 등장한다.

> 오리장군(五利將軍)이 천군의 뜻을 알고 한 사람을 천거하며 이렇게 말했다.
>
> "신(臣)의 지역에 한 사람이 있으니, 그의 이름은 욕생(慾生)입니다. 주상께서 이 사람을 쓰시면 반드시 구체(口體)를 기를 수 있고, 사지가 편안하시며, 성색(聲色)을 주상께서 원하는 대로 즐기실 수 있을 것이니, 주상으로 하여금 예법에 따라 몸을 단속하는 괴로움이 없게 할 것입니다."[25]

이 소개에서 알 수 있듯 욕생은 본래 욕씨에 '속한' 인물이다. 욕씨와 욕생의 관계는, 욕생이 성성옹을 참소하는 다음 장면에서 뚜렷이 드러난다.

문득 또 한 사람이 울면서 이렇게 고하였다.

"신은 본래 오리장군(五利將軍: 욕씨-인용자)과 한 마음인 사람입니다. 감히 천거를 받아 곁에서 주상을 모시는 은혜를 입사와, 비록 주상께서 사람을 얻는 데 있어 기쁘게 하지는 못했으나 진실로 주상으로 하여금 즐거운 경지에 드시도록 하고자 했으니, 이는 실로 오리장군도 아는 바입니다. 이제 저 성성옹은 신을 질시함이 대단히 심해 신을 방자하다고 지목하니, 신과 이 사람은 물과 불이요 얼음과 숯이니 형세가 양립할 수 없습니다. 청컨대 소신(小臣)을 쫓아내어 그의 마음을 쾌하게 하소서!"

이 사람은 누구인가? 바로 총락후(寵樂侯) 욕생(慾生)이란 자이다.[26]

이 인용문에서는 욕생과 욕씨가 본래 "한 마음"임이 명시되어 있다. 또한 욕생의 성격이 잘 드러나 있는데, 욕생은 죄 없는 성성옹을 참소하면서 도리어 억울하다는 듯 거짓으로 눈물을 흘린다. 결국 천군은 욕생의 말을 믿고 성성옹을 멀리한다. 이 사건을 계기로 월백과 환백이라

---

25 "五利將軍揣知君意, 乃薦一人曰: '臣部中有一人, 名曰慾生. 君若用之, 則必能養口體, 逸四肢, 彩色聲音, 惟君所欲, 而使君無擊踞曲拳之苦矣.'"(『천군기』 제3회).

26 "忽又一人泣而告曰: '臣本五利將軍一心人也. 謬爲所薦, 獲侍君側, 雖不能使君逸於得人, 而誠欲推而納諸逸境, 此實五利將軍之所知也. 今者, 惺惺翁嫉臣太甚, 目爲縱恣, 臣與此人, 水火氷炭, 勢不兩立. 請退小臣, 以快其心!' 這一人是誰? 乃寵樂侯慾生者也"(『천군기』 제5회).

는 두 외적이 천군의 나라에 침입하게 된다. 이렇듯 욕생은 욕씨에 '속해' 있으며, '한 마음'의 관계에 있으므로, 두 인물은 작중에서 대개 함께 행동한다. 제9회 '월백이 크게 전투를 벌여 천군을 곤경에 빠뜨리다越白大戰困天君'에서 두 인물은 월백과 내통해 천군을 함께 공략하기로 밀약을 맺는다. 그리하여 월백으로부터 욕생은 "통혼대부通欣大夫 탕심대장군蕩心大將軍 지복부내외시知腹府內外事"[27]라는 직위를 받고, 욕씨는 "병중대부秉中大夫 영심대장군領心大將軍 단성대도독丹城大都督"[28]이라는 직위를 받아 합동으로 천군을 위기에 빠뜨린다.

그렇지만 두 인물 가운데 더 악한 역할을 맡은 인물은 욕생이다. 제14회 '욕생이 밀통하여 두 적을 머물게 하다慾生潛通留二賊'에서, 단원丹元의 중재를 방해해 천군과 두 적의 강화講和가 이루어지지 못하게 함으로써, 두 적으로 하여금 다시 군사를 일으켜 천군을 완전히 위기에 빠뜨리게 만드는 인물이 바로 욕생이다. 그리고 제24회 '대장군이 환백을 공격해 달아나게 하다大將軍擊走歡伯'에서 위기에 처한 월백과 환백으로 하여금 천군의 신하인 구관口官·희씨喜氏·낙씨樂氏·애씨愛氏 등과 내통해 천군의 군대를 협공하도록 끝까지 종용하는 인물 또한 욕생이다.

이처럼 『천군기』의 주요한 반동인물로서 '욕씨'와 '욕생'을 설정하되 두 인물에 얼마간 차별을 둔 이유가 무엇일까? 이와 관련하여 주희의 다음 언급이 참조된다.

---

27 通欣大夫 蕩心大將軍 知腹府內外事 : '즐거움과 통하는 대부 겸 마음을 방탕하게 하는 대장군 겸 배 안팎의 일을 맡은 자'로 풀이된다.
28 秉中大夫 領心大將軍 丹城大都督 : '중심을 장악하는 대부 겸 마음을 이끄는 대장군 겸 단성의 대도독'으로 풀이된다.

인욕(人欲)이 반드시 좋지 않은 것은 아니지만, 그것이 위태하다고 말하는 것은 욕망에 떨어질 수도 있고 그렇지 않을 수도 있는 그 사이에 있기 때문이다.[29]

유교의 심성론에서 '인욕人欲'이란 '천리天理'와 반대된다. 이 둘은 사사로운 것인가 공적인 것인가에 따라 구분된다. 중국 송대宋代의 성리학자인 정이程頤나 정호程顥의 경우 인욕을 악한 것으로 보아, '인욕을 없애고 천리를 보존할 것去人欲, 存天理'을 강조했다. 그러나 주희는 인욕이 '위태'하다고 보았다. 위태하다는 것은 악으로 흐르기 쉽지만 반드시 악한 것은 아니라는 의미이다. 주희의 이런 관점은 근본적으로 식욕食欲과 성욕性欲으로 대표되는 인욕人欲을, 인간의 생명을 유지하는 데 필요한 생리적生理的 욕구로 본 것과 관련이 깊다.[30]

황중윤이 『천군기』에서 욕씨와 욕생을 구분한 것 또한 이런 사유의 연장선상에 있다고 생각된다. 삶을 영위하는 데 필수불가결한 기본적인 인욕人欲을 용인하되, 그것이 '지나침'으로써 악함에 빠지는 경우를 '욕생'이라는 인물로써 구별하여 표현한 것이다. 그러므로 '욕씨欲氏'가 모든 인간에게 보편적으로 내재된 '욕구欲求'라면, '욕생慾生'은 그 욕구가 과도하게 표출된 상태로서의 '욕망慾望'으로 차별화해 볼 수 있다.[31]

---

29 "人欲也未便是不好, 謂之危者, 危險, 欲墮未墮之間"(『朱子語類』 권78, 192번째 항).

30 蒙培元, 앞의 책, 618~627면 참조.

31 중국 청대(淸代)의 학자인 단옥재(段玉裁)의 『說文解字注』에 따르면 '욕(慾)'자는 '욕(欲)'자보다 후대에 생겼다고 한다: "古有欲字, 無慾字. 後人分別之, 制慾字, 殊乖古義"(段玉裁, 『說文解字注』, 上海 : 上海古籍出版社, 1981). 이영주는 중국 한대(漢代)까지도 '욕(慾)'자가 널리 사용되지 않았을 가능성이 많으며, 금어(今語)인 '욕(慾)'자

이런 해석의 타당성은 『천군기』의 결말부에서 증명된다. 제26회에서 주일옹 수하의 알격장군過擊將軍인 천리天理가 욕생과 욕씨를 모두 잡아오지만, 두 사람에 대한 처벌이 다르게 내려진다. 욕생의 경우 바로 목이

가 고어(古語)인 '욕(欲)'자의 '분별문(分別文)'이라고 했다. '분별문'이란 초문(初文)의 의미가 점차 인신(引伸)되거나 가차(假借)되어 쓰임으로써 여러 개념을 갖게 될 경우, 자형상(字形上) 분별하여 의미를 분담할 필요가 생겨 다른 편방형부(偏旁形符)를 이용해 만든 글자를 뜻한다. 즉 '욕(慾)'자가 출현한 뒤에 '욕(欲)'자와의 의미 충돌로 인하여, '심(心)'자가 추가된 '욕(慾)'자가 '욕망'의 색채를 가진 폄의자(貶義字)로 주로 사용됨으로써 '욕(欲)'자와 구별되는 경향을 갖게 되었다는 뜻이다(이영주, 『漢字字義論』, 서울대 출판부, 2000, 139면; 205~206면). 특히 한국어에서 '욕(慾)'자와 '심(心)'자를 결합시켜 부정적인 의미의 '욕심(慾心)'이라는 단어가 만들어진 사실이 주목된다. 한편 '욕(欲)'과 '욕(慾)', 즉 『천군기』에서 '욕씨'와 '욕생'이 각각 뜻하는 바를 오늘날의 용어로 적절하게 번역하는 데에는 난점이 없지 않다. 근대 심리학 및 정신분석학에서 '욕망'과 관련하여 사용하는 개념어의 역어(譯語)가 '충동(impulse / Trieb)', '욕구(need / Anspruch)', '요구(demand / Anforderung)', '욕망(desire / Verlangen)' 등으로 다양한데다, 학자에 따라 이 용어들을 조금씩 다른 의미로 사용하는 경우가 있기 때문이다(지그문트 프로이트(Sigmund Freud), 윤희기・박찬부 역, 『정신분석학의 근본 개념』, 열린책들, 2003; 자크 라캉(Jacques Lacan), 맹정현・이수련 역, 『세미나 11 - 정신분석의 네 가지 근본 개념』, 새물결, 2008 참조). 그러므로 본서에서 '욕(欲)'을 '욕구'로, '욕(慾)'을 '욕망'으로 풀이한 데 대한 별도의 설명이 필요할 것으로 여겨진다. 먼저 『천군기』에서 '욕(欲)'이란 성리학적 세계관에 기초하여 모든 인간의 마음에 공통적으로 존재하는 것으로 여겨지는 정(情)의 하나이다. 이처럼 『천군기』에서의 '욕(欲)'은 무언가를 추구하는 인간의 보편적 감정인바 '욕구(欲求)'라는 용어로 번역될 수 있다. 그러므로 본서에서 정의된 '욕구'란 일차적으로 생명의 유지에 필요한 기본적인 생리적 욕구를 포함하되, 나아가 마음의 적절한 개입과 작용에 따라 '중(中)'과 '화(和)'에 이를 가능성을 지닌 채로 무언가를 추구하는 감정 일반을 포괄적으로 일컫는 용어이다. 다음으로 『천군기』에서 '욕(慾)'이란 인간의 보편적 감정으로서의 '욕(欲)'이 '중(中)'과 '화(和)'에 이르지 않고, '과도하게' 타자인 '대상'을 향해 표출된 것이다. 따라서 『천군기』에서의 '욕(慾)'은 물리쳐야 할 부정적인 것으로 설정되어 있지만, 다른 한편에서는 실제 생활 속에서 '욕(慾)'과 그 '대상'을 물리치는 일이 대단히 힘겨운 일이라는 점이 강조되고 있다. 그러므로 『천군기』에서 '욕(慾)'이란 한편으로는 강하게 억압되고, 다른 한편으로는 강하게 추구되는 모순적 특징을 지닌다. 후술되지만 이처럼 '욕(慾)'의 중층적 의미를 탐구한 것이야말로 『천군기』의 의미 있는 성취라고 생각된다. 이에 본서에서는 이와 같이 문제적이고도 복합적인 의미를 지닌 『천군기』에서의 '욕(慾)'을 '욕망(慾望)'이라는 용어로 번역했다.

베여 죽임을 당하지만, 욕씨는 목숨을 부지한 채 감금에 처해진다. 두 인물에 대한 차별적 처리가 우연한 것이 아니라는 사실은 제29회와 제31회에서 확인된다. 제29회에서 성성옹은 천군에게 나아가 '천리天理'와 '인욕人欲'의 관계에 대해 역설하며 욕씨를 처단할 것을 말한다.

성성옹이 나아와 이렇게 말했다.

"송유(宋儒)가 말하기를 '인욕(人欲)을 이겨내야 천리(天理)가 다시 돌아온다'라고 했습니다. 인욕이라는 것은 욕씨(欲氏)이고, 천리라는 것은 알격장군(遏擊將軍)입니다. 방금 천리가 비록 돌아왔으나 욕씨가 여전히 제거되지 않았으니 천리가 오랫동안 조정에서 편히 지내지 못할까 두렵습니다. (……) 원컨대 주상께서는 어서 욕씨를 감옥에서 빼내어 그를 죽여 저자에 그 시체를 내어 거시는 한편, 천리를 부식(扶植)하여 그를 높이고 총애하십시오. (……)"[32]

천군은 성성옹의 간곡한 말을 듣고, 그의 말에 동조한다. 그러나 『천군기』의 마지막 회인 제31회에서도 끝내 욕씨는 처형되지 않는다. 서술자는 그 이유를 다음과 같이 밝힌다.

욕씨는 지은 죄로 보아 효수(梟首)에 처해지는 것이 합당하지만 천군과

---

32 "惺惺翁進曰 : '宋儒曰 : 〈克得那人欲去, 便復得這天理來.〉所謂人欲者, 卽欲氏也 ; 天理者, 卽遏擊將軍也. 方今, 天理雖已來現, 而欲氏猶未除去, 恐天理不能久安於朝也. (……) 願君亟出欲氏於檻囚中, 顯戮於街市, 而扶植天理, 尊崇寵待 (……)'"(『천군기』 제29회).

가까운 친척[懿親]이므로 신분을 일등급 감하여 귀양을 보냈다.[33]

욕씨가 "천군과 가까운 친척"이므로 죽이지 않았다는 결말부의 이런 처리에는, 감정에 속하는 '욕欲'은 사람의 마음에서 거부하거나 제거할 수 없는 보편적인 것이라는 의미가 담겨 있다. 이처럼 『천군기』에서 작가는 치밀한 계산에 따라 '욕씨'와 '욕생'이라는 두 인물을 구별하여 설정했다. 그럼으로써 인욕에 대해 완전히 거부하거나 수용하는 극단의 입장에 서는 대신, 그 사이에서 '욕欲'과 '욕慾'을 차별적으로 인식하는 또다른 관법을 제시했다.

이 지점에서 『천군기』의 갈등구조를 다시 생각해 보자. 『천군기』에서 작가는 '욕欲'이라는 감정을 자연스러운 마음의 작용으로 용인하되, 그것이 월백미색이나 환백술과 같은 외적外的 대상을 향해 과도하게 표출될 때의 마음의 상태를 '욕慾'으로 구별했다. 그렇다면 앞에서 고찰한 대로 '경敬'이 마음의 상태와 관련된 말이듯, 『천군기』에서의 '욕慾' 또한 마음의 상태와 관련된 말이다.

그러므로 '본성性'과 '감정情'의 대립으로써 『천군기』의 갈등구조를 설명하는 것은 적합하지 않다. 지금까지 고찰했듯 『천군기』는 마음의 작용으로서의 감정情에 기초한 서사이다. 특히 그 중에서도 '욕欲'이라는 감정에 주목하여 그것이 과도하게 발현되어 '욕慾'으로 흐르지 않는지 경계하라는 것, 이를 위해 '마음을 경의 상태에 거하게 하라居敬'는

---

33 "欲氏罪合梟首, 而以天君懿親, 減一等, 屏諸四夷"(『천군기』 제31회).

것이『천군기』의 주된 메시지이다. 그러므로『천군기』의 핵심적인 갈등은 '경敬'과 '욕慾'의 대립관계로써 파악된다.

2. '몸'의 의인화

1) 전대 천군서사와의 비교

다음으로 고찰할『천군기』의 창작원리는 '몸'의 의인화이다. 천군서사는 공통적으로 알레고리를 활용하고 있으므로 '의인화'는 천군서사 일반의 서사기법이다. 그런데 이것을 창작원리의 차원에서 별도로 고찰하는 이유는,『천군기』의 경우 '마음'과 관련된 추상적 개념만이 아니라, '몸'에 대해서도 다채로운 의인화 양상이 확인되는바, 이 점이 전대의 천군서사와 차별적이기 때문이다.

『천군기』제1회에서 신체기관 중 가장 먼저 등장하는 인물은 목관目官, 눈, 비관鼻官, 코, 이관耳官, 귀, 구관口官, 입이다. 이들은 천군의 개국 원년元年에 임명된 신하들로서 '사관四官'으로 총칭된다.[34] 유교에서는 일찍이『논어論語』「안연顔淵」편에서 제시되었듯 극기복례克己復禮를 위한 구체적 방편으로 '사물四勿'이 강조되었다.[35] 그래서 마음의 수양을 위해, 외물外

---

[34] "改元太初元年, 設官分職, 各司其司. 其任於銀海城者, 曰目官, 其守於五岳部者, 曰鼻官, 其主於兆玄城者, 曰耳官, 其位於斷下府者, 曰口官. 天君但出令, 而四官承命於外"(『천군기』제1회)

[35] "顔淵問仁, 子曰: '克己復禮爲仁, 一日克己復禮, 天下歸仁焉, 爲仁由己而由人乎哉!' 顔淵曰: '請問其目.' 子曰: '非禮勿視, 非禮勿聽, 非禮勿言, 非禮勿動.'"(『論語』「顔淵」).

物과 접촉하는 감각기관이 우선 주목받은 것으로 보인다. '눈', '귀', '입'은 조식의 〈신명사도神明舍圖〉에서 각각 '목관目關', '이관耳關', '구관口關'이라는 관문關門으로 형상화된 바 있다. 〈신명사도〉를 바탕으로 창작된 김우옹의 「천군전」에서는 이목구비 중 '눈'만이 '은해수銀海路'라는 길路로 형상화됐다.[36] 한편 임제의 「수성지」에서는 '눈'을 '시視'라는 인물로, '귀'를 '청聽'이라는 인물로 의인화했다. 그리고 윤광계의 「중수신명사기」에서도 '눈'을 '시씨視氏'로, '귀'를 '청씨聽氏'로 의인화했다. 「수성지」와 「중수신명사기」의 경우는, 〈신명사도〉와 「천군전」에서 이목구비가 관문關門 내지 길路이라는 '공간'으로 형상화된 것과 차이가 있다.

본래 '몸'의 의인화란 '천군天君'이라는 말의 기원이기도 한『순자荀子』「천론天論」의 다음 발상과 관련이 깊다.

> 귀, 눈, 코, 입, 살갗은 각각 접촉하는 데가 따로 있어 서로 함께 기능하지 않으니 이를 '천관(天官)'이라 하고, 마음은 몸 가운데 빈 곳에 거하며 다섯 감관을 다스리니 이를 '천군(天君)'이라 한다.[37]

이처럼 순자는 '마음'과 '감각기관=몸'을 이분二分하여 '천군天君'과 '천관天官'으로 명명했다. 그 후로 천 년이 더 지난 16세기 무렵, 조선에서 천군서사가 활발히 창작됨에 따라 순자의 이 비유는 제대로 빛을 보게

---

36 은해로(銀海路) : '은해(銀海)'는 도가(道家)에서 '눈'을 뜻하는 말이다.
37 "耳·目·鼻·口·形能, 各有接而不相能也, 夫是之謂天官, 心居中虛, 以治五官, 夫是之謂天君"(『荀子』「天論」). 번역은 이운구 역, 『순자 2』, 한길사, 2006, 71~72면 참조.

되었다. 그렇지만 초기의 천군서사 작가들은 모두 '마음'을 '천군'으로 비유한 것에만 주목했고, '몸'을 '천관'으로 비유한 것은 별로 주목하지 않았다. 다만 임제의 「수성지」와 윤광계의 「중수신명사기」 등에 이르러 부분적으로 '눈'과 '귀'가 의인화되었을 뿐이다. 그런데 황중윤은 『천군기』에서 그 발상을 확장함으로써 '몸'에 대한 본격적인 의인화를 시도했다. 『천군기』에서 '눈'을 의인화한 목관이 등장하는 다음 장면을 보자.

천군은 바야흐로 노닐기를 그치지 아니하며 그저 하고 싶은 대로 처신했다. 문득 한 사람이 나는 듯이 앞으로 나오니 우이현(盱眙縣) 사람으로 그의 성은 방(方)이고, 이름은 동(瞳)이며, 자(字)는 공명(孔明)인데 천군의 휘(諱)를 범했기에 자(字)를 자첨(子瞻)으로 고쳤으니, 미세한 털끝까지 살필 만큼 밝히 보아 일찍이 목관(目官)에 임명된 자이다. 급히 천군에게 다음과 같이 보고했다.

"저 앞 화류림(花柳林) 중에 어디서 왔는지 알 수 없는 적이 나타났습니다. 초란(椒蘭)의 기운이 맺혀 연무(煙霧)가 비끼며 그 아래에 은은히 푸른 구름이 피어오르더니, 붉은 옷을 입은 무리가 비상하게 출몰했습니다. 신(臣)이 사람을 보내 몰래 알아보니 요사한 한 무리의 군대인데 '낭자군(娘子軍)'이라 자호했고, 몸을 잘 치장했으며, 전부 붉은 비단으로 꾸몄으니 옛날의 홍건적을 모방한 듯합니다. 금도(金刀)로 검을 삼고, 옥척(玉尺)으로 창을 삼으며, 투구는 금사(金絲)로 장식하고, 갑옷은 구슬과 비취로 꾸며 육진(肉陣)을 이루었습니다. 진문(陣門)을 여는 곳에서 한 상장군(上將軍)이 달려 나왔는데 그 장군은 나이가 열여섯 살가량으로 얼굴에는 분을 바른 듯하고, 입술에는 연지를 찍은 듯하며, 눈은 샛별과 같고, 허리는 가냘 픕니다. 꾸밈새가 비범하고 용모는 하늘에서 내려온 신과 같으며 가슴속에 교묘한 기술을 품고 있어 헤아리기가 어렵습니다. (……)"[38]

인용문은 제7회 '목관이 달려와 요사한 적이 출몰했음을 아뢰다目官奔 走告妖賊'의 시작 부분이다. 목관이 처음 등장하자 서술자는 그의 성명과 자字는 물론 그의 자질에 대해 압축적으로 논평한다. 이로써 '눈'이라는 신체기관이 개인사를 지닌 구체적인 인물로 설정되었다. 무엇보다 이 렇게 '눈'이라는 신체기관이 의인화됨으로써 그의 전언傳言을 통해 비 로소 월백의 실체가 생생하게 그려진다는 점이 중요하다. 즉 목관에 의 해 "꾸밈새가 비범하고 용모는 하늘에서 내려온 신과 같으며 가슴속에 교묘한 기술을 품고 있"는 월백이라는 인물이 실감나게 형상화될 수 있 었던 것이다.[39]

'입'을 의인화한 구관이 등장하는 다음 장면에서도 이와 유사한 효과 가 확인된다.

---

38 "天君方遊賞不已, 駘蕩顚狂, 忽一人飛奔前來, 乃盱眙縣之人, 姓方, 名瞳, 字孔明, 以犯 天君之諱, 改字曰子瞻, 明足以察秋毫之末, 而曾封爲目官者也. 忙報於君曰:'前面花 柳林中, 不知何處賊來. 椒蘭之氣結而爲煙斜霧橫之氛, 其下隱隱然綠雲擾擾, 多少紅衣 的人, 出沒非常. 臣使細作偵探, 則有一隊妖兵, 自號娘子軍, 全裝慣帶, 盡以紅綵爲飾, 疑若倣古之紅巾也. 金刀爲劍, 玉尺爲戈, 鼇粧金蟬, 甲用珠翠, 排成肉陣. 陣門開處, 湧 出一員上將, 那將年可二八, 面如傳粉, 唇如抹朱, 目如朗星, 腰如束素. 結束非凡, 貌若 天神, 而胸中巧術, 有不可測也 (……)'"(『천군기』 제7회).

39 임제의 「수성지」나 윤광계의 「중수신명사기」에서도 '눈'과 '귀'가 의인화되지만, 『천군 기』에서처럼 그 인물들이 직접 발언하지는 않는다. 따라서 독자성이 부여된 인물은 아니다.

이때 월백이 함께 군대를 일으키기로 약속하고 한곳에 집결했다. 환백이 크게 기뻐하며 즉시 '환백대장군(歡伯大將軍)'이라고 자칭했다. (……)

호구(壺口)로부터 약옥주(藥玉舟)를 타고 해구(海口)에 정박했다가 술병을 기울인 형세로 물이 아래로 흐르듯이 하여 은하부(斷下府)에 들어갔다. 은하부를 지키는 자는 치성(齒城) 사람이다. 성은 양설(羊舌)이고, 이름은 옹치(雍齒)이며, 자(字)는 양지(養之)인데, 먹기를 잘 하고 오미(五味)를 알아 일찍이 구관(口官)에 임명된 자이다. 선봉과 접전하자마자 곧바로 겁에 질려 입을 벌리고 혀를 내두르며 기운을 내지 못하더니 조금 뒤 기운을 차리고는 환백에게 빌며 말했다.

"내가 들으니 '어진 사람은 남이 곤란한 때를 틈타지 않고, 의로운 사람은 남이 급할 때 구해준다'고 한다. 지금 우리 임금께서 이미 낭자관군(娘子冠軍)의 침략을 받아 곤란하시고 급하시건만 그대는 구해주지 않을 뿐만 아니라 도리어 이를 틈타니 어찌 어질고 의로운 자이겠는가?"

환백이 말했다.

"내가 낭자(娘子) 월공(越公)과 늘 함께 행동하며 생사를 같이 해 왔거늘, 네가 감히 세 치의 혀를 놀려 나로 하여금 군대를 퇴각하게 하고자 하느냐!"

구관(口官)이 말했다.

"나는 옥지(玉池)[40]의 요충지를 지키나니 만일 그대에게 길을 내어주지 않는다면 그대가 아무리 용맹한들 어떻게 후관(喉關)으로 바로 내려갈 수 있겠는가!"[41]

---

40 옥지(玉池) : '아름다운 연못'이라는 뜻으로 도가(道家)에서 '입안'을 가리키는 말이다.
41 "至是, 越白約同起兵, 相會一處. 歡伯大喜, 卽自稱歡伯大將軍. (……) 自壺口, 乘藥玉

인용문은 제10회 '환백이 기회를 타서 크게 침략하다歡伯乘勢大入寇'의 일부이다. 앞의 장회에서는 천군이 월백으로부터 공격을 받았는데, 이어지는 제10회부터는 환백의 공격까지 받게 된다. 환백은 "네가 감히 세 치의 혀를 놀려 나로 하여금 군대를 퇴각하게 하고자 하느냐!" 운운하며 호전적인 기세를 보인다. 이에 맞선 구관은 "나는 옥지玉池의 요충지를 지키나니 (……) 그대가 아무리 용맹한들 어찌 후관喉關으로 바로 내려갈 수 있겠는가!"라며 비장하게 맞선다. 여기서 구관이 말한 '옥지玉池의 요충지'란 '입안'을 뜻하고, '후관喉關'이란 목구멍을 뜻한다. 그러므로 이 장면은 일촉즉발의 긴장 국면을 그린 듯하나 실제로는 음주飮酒를 시작하는 찰나를 재미있게 표현한 것이다. 주목해야 할 점은, 앞에서 검토한 목관과 월백의 경우처럼 '입'이 구관으로 의인화됨으로써 비로소 '환백'이라는 인물이 존재감 있게 형상화되는 계기가 마련되었다는 점이다. 뒤이어 나오는 비관코이나 이관귀의 경우도 마찬가지이다.

이처럼 『천군기』에 보이는 감각기관의 의인화는 결과적으로 그 인물들과 대립하는 '월백'과 '환백'이라는 반동인물의 존재를 서사적으로 부각시키는 효과를 낳고 있다. 공통적으로 '주경적主敬的 서사구조'를 취하고 있는 전대의 천군서사 작품들과 『천군기』의 중요한 차이를 이에서 찾을 수 있다. '몸'의 의인화로 인해, 세부 서사가 달라짐으로써 생긴 차이이다.

舟, 泊海口, 建瓴之勢, 如水就下, 入於齗下府. 齗下府守者, 齒城人也. 姓羊舌, 名雍齒, 字養之, 善啖噉, 知五味, 而曾封爲口官者也. 纔接先鋒, 便生懼㤼, 呀口吐舌, 不能出氣, 移時氣定, 乃乞於歡伯曰: '吾聞, 〈仁者不乘人之困, 義者能救人之急〉, 今我君旣爲娘子冠軍所侵, 困且急矣. 將軍不惟不救, 又此乘之, 豈曰仁義者哉?' 歡伯曰: '我與娘子越公, 動輒相隨, 死生以之, 汝敢掉三寸不爛之舌, 欲誘我退兵耶?' 口官曰: '我守玉池要衝之地, 若不許將軍假道, 則將軍雖猛, 豈能直下喉關耶!'"(『천군기』제10회).

2) 『황정경黃庭經』의 서사적 차용借用

앞에서 살핀 이목구비와 같은 감각기관 외에도 『천군기』에는 다양한 신체기관이 대거 의인화되어 등장한다. 대장, 소장, 폐, 신장, 머리, 쓸개, 간, 방광, 무릎, 허리는 물론이고 심지어 뇌와 전신全身까지 의인화되어 등장하는 것이다.[42] 전대의 천군서사는 물론이려니와 전대의 서사문학 전체를 통틀어 보더라도 이처럼 다양한 신체기관을 등장시킨 사례는 찾아보기 어렵다. 무엇보다 『천군기』에서 확인되는 이와 같은 전면적인 '몸'의 의인화란, 이 작품이 기본적으로 유교적 경계 안에서 탄생한 작품이기는 하나, 그럼에도 그 경계를 넘어서고자 했음을 보여주는 중요한 지표이다. 하지만 선행연구에서 이 문제가 전혀 논의된 적이 없다는 사실은, 그간의 『천군기』 및 『천군연의』 연구에서 텍스트에 대한 정밀한 독해가 부재하였음을 말해주는 것이 아닌가 한다.

다양한 신체기관들은 천군의 군대와 환백의 군대가 본격적으로 전투를 벌이는 과정, 즉 음주飲酒의 과정을 그린 부분에 주로 등장한다. 먼저 제11회 '천군이 친히 싸워 크게 패하다天君親戰被大敗'에서 위기에 처한

---

42 가령 다음 대목에서 다양한 신체기관의 의인화를 볼 수 있다: "이에 중정관(中正官) 담씨(膽氏)·장군관(將軍官) 간씨(肝氏)·사신관(使臣官) 단씨(膽氏 : 횡경막-인용자)·주도관(州都官) 방광씨(膀胱氏)는 모두 월백과 환백에게 함락되었다. 수부진장(髓府鎭將) 골씨(骨氏)·근부진장(筋府鎭將) 슬씨(膝氏)·신부진장(腎府鎭將) 요씨(腰氏)는 모두 머물러 지키지 못했으며, 작강관(作强官) 견씨(腎氏)조차도 힘이 약해 크게 패하였고, 보필관(輔弼官) 혼씨(魂氏)와 광좌관(匡佐官) 백씨(魄氏)는 정신이 나가 몽롱하여 달아나고자 했으니 온 조정의 여러 관원 중에 지킬 수 있는 자가 한 사람도 없었다 [於是, 中正官膽氏,將軍官肝氏,使臣官膽氏,州都官膀胱氏, 盡爲二賊所陷. 髓府鎭將骨氏,筋府鎭將膝氏,腎府鎭將腰氏, 皆不得住定, 至於作强官腎氏, 亦力弱大敗, 而輔弼官魂氏,匡佐官魄氏, 沈冥怳惚, 將欲遁逃, 擧朝多官, 無一人得保者]"(『천군기』 제14회).

천군 앞에 나와 출정出征을 자원하는 신하들을 보도록 한다.

    천군이 신하들에게 물었다.

    "누가 나가서 대적하겠는가?"

    두 사람이 한 목소리를 내며 나와 말했다.

    "신이 들으니 '7, 8월에 비가 쏟아지면 논과 밭의 도랑이 물로 가득차지 만 이내 말라버린다'[43]고 합니다. 생각건대 저 환백은 논과 밭의 도랑물과 같으니 번쾌(樊噲)[44]와 같은 장사(壯士)만 있다면 곧장 삼켜버릴 수 있습 니다. 환백이 비록 흰 물결을 미는 듯한 세력을 갖고 있으나 그가 저희에게 마르지 않을 수 있겠습니까? 신 등이 주상을 돕는 데 힘을 다하겠습니다."

    이 두 사람은 본래 형제인데 한 사람은 이름이 대장(大腸)이고, 다른 한 사람은 이름이 소장(小腸)이니, 대련(大連)과 소련(小連)[45]을 본받아 이 름을 지은 것이다.[46]

이처럼 대장大腸과 소장小腸이라는 신체기관이 의인화되어 등장하는 것은 이전의 어떤 천군서사에서도 볼 수 없던 장면이다. 이는 '술'이라

---

43 7, 8월에 비가~이내 말라버린다 : 『맹자』 「이루(離婁)」편에 나오는 말로, 일시적으로 성한 듯 보이는 세력이 시간이 지나면 꺾이기 마련이라는 뜻이다.

44 번쾌(樊噲) : 중국 진(秦)나라 때 유방(劉邦)과 항우(項羽)의 싸움에서 유방을 살려준 인물이다.

45 대련(大連)과 소련(小連) : 상례(喪禮)를 잘 지킨 동이(東夷) 사람이다. "孔子曰 : '少 連大連, 善居喪, 三日不怠, 三月不解, 期悲哀, 三年憂, 東夷之子也'"(『禮記』 「雜記」).

46 "天君問於群下 : '誰能出敵?' 有二人同辭而進曰 : '臣聞〈七八月雨集, 溝澮皆盈, 其涸 也, 可立而待〉, 量彼歡伯, 與溝澮一般, 苟有壯士如樊噲者, 直可雄吞. 歡伯雖有捲白波 之勢, 其能不竭於我邪? 臣等願助君盡力.' 這二人本兄弟也, 一箇名曰大腸, 一箇名曰小 腸, 依大連小連而爲名者也"(『천군기』 제11회).

는 제재가 중심이 된 임제의 「수성지」에서도 볼 수 없던 장면이다. 이런 차이는 일단 작품 내에서의 술의 역할과도 관련이 있다고 생각된다. 「수성지」에서의 술은 '수성愁城, 시름'을 무너뜨리기 위한 아군我軍으로 설정된 데 반해, 『천군기』에서의 술은 무찔러야 할 적으로 설정되어 있다. 그렇지만 이렇게 서사의 구도가 다르다는 것만으로 대장과 소장이 등장하게 된 이유가 충분히 해명되지는 않는다.

이 물음을 해결할 단서가 폐肺와 비장脾臟이 등장하는 다음 장면에 보인다.

> 그때 왼쪽 반열에서 한 사람이 뛰어나오니 성은 주(朱)이고 이름은 폐(肺)이며 자(字)는 화개(華蓋)로, ㉠노씨(老氏)가 말한바 '집 안에서 항상 붉은 옷을 입고 있다'라고 한 자이다.
>
> 옷깃을 여미며 나와 말했다.
>
> "신이 지키는 땅이 바로 환백이 들어올 길입니다. ㉡그러므로 제가 강하면 그가 물러날 것이고, 제가 약하면 그가 침범할 것입니다. (……) 지금 신은 오히려 강건하고 무병(無病)하니 대적하기를 원합니다."
>
> 말이 채 끝나기 전에 오른쪽 반열에서 또 한 사람이 나오니 성은 주(朱)이고 이름은 비(脾)이며 자는 상재(常在)로, 또한 ㉢노씨(老氏)가 말한바 '황정(黃庭) 가운데 붉은 옷을 입은 사람'이라고 한 자이다.
>
> 그가 다가와 말했다.
>
> ㉣"신이 머무는 곳은 장성(長城) 현곡읍(玄谷邑)으로 관내(關內)의 자물쇠 같은 곳이며 양쪽 문이 닫혀 견고하다는 것을 사람들이 모두 알고 있습니다.

신이 장성에 의거하고 현곡에 기대어 병영을 견고하게 하여 기다린다면 환백이 어찌 쉽게 아군을 무너뜨리겠습니까? 신이 주상을 위해 지키고 보전하겠습니다!"[47] (강조는 인용자)

앞에 나온 대장과 소장의 경우 신체 명칭이 곧바로 인명人名으로 사용되었지만, 폐와 비장은 조금 변형된 이름으로 등장한다. 폐의 경우 '주폐朱肺'라는 이름의 인물로, 비장의 경우 '주비朱脾'라는 이름의 인물로 소개되었다. 두 인물에 공통적으로 부여된 '주朱'라는 성은 붉은 빛깔에서 유래된 것으로 추정된다. 그렇다면 폐의 자字를 '화개華蓋'로, 비장의 자字를 '상재常在'로 제시한 근거는 무엇일까?

이 두 명칭은 도교道敎 경전인 『황정경黃庭經』에서 유래한다.[48] 『황정경』은 『도덕경道德經』, 『참동계參同契』와 더불어 중국 도교의 조서祖書로 평가받는 경전이다.[49] 『황정경』은 중국 위魏나라 때 인물인 위화존魏華存이 전수傳受했다고 한다. 위화존의 삶 및 그녀가 『황정경』을 얻은 일화는 『태평광기太平廣記』 권58의 「위부인전魏夫人傳」과 『운급칠첨雲笈七籤』 권4의 「상청경술上淸經述」에 자세하다.[50] 위화존은 어려서부터 도道에 심취

---

47 "忽左班中, 轉出一人, 姓朱, 名肺, 字華蓋, 老氏所稱 '宅中有士常衣絳'者也. 敷袵而前曰: '臣所守之地, 實歡伯入來之路. 若我盛, 則彼自屈; 我弱, 則彼必凌. (……) 今臣則尙康壯無病, 請願對敵.' 言未了, 右班中, 又轉出一人, 姓朱, 名脾, 字常在, 亦老氏所稱 '黃庭中人衣朱衣'者也. 進曰: '臣所處是長城, 玄谷邑, 而關內牡鑰合兩扉之固, 人皆知之. 臣若據長城憑玄谷, 堅營而待之, 則歡伯豈能容易敗我哉? 臣當爲君保而全之!'" (『천군기』 제11회).

48 "肺部之宮似華蓋"(『黃庭內景經』 '肺部章'); "脾神常在字魂停"(『黃庭內景經』 '心神章').

49 "道書之古者, 『道德』·『參同』·『黃庭』也"(董德寧, 『黃庭經發微』).

50 『太平廣記』 권58 「魏夫人傳」, 上海; 文淵閣 四庫全書 전자판; 『雲笈七籤』 권4 「上淸經述」, 北京 : 書目文獻出版社, 1992.

한 인물로『노자老子』와『장자莊子』를 즐겨 읽고, 수련을 통해 신선이 되기를 희구했다. 부모의 강요로 유문劉文이라는 남자와 결혼한 후에도 항상 도를 닦는 데 힘쓰며 재계齋戒했다. 그런 위화존에게 어느 날 경림진인景林眞人이 나타나 밤낮으로 외우라며 전해준 책이 바로『황정경』이라고 알려져 있다. 고대의 일화인 만큼 허구적 요소를 감안해야 하겠지만, 결과적으로 위화존은 도교의 한 분파인 상청파上淸派의 시조로 추존推尊되었다.

'황정경'이라는 책 이름에 보이는 '황黃'은 본래 중앙中央의 색을 뜻하는바 '중앙'을 은유적으로 나타낸 말이고, '정庭'은 사방의 중간이자 계단 앞의 빈 곳을 뜻하는바 '가운데의 텅 빈 곳'을 은유적으로 나타낸 말이다. 그리고 이 두 글자가 결합된 '황정黃庭'은 '사람 몸의 근본이 매인 곳'을 의미한다. 이 '황정' 개념을 중심으로 인간의 몸이 어떻게 구성되어 있는지를 논하고, 또한 장생長生을 위해서 몸을 어떻게 단련해야 하는지를 도교적 관점에서 제시한 책이 바로『황정경』이다.『황정경』은『황정외경경黃庭外景經』과『황정내경경黃庭內景經』의 두 편으로 나뉜다. 두 편 모두 중국 위진魏晉 연간에 출현한 것으로 추정되지만 반드시 한 사람에 의해 저술되었으리라고 단정하기는 어렵다. 그러나 내용과 문체의 측면에서 일관성을 보여 두 편 모두 대대로 중시되어 왔다.[51]

다시 앞의 인용문으로 돌아가 보자. 폐를 '화개華蓋'로, 비장을 '상재常在'로 지칭한 것 외에도, 인용문 중 강조한 네 구절이 모두『황정경』에 의거

---

51 李遠國, 김낙필·이석명 외 역,『내단: 심신수련의 역사 1』, 성균관대 출판부, 2005, 387~417면 참조.

한 표현이다. 먼저 ㉠"노씨老氏가 말한바 '집 안에서 항상 붉은 옷을 입고 있다'라고 한 자이다老氏所稱'宅中有士常衣絳'者"라는 구절은 『황정외경경』의 「상부경上部經」에서 폐를 의인화하여 "宅中有士常衣絳"이라고 한 표현을 그대로 차용한 것이다.[52] 또 ㉡"노씨老氏가 말한바 '황정黃庭 가운데 붉은 옷을 입은 사람'이라고 한 자이다老氏所稱'黃庭中人衣朱衣'者'也"라는 구절은 『황정외경경』의 「상부경」에 보이는 "黃庭中人衣朱衣"라는 표현을 역시 그대로 차용한 것이다. 한편 ㉢"신이 머무는 곳은 장성長城 현곡읍玄谷邑으로 관내關內의 자물쇠 같은 곳이며 양쪽 문이 닫혀 견고하다는 것을 사람들이 모두 알고 있습니다臣所處是長城·玄谷邑, 而關內牡鑰合兩扉之固, 人皆知之"라는 구절의 경우, 『황정외경경』「상부경」의 몇 대목을 환골탈태한 것이다.[53] 마지막으로 ㉣"그러므로 제가 강하면 그가 물러날 것이고, 제가 약하면 그가 침범할 것입니다若我盛, 則彼自屈; 我弱, 則彼必凌"라는 구절은 정밀한 독해를 요구한다. 이 구절의 경우 자구字句를 직접적으로 차용하지는 않았지만, '신체기관이 만약 ~하면 ~하게 (병들지 않게 / 탈나지 않게 / 경사롭게) 된다'라는 『황정외경경』 특유의 어법이 반영된 표현으로 보인다. 그러므로 이는 『황정경』에 대한 황중윤의 숙지熟知를 보여주는 자료라 할 만하다. 이 외에도 『황정경』의 차용 사례가 더 확인된다.[54]

그런데 『천군기』에 보이는 『황정경』의 차용이 단지 제재의 차원에서

---

52 "宅中有士常衣絳, 子能見之可不病"(『黃庭外景經』 '上部經').

53 "關內壯鑰合兩扉之固"은 『黃庭外景經』「上部經」의 "黃庭中人衣朱衣, 關門壯籥合兩扉"를 환골탈태한 것이다.

54 예를 들어 제14회 '욕생이 밀통하여 두 적을 머물게 하다[慾生潛通留二賊]'에서 뇌(腦)를 '니환궁(泥丸宮)'으로 지칭한 표현 또한 『황정내경경』'심신장(心神章)'의 "腦神精根字泥丸"에서 차용한 것이다.

이루어진 것이 아니라는 데 주의를 기울여야 한다. 이와 관련하여 제13 회 '단원이 적에게 유세하여 화해를 구하다丹元說賊求和解'가 주목된다. '단원丹元'이라는 인물은 『천군기』의 제13회에만 등장하는데다, 『천군 연의』에서는 '오씨惡氏'로 대체되어 있어 지금까지 선행연구에서 일절 검토되지 않았다.[55] 그렇지만 필자는 단원이야말로 『천군기』에서 가장 눈여겨보아야 할 인물의 하나라고 생각한다.

　　당시 천군의 나라에 한 사람이 있었으니 중대부(中大夫)로 성은 단(丹) 이고 이름은 원(元)이며 자(字)는 수령(守靈)이다. 그의 선조는 노담(老聃)[56] 과 가까이 지냈는데, 노담은 일찍이 그를 일컬어 "적신(赤神)의 아들이 중지 (中池)에 서 있네"라고 했고, 또 "중지(中池)에 선비가 있으니 붉은 옷을 입었 네"라고도 했다. 그가 중지(中池)에 살면서 항상 진홍빛의 옷을 입었기에 그렇게 말했던 것이다. 단원(丹元)도 가법(家法)을 잘 지키며 선조의 명 성에 누를 끼치지 않았다.[57] (강조는 인용자)

인용문 중 "성은 단丹이고 이름은 원元이며 자字는 수령守靈"[58]이라 한 것이라든지, "적신赤神의 아들"[59]이라 한 것이라든지, "중지中池에 선

55　'단원(丹元)'의 '오씨(惡氏)'로의 변개는, 『천군연의』의 보수적 변개 양상을 보여주는 중요한 사례이다. 이에 대해서는 본서의 제6장 제1절에서 고찰한다.
56　노담(老聃): '담(聃)'은 노자(老子)의 자(字)이다.
57　"時天君國中有一人, 見爲中大夫, 姓丹, 名元, 字守靈. 其先世與老聃相親, 聃嘗稱之曰 : '赤神之子中池立', 又曰 : '中池有士服赤朱', 蓋其居在中池, 而常服絳衣故云. 丹元亦 能守家法而不忝乃祖者也"(『천군기』 제13회).
58　성은 단(丹)이고 이름은 원(元)이며 자(字)는 수령(守靈)이다[姓丹, 名元, 字守靈] : 『황정내경경』 '심신장(心神章)'의 "心神, 姓丹, 名元, 字守靈"에서 차용한 표현이다.

비"[60] 운운한 구절은 모두 『황정경』에서 가져온 표현이다. 본래 '단원'
이란 『황정경』에서 '심신心神'을 일컫는 말이다. 이 경우 '심心'은 '마음'
이 아니라 신체기관인 '심장心臟'을 뜻하는 말이다. 『황정경』에서는 몸
의 오장육부五臟六腑마다 각각의 신神이 있다고 본다. 즉 심장의 신인 '단
원' 외에도 폐肺의 신인 '호화皓華', 간肝의 신인 '용연龍煙', 신腎의 신인
'현명玄冥' 등이 존재한다고 본다.[61] 그런데 몸에 있는 여러 신 가운데
가장 중요한 신이 심장의 신神인 단원이다.[62]

『황정경』의 이런 사유 방식에 유념하면서 제13회의 서사를 분석해
보도록 한다. 월백과 환백의 연이은 공격에 지친 천군의 앞에 단원이
나와 이렇게 말한다.

신이 월백을 보건대 부드러움이 능히 굳센 것을 이기고, 약함이 능히 강
한 것을 이기며, 황석공(黃石公)의 『도략(韜略)』을 깊이 터득하고, 혼미
(昏迷)의 진법에 능숙하여 매번 주상을 유인하여 깊이 들어가게 하고 금
새 혼미하게 만드니 만부(萬夫)가 당하지 못할 재주라고 이를 만합니다.
그리고 환백은 또한 신풍(新豊)[63]의 만군(萬軍)을 거느리고, 애구(隘

---

59 적신(赤神)의 아들이 중지(中池)에 서 있네[赤神之子中池立] : 『황정외경경』 상부경
    (上部經)의 "赤神之子中池立, 下有長城玄谷邑. 長生要慎房中急, 棄捐淫俗專子精"에
    서 차용한 표현이다.
60 중지(中池)에 선비가 있으니 붉은 옷을 입었네[中池有士服赤朱] : 『황정외경경』 상부
    경(上部經)의 "中池有士服赤朱, 田下三寸神所居"에서 차용한 표현이다.
61 "心神丹元字守靈, 肺神皓華字虛成, 肝神龍煙字含明, 翳鬱導煙主濁淸, 腎神玄冥字
    育嬰, 脾神常在字魂停, 膽神龍曜字威明. 六府五臟神體精, 皆在心內運天經, 晝夜存
    之自長生"(『黃庭內景經』 '心神章').
62 『황정경』의 이런 인식은 중국의 고대(古代) 의학서(醫學書)인 『黃帝內徑』 「靈樞」의
    "心者, 五臟六腑之主也"에서 확인되는 '심(心)'에 대한 인식과 통한다.

口)[64]의 상류에 의거하며, '거배(擧杯)'로 군호(君號)를 삼고, 계책이 대

단히 신묘하니 참으로 한신(韓信)이 옹(雍)나라의 군사를 물로써 덮어버

렸던 것[65]과 같습니다. 신은 적현신주(赤縣神州)[66]가 주상의 소유가 아니

게 될까봐 두렵습니다. 주상을 위해 계책을 내니 화해를 구하여 화(禍)를

늦추시옵소서.[67]

단원은 월백과 환백이 맹렬한 위세로 공격해 오는 까닭에 천군이 나

라를 잃을까 염려한다. 그래서 일단 화해를 구하여 화禍늦출 것을 제안

한다. 그렇지만 이미 지칠 대로 지친 천군은 "나는 정신이 혼미하여 이

를 어찌할 수 없으니 경卿이 원하는 대로 해보라"[68]라고 말할 뿐이다.

이 상황을 어떻게 해석해야 할까? 앞에서 살폈듯이 단원은 『황정경』에

나오는 몸의 여러 신 가운데 가장 중요한 신을 의미하는바, 그 자체로

'몸'을 대표한다고 볼 수 있다. 그렇다면 방금 살핀 '단원'과 '천군'의

대화는 흥미롭게도 '몸'과 '마음'의 대화로 풀이될 수 있다. 따라서 단

원이 천군에게 두 적과 화해할 것을 권하는 이 상황은, 과도한 욕망의

---

63 신풍(新豊) : 중국 서안(西安)에 있는 지명으로, 술의 산지로 유명하다.

64 애구(隘口) : 관애(關隘)의 이름. 중국 산서성(山西省) 영구현(靈丘縣)의 동남쪽에 있다.

65 한신(韓信)이 옹(雍)나라의~덮어버렸던 것 : 중국 한(漢)나라 때 유방(劉邦)의 장군인
    한신(韓信)이 계략을 써서 옹왕(雍王)을 물에 빠지게 하고 그 군대를 무찔렀다.

66 적현신주(赤縣神州) : 본래 중국을 일컫는 말인데, 여기서는 '천군이 다스리는 나라'를
    뜻한다.

67 "臣竊見越白, 柔能勝剛, 弱能勝强, 深得黃石公『韜略』, 又能爲昏迷之陣, 每誘君深入重
    地, 而輒使之昏迷, 可謂有萬夫不當之才. 而歡伯又率領新豊十千, 據隘口上流, 舉杯爲
    號, 運籌極神, 眞韓信水淹雍丘. 臣恐赤縣神州非大王有也. 爲大王計, 莫若乞解, 少緩
    其禍"(『천군기』제13회).

68 "天君曰 : '吾惛, 不能進於是, 卿其任意圖之!'"(『천군기』제13회).

추구로 인해 피폐해진 '몸'이 '마음'에게 욕망의 조정을 요청하는 의미로 해석된다.[69]

유교의 틀에서 욕망에 대한 논의는 언제나 '마음'을 중심에 둔 관념적 차원에서 이루어져 왔다. 그렇지만 관념적 차원만으로 과연 욕망에 대한 온전한 탐구가 가능하겠는가? 왜냐하면 '욕망'이란 언제나 그 '대상'과의 관계로써 드러나며, 또한 언제나 '몸'으로써 작동하기 때문이다. 그러므로『천군기』에서 확인되는『황정경』의 서사적 차용은, 무엇보다 이 작품이 유교적 틀을 넘어 도교적 관점으로 지평을 확장해 '마음'과 '몸'의 상호관련에 유의하면서 인간 '욕망'의 문제를 탐구한다는 의미를 지닌다는 점에서 각별한 주목을 요한다고 하겠다.

3. 한문 서사 전통의 계승

1) 가전假傳 전통의 계승

『천군기』는 고려 후기 이래 축적된 가전假傳의 전통을 계승하고 있다. 이 말은『천군기』가 천군서사 가운데 가전 장르에 속하는「천군전」등으로부터 영향을 받았다는 뜻만은 아니다. 지금부터 고찰하고자 하는 문제는, '장르문법' 내지 '장르관습'의 차원에서『천군기』가 가전 장르의 전통을 어떻게 계승하고 있는가이다.

---

69 비록 단원의 화해 제안은 이어지는 제14회에서 욕생의 계략에 의해 무산되지만, 제13회에 등장하는 단원의 존재는 '몸'에 대한 주목이라는 점에서 그 의의가 크다.

잘 알려져 있듯 '가전'은 중국 당대唐代의 문인인 한유韓愈가 창안한 장르이다. 가전은 사대부의 생활 주변에 있는 붓, 종이, 벼루와 같은 문필도구나 지팡이, 죽부인, 술과 같은 사물을 의인화하여 그 생애를 서술한 글이다. 그 명칭에서 알 수 있듯 가전은 전傳 장르를 모태로 탄생한 장르이다. '전'이란 본래 어떤 인물을 후세에 전하기 위해 그 생애와 인간됨의 본질에 대해 압축적으로 서술하는 장르이다.[70] 그래서 전의 하위 장르로서의 가전은 두 가지 주요한 특징을 갖는다. 첫째, 전의 장르문법을 계승함으로써 '역사적' 글쓰기의 태도를 취한다는 점, 둘째, 사람이 아닌 사물을 의인화함으로써 '희작적' 글쓰기의 태도를 취한다는 점이 그것이다.

『천군기』는 '기紀'라는 제목에서 알 수 있듯 작가가 역사적 글쓰기의 태도를 취하는 한편,[71] 사람이 아닌 대상을 의인화함으로써 희작적 글쓰기의 태도를 취한다는 점에서 가전의 장르문법과 관련이 깊다.

예를 들어 다음은 제10회 '환백이 기회를 타서 크게 침략하다歡伯乘勢大入寇'에 처음 등장하는 환백에 대한 인물 소개이다.

한편 환백(歡伯)이란 자는 주천군(酒泉郡) 사람으로 본래의 성은 양(粱)이다. 그 시조의 이름은 청(淸)으로 황하(黃河)의 구곡(九曲)에 살았다. 청이 현(玄)을 낳으니 황제(黃帝) 때에 종묘대례사(宗廟大禮使)를 지

---

70 박희병, 『유교와 한국문학의 장르』, 돌베개, 2008, 51~52면 참조.
71 『천군기(天君紀)』 제목 중의 '기(紀)'는 본래 황제(皇帝)의 일생을 역사적으로 서술하는 '본기(本紀)'에서 취한 것이다.

내며 신과 인간을 화합하게 한 공로로 합환백(合歡伯)에 봉해졌다. 현이 예(醴)를 낳으니 작위를 받아 제곡(帝嚳)과 요(堯) 임금 때 중헌대부(中憲大夫)를 역임했다. 예(醴)가 잔(醆)을 낳으니 성격이 자못 순박하여 국수재(麴秀才)의 딸인 국씨(麴氏)와 혼인하고 의적(儀狄)의 집에서 취객이 되었다. 적(狄)이 우(禹) 임금에게 잔(醆)을 천거하니 알현하여 달콤한 말로 우 임금을 기쁘게 했다. 우 임금이 처음에는 그의 말을 달게 들었으나 이내 "나라를 망칠 자가 바로 이 사람이다"라고 말하며 쫓아 버렸다. 이 때문에 성을 미(米)씨로, 이름을 양(釀)으로 바꿨다. 양(釀)의 자손으로 이름이 표(醥)인 자가 상(商)나라 고종(高宗)에게 총애를 받고 부열(傅說)에게도 칭송받았다.

그 후 자손이 끊이지 않다가 유(醹)라는 자가 위(衛)나라 무공(武公)을 범하고자 하니, 무공이 그를 '덕(德)을 어지럽히는 사람'으로 여겨 「억시(抑詩)」를 지어 그를 쫓아냈다. 유(醹)의 후손으로 이름이 전(醋)인 자가 진(晉)나라 때에 이르러 죽림칠현(竹林七賢)의 여러 군자와 생사를 함께 하는 벗이 되기를 약속하였다. 유령(劉伶)이 그를 '대인선생(大人先生)'이라 부르며 송(頌)을 지어 찬미했다는 사실이 『통감(通鑑)』에 보인다. 전(醋)이 영(醽)을 낳으니 조정에서 벼슬을 하여 양왕(釀王)에 봉해졌다. 영(醽)이 녹(醁)을 낳으니 향기로운 덕을 지녀 특별히 명하여 광록시상경 제점양온서사 겸 국부상서(光祿寺上卿提點良醞署事兼麴部尙書)에 봉해졌다. 녹(醁)이 이(酏)를 낳으니 부친의 음덕으로 좨주(祭酒)가 되어 대악사(大樂事)에 참여하여 취향후(醉鄕侯)에 봉해지고 곡성(穀城) 사람 백찬씨(白粲氏)에게 장가가 자식을 낳으니 이 사람이 환백이다.

환백의 이름은 주(酎)이고 자(字)는 미숙(美叔)인데, 얼굴빛이 맑고 환하며 기상이 웅렬하여 조금도 속된 맛이 없었다. 일찍이 큰 그릇으로 자부했는데 주작도위(主爵都尉)에 임명되었다가 후에 예천후 겸 국성도독(醴泉侯兼麴城都督)에 봉해졌다. 만년(晩年)에는 넘치는 행동으로 파직당해 술집에 숨어 살며 월백과 가깝게 지냈다.[72]

다소 긴 이 인용문은 한 편의 독립된 전이라고 해도 될 만큼, 전의 장르문법을 충실히 따르고 있다. 서술자는 짐짓 사가史家의 필치로 환백이라는 인물을 소개한다. 먼저 그 시조始祖로부터 환백에 이르기까지 가계의 내력에 대해 설명하고, 환백의 이름과 자字에 대해 밝힌 다음 그 인물됨을 논하며, 그의 말년에 대해서도 간략히 언급하고 있다. 이처럼 '거사직서據事直書'를 추구하는 객관적 어조로 인물을 포폄하는 방식은 전형적인 전의 장르문법을 따른 것이다. 그러나 인용문에서 환백의 선조로 거론된 인물들은 실제로는 모두 술의 일종이거나 술과 관련된 사물을 의인화한 것이다. '청淸'과 '현玄'은 청주淸酒와 탁주濁酒라는 술의

---

72 "且說, 歡伯者, 酒泉郡人也, 本姓梁[粱]氏. 其始祖, 名淸, 居黃河九曲瀨. 淸生玄, 黃帝時爲宗廟大禮使, 以和合神人功, 封合歡伯. 玄生醴, 襲爵, 當帝嚳及堯時, 屢遷中憲大夫. 醴生醆, 性頗醇, 娶麴秀才女麴氏, 客於儀狄家, 狄薦於禹, 得進拜, 以甘言說禹. 禹初甘聽之, 乃曰: '亡國者, 必此人', 遂疎之. 因改姓米氏, 名釀. 釀之孫名醹者, 得幸於商高宗, 竝美於傳說. 其後, 子孫不絶, 有名醨者, 欲干於衛武公, 武公以爲亂德之人, 作「抑詩」以逐之. 醨之裔, 名醅者, 至晉, 與竹林七賢諸君子, 結爲死友. 劉伶稱之爲'大人先生', 作頌以美之, 事見『通鑑』. 醅生醁, 仕於朝, 封釀王. 醁生酥, 有馨德, 特命爲光祿寺上卿提點良醞署事兼麴部尙書. 酥生酤, 藉父蔭爲祭酒, 參大樂事, 封醉鄕侯, 娶穀城人白粲氏, 生子, 是爲歡伯. 名酎, 字美叔, 神彩淸瀅, 氣象雄烈, 一表無俗味. 嘗以大器自許, 任主爵都尉, 後封醴泉侯兼麴城都督. 晚年, 以濫罷職, 隱於店肆, 與越白相友善"(『천군기』 제10회).

종류를 말한 것이다. '예醴', '진醆', '표醥', '유醹', '전醆', '영醽' 등은 차례로 단술, 약간 맑은 술, 맑은 술, 진한 술, 쓴 술, 좋은 술 등을 뜻한다. 이 인물들의 본성本姓이 '양粱'이고, 나중에 고친 성姓이 '미米'라고 한 것은, 기장이나 쌀과 같은 곡식으로 술을 빚는다는 데 착안한 표현이다. 이처럼 작가는 표면적으로 전의 체재를 취했지만, 실제로는 희작적 태도로 술에 대해 서술했다. 이것은 전형적인 가전의 장르문법을 따른 것이다. 이런 서술방식은 제1회에서 천군이 등장할 때나 제7회에서 월백이 등장할 때도 확인된다.

한편 환백이 사건의 전개에서 주요한 역할을 담당하는 제10회와 제11회에서, 작가가 술을 제재로 삼은 전대前代의 가전 작품을 직접적으로 참조하고 의식했다는 점이 확인되는데, 이는 가전의 장르관습을 계승한 것이다.

예를 들어, 제10회에서 환백의 고향이 '주천군酒泉郡'이라고 했는데, 본래 '주천酒泉'은 중국 춘추시대 주周나라의 전설상 지명으로, 이곳에서 나는 물로 술을 빚으면 술맛이 좋다는 고사가 전한다.[73] 그런데 술을 입전한 고려 후기의 가전인 임춘林椿의 「국순전麴醇傳」과 이규보李奎報의 「국선생전麴先生傳」에서도 주인공인 국순麴醇과 국성麴聖의 고향을 '주천군酒泉君'이라 했다.

다른 예로, 제11회의 전투 장면에서 '평원독우平原督郵'와 '청주종사淸州

---

[73] 다음 고사 또한 참조된다 : 진(晉)나라 요복(姚馥)은 애주가였는데 무제(武帝)가 그를 조가(朝歌)의 읍재(邑宰)로 발탁하자 부임을 사양했으나, 샘물이 술맛과 같다는 주천(酒泉)의 태수로 발탁하자 바로 부임했다고 한다(『拾遺記』 권9).

從事'의 직위에 있는 환백의 두 부하가 등장한다. 본래 '평원독우'는 품질이 좋지 않은 술을 의미하는 말이고, '청주종사'는 품질이 좋은 술을 의미하는 말이다.[74] 이 두 표현 역시 「국순전」과 「국선생전」에 보인다.

또다른 예로 제10회에서 환백의 선조가 유령劉伶과 가까이 지낸 일화가 소개된다. 잘 알려져 있듯 유령은 중국 동진東晉 때 죽림칠현의 한 사람으로 술을 무척 좋아해 「주덕송酒德頌」을 지은 바 있다.[75] 이 일화 또한 「국순전」과 「국선생전」에 보인다.

하지만 다른 한편으로는 전대의 가전을 의식하며 그것과 차별화하고자 한 시도도 보인다. 예를 들어 제10회에서 환백의 선조로 등장하는 '예醴', '진醆', '표醥', '유醹', '전醹', '영醽', '녹醁', '이酏'는 모두 술의 이름인데, 이 술들은 「국순전」이나 「국선생전」에는 등장하지 않는다. 또한 제11회에서 환백의 부하로 등장하는 '고건강顧建康',[76] '석동춘石凍春',[77] '추로秋露'[78] 등도 모두 술의 이름인데, 이 또한 전대의 가전에 등장하지 않은 것이다.[79]

---

74 다음 고사가 참조된다 : "桓公有主簿善別酒, 有酒輒令先嘗, 好者謂'青州從事', 惡者謂 '平原督郵'. 青州有齊郡, 平原有鬲縣, 從事謂到臍, 督郵言在鬲上住"(劉義慶, 『世說新語』「術解」).

75 유령은 술을 좋아해 항상 술병을 차고 다녔으며 사람을 시켜 삽을 메고 뒤따르게 하면서 '내가 술을 마시다 죽으면 바로 그 자리에 나를 묻으라'고 했다고 한다(『晉書』卷49 「劉伶列傳」).

76 고건강(顧建康) : 좋은 술의 이름. 중국 양(梁)나라 때 건강(建康) 지방의 영수였던 고헌지(顧憲之)라는 인물이 청렴하기로 유명했는데 그의 이름을 딴 명칭이다.

77 석동춘(石凍春) : 좋은 술의 이름. 중국 당(唐)나라 때의 문인인 이조(李肇)의 『唐國詩補』에 이 술이 언급되어 있다 : "酒則有郢州之富水, 烏程之若下, 滎陽之土窟春, 富平之石凍春, 劍南之燒春.

78 추로(秋露) : 좋은 술의 이름. 중국 송(宋)나라 때의 문인인 소식(蘇軾)의 「濁醪有妙理賦」에 이 술이 언급되어 있다 : "湛若秋露, 穆如春風, 疑宿雲之解駁, 漏朝日之瞰紅. 初體粟之失去, 旋眼花之掃空."

79 전대 가전 텍스트와의 관련은 비단 환백의 등장 부분에만 국한되지 않는다. 제2회에서

이렇게 전대의 작품에 등장하는 인물이라든가 서사 모티프를 선택적으로 수용하기도 하고 전대의 작품과 자신의 작품을 견주며 차별화하기도 하는 등 유희적 태도로 텍스트 사이를 오가며 취사取捨하는 이런 글쓰기 방식은 가전의 특징적인 장르관습에 해당된다.

이상에서 고찰했듯 『천군기』는 장르문법과 장르관습의 차원에서 가전의 전통을 충실히 계승하고 있다.

2) 「수향기睡鄕記」 및 몽유록 전통과의 관련

『천군기』의 제15회 '흑첨이 감면국으로 인도하다黑甜導入酣眠國'는 월백과 환백에게 패하여 오갈 데 없는 처지에 놓인 천군이 흑첨黑甜, 잠이라는 인물의 인도로 감면국酣眠國, 잠의 나라에 가서 겪는 사건에 대한 이야기이다. 이렇듯 제15회에서는 '잠'에 관한 알레고리가 중점적으로 보이는데, 이 부분에서 전대의 「수향기睡鄕記」 및 몽유록 전통과의 관련이 확인된다.

'수향기睡鄕記'라는 제목의 작품은 일찍이 중국 송대宋代의 문인 소식蘇軾이 지은 것이 그 시초이다. 이 작품은 '무위無爲의 세계'로서의 도교적 이상향을 '수향睡鄕'이라는 공간으로 형상화한 '잠'에서 찾고 있다. 그러한 주제 아래 수향이라는 상상의 공간에 대해 묘사하고, 요순堯舜으로부터 장주莊周와 재여宰予에 이르는 고대 인물들의 잠과 관련된 여러 가

문예(文藝)라는 인물이 등장하여 모영(毛穎 : 붓), 진현(陳玄 : 먹), 저지백(楮知白 : 종이), 도홍(陶弘 : 벼루) 등을 천거한다. 그 후 이들은 천군을 방탕하게 한 죄로 내쳐진다. 그 후 제22회에서 천군이 이들을 대신해 원예(元銳), 역현광(易玄光), 섬등(剡藤), 석허중(石虛中)을 불러 격문을 짓게 하는데, 새로 뽑힌 네 인물은 사실 붓, 먹, 종이, 벼루의 별칭에 해당한다. 가전의 시초인 한유의 「모영전(毛穎傳)」 이래 중국과 한국에서 문방사우를 입전한 작품이 다수 창작되었는데, 이처럼 『천군기』에서도 그 영향이 확인된다.

지 일화를 서술했다.[80] 「수향기」의 이런 발상은 중국 당대唐代의 문인 왕적王績이 지은 「취향기醉鄕記」에서 유래한다.[81] 「취향기」 또한 현실에 대한 도피처로서의 이상향을 그렸는데 '잠'이 아닌 '술'을 제재로 삼았다. 그렇지만 '취향'이라는 상상의 공간에 대해 묘사하고, 술과 관련된 고대 인물들의 여러 일화를 서술한 방식은 「수향기」와 흡사하다.[82]

우리나라의 경우 조선 초에 남효온南孝溫, 1454~1492이 「수향기睡鄕記」를 창작했다. 작품의 전반부에서는 '수향'이라는 상상의 공간이 자세히 묘사된다. 후반부에서는 '나'라는 인물이 등장하여 수향에 가서 자유로운 기분으로 노닐다가, 돌아와 다시 고달픈 현실에 놓이게 된다는 내용이 그려진다. 서경敍景에 이어 서정抒情을 제시하는 이런 구성은 소식의 「수향기」와 유사하지만 주목할 만한 차이가 있다. 남효온의 작품에서는 산수유기山水遊記를 짓듯이 수향의 동쪽, 남쪽, 서쪽, 북쪽을 구획하여 그 공간에 대해 상세하게 서술한바 이 점이 특징적이다.[83] 또한 소식의 「수향기」에서는 화자가 수향에 가보기를 원하지만 끝내 가보지 못하는

---

80 장주(莊周)는 꿈에 나비가 되어 자유로이 날아다니다가 꿈에서 깬 뒤 '내가 나비가 된 것인지, 아니면 나비가 내가 된 것인지'를 물었다. 장자의 이 물음은 경계 너머의 세계와 존재의 현존성에 대한 철학적 물음으로서 그 의의가 크다: "昔者, 莊周夢爲胡蝶, 栩栩 然胡蝶也, 自喩適志與, 不知周也. 俄然覺, 則蘧蘧然周也. 不知周之夢爲胡蝶與, 胡蝶之 夢爲周與? 周與胡蝶, 則必有分矣, 此之謂物化"(『莊子』「齊物論」). 한편 재여(宰予)는 공자의 제자로, 부지런히 공부하지 않고 낮잠을 자다가 공자에게 꾸지람을 받았다: "宰 予晝寢. 子曰: '朽木, 不可雕也, 糞土之牆, 不可杇也, 於予與何誅'"(『論語』「公冶長」).
81 김창룡, 「중국의 산문 명작(I) – 「취향기」(醉鄕記)·「수향기」(睡鄕記)」, 『漢城語文學』 22, 한성어문학회, 2003, 47~58면 참조.
82 이 점은 안세현, 「朝鮮前期 「醉鄕記」·「睡鄕記」의 創作 樣相과 그 意味」, 『語文研究』 37, 어문연구회, 2009, 312면 참조.
83 위의 논문, 319~322면 참조.

데 반해, 남효온의 「수향기」에서는 '나'라는 인물이 다음과 같이 수향을 찾아간다.

> 내가 소문을 듣고는 가서 한 번 구경하고 싶었다. 어느 날 밤에 면마(眠魔)가 나의 앞길을 인도하고 혼돈(混沌)이 나의 구름수레를 몰아 천둥 채찍과 번개 깃발로 무하유지향(無何有之鄉)으로 날아올랐다. 화서국(華胥國)에 가서 황제(黃帝)의 유풍을 듣고,[84] 괴안국(槐安國)을 거쳐 순우분(淳于棼)의 옛일을 더듬어보았다.[85] 나부산(羅浮山)을 지나면서 주막을 찾아 평소의 답답함을 풀고,[86] 제소(帝所)에 들러 균천(鈞天)의 음악을 들으며 소요(逍遙)의 기상을 넓혔다.[87] 고대(高臺)의 위에서 양왕(襄王)을 알현하여 마음을 호탕하게 하고,[88] 나비의 등에서 칠원(漆園)을 찾아

---

[84] 화서국(華胥國)에 가서~유풍을 듣고 : 중국 고대 임금인 황제(黃帝)는 즉위한 이래 백성을 위하는 마음으로 선정(善政)을 펼쳤으나 시간이 지날수록 고단함에 지치게 되었다. 그리하여 3개월 동안 별실에 침거하며 낮잠을 잤는데, 꿈속에서 화서국에 가서 노닐었다. 그곳에서 무위(無爲)의 이상향을 발견한 황제는 깨달음을 얻었고, 그 후로 나라가 잘 다스려졌다(『列子』「黃帝」참조).

[85] 괴안국(槐安國)을 거쳐~옛일을 더듬어보았다 : 중국 당(唐)나라 사람인 순우분(淳于棼)이 홰나무 밑에서 잠이 들었다가 괴안국에 갔다. 그는 그곳에서 공주와 결혼하고, 남가군(南柯郡)의 태수(太守)가 되어 수십 년 간 영화를 누렸다. 그런데 꿈에서 깨어 보니 '괴안국'은 홰나무 밑에 있는 개미집이었으며, '남가군'은 홰나무의 남쪽으로 난 가지였다고 한다(李公佐, 「南柯太守傳」참조).

[86] 나부산(羅浮山)을 지나면서~답답함을 풀고 : 중국 수(隋)나라 개황(開皇) 연간에 조사웅(趙師雄)이라는 사람이 나부산(羅浮山)의 매화나무 밑에서 잠이 들었다. 그는 꿈속에서 매혼주인(梅魂主人)과 만나 함께 매화의 향기를 감상했다고 한다(柳宗元, 「龍城錄」참조).

[87] 제소(帝所)에 들러~기상을 넓혔다 : 진(秦)나라 목공(穆公)은 대제(大帝)가 내려준 균천광악(鈞天廣樂)을 제소(帝所)에서 감상했다고 한다(張衡, 「西京賦」참조).

[88] 고대(高臺)의 위에서~호탕하게 하고 : 중국 초(楚)나라의 양왕(襄王)이 운몽택(雲夢澤)에서 사냥을 하다가 고당(高唐)이라는 누관(樓觀) 위에 떠 있는 특이한 구름을 보았다. 이에 송옥(宋玉)에게 물어보니 선왕인 회왕(懷王)과 무산(巫山) 선녀(神女)의 '운

도를 물었다.[89] 무극(無極)의 설(說)을 도남(圖南)[90]의 선천(先天)에서
깨닫고, 용호(龍虎)의 비결[91]을 도남의 후천(後天)에서 분변했다.

마침내 마음이 홍몽(鴻濛)의 앞에서 노닐고 매미처럼 탁예(濁穢)의 가
운데에서 허물을 벗음으로써 내가 시비를 따지고자 하는 대상이 없게 되
고, 내가 비교하는 마음을 펴고자 하는 대상이 없게 되었다.[92]

'나'는 수향에서 노닐며 일체의 구속으로부터 벗어나 자유로움을 만
끽한다. 더 나아가 사물의 시비를 따지고 '타자'와 '나'를 분별하려는
마음을 떨쳐버림으로써 이른바 '무위자연無爲自然'이라 할 만한 경지에
이른다. 이처럼 남효온은 '수향'을 도교적 이상향으로 형상화했다. 그
러므로 표현 방식에는 다소 차이가 있지만, 남효온의 「수향기」는 앞서
창작된 소식의 「수향기」의 전통을 계승하고 있다고 할 만하다.

이상에서 살핀 「수향기」의 전통을 염두에 두고『천군기』의 제15회를
검토해 보도록 한다. 두 적에게 패하여 지치고 오갈 데 없는 천군의 앞

우지락(雲雨之樂)' 고사를 말해주었다. 양왕 또한 그 누대에서 묵었는데 그날 밤 꿈속
에서 그 신녀를 만나보았다고 한다(『文選』「高唐賦」 참조).

89 나비의 등에서~도(道)를 물었다 : '칠원(漆圓)'은 장주(莊周)를 가리킨다. 앞의 각주
80 참조.

90 도남(圖南) : 중국 오대말(五代末)의 도사(道士)인 희이선생(希夷先生) 진단(陳搏)을
말한다. 진단은 40여 년 동안 화산(華山) 운대관(雲臺觀)에 은거했는데, 한번 잠이 들
면 100여 일 동안 깨어나지 않았다고 한다(『宋史』권457 隱逸列傳「陳搏」 참조).

91 용호(龍虎)의 비결 : 몸과 마음을 수련하는 도교 수련법의 하나이다.

92 "余聞而欲往觀之. 一夕, 眠魔導余以前路, 混沌駕余之雲車, 雷鞭電轍, 沖擧於無何有之
鄕. 入華胥, 聞黃帝之遺風, 歷槐安, 訪淳于之故事. 道羅浮叩酒家, 消平生之結習, 朝帝
所聽鈞天, 廣逍遙之氣象. 見襄王於高臺之上而宕其懷, 尋漆園於蝴蝶之背而問其道. 無
極之說, 得於圖南之先天, 龍虎之訣, 辨於圖南之後天. 遂心游於鴻濛之先, 蟬蛻於濁穢
之中, 無耦起我是非, 無物遂我較心"(南孝溫,『秋江集』권4「睡鄕記」).

에 검은 옷을 입은 한 사람이 나타난다. 그는 자신을 감면국 수향 사람인 흑첨이라고 소개하며, 천군을 수향으로 인도하고자 하는 뜻을 이렇게 전한다.

> 신이 사는 수향(睡鄉)은 감면국(酣眠國)에서도 가장 깊은 곳입니다. 화서국(華胥國)과 접해 있고, 바람과 해가 이르지 못해 별도의 건곤(乾坤)이 있으니, 실로 장주(莊周)가 말한 혼돈(混沌)의 마을이요, 반고(盤古)의 들판입니다. 부디 천군께서 아무런 의심 없이 어서 수향에 들어오시기를 바라노니, 베개를 높이 베시면 아무 근심이 없을 것입니다.[93]

흑첨이 소개하는 감면국의 수향은, 소식의 「수향기」나 남효온의 「수향기」에 그려진 수향과 흡사하다. 특히 화서국華胥國과 접해 있다는 말이나, 장주莊周의 고사를 든 대목은 직접적으로 전대 「수향기」의 표현을 염두에 둔 것으로 보인다.

그러나 그 다음부터 전개되는 이야기를 보면, 『천군기』에 그려진 수향은 이상향만은 아니다. 천군은 흑첨의 인도에 따라 수향에 들어가 몽몽옹夢夢翁을 만난다. 몽몽옹은 '꿈'을 의인화한 인물이다. 대체로 꿈을 다룬 전작들에서는 화서국이나 괴안국槐安國과 같은 '잠의 나라에서 노닌다'는 행위가 '꿈을 꾼다'는 의미로 그려지고, '잠의 나라'라는 공간이 '꿈속 세계'로 그려졌다. 그런데 『천군기』에서는 '꿈' 자체가 하나의 등장인물로서 의인

---

93 "臣之睡鄉, 寔酣眠國之最幽處也. 與華胥國接境, 風日不到, 別一乾坤, 實莊周所謂'混沌之鄉, 盤古之野'也. 望天君亟入毋疑, 當高枕無虞矣."(『천군기』 제15회).

화되었다. 이 점은 독특한 발상이다. 앞에서 살폈듯 『천군기』에서 작가는 '마음'과 관련된 철학적 추상抽象들을 의인화를 통해 구상화具象化하는 방법을 다채롭게 시도했다. 그러한 시도의 연장선상에서 작가는 꿈까지도 의인화한 것이다. 그 결과 천군을 수향으로 이끄는 인물을 흑첨黑으로, 천군을 수향에서 노닐게 하는 인물을 몽몽翁꿈으로 구별하여 제시했다. 알레고리의 정교한 구사가 돋보인다. 그런데 여기서 그치지 않고 다시 수마睡魔,극심한졸음와 염魘, 가위눌림이라는 인물이 등장하여 천군을 괴롭힌다.

> 일찍이 수향에는 본디 '수마(睡魔)'라고 부르는 귀적(鬼賊)이 있어 사람을 해하기를 그치지 않았다. 천군이 세력을 잃고 피로한 것을 보고 그 무리로 하여금 천군을 상하게 하고 해칠 것을 모의하여 깊은 구덩이를 파서 '혼침(昏沈)의 구덩이'라 이름 짓고는 천군을 밀어 그 안에 빠지게 하고, 그 무리 가운데 염(魘)이라는 자를 시켜서 위에서 천군을 누르게 했다. (……) 천군이 황급하고 곤란하여 큰 소리로 고통스럽게 울부짖었으나 와서 구해주는 이가 아무도 없었다.[94]

이로써 수향은 더 이상 평화로운 이상향이 아니게 된다. "황급하고 곤란하여 큰 소리로 고통스럽게 울부짖었으나 와서 구해주는 이가 아무도 없었다"는 대목에서 볼 수 있는 천군의 처지는 더없이 가엾고 비

---

94 "而曾不知睡鄕素有鬼賊號爲睡魔者, 侵人不止. 及見天君失勢困頓, 乃領其衆, 陰逞戕害之謀, 深堀一穴, 謂爲'昏沈之窟', 推落天君於其中, 使其黨名魘者, 壓住其上. (……) 天君惶惶窘急, 大聲叫苦, 無人來救"(『천군기』 제15회).

참하다. 어떤 면에서는 월백과 환백으로부터 협공을 받았을 때보다 그 고통이 더 커 보인다. 시간이 조금 흐른 뒤 홀연 '정신精神'이라는 인물이 나타나 '혼씨魂氏, 혼', '백씨魄氏, 백'와 함께 천군을 구조해준다. 이것은 깊은 잠에서 깨어난다는 의미이다. 그렇지만 천군은 달리 의지할 데가 없어 계속 수향에 머물며 쓸쓸히 세월을 보낸다.

이렇게 『천군기』의 제15회는 잠이 들고, 꿈을 꾸다가, 꿈에서 깨는 구조를 취한다. 즉 '입몽入夢 – 몽유夢遊 – 각몽覺夢'의 구조인데, 이는 몽유록의 전통과 닿아 있다. 다만 몽유록의 경우 일반적으로 '몽유夢遊'의 부분이 '좌정坐定 – 토론討論 – 시연詩宴'으로 이루어지는 데 반해,[95] 『천군기』의 제15회에서는 천군이 악몽에 시달리고 가위에 눌리는 고통스러운 사건으로 대체되어 있다.

이 부분에 보이는 꿈에 대한 접근과 해석의 방식은 상당히 주목할 만한 점이라고 생각된다. 앞에서 살폈듯 「수향기」나 「취향기」에 그려진 꿈의 세계는 잠시나마 현실의 고통에서 벗어나 자유로움과 평화로움을 느끼게 해주는 이상향이다. 한편 몽유록에 그려진 꿈의 세계는 현실에서 패배하거나 소외된 인물들이 등장해 자신의 신세를 토로하기 때문에 대개 슬픈 분위기의 공간이다. 그렇기는 하나 그 안에서만큼은 그 인물들이 이해받고 치유되는 공간이기도 하다. 그런데 왜 유독 『천군기』에서는 꿈의 세계가 고통스럽게 그려졌을까? 혹 이것은 욕망에 대한 도저한 탐구의 소산이 아닐까. 근대 정신분석학의 발전으로 '욕망'과 '꿈'의

---

95 신재홍, 『한국몽유소설 연구』, 계명문화사, 1994, 270~276면 참조.

관련은 이제 상식이 되었다.[96] 그렇지만 『천군기』가 17세기 초엽에 쓰였다는 사실을 떠올린다면, 이 작품에 보이는 '꿈'과 '욕망'을 관련시키는 서사 방식은 선구적 의미를 지니는 것으로 평가되어야 할 것이다.

4. 장회체 형식의 도입

1) 중국 연의소설과의 관련

장회본 『천군기』의 서문이 쓰인 시기는 1633년 중추절仲秋節이다.[97] 그러므로 장회본 『천군기』는 적어도 그 전에 창작되었다. 그렇다면 『천군기』는 지금까지 알려진 한국 고전소설 가운데 장회체 형식을 가장 먼저 시도한 작품으로 여겨진다.[98] 작가는 중국의 연의소설演義小說에 대한 풍부한 독서 체험을 토대로 장회체 형식의 활용 방법 및 서사적 효과에 대해 체득한 뒤 이를 직접 『천군기』 창작에 적용한 것으로 보인다. 이 점, 한국 고전소설사에서 새롭게 주목하고 평가해야 할 사실이다.

잘 알려져 있듯 장회체 형식의 연원은 중국 송대宋代의 백화소설白話小

---

96 잘 알려져 있듯 프로이트(Sigmund Freud, 1856~1939)에 따르면 '무의식'으로 억압된 '욕망'이 압축되거나 치환되는 등의 변형을 거쳐 '의식'으로 회귀해 온 표상이 바로 '꿈'이다(Sigmund Freud, 조대경 편역, 『꿈의 해석』, 서울대 출판부, 1993 참조). 특히 꿈에서는 억압된 성적(性的) 욕망(慾望)의 표출이 문제적인데, 『천군기』의 제15회에서 천군을 '혼침(昏沈)의 구덩이'에 빠뜨리는 '수마(睡魔)'의 공격 방식은 제9회에서 천군을 '혹닉(惑溺)의 구덩이'에 빠뜨리는 월백(越白 : 미색)의 공격 방식과 같은바 성적(性的) 의미를 지니는 알레고리로 해석된다.

97 『逸史』에 수록되어 있는 「天君紀敍」에서 그 작성 시기를 "癸酉仲秋"로 밝혀 놓았다.

98 『천군기』가 장회체 형식이라는 점은 알려진 사실이지만, 『천군기』가 현전하는 우리 고전소설 가운데 장회체 형식을 가장 먼저 시도한 소설이라는 사실은 그간 논의된 바 없다.

說이다. '평화平話' 혹은 '화본話本'으로 불리는 백화소설은 '설화인說話人'이라는 이야기꾼의 대본과 관련이 깊다. 설화인은 긴 이야기를 몇 부분으로 나누어 구연했는데, 그 과정에서 자연스레 '장회章回'로 내용을 나누는 형식이 생긴 것으로 추정된다. 원대元代 이후에는 설화인의 대본에 국한되지 않는, 본격적인 문예물로서의 장회소설이 발달했다. 그리고 명대明代에 이르러 『삼국지연의三國志衍義』나 『수호전水滸傳』과 같은 거작이 등장하여 장회소설의 전범典範이 되었다.[99]

조선에서는 개국 이래 국가적 차원에서 중국과의 서책 무역이 이루어졌다. 그런데 16세기에 들어와 공무역 체제에 균열이 생기면서 소설을 위시한 서사류의 책들이 점차 조선에 유입되었다. 1545년에 중국에 사신으로 갔던 윤계尹溪가 문언단편소설집인 『화영집花影集』을 들여왔고, 1584년에 연경燕京에 갔던 한 역관이 서사류인 『정충록精忠錄』을 들여왔다는 기록이 있다.[100]

이런 분위기 속에서 16세기 후반에는 중국의 연의소설이 조선에 상당수 유입되어 사대부층을 중심으로 향유되었던 것으로 추정된다. 『선조실록宣祖實錄』 선조 2년1569 6월 20일자 기사에 기대승奇大升이 『삼국지연의』를 비판하는 내용이 보인다.[101] 이 기록은 『삼국지연의』의 국내

---

99 丸山浩明, 『明清章回小說研究』, 東京 : 汲古書院, 2003, 5~89면; 陳美林·馮保善·李忠明, 『章回小說史』, 杭州 : 浙江古籍出版社, 1998; 魯迅, 정범진 역, 『中國小說史略』, 학연사, 2008, 123~171면 참조.

100 윤세순, 「16세기 중국소설의 국내유입과 향유 양상」, 『민족문학사연구』 25, 민족문학사학회, 2004 참조.

101 "이 책(『삼국지연의』 ─ 인용자)이 나온 지가 오래 되지 아니하여 소신은 아직 보지 못했으나, 간혹 벗들에게 들으니 허망하고 터무니없는 말이 매우 많다고 했습니다. (……) 『삼국지연의』는 괴이하고 허황하기가 이와 같은데 인쇄되어 출판되기에 이르렀으니,

유입 시기를 추정하게 해주는 가장 오래된 사료로 평가되어 왔다.

그런데 근래 박재연이 1560년대 초중반에 간행되었을 것으로 추정되는 조선활자본『삼국지통속연의三國志通俗演義』를 학계에 보고했다.[102] 현전하는 이 조선활자본『삼국지통속연의』는 1책의 잔본殘本으로, '병자자丙子字'라는 활자로 인간印刊되었다. 병자자는 1516년중종 11에 주조되어 임진왜란 직전까지 사용된 활자인데, 조선활자본『삼국지통속연의』에 사용된 활자가 바로 후기 병자자로 추정된다고 보고되었다. 그러므로 조선활자본『삼국지통속연의』는 우리나라에 현존하는『삼국지연의』간행본 중 가장 오래된 것이자, 한·중·일 삼국을 통틀어 최고最古 금속활자본이라는 의의를 지닌다.[103]

17세기에 들어와서는 좀 더 다양한 서사류의 서책이 서울뿐 아니라 재령·순창·평양·제주 등 전국 각지에서 간행되었다.[104] 간행본의 경

당시 사람들을 어찌 무식하지 않다고 하겠습니까![此書出來未久, 小臣未見之, 而或因朋輩間聞之, 則甚多妄誕. (……)『三國志衍義』則怪誕如是, 而至於印出, 其時之人豈不無識!]"(『宣祖實錄』선조 2년(1569) 6월 20일자 기사).

102 조선활자본『三國志通俗演義』는 1980년대에 사찰에서 발견된 뒤 '포럼그림과책'의 공동대표인 이양재가 20년 동안 소장해 온 자료이다. 박철상의 주선으로 박재연에 의해 2010년 1월 23일 '포럼그림과책'의 정기 발표회에서 학계에 처음 소개되었다. 박재연·김영 교주,『三國志通俗演義』, 學古房, 2010 참조.

103 박재연,「새로 발굴된 朝鮮活字本『三國志通俗演義』에 대하여」,『三國志通俗演義』, 학고방, 2010, 11~24면 참조.

104 『五倫全傳』·『剪燈新話』·『玉壺氷』등의 경우는 15, 6세기에 초판이 간행된 후 17세기에 재간되었고,『精忠錄』·『鍾離葫蘆』·『效顰集』·『世說新語』등은 17세기에 초판이 간행되었다(윤세순,「17세기, 간행본 서사류의 존재양상에 대하여」,『민족문학사연구』38, 민족문학사학회, 2008 참조). 한편 조선 최고(最古)의 지방판 도서 목록인『攷事撮要』의 책판 목록 또한 조선 시대에 전국 각지에서 간행된 소설과 필기류 간본의 실태를 파악하는 데 중요한 자료이다(김치우,『고사촬요 책판목록과 그 수록 간본 연구』, 아세아문화사, 2008 참조).

우가 그러했다면, 필사본으로 된 소설의 향유는 한층 더 활발히 이루어졌을 것으로 추정된다. 이 같은 시대적 추이 속에, 황중윤이 중국의 연의소설을 탐독할 수 있었던 문화적 여건이 마련되었던 것으로 보인다.

장회본 『천군기』의 서문 뒤에 이어지는 「일사목록해逸史目錄解」에 당시 황중윤이 중국의 어떤 연의소설을 접했는가가 상세히 밝혀져 있다.

> "그렇다면 '일사(逸史)'라 하고, 각각 나누어서 제목을 붙인 이유는 무엇인가?"
>
> "이것(장회체 형식─인용자)은 사가(史家)의 연의(衍義)의 방법을 본뜬 것이다. 일찍이 『열국지연의(列國誌衍義)』, 『초한연의(楚漢衍義)』 및 『동한연의(東漢衍義)』, 『삼국지연의(三國志衍義)』, 『당서연의(唐書衍義)』 및 『송사연의(宋史衍義)』, 『황명영열전연의(皇明英烈傳衍義)』 등의 제사(諸史)를 보면, 모두 전체 목록을 만들고 각 회마다 제목을 따로 붙였다. (⋯⋯)"[105]

상기 「일사목록해」 중의 『초한연의楚漢衍義』[106]는 앞에서 살핀 『선조실록』 선조 2년1569 6월 20일자 기사에서 기대승이 『삼국지연의』를 비판할 때 함께 거론된 바 있다.[107] 『초한연의』는 '서한연의西漢衍義'라는

---

105 "曰 : '然則爲之逸史而各分爲題目者, 何也?' 曰 : '此效史家衍義之法也. 嘗考諸『列國誌衍義』、『楚漢衍義』及『東漢衍義』、『三國志衍義』、『唐書衍義』及『宋史衍義』、『皇明英烈傳衍義』等諸史, 則皆爲目錄以別其題 (⋯⋯)'"(黃中允, 『逸史』「逸史目錄解」).
106 『楚漢衍義』는 중국 명대(明代)에 창작된 연의소설이다. 전국시대 동주(東周) 말에서 서한(西漢) 초까지의 시대를 배경으로 전반부에서는 진시황(秦始皇)의 출신내력과 진(秦)나라의 흥망을 다루고, 후반부에서는 초(楚)나라와 한(漢)나라의 전쟁을 다룬 소설이다.
107 "비단 이 책(『삼국지연의』─인용자)만이 아니라, 『초한연의(楚漢衍義)』 등과 같은 책

제목으로도 알려져 있는데, 국문 번역본을 비롯한 수십 종의 판본이 전하는 것으로 보아 당시 조선에서 인기가 대단했음을 알 수 있다. 『초한연의』의 후속작 격인 『동한연의東漢衍義』[108] 또한 애독자가 많았던 것으로 보인다. 『초한연의』와 『동한연의』 모두 이미 16세기 말 내지 17세기 초에 허균[許筠, 1569~1618]이 읽었다는 기록이 보인다.[109]

『열국지연의列國誌衍義』는 '열국지列國誌'라는 제목으로도 불리는 중국의 연의소설이다.[110] 이 소설 또한 조선 시대에 『초한연의』나 『동한연의』 못지않게 큰 인기를 누렸다.

『당서연의唐書衍義』는 김시양[金時讓, 1581~1643]이 『부계기문涪溪記聞』에서 거론한 바 있다.[111] 역시 16세기 후반 내지 17세기 초반에 조선에서 향

은 이런 류(類)가 하나뿐이 아닌데 모두 의리를 심히 해치는 것입니다[非但此書, 如『楚漢衍義』等書, 如此類不一, 無非害理之甚者也]"(『宣祖實錄』 선조 2년(1569년) 6월 20일자 기사).

108 『東漢衍義』는 중국 명대(明代)에 창작된 연의소설로, 후한(後漢)의 12대 황제의 흥망성쇠를 다루었다. 『西漢衍義』와 합철되어 『東西漢衍義』로 전해지기도 한다. 민관동, 「『東漢演義』研究-판본과 국내 流入本을 중심으로」, 『中國小說論叢』 21, 한국중국소설학회, 2005, 115~137면 참조.

109 "내가 희가(戲家)의 소설 수십 종을 얻어 읽어보니, 『三國』(『三國志演義』-인용자)과 『隋唐』(隋唐志傳-인용자)을 제외하고, 그 밖에 『兩漢』은 앞뒤가 맞지 않고, 『齊魏』(『齊魏志』-인용자)는 옹졸하며, 『五代殘唐』(『殘唐五代志演義』-인용자)은 거칠고, 『北宋』(『宋太祖龍虎風雲會』-인용자)은 소략하며, 『水許[滸]』는 간사한 속임수에 기교를 부렸다[余得戲家說數十種, 除『三國』,『隋唐』外, 『兩漢』齷, 『齊魏』拙, 『五代殘唐』率, 『北宋』略, 『水許』則姦騙機巧]"(許筠, 『惺所覆瓿藁』 권13 「西遊錄跋」). 인용문 중 "兩漢"으로 일컬은 책이 바로 『東漢衍義』 및 『西漢衍義』(=楚漢衍義)를 가리키는 것으로 보인다. 위의 논문, 125~126면 참조.

110 『列國志』는 본래 송대(宋代)·원대(元代)에 유행한 『武王伐紂平話』에서 시작되어, 여소어(余邵魚)라는 작가가 『春秋列國志傳』으로 편하였고, 그 뒤 명대(明代)에 풍몽룡(馮夢龍)이 『新列國志』로 개작했으며, 청대(淸代)에 채원방(蔡元放)이 『東周列國志』로 개작하며 평점(評點)을 단 바 있다. 민관동, 「『列國志』의 國內 수용양상에 관한 研究」, 『中國小說論叢』 13, 한국중국소설학회, 2001 참조.

유되었던 것으로 추정되는데, 황중윤의 기록도 이를 뒷받침해 주는 주요한 근거가 된다.

『송사연의宋史衍義』는 『남북양송지전南北兩宋志傳』[112]을 가리키는 것이 아닌가 추정된다. 『남북양송지전』은 조선에 도입되어 '남송연의南宋衍義'라는 제목의 국문본으로 번역되었다.[113]

『황명영열전연의皇明英烈傳衍義』는 『황명영열전皇明英烈傳』을 가리키는 것으로 추정된다. 황중윤의 이 기록은 『황명영열전』의 조선 유입 시기를 추정하게 해주는 이른 시기의 기록으로서 주목된다.[114]

이상에서 살핀 중국의 연의소설 가운데, 『천군기』 창작에 가장 큰 영향을 미친 작품으로 『삼국지연의』를 꼽을 수 있다. 본 장의 제1절에서 논의했듯 『천군기』는 전대의 천군서사와 달리 '경敬'을 뜻하는 중심인물을 성성옹·주일옹·성의백의 3인으로 설정했다. 그런데 이 세 인물의 서사는 『삼국지연의』에 등장하는 유비의 군사君師인 서서徐庶·제갈량諸葛亮·방통龐統의 서사를 각각 원용해 창작한 것이다. 『천군기』의

---

111 "안시성주(安市城主)는 (……) 안타깝게도 역사에서 그의 이름을 잃었는데, 명대(明代)에 이르러 『당서연의(唐書衍義)』에 그의 이름을 드러내어 '양만춘(梁萬春)'이라고 했다[安市城主(……), 惜乎史失其名, 至明時, 『唐書衍義』出表其名, 爲梁萬春]."(金時讓, 『涪溪記聞』)

112 『南北兩宋志傳』은 명대(明代) 가정(嘉靖) 연간에 웅종곡(熊鍾谷)이 지은 연의소설이다. 오대(五代) 당(唐)의 명종(明宗) 천성(天成) 원년(926)으로부터 송(宋)의 태조(太祖) 개보(開寶) 8년(975)까지의 오대(五代) 후당(後唐)·후진(後晉)·후한(後漢)·후주(後周) 등의 흥망성쇠 끝에, 조광윤(趙匡胤)이 송(宋) 왕조를 세우고 조빈(曹彬)이 강남(江南)을 평정하기까지의 역사를 다루고 있다. 김영, 「중한번역문헌연구소 소장 한글 필사본 『남송연의』에 대하여」, 『中國小說論叢』25, 한국중국소설학회, 2007 참조.

113 위의 논문, 155~164면 참조.

114 민관동, 『중국 고전소설의 출판과 연구자료 집성』, 아세아문화사, 2008, 506면 참조.

『삼국지연의』원용은 서사의 모티프나 세부 표현의 단순 차용에 그치지 않는다. 황중윤은 『천군기』의 주제의식을 효과적으로 표현하기 위한 통합적인 구상 하에 『삼국지연의』를 창의적으로 원용했다.[115]

이상에서 살폈듯 황중윤은 명대 이래 창작된 중국의 다양한 연의소설들을 탐독했으며, 이를 통해 장회체 형식의 제 특징을 체득할 수 있었던 것으로 보인다.

2) 장회체 형식의 활용 양상

앞 절의 고찰을 통해 황중윤이 중국의 연의소설들을 탐독했음을 확인했다. 그런데 그보다 중요한 사실은, 황중윤이 중국의 연의소설을 읽는데 그치지 않고, 연의소설의 장회체 형식을 직접 자신의 소설 창작에 활용했다는 점이다. 뿐만 아니라 황중윤은 「천군기서天君紀敍」의 뒤에 따로 「일사목록해逸史目錄解」를 덧붙여 장회체 형식에 대한 자신의 견해를 밝혔다. 이미 앞에서 그 일부를 인용한 바 있지만, 여기서는 전문全文을 보기로 한다.

어떤 사람이 나에게 물었다.

"『천군기』를 왜 썼는가?"

"나의 반생(半生)이 어지러워 길을 잃은 것이 슬퍼, 고삐를 돌려 길을 돌아오고자 하는 말을 담은 것이다."

---

115 본서의 보론 '『천군기』의 『삼국지연의』 원용(援用) 양상과 의미'에서 이 문제를 별도로 자세히 고찰한다.

"㉠ 그렇다면 '일사(逸史)'라 하고, 각각 나누어서 제목을 붙인 이유는 무엇인가?"

"㉡ 이것(장회체 형식 — 인용자)은 사가(史家)의 연의(衍義)의 방법을 본뜬 것이다. 일찍이 『열국지연의(列國誌衍義)』, 『초한연의(楚漢衍義)』 및 『동한연의(東漢衍義)』, 『삼국지연의(三國志衍義)』, 『당서연의(唐書衍義)』 및 『송사연의(宋史衍義)』, 『황명영열전연의(皇明英烈傳衍義)』 등의 제사(諸史)를 보면, 모두 전체 목록을 만들고 각 회마다 제목을 따로 붙였다. ㉢ 그렇게 한 뜻은 제목을 찾기 쉽게 하여 읽는 사람을 기쁘게 하고, 읽는 사람으로 하여금 싫증나지 않게 하고자 해서이다. 무릇 내용이 길게 늘어지면 싫증이 나게 되고, 싫증이 나면 느릿느릿 읽게 되고, 느릿느릿 읽다 보면 아예 그만 읽게 되기 마련이다. ㉣ 그런데 차례를 나누어 제목을 붙이고, 앞의 회(回)에서 해결되지 않은 내용을 다음 회에서 다시 이어 전개한다면, 읽는 사람이 늘 아쉬운 마음이 생겨 결말까지 다 본 뒤에야 책을 덮을 것이다. 이것이 바로 제가(諸家)의 연의(衍義)에 목록이 있는 이유이다.

㉤ 이제 내가 지은 이 기(紀)는 나만 볼 것이고 다른 사람에게 전할 뜻이 없는데도 연의의 목록을 본뜬 이유는, 이 늙은이가 해가 다르게 점점 기력이 쇠하고 정신력도 약해져 평소 아침저녁으로 제목을 따라 눈 가는 대로 펴 보는 데 게으르지 않고자 해서이다.

㉥ 글은 『열국지(列國誌)』 등의 사서(史書)를 본받았기에 '일사(逸史)'라 했으며, 목록은 또한 하나같이 여러 연의에 의거했으므로 '연의(衍義)'라고 했다."[116](강조는 인용자)

「일사목록해」는 문대체問對體의 글이다. 본래 '문대'란 가상의 질문자를 상정한 뒤 질문자의 물음에 답하는 방식을 통해 독자가 잘 모르는 대상에 대한 이해를 돕는 데 활용되는 산문 장르이다. 질문자는 ㉠에서 보듯 첫째, '일사逸史'라고 이름 지은 까닭이 무엇이며, 둘째, 장회체 형식을 취한 이유가 무엇인가를 묻는다. 이에 대해 '나'는 첫째 질문에 대한 답변은 ㉤으로 일단 미뤄 둔 채, 먼저 둘째 질문에 대해 자세히 답변한다. '나'는 먼저 ㉡에서 중국의 연의소설을 보고 장회체 형식을 습득했음을 밝힌다. 이어 ㉢에서 장회체 형식의 서사적 효과, 즉 이 형식이 독자로 하여금 긴 분량의 소설을 끝까지 흥미롭게 읽도록 하는 데 효과가 있다는 점을 지적한다. 또 ㉣에서는 장회체 형식의 구체적 활용방법에 대해 설명한다. 이로 보건대 황중윤이 장회체 형식의 연원, 서사적 효능, 활용방법 모두를 꿰뚫고 있었음이 드러난다. 그러므로 ㉤에 보이는 '나'의 발언은 일종의 겸사謙辭로 받아들여야 할 듯하다. 외국 소설에서만 보던 새로운 형식을 국내에 실험적으로 선보이는 소설가 황중윤의 자부가 감지되기 때문이다.

이상 「일사목록해」에 대한 검토를 통해 소설가 황중윤의 선구적 면

---

116 "或問於余曰：'『天君紀』, 何爲而作也？' 曰：'愊余之半生迷亂失途, 而欲反轡復路之辭也.' 曰：'然則爲之逸史而各分爲題目者, 何也？' 曰：'此效史家衍義之法也. 嘗考諸『列國誌衍義』、『楚漢衍義』及『東漢衍義』、『三國志衍義』、『唐書衍義』及『宋史衍義』、『皇明英烈傳衍義』等諸史, 則皆爲目錄以別其題, 其意盖欲易於引目, 務於悅人, 而使觀者不厭也. 夫人情於書史, 多則必厭, 厭則必倦, 倦則必廢, 例也. 若爲之分目立題, 未結於前尾, 而更起於下回, 則覽者每懷未盡之意, 輒窮其終編而後已, 此諸家衍義之所以爲目錄也. 今吾紀也, 吾所覽也, 非所以傳於人也, 亦效爲目錄者, 老父年漸衰朽, 精力已竭, 尋常朝夕欲隨題逐目, 而披閱不怠也. 文字則畫虎於『列國誌』等史, 故曰逸史, 目錄則又一依於諸衍義, 故曰衍義"(黃中允, 『逸史』「逸史目錄解」).

모를 엿볼 수 있다. 17세기 초의 조선에서 '장회체 형식'에 대해 독자적 해설을 한 이는 없었으며, 더욱이 이를 자신의 소설 창작에 도입한 이는 달리 알려진 바 없다. 이 점에서 황중윤의 「일사목록해」는 한국 고전소설사 및 고전소설 비평사에서 각별한 의미를 지닌다. 그렇기는 하나 「일사목록해」는 일반론에 해당하는 글이다. 과연 황중윤이 장회체 형식을 얼마만큼 적절하게 활용했는가는 실제 작품 분석을 통해 따로 평가해야 할 문제이다.

먼저 『천군기』의 장회 제목에 대해 살펴보자. 『천군기』에는 회별回別로 제목이 붙어 있다. 제1회의 '天君卽位分封官'부터 제31회의 '天君平難封功臣'까지 총 31회에 7자字 혹은 8자字의 제목이 각각 붙어 있다. 이는 형식적으로 중국 연의소설의 제목 짓는 방식을 따랐다고 하겠다.

다음으로 제1회부터 제30회까지 각 회의 마지막에 "과연 어떻게 될지 다음 회를 곧 보시라畢竟如何, 下回便見"라는 간투어구間投語句를 공통적으로 넣은 것 또한 중국 연의소설의 방식을 차용한 것이다. 간투어구를 매개로 한 장회의 분절은 독자로 하여금 서사적 흥미와 긴장을 끝까지 유지하도록 도와주는 수단이 된다. 황중윤은 이를 적절히 활용했다.

다음은 수정본의 한 대목이다.

환백이 (……) 모멸적인 말로 주일옹에게 회답했다.

"(……) 그대가 천군의 신하로서 천군으로 하여금 사대(事大)의 마음을 품어 나에게 복종하게 하고, 백 번 절하는 공경함을 보여 나에게 예를 갖추게 하지 않고, 도리어 나를 원수로 삼고자 하나 나를 막을 수 있겠는가!"

주일옹이 이 말을 듣고 크게 화가 나 의병을 점고(點考)하여 일으켰는데 모두 인갑(仁甲)을 입었다. 또 의금(義金)을 거둬 예화(禮火)로 녹여 창과 검을 주조해 지수(智水)에 담그니 빛이 나고 늠름했다.[117] (강조는 인용자)

― 수정본

위의 대목이 장회본에서는 이렇게 바뀌어 있다.

환백과 월백 등이 크게 기뻐하며 즉시 모멸적인 말로 주일옹에게 회답했다.

"(······) 그대의 격문을 보니 온통 교만한 기색인데, 군대가 교만하면 패하게 된다는 말을 그대는 듣지 못했는가? 저 욕씨(欲氏)와 욕생(慾生)이 우리에게 귀의한 일은, 향배(向背)의 형세를 알고 순역(順逆)의 이치를 살핌으로써 알맞은 때를 놓치지 않은 것이라 이를 만하다. 초(楚)나라를 배반하고 한(漢)나라에 귀의한 이가 한(漢)나라의 장군이 되었거늘[118] 오늘 우리에게도 그러한 장군이 있노라! 그대는 어서 나와 결전하라!"

주일옹이 이 말을 듣고 크게 화를 냈다. 과연 어떻게 될지 다음 회를 곧 보시라.

주일옹이 의병을 일으키고 군사들에게 맹세하다[119]

---

117 "歡伯(······) 報於主一翁曰:'(······) 君爲天君之臣, 不能使之恢事大之心, 以服於我, 興百拜之敬, 以禮於我, 而乃反欲讐我, 而相抗耶?' 主一翁聞言大怒, 點起義兵, 皆被以仁甲, 又多聚義金, 鎔化於禮火, 打造干戈, 淬於智水, 輝光凜然"(『천군기』 수정본).
118 초(楚)나라를 배반하고~장군이 되었거늘 : 한신(韓信)의 고사(故事)를 가리킨다.

이날 주일옹이 의병을 점고(點考)하여 일으켰는데 인목(仁木)으로 방패를 삼았다. 또 의금(義金)을 거둬 예화(禮火)로 녹여 창과 검을 주조해 지수(智水)에 담그니 빛이 나고 늠름했다.[120](강조는 인용자)

―장회본

　　인용문은 격문檄文을 받은 환백 등이 모멸적인 말을 담은 회답을 보내자, 주일옹이 격노하여 마침내 의병을 일으키는 대목이다. 수정본과 장회본의 강조 표시한 부분을 비교해 보자. 본래 수정본에서 "주일옹이 이 말을 듣고 크게 화가 나 의병을 점고點考하여 일으켰는데"로 되어 있던 하나의 문장을 장회본에서는 둘로 나누어 놓았다. 그 사이에 "과연 어떻게 될지 다음 회를 곧 보시라"라는 간투어구를 넣어 독자의 호기심을 자아낸 뒤 주일옹의 향후 행보는 이어지는 제23회에서 서술하는 방식을 취했다. 한 문장을 분절하여 앞 회의 끝과 다음 회의 처음에 배치한 것이다. 정교한 계산이 엿보인다.

　　다른 대목에서도 장회체의 적절한 운용을 위한 작가의 고민이 드러난다. 구체적으로 거론하면, 장회본 제12회에 보이는 「한번 매화를 꺾다一剪梅」라는 시詞라든가 제14회에 보이는 욕생의 밀서密書 등은 본래 수정본에 없던 것인데 추가되었다. 제18회에는 노래가 두 편 삽입되어

119　장회본 제23회의 제목이다.

120　"歡越等大喜, 即以慢言報於主一翁曰 : '(……) 觀君檄辭, 全是驕氣, 兵驕則敗, 君不聞乎? 彼欲氏, 慾生之歸於我, 可謂知向背之勢,察順逆之理, 而不自失其時者也. 叛楚歸漢者, 爲漢元帥, 今我亦有元帥! 君宜速來決戰!' 主一翁聞言大怒. 畢竟如何, 下回便見! 『主一翁起兵誓師』 即日, 主一翁點起義兵, 以仁木爲楯, 又多聚義金, 以禮火鎔之, 打造干戈劍戟, 淬於智水, 光芒凜然"(『천군기』 제22회~제23회).

있는데 그 중 두 번째는 수정본에 없던 것이다. 마찬가지로 제22회에는 격문檄文이 두 편 삽입되어 있는데 그 중 두 번째는 수정본에 없던 것이다. 제23회에는 수정본에 없던 선전 포고문이 추가로 삽입되었다.

이렇게 장회본에 추가로 삽입된 각종 한문 문체의 운문이나 산문은 중심서사의 전개에는 크게 영향을 미치지 않는다. 앞에서도 살폈듯『천군기』의 중심서사는 수정본에서 대체로 완성되었기 때문이다. 그렇다면 왜 이런 글들을 삽입했을까? 필자는 그 주된 이유가 장회 사이의 서사적 균형을 맞추기 위해서라고 생각한다. 장회체 형식을 취하게 되면, 하나의 작품은 얼마간 독립성을 띠는 '부분'들의 종합이 된다. 그런데 『천군기』의 경우 처음부터 장회체 소설로 구상되지 않았으므로 수정본에서 장회본으로의 개작 과정에서 장회 사이의 서사적 균형을 위해 작가가 각종 문체의 글들을 새로 추가한 것으로 보인다. 특히 추가로 삽입된 글들은 정통적인 각종 한문 문체에 속하는 것들이다. 그래서 그 한 편 한 편이 개별적인 감상의 대상이 될 여지가 크므로, 각 장회가 좀 더 풍부한 내용을 담는 동시에 얼마간 독립적인 면모를 지니게 된다.

이처럼 황중윤은 장회의 제목을 짓는 법, 장회의 끝부분에 간투어구를 사용하는 법, 장회 사이에 서사적 균형을 맞추는 법 등에 대해 다각도로 고심함으로써 장회체 형식을 알맞게 운용하는 데 힘을 기울인 것으로 보인다.

그러나 무엇보다 돋보이는 점은 장회본『천군기』의 전체 서사구조이다. 본 장의 제1절에서 고찰했듯『천군기』는 유회씨有悔氏가 등장하는 제16회를 중심으로 '마음 일탈'과 '마음 회복'이 정확히 반씩, 각각 15회의 장회로 되어 있다. 즉 '마음 일탈'과 '마음 회복'의 과정을 동등한 비중으로 서술했다. 이는 서사적 고려에 따른 것이기도 하지만, 근원적으로는 인간의 '마음'에 대한 작가의 깊은 성찰에서 비롯된 결과로 여겨진다. 인간이란 누구든 욕망을 좇기 마련이라는 것, 정말 중요한 것은 '뉘우침'을 통해 잃어버린 마음을 다시 회복하는 것이라는 메시지가 『천군기』를 31회의 장회로 구성한 작가의 주된 의도가 아닌가 생각한다.

제5장

『천군기』의 창작의식

앞의 제4장에서 이루어진 창작원리에 대한 탐구가 『천군기』라는 텍스트에 대한 객관적인 분석에 초점을 두었다면, 이 장에서 이루어질 창작의식에 대한 탐구는 '작가'라는 창작주체의 탐구에 초점을 둔다. 그런데 『천군기』는 전일專一한 의식의 소산이라기보다는 여러 층위의 의식이 복합적으로 작용함으로써 창작된 작품이다. 뿐만 아니라 그 여러 층위의 의식 사이에는 모순을 보이는 지점 또한 존재한다. 그것은 한편으로는 작가가 의도한 것이기도 하고, 다른 한편으로는 작가의 의도를 넘어 존재하는 것이기도 하다. 이에 본 장에서는 먼저 『천군기』의 창작의식을 크게 세 가지 층위에서 고찰한 다음, 그러한 창작의식 간의 관계에 대해 논해 보고자 한다.

1. 창작의식의 제 층위

1) 마음에 대한 성찰

『천군기』의 창작의식을 고찰하기 위해 가장 먼저 살필 자료는 「천군기서天君紀敍」이다.[1] 「천군기서」는 자서自序이다. 이 자서는 황중윤이 57세 때인 1633년인조 11에 쓰였다. 1623년인조 1, 인조반정이 일어난 직후 황중윤은 광해군대에 조정에 있으면서 후금後金과의 화친을 주장했던 주화론자主和論者로 몰려 전라도 해남海南에 유배되었다.[2] 그로부터 8년 후인 1631년인조 9에 충청도 서산瑞山으로 이배移配되었다가[3] 2년 뒤인 1633년인조 11 5월에 해배解配의 명이 내려져 11월에 고향에 돌아오게 되었다.[4] 「천군기서」는 그 해 8월 15일 중추절仲秋節에 쓰였다. 이런 배경 때문인지 「천군기서」는 황중윤의 지난 삶에 대한 일종의 '고백록' 내지 '참회록'의 면모를 보인다.

> 내가 어릴 적에 독서에 뜻을 두었으나, 문호(門戶)를 알지 못했다. 한강
> (寒岡)과 대암(大庵) 두 선생의 문하에서 배운 뒤로 비록 문호가 있음을

---

1   『東溟集』 권7에는 축약된 「天君紀序」가 실려 있다. 황중윤의 후손이 문집을 편찬할 때 『逸史』에 수록된 『천군기』의 서문을 산삭(刪削)하여 실은 것으로 추정된다. 한편 앞에서 이미 언급했듯 '장회본 B'에 수록된 서문은 『逸史』에 수록된 『천군기』의 서문, 즉 본서에서 살피는 '장회본 A'의 서문과 일치한다. '장회본 B'의 서문에 대해서는 金東協, 『黃中允 小說 研究』, 경북대 박사논문, 1990, 20~21면 참조.
2   『仁祖實錄』 인조 1년(1623) 4월 13일자 기사 참조.
3   『承政院日記』 인조 9년(1631) 5월 23일자 기사 참조.
4   1633년(인조 11) 5월 8일에 해배(解配)의 명이 내려지나 사헌부의 탄핵으로 시행이 미루어져 황중윤은 11월이 되어서야 고향 울진으로 돌아왔다. 『仁祖實錄』 인조 11년(1633) 5월 8일자 기사; 黃中允, 『東溟集』 권4 「自瑞山, 蒙有還家. 三首」 참조.

알았으나, 자질이 노둔하여 취생몽사(醉生夢死)를 면하지 못했다. 또한 과거(科擧) 문장과 시문(時文)에 얽매이고 급제의 길에 골몰하여 분주했던 세월이 거의 10년이고, 이어서 명리(名利)에 속박되어 묘시(卯時)에 출근하고 신시(申時)에 퇴근하며 풍진 속에서 부림 받은 세월이 또한 거의 10년이다. 본래 술친구와 어울려 공부길이 저촉되었으며, 거듭해서 아침저녁으로 질곡에 매여 마침내 육신(肉身)이 달리고 시체가 걷듯 한 것이 이제 60년이다.

아! 처음에 문호를 알지 못했으면 그만이거니와 이미 문호가 있음을 알고도 도리어 들어갈 바를 알지 못해 뒤로 달리고 반대로 가서 삿된 갈림길과 굽은 길 사이에서 낭패를 당했다. 문호에 있어서는 북쪽으로 연(燕)나라로 가고자 하면서도 남쪽으로 수레를 몰아간 셈이니, 이른바 '처음에 잘못하면 천리(千里)나 멀어진다'는 것이 바로 이것이다. 자포자기한 지 이미 오래이나 개연히 뉘우쳐본다. 날은 저물었는데 길은 머니 고개를 돌려본들 어찌 하겠는가?

기왕의 큰 잘못을 징계하고 장래에 미치지 못할 것을 애통해하여 종전의 미혹하고 잘못한 것을 이 작품의 우언(寓言) 중에 갖추어 기술한 것이 이와 같다. 끝내 회복할 수 있을지에 대해서는 감히 스스로 능히 그럴 수 있으리라 말하지 못하겠다. 다만 이로부터 스스로 경계하고 힘써서 옛날의 문호에서 멀어지지 않았으면 한다.

숭정(崇禎) 계유년(癸酉年, 1633) 중추(仲秋)에 동명노부(東溟老夫)가 쓰다.[5]

이 글은 크게 세 단락으로 나누어 볼 수 있다. 첫째 단락에는 황중윤이 그때까지 살아 온 60년 가까운 생이 요약적으로 제시되어 있다. 그중 유념해 보아야 할 자안字眼은 '문호門戶'로, 황중윤은 자신의 지난 생을 이 '문호'라는 단어와 관련지어 반추했다.[6] 어릴 적부터 독서에 뜻을 두었으면서도 문호에 대해 알지 못했는데, 한강寒岡 정구鄭逑와 대암大庵 박성朴惺, 두 선생의 문하에서 배운 뒤로 비록 문호가 있다는 것을 알게 되었으나, 과거시험을 준비하고 벼슬길에 나아가 세상에 부림 받는 고단한 삶을 살다 보니 어느덧 노부老父가 된 지금까지도 문호에 들어가지 못하였다고 자술했다. 그러므로 이 '문호'라는 말의 의미를 헤아리기 위해서는 두 스승이 황중윤의 삶에 어떠한 영향을 미쳤는가에 대한 좀 더 내밀한 고찰이 필요할 듯하다.

황중윤은 20세 무렵부터 대암大庵 박성朴惺, 1549~1606의 문하에서 공부했다. 박성의 본관은 밀양密陽이고, 자字는 덕응德凝이다. 박성은 남명 조식과 퇴계 이황의 양문兩門 제자인 낙천洛川 배신裵紳, 1520~1573의 문인으로 학행과 지조가 빼어났다.[7] 본래 1567년명종 22 사마시에 합격했으나

---

5 "余少志於讀書而不知門戶, 自摳衣於寒岡、大庵兩先生之門, 雖知有門戶, 而質鈍才魯, 未免醉夢. 且爲科臼時文所累, 汨沒奔走於槐黃之路者, 殆十年; 繼而名繮塵勒縛束, 卯申役役風埃中者, 又殆十年. 本以觸窓酒朋, 重被朝晝桎梏, 遂至於肉走屍行者, 今六十年. 噫! 初不知門戶則已, 旣知有門戶, 而反不知所入, 背馳叛去, 而狼狽於邪歧曲徑之間. 其於門戶, 不啻北燕而南轅, 所謂謬以千里者, 此也. 暴棄旣久, 慨然追悔, 而日暮途遠, 回首柰何? 懲旣往之大失, 痛將來之莫及, 而備述其從前迷誤於此編寓言之中如此, 而其所以終能恢復云者, 未敢自謂能然也. 盖欲其從此自警自勉, 而不遠於舊門戶云爾. 崇禎癸酉仲秋, 東溟老父敍"(黃中允, 『逸史』「天君紀敍」).

6 원래 '문호(門戶)'는 '도(道)에 이르기 위해 꼭 말미암아야 하는 경로 혹은 요체'를 뜻하는 말이다.

7 『宣祖實錄』 선조 38년(1605) 2월 13일자 기사를 보면, 선조가 수령직을 감당할 만하

그 뒤 과거공부를 폐하고 유학 공부에 전념했으며 임진왜란이 일어나자 초토사招討使로 있던 김성일金誠一의 참모로 종사했다. 정유재란 때에는 의병을 일으켜서 체찰사體察使로 있던 이원익李元翼의 막하에 들어갔다. 그 후 세자사부世子師傅로 임명되었으나 나아가지 않았고, 공조 좌랑工曹佐郎, 안음 현감安陰縣監을 지낸 바 있다. 그러나 본디 관직에 뜻을 두지 않았으므로 후에 공조 정랑工曹正郎, 임천 군수林川郡守, 청송 부사青松府使 등에 임명되었으나 사양하고 나아가지 않았다.[8]

황중윤은 일찍이 박성에게 큰 감화를 받았으며, 일생 동안 존경의 마음을 품었다. 『동명집東溟集』 권5에 수록된 「대암 박선생 언행록大庵朴先生言行錄」에서 그런 사실이 잘 드러난다.[9] 그 가운데 박성의 인품과 공부 태도 및 학문적 지향이 잘 그려진 다음의 몇 조목을 보도록 한다.

- 항상 자제들에게 경계하시기를, "과거는 옛사람 역시 응시했으니 오늘날에 태어나 어찌 면할 수 있겠느냐? 다만 빈주(賓主)와 내외(內外)의 구분은 알지 않을 수 없으니, 만약 이것을 안다면 과거에만 골몰해 비루한 사람이 되는 데 이르지는 않을 것이다"라고 하셨다.[10]
- 무술년(戊戌年, 1598)에 왜란을 피해 강원도 양양에 들어가셨는데

며 재행(才行)과 학술이 뛰어난 인재를 추천하라는 명을 내려 비변사(備邊司)에서 20명의 인재를 추천해 올렸다. 그 명단에 박성이 포함되었는데, 오직 박성에 대해서만 "학행과 지조가 있다[有學行, 有志操]"라고 평했다.

8 曹好益, 『芝山集』 권4 「祭朴大庵文」; 張顯光, 『大庵集』 권5 「大庵先生行狀」 참조.
9 주지하듯 '언행록'이란 위대한 인물을 흠모하여 그의 평소 언행을 기록하는 글쓰기 양식이다.
10 "每戒子弟曰：'科第古人亦應之, 況生乎今世烏得免乎? 但賓主內外之分, 不可不知, 若知此, 則不至爲汨沒鄙陋底人'"(黃中允, 『東溟集』 권5 「大庵朴先生言行錄」).

잠시도 멈추지 않고 더욱 독서에 전념하셨으며, 병 끝에도 책을 펴고 종일 조금도 쉬지 않으셨다.[11]

• 『심경(心經)』과 『근사록(近思錄)』 등 성리학의 여러 책에 대해 힘을 쏟지 않으신 바가 없었으나, 『논어(論語)』 읽기를 더욱 기뻐하시어 힘쓰셨다.[12]

• 일찍이 읊조리시기를, "늘그막에 마음을 다하여 공자와 안자(顔子)를 배우니 / 한 터럭의 명리(名利)에도 상관하지 않는다네"라고 하셨다.[13]

이런 박성의 삶은 세상의 명예와 이익에 아랑곳 않는 처사處士이자 독서인의 전범典範으로서 황중윤에게 깊이 각인되었던 것으로 여겨진다.[14] 한편 황중윤이 한강寒岡 정구鄭逑, 1543~1620의 문하에서 공부한 것은 24세 때인 1600년이다.[15] 잘 알려져 있듯 정구는 퇴계 이황의 문하에서 배출된 우수한 학자로, 젊어서는 과거를 보지 않고 포의布衣로 지냈으나 임진왜란이 일어나자 강릉 대도호부사江陵大都護府使 등을 지내며 구국救國에 앞장선 바 있다.[16] 정구는 박성으로부터 황중윤에 대한 좋은 평을 듣고,[17] 부친 황여일黃汝一에게 직접 편지를 보내 황중윤을 만나보고 싶

---

11 "歲戊戌, 避倭亂, 入江原道襄陽府, 雖造次顚沛, 益專於讀書, 病餘亦開卷, 終日不少撤"(위의 글).

12 "『心經』, 『近思錄』伊, 洛諸書, 無不着力, 而尤喜讀『論語』亹亹也"(위의 글).

13 "(……) 嘗自詠曰: '晚暮專心學孔顔, 一毫名利不相關'"(위의 글).

14 황중윤이 쓴 박성의 제문(『大庵集』 권6 附錄 所收)에도 스승 박성에 대한 깊은 존경심이 표출되어 있다.

15 "庚子夏以先父君命, 往拜寒岡鄭先生. 先是鄭先生聞公(황중윤을 가리킴 - 인용자)名於大庵, 致書於先父君, 要與一見"(黃昇九, 『東溟集』 권8 「家狀」) 참조.

16 許穆, 『寒岡集』『寒岡年譜』 권2 「寒岡鄭先生墓誌銘」 참조.

17 박성과 정구는 서로 깊이 신뢰하고 존중하는 사이였다. 정구가 쓴 「祭朴大庵文」(『寒岡

다는 뜻을 전했다.[18] 이에 황중윤이 정구를 찾아가 배알하고 몇 달 간 머물며 가르침을 받았다.

정구의 학문에서 특히 주목되는 업적은 『심경발휘心經發揮』의 편찬이다. 『심경발휘』는 『심경부주心經附註』의 주석서로서, 진덕수眞德秀가 편찬한 『심경心經』의 본래 의도를 중시하고, 정민정程敏政이 편찬한 『심경부주』에 대해 비판적인 입장을 취한 책이다. 본서의 제2장 제1절에서 살폈듯 조선에서는 17세기 초반을 전후해 『심경부주』에 대한 주석서의 편찬이 활발하게 이루어졌다.[19] 지금까지 조사된 주석서만도 백여 종이 넘지만, 『심경발휘』는 그 중 단연 주목된다. 『심경발휘』는 『심경부주』의 한 장章인 '경이직내敬以直內' 장을 40여 개의 조목으로 상세하게 분류하고, 그 내용을 크게 보강한 체제를 취하고 있는데, 이는 '경敬'을 심성론의 핵심 개념으로서 더욱 강조하고자 한 정구의 견해가 반영된 결과로 평가된다.[20]

그런데 『심경발휘』의 편찬이 마무리된 시기가 1603년이므로, 황중윤이 정구에게 가르침을 받은 1600년 무렵에는 정구가 심성론의 연구에 한층 더 몰두하지 않았을까 추정해 볼 수 있다. 그렇다고 한다면 당

集』권12)에, "형제의 약속을 맺었다[結爲兄弟之契]"는 말이 보인다.

18 정구에게 편지를 받은 황여일이 황중윤에게 정구를 찾아가 인사하고 가르침을 받도록 권유한 사실이 다음 편지에서 확인된다: "近見寒岡書, 問汝來不來. 前於臨浴之時, 每每垂問者, 必以汝爲大庵門人故也. 汝可一往來候謁無妨, 或馳人先謝屢問之意亦可" (黃汝一, 『海月集』권6 「寄允兒書」).

19 이에 대해서는 본서의 제2장 제1절 '성리학적 심성론의 심화와 확장'에서 자세히 살폈다.

20 전재강, 「'心經發揮'에 나타난 寒岡 心學의 特性 研究」, 『南冥學研究論叢』7, 남명학연구원, 1999; 홍원식 외, 『조선시대 심경부주 주석서 해제』, 예문서원, 2007, 96~103면 참조.

시 20대의 초학자였던 황중윤은 정구의 심성론에서 적지 않은 영향을 받았을 것이다. 비록 황중윤이 정구의 문하에서 가르침을 받은 기간은 길지 않았지만, 「천군기서」에서 자신에게 '문호'가 있음을 일깨워준 스승으로 정구를 특별히 언급한 점으로 보아 그로부터 받은 영향이 적지 않았던 듯하다.

이처럼 황중윤은 박성과 정구, 두 스승으로부터 남인南人의 학풍을 이어받는 가운데 선비로서 추구해야 할 진정한 공부와 독서에 대한 깨우침을 얻은 것으로 사료된다. 그러므로 「천군기서」에서 황중윤이 말한 '문호'란, '성리학적 깨달음에 이르는 문' 내지 '유교적 도에 이르는 문'을 뜻하는 것으로 이해된다.

그렇지만 황중윤이 자술했듯, 그가 처한 현실은 고단했으며 이 때문에 그는 추구하고자 한 이상에서 점점 멀어져 갔다. 「천군기서」의 앞부분에서, "과거科擧 문장과 시문時文에 얽매이고 급제의 길에 골몰하여 분주했던 세월이 거의 10년"이라고 했고, 그 다음 대목에서 "이어서 명리名利에 속박되어 묘시卯時에 출근하고 신시申時에 퇴근하며 풍진 속에서 부림 받은 세월이 또한 거의 10년"이라고 했다. 20대 중반 이래 과거 시험공부에 치력한 십여 년의 세월[21]과 36세에 문과에 급제한 이래 환로宦路에 나아간 십여 년의 세월을 차례로 돌이켜 본 것이다.[22]

---

21 황중윤은 1601년(선조 34) 봄에 강원도 양양(襄陽)의 낙산사(洛山寺)에 들어가 공부한 일이 있다. 그로부터 십여 년 뒤인 1612년(광해군 4)에 문과에 급제한 사실로 보건대, 낙산사에 들어갈 무렵부터 본격적으로 과거 준비에 뜻을 두었던 것으로 추정된다. 黃㬥九, 『東溟集』 권8 「家狀」 참조.
22 황중윤은 1612년(광해군 4)에 실시된 임자(壬子) 증광시(增廣試)에서 갑과(甲科) 3위로 문과에 급제했다. 『國朝文科榜目』 참조.

황중윤은 36세 때인 1612년광해군4에 문과에 급제한 뒤 십여 년 간 관직에 있으면서 사간원 정언司諫院正言, 사간원 헌납司諫院獻納, 승정원 동부승지承政院同副承旨 등의 청요직淸要職을 역임하고 대명對明 외교에서 중요한 역할을 담당했다.[23] 하지만 그런 한편에선 여러 차례 진퇴를 거듭하며 환로에 대한 고민과 회의가 깊었다. 「한가로이 지내며 마음대로 읊다閑居漫吟」라는 다음 시에서 환로를 회의했던 황중윤의 생각이 엿보인다.

몇 년이나 궁궐에서 추창(趨蹌)했던가
오늘에야 산의 바위 마주하네.
구사(舊史)를 금궤에서 뽑아 보고
새 시를 옥함에 담네.
본분을 지키기 좋아하거늘
도리어 관복 입어 부끄럽구나.
평생 은거할 수 있다면
사람들 참소야 뭘 근심하리.

幾年趨禁陛,
今日對山巖.
舊史抽金櫃,
新詩貯玉函.

---

23 자세한 사항은 본서의 부록에 실린 황중윤의 연보(年譜)를 참조하기 바란다.

自甘行素履,

還愧着靑衫.

若使平生隱,

何憂世人讒.[24]

　　이로 볼 때, 황중윤이 「천군기서」에서 "마침내 육신肉身이 달리고 시
체가 걷듯 한 것이 이제 60년이다遂至於肉走屍行者, 今六十年"라는 말로 지나
온 삶을 자평한 것은 진술한 고백으로 생각된다. 그런데 그 원문 중의
"肉走屍行"이라는 구절은 일반적으로 아순雅馴한 표현을 지향하는 사대
부의 글쓰기 취향에 비추어 본다면 다소 과격하고 이례적인 것이라 할
만하다. 본래 이 말은 중국 남북조 시대에 왕가王嘉가 저술한『습유기拾
遺記』「후한後漢」의 다음 구절, "사람이 학문을 좋아하면 비록 죽더라도
살아있는 것과 같으며, 학문을 좋아하지 않으면 비록 살아있어도 걷는
시체와 달리는 육신行屍走肉일 뿐이다"[25]에서 유래한다.[26] 자기 자신에
대해 어떠한 연민이나 변명을 보태지 않으면서 이렇게 평가한다는 것

24　黃中允,『東溟集』권1 「閑居漫吟」.

25　"夫人好學, 雖死若存, 不學者, 雖存, 謂之行屍走肉耳"(王嘉,『拾遺記』「後漢」).

26　참고로 황중윤이 스승 박성을 회고하며 쓴 다른 글에도 이와 유사한 표현이 보인다. 먼
　　저『동명집(東溟集)』권1에 실려 있는 「두자미의 진천 시에 차운하다. 13수[次杜子美
　　秦川韻 十三首]」의 제9수는 황중윤이 박성을 회고하며 쓴 시인데, 이 시의 제7·8구에
　　"걷는 시체와 달리는 육신 몹시 부끄럽네 / 흙먼지 이는 낙양 변에서[深慚走屍肉, 塵土
　　洛陽邊]"라는 구절이 보인다. 다음으로 박성의 문집인『대암집』(大庵集) 권6 부록(附
　　錄)에 실려 있는 황중윤이 쓴 제문 끝부분의 시에도 "나의 진퇴를 용납하시고 / 걷는 시
　　체와 달리는 육신을 비루하게 여기지 않으셨네[容余進退, 不鄙肉屍]"라는 말이 보인다.
　　이 점에서 「천군기서」에 보이는 "行屍走肉"이라는 말은 황중윤으로 하여금 스승 박성
　　과 그의 가르침을 연상케 하는 특별한 구절이 아닌가 생각된다.

은 쉽지 않은 일이다. 게다가 십여 년 간 유배되어 생에서 가장 신산辛酸한 시기를 보낸 직후 이렇게 말한다는 것은, 자기 자신에 대한 냉철한 시선 없이는 어려운 일로 여겨진다.

이 때문인지 「천군기서」의 둘째 단락에 토로된 '추회追悔'의 마음은 한층 처연한 느낌을 준다. 특히 "자포자기한 지 이미 오래이나 개연히 뉘우쳐본다"라는 대목에서, 어느덧 인생의 황혼을 맞이해 생을 돌아보는 사람의 심정이 느껴진다.

그리고 이어지는 「천군기서」의 마지막 단락에서, "끝내 회복할 수 있을지에 대해서는 감히 스스로 능히 그럴 수 있으리라 말하지 못하겠다. 다만 이로부터 스스로 경계하고 힘써서 옛날의 문호에서 멀어지지 않았으면 한다"라는 겸허하면서도 진정어린 말로써 '회복恢復'[27]을 희구하며, 이것이 바로 『천군기』를 지은 뜻임을 밝혔다.

이처럼 「천군기서」는 '문호門戶', '추회追悔', '회복恢復'이라는 세 가지 자안字眼을 중심으로 이루어져 있다. 그런데 '유교적 도에 이르는 문門戶에서 멀어져 마음을 잃은 채로 살아온 지난날의 삶을 뉘우침으로써追悔 잃어버린 마음을 회복하고자 한다恢復'는 이 「천군기서」의 심리구조가 『천군기』의 서사구조와 대응된다는 점이 주목된다. 본서의 제4장 제1절에서 고찰한 대로, 『천군기』는 '유회씨有悔氏'라는 인물의 등장을 정중앙에 둔 '마음 일탈 – 마음 회복'의 서사구조를 취하고 있는데, 이것이 「천군기서」에서 확인되는 작가의 심리구조와 묘한 호응을 보이고 있는 것이다.

---

27 '恢'자는 '回'자와 통하는바, 여기서는 '회복(回復)'을 의미한다.

그러므로 '뉘우침을 통해 잃어버린 마음을 회복하고 깨어 있으라'는 심성론적 주제가 『천군기』에서 긴 편폭으로 핍진하게 그려질 수 있었던 것은, 이 작품 안에 작가 황중윤의 생이 깊이 투영되었기 때문으로 생각된다. 즉 '마음에 대한 성찰'이 단지 보편적 차원에서 추상적으로만 이루어진 것이 아니라 바로 작가 자신의 '나의 마음에 대한 성찰'이라는 구체성에 기반해 이루어진바, 이로 인해 『천군기』가 전대의 천군서사와 전혀 다른 질적 비약을 이룰 수 있었던 것으로 생각된다.

2) 치도治道에 대한 우의

『천군기』는 '마음 일탈放心'이 '국가의 혼란'에 대응되고, '마음 회복求放心'이 '국가의 태평'에 대응되는 구조를 취하고 있다. 이처럼 '마음'이라는 사적私的 차원이 '국가'라는 공적公的 차원과 결합함으로써 인간학人間學과 정치학政治學이 결합되는 구조는 천군서사 전반의 공통점이다. 이것은 김우옹의 「천군전」을 비롯한 전대의 천군서사에서 확립된 것으로, 그 기저에는 천군서사를 산출해 낸 유교적 세계관이 자리하고 있다.

유교에서 마음을 성찰하는 '존덕성尊德性' 공부는 궁극적으로 군자, 더 나아가 성인聖人이 되는 것을 목표로 삼는다. 그러므로 개개인이 마음을 성찰하여 도덕적인 인간이 됨으로써 도덕적인 사회를 구현하고자 하는 것, 이렇게 개인의 윤리와 사회의 윤리를 결부해 사유하는 것이 유교를 국시國是로 삼은 당대 조선에서 공유된 인식이었다. 그래서 '천군'이 '마음'인 동시에 '군주'라는 사유가 보편적으로 수용될 수 있었던 것으로 생각된다. 이 때문에 천군서사는 '군주론君主論'의 시각에서 조망되어야 할 소지가 있다.

그런데『천군기』에서 확인되는 군주론적 언술은 당대 조선의 현실과 관련해 해석될 부분이 없지 않다. 특히 광해군대에 현실 정치의 중심에서 요직을 담당하다가 인조반정 직후 쫓겨나 유배되었던 작가 황중윤의 정치적 이력에 유의할 필요가 있다. 황중윤이『천군기』를 집필했던 유배기 중에도 국내외 정세에 지대한 관심을 기울이며 시국을 걱정했다는 사실로 보건대,『천군기』에서 확인되는 군주에 대한 다음의 몇 가지 제언들이 주의 깊게 검토될 필요가 있다.

첫째는, '임금은 훌륭한 대신大臣을 두고, 간언諫言을 경청해야 한다'는 것이다. 이 메시지는 제4회 '성성옹이 와서 천군에게 간언하다惺惺翁來諫天君'에서 잘 확인된다. 앞에서 검토했듯, 성성옹은 '경敬'을 뜻하는 인물로 천군의 나라에서 대신의 직위에 있는 자이다. 점차 마음이 해이해져 가는 천군에게 성성옹이 올린 직언은 다음과 같이 곡진하다.

> 신이 들으니 '생각하면 성인(聖人)이 되고, 생각하지 않으면 광인(狂人)이 된다'[28]고 합니다. 주상께서 성인이 되느냐 광인이 되느냐에 따라 나라가 잘 다스려지느냐 어지러워지느냐가 판가름 나게 되니 두려워할 만하지 않습니까? (……) 게으르고 방자한 무리들이 한(漢)나라의 내시들처럼 행세하고, 삿되고 편벽한 무리들이 당(唐)나라의 번진(藩鎭)처럼 되어,[29] 종일 질곡이 낭자하고, 풍우를 맞아 위태로이 서 있는 것 같습니다.

---

28 생각하면 성인(聖人)이~광인(狂人)이 된다 :『書經』周書「多方」에 다음 구절이 보인다 :"惟聖罔念作狂, 惟狂克念作聖."

(……) 원컨대 이제부터 일곱 사람[30]의 횡란(橫亂)의 조짐을 멀리하시어 진실한 데 힘을 쓰시고, 욕생이 제 마음대로 하는 버릇을 막으시어 바른 길에서 노니소서. (……)[31]

그러나 성성옹의 간언은 받아들여지지 않고, 성성옹은 간사한 신하들의 참소로 인해 쫓겨난다. 이로부터 천군의 나라에 본격적인 위기가 초래된다. 이런 서사 전개는 '경'을 뜻하는 인물의 축출과 복귀, 활약에 따라 중심사건이 전개되는 '주경적主敬的 서사구조'에 기초한 것이다. 그렇지만 작중에 묘사된 상황에는 황중윤이 체험한 당대 현실에 대한 우의寓意가 담겨 있다고 보인다.

황중윤은 남인南人에 속한 인물로는 예외적으로 광해군의 측근으로서 대명對明 외교에서 주요한 역할을 담당했다. 광해군 집정기에는 임진왜란 때의 이른바 '재조지은再造之恩'에 대한 보답을 요구하는 명明과, 새롭게 부상하는 후금後金 사이의 외교적 관계 설정이 심각한 난제로 놓여 있었다. 그러한 정세 속에서 광해군은 후금에 대해 '기미책羈縻策'을 택했다. '기羈'란 말의 굴레를 뜻하고 '미縻'란 소의 고삐를 뜻하는바, '기미羈縻'는 본래 중국이 주변 이민족에 대해 취해 온 정책의 하나이다. 광해군의 기미책은 후금과 적정한 관계를 유지하는 한편 견제함으로써,

---

29 삿되고 편벽한~번진(藩鎭)처럼 되어 : 중국 당나라 현종(玄宗) 때 안록산(安祿山)의 난이 일어나자 지방의 절도사인 번진(藩鎭)들이 토착세력화하여 국정을 문란하게 했다.
30 '일곱 사람'은 '칠정(七情)'을 의인화한 인물들을 가리킨다.
31 "臣聞, '克念作聖, 罔念作狂', 聖狂之分, 治亂判焉, 可不懼哉? (……) 而惰嫚之輩, 爲漢朝之閹宦, 邪僻之徒, 極唐家之藩鎭, 桎梏狼藉於朝晝, 危亡立待於風雨. (……) 願自今疎七人橫亂之漸, 而着力於實地, 杜慾生縱恣之習, 而遊神於正路 (……)"(『천군기』 제4회).

극단적인 대립을 피하고 실리를 취하자는 것이 핵심이다. 『광해군일기光海君日記』의 다음 대목에서 기미책을 택한 광해군의 입장이 분명하게 확인된다.

중원(中原)의 형세가 참으로 위태로우니 이런 때에는 안으로는 자강(自强)하고 밖으로는 기미(羈縻)하여 한결같이 고려(高麗)가 했던 바와 같이 하여야 나라를 보전할 수 있을 것이다. 그런데 근래 우리나라의 인심을 보면 안으로 일을 제대로 하지 못하면서 밖으로만 큰 소리를 친다. 시험 삼아 조정 신료들이 의견을 모은 바를 보면, 무장(武將)들이 올린 것은 모두 압록강에서 결전(決戰)해야 한다고 하니 심히 가상하다. 그렇다면 지금의 무사들은 어찌하여 서쪽 변경은 죽을 곳이라도 되는 듯이 두려워하는가? 고려가 했던 것에는 너무도 미치지 못하며 단지 빈말만 할 뿐이다.[32]

광해군의 기미책은 서인西人들은 물론이고 광해군과 함께 정국을 주도해 온 이이첨李爾瞻을 위시한 대북파大北派로부터도 지지를 받지 못했다. 그 가운데 박승종朴承宗, 임연任兗 같은 소북파小北派의 일부와 서인의 윤휘尹暉, 그리고 남인의 조찬한趙纘韓과 황중윤 등이 광해군의 기미책에 동조했다.[33]

---

32 "中原事勢, 誠爲岌岌, 此時內爲自强, 外爲羈縻, 一如高麗所爲, 則庶可保國. 而近觀我國人心, 內不辦事, 外務大言. 試以廷臣收議見之, 武將所獻, 皆是臨江決戰之意, 甚爲可尙矣. 然則今之武士, 何以畏西邊如死域乎? 不及高麗遠矣, 徒虛語耳"(『光海君日記』, 광해군 13년(1621) 6월 6일자 기사).

33 한명기, 『임진왜란과 한중관계』, 역사비평사, 1999, 229~250면; 280~301면 참조.

특히 황중윤은 재자관賣咨官 · 주문사奏聞使라는 직책의 사신으로서 중국을 오가며 국제 정세를 광해군에게 보고하는 중요한 임무를 맡았다. 황중윤이 명明에 사행간 일을 기록한 『서정일록西征日錄』에 그가 관찰한 명군明軍의 실태가 자세하다.

> 나는 지난 해 6월에 재자관(賣咨官)으로 요동(遼東)에 들어갔다. 당시는 경략(經略) 양호(楊鎬)가 심하(深河) 전투에서 패한 직후라 남아 있는 장졸들의 숫자가 수만(數萬)도 안 되었고, 군대의 기강은 해이해져 있었으며, 게다가 경략 양호가 탄핵되어 처벌을 기다리는 중이라 도무지 수습할 계책을 세우지 못하고 있었으니 보기에 심히 걱정되었다. 이제 웅(熊) 경략(經略)이 이끄는 군병을 보니 기세가 조금은 나아진 것 같아 비록 이전과 같지는 않으나 그럼에도 명군은 아직 겁에 질려 있으며 말들은 전부 피폐해 있다. 이런 상태로 적을 상대하기는 불가능할 것으로 생각된다.(……)[34]

이처럼 황중윤은 사신으로서의 임무를 수행하는 중에 명군의 실태를 객관적으로 파악할 수 있었으며, 그 결과 명과 후금에 대해 현실적인 외교 정책을 취하는 입장을 지지하게 된 것으로 보인다. 황중윤은 1621년광해군13에 올린 「정원계사政院啓辭」에서 기미책에 대한 입장을 다음과 같이 분명히 밝혔다.

---

[34] "余上年六月, 以賣咨官入遼東. 當時經略楊鎬新敗之餘, 殘卒不滿數萬, 兵綱將令俱解弛, 加以楊鎬方在彈駁待罪中, 全不爲收拾計, 見之極可虞. 今觀熊經略所領軍兵, 則氣勢稍振, 雖非往年之比, 而軍未免怯懦, 馬盡爲疲瘦. 以此待賊, 似無可 (……)"(黃中允, 『東溟集』권6『西征日錄』5월 7일(甲申) 기사).

삼가 아룁니다. 신이 듣건대 한(漢)나라의 왕회(王恢)는 '흉노와 화친을 맺은 지 몇 해 만에 변방의 경보가 울릴 것이다'라고 말했으며, 당(唐)나라 태종(太宗)은 돌궐과 맹약을 맺으면서 또한 '화(禍)를 여러 달 늦추고 싶어서 오늘의 계책을 쓰지만 역시 눈앞의 위급함을 늦추는 데 불과할 뿐이다'라고 말했습니다.

한(漢)나라가 상책을 세우지 않아 변방의 대비가 바야흐로 허술해져 한 번 불의의 사태가 발생해 바람이 일어 풀이 쓰러지듯 한다면 어찌 와해되는 데 이르지 않는다고 보장할 수 있겠습니까? 그러므로 안으로 전쟁에 대비하고 밖으로 기미책을 써서 눈앞의 위급함을 늦추지 않을 수 없습니다. 신은 기미책을 쓰지 않는다면 그만이거니와, 만일 쓴다면 마땅히 즉시 담략(膽略)을 갖춘 사람을 파견해 앞으로 나아가게 해서 기회를 놓쳐 큰 계책을 그르치는 일이 없도록 함이 옳다고 여깁니다.[35](강조는 인용자)

앞에서 검토했듯 기미책은 광해군이 택한 외교 정책이었으며, 당시 박승종朴承宗·박홍구朴弘耈·조정趙挺·장만張晚·한준겸韓浚謙·유희구柳希耈·윤휘尹暉 등의 대신 및 관료들의 논의 또한 기미책을 벗어나지 않았다.[36] 그러나 인용문의 강조 표시한 부분에서 보듯 황중윤이 '기미책'이라는 말을 입에 올렸다는 점을 빌미로 삼아, 박승종을 위시한 조정의

---

35 "伏以臣聞漢之王恢曰: '結好匈奴, 不過止數年, 邊警', 唐之太宗盟突厥, 亦曰: '欲紓禍數月, 則爲今日之計, 亦不過要緩目前之急耳.' 漢策無上, 邊備方虛, 一有不虞風吹草動, 安保其不至於瓦解乎? 然則內爲守戰之備, 而外爲羈縻之策, 以先緩目前之急, 亦未爲不得也. 臣以爲不羈縻則已, 旣爲之, 宜卽遣有膽略之人, 使之及期前進, 庶不至於失機會而誤大計也, 可矣"(黃中允, 『東溟集』 권5 「政院啓辭」).
36 당시의 정황이 黃中允, 「南遷日錄」(『東溟集』 권6)에 잘 밝혀져 있다.

대신들은 황중윤을 주화론자主和論者로 몰았다.

이 점에서 충직한 간언을 올리고도 간사한 신하들의 참소로 인해 억울하게 내쫓기게 된 성성옹의 처지에 황중윤 자신의 모습이 얼마간 투사되었을 가능성이 없지 않다. 또한 훌륭한 대신을 곁에 두지 못함으로써 천군이 결국 나라를 잃는다는 설정은 광해군이 인조반정으로 인해 폐위된 사건을 떠올리게 하는 부분이 없지 않다.

둘째는, '임금이 소인小人을 가까이 하면 정치가 문란해지고, 나라가 위태로워지며, 그 틈을 타서 외적이 침입하게 된다'는 것이다. 이 메시지는 성성옹이 쫓겨나는 제5회 '간사한 무리가 차례로 성성옹을 참소하다群邪交譖惺惺翁'부터 제15회 '흑첨이 감면국으로 인도하다黑甜導入酣眠國'까지에서 확인된다. 특히 외적의 침입으로 천군의 나라에서 그 혼란이 극에 달하게 되는 제9회 '월백이 크게 전투를 벌여 천군을 곤경에 빠뜨리다越白大戰困天君' 및 제10회 '환백이 기회를 타서 크게 침략하다歡伯乘勢大入寇'에 잘 나타나 있다.

그런데 이 내용 또한 당대 현실과 관련해 해석되어야 할 측면이 없지 않다. 먼저 인조반정으로 정권이 교체된 이듬해인 1624년인조2에 '이괄李适의 난'이 발생하여 반란군이 서울을 점령하고 선조宣祖의 아들인 흥안군興安君을 왕으로 추대했다. 난은 곧 평정되었지만 이 사건은 서인 정권의 집권 초기 무능을 여실히 보여주었다. 이렇듯 내치內治가 불안정한 상황에서 1627년인조5에 조선은 후금의 침략을 받게 되었다. 유배 중 정묘호란의 소식을 들은 황중윤은 다음과 같이 「시절을 슬퍼하다傷時」라는 시를 지어 자신의 소회를 드러냈다.

백발 시인의 기개 무지개처럼 뻗치는데

서관(西關)에서는 아직 북소리 울리네.

지붕 바라보며 그저 근심하나니

어찌하랴 시절을 슬퍼해 마음이 격동함을.

창밖의 파초에는 공연히 밤비 내리고

하늘끝 산수유와 국화에 가을바람 이네.

장대한 마음은 늙지 않고 그대로거늘

곧장 천산(天山)으로 달려가 전쟁을 끝내고 싶네.

白髮騷人氣奮虹,

西關尙入鼓鼙中.

亦知仰屋徒貽戚,

其奈傷時自激衷.

牎外芭蕉空夜雨,

天涯茱菊又秋風.

壯心未與年俱老,

直向天山欲掛弓.[37]

　　마지막 시행의 '천산天山'은 전쟁터를 뜻하는데, 여기서는 후금의 군
대가 침략한 평안도 일대를 가리킨다.[38] 외적의 침입에 대한 황중윤의

37　黃中允, 『東溟集』 권3 「傷時」.

38　'천산(天山)'은 본래 중국 당대(唐代)에 이주(伊州)와 서주(西州) 일대의 산들을 이르

비분강개한 심정이 "곧장 천산天山으로 달려가 전쟁을 끝내고 싶네"라는 시구에서 잘 드러난다.[39]

한편 『천군기』에는 외적의 침입을 도와 내응內應하는 세력으로서, '욕생'이라는 반동인물이 그려져 있다. 이와 관련하여 강홍립姜弘立, 1560~1627이 주목된다. 주지하다시피 강홍립은 광해군 집정기인 1619년광해군 11에 명나라의 파병 요청에 따라 도원수都元帥로서 조선 군대를 이끌고 심하深河 전투에 투입되었다. 그러나 패전하여 후금의 포로가 되었다가, 정묘호란 1627년 당시 후금의 군대와 함께 조선에 들어왔다. 그리하여 강화도로 피신했던 인조가 후금과 화의和議를 맺는 과정에서 조정자의 역할을 했다. 이에 대해 당시 조선에서는 강홍립의 배신과 복수가 정묘호란의 실질적인 원인이었다는 평가가 지배적이었다.[40] 황중윤도 「여러 장수를 읊은 다섯 수. 두보의 시를 본뜨다諸將五首. 擬杜老」라는 시의 제5수에서 강홍립에 대한 부정적 인식을 다음과 같이 표출한 바 있다.

    3만 정예병 포로가 되었나니

던 말이다. 두보의 시 「投贈哥舒開府翰」에 "青海無傳箭, 天山早掛弓"이라는 구절이 보인다. 예전에는 전쟁을 일으킬 때 화살을 쏘아 호령을 전달했던바 화살을 전할 필요가 없고 활을 걸어 놓는다는 것은 전쟁이 끝났다는 뜻이다.

39 『東溟集』 권2에 수록되어 있는 「서쪽 오랑캐가 깊이 들어왔다는 소식을 듣고[聞西虜深入]」는 정묘호란이 일어난 1627년 작인데, 이 시에서도 외적의 침입에 대한 황중윤의 비분강개한 심정이 잘 드러난다.

40 이처럼 '후금'이 아닌 '강홍립'을 정묘호란을 일으킨 원흉으로 파악하는 인식은, 정묘호란과 병자호란으로 인해 인조반정을 일으킨 서인(西人) 세력의 집권 명분이 상당 부분 훼손된 것과 관계가 깊다고 평가되기도 한다. 즉 정묘호란과 병자호란을 광해군 정권의 과오로 규정하고자 한 데서 그러한 인식이 고착되었다고 보는 것이다. 한명기, 『정묘·병자호란과 동아시아』, 푸른역사, 2009, 39~45면 참조.

뉘 알았으리 도원수가 본래 지모 없음을.

마속(馬謖)이 패한 것은 경솔함 때문이거늘

어찌 이릉(吏陵)처럼 투항하고서 부끄러워 않는가.

오늘 무슨 마음으로 고국에 돌아왔나

그때 무릎 꿇고 누르하치에게 절했으면서.

서관(西關)에 잔민(殘民)의 곡소리 있건만

도리어 오랑캐를 끌고 와 다시 유린하네.

三萬精軍被虜收,

誰知元帥本無謀.

致令謖敗綠輕用,

胡忍陵降不自羞.

今日何心歸故國,

當時屈膝拜凶酋.

西關只有殘民哭,

却引胡雛更躪蹂.[41](강조는 인용자)

황중윤은 강홍립이 후금의 군대와 함께 조선에 들어왔다는 소식을 듣고 이 시를 썼다. 이 시의 부기附記에 그 사실이 밝혀져 있다. 그런데 인용문 중 강조 표시한 부분에 보이는 강홍립의 부정적 형상은 욕생의

---

[41] 黃中允,『東溟集』권2「諸將五首. 擬杜老」.

그것과 오버랩되는 점이 있다. 특히 제14회 '욕생이 밀통하여 두 적을 머물게 하다慾生潛通留二賊'에서 욕생은 외적을 도와 도리어 자신의 조국을 위태롭게 하는 인물로 그려져 있다. 이 점에서 강홍립에 대한 황중윤의 비판적 인식이 욕생의 형상화 과정에 어느 정도 영향을 미치지 않았나 생각된다.

셋째는, '임금은 현인賢人을 가까이 하고, 초야에 있는 인재를 찾아 등용해야 한다'는 것이다. 이 메시지는 제16회 '유회씨가 성성옹을 부르다有悔氏召惺惺翁', 제17회 '성성옹이 대원수를 추천하다惺惺翁薦大元帥', 제18회 '임금의 수레가 친히 주일옹을 맞이하다御駕親迎主一翁', 제19회 '단을 쌓고 날을 택해 대장을 제배하다築壇擇日拜大將', 제20회 '천군이 특지로 성의백을 부르다天君特召誠意伯'에서 잘 확인된다.

위기에 처한 국가를 재건하는 데 필요한 인재의 중요성을 강조하는 이 부분의 서사는, 전대의 천군서사에서는 소략하게 다루어졌지만『천군기』에서는 비중 있게 다루어졌다. 그리하여 성성옹뿐만 아니라 초야의 인재인 주일옹과 성의백이 임금의 정성스러운 부름에 응한 뒤 크게 활약을 펼치는 내용이 확장되어 서술되었다.[42]

이와 관련해 황중윤이 57세 때인 1633년인조11에 쓴 다음 시가 주목된다.

서쪽 오랑캐 아직 압록강 건너지도 않았는데

강화도에서 임금이 배로 피난함을 먼저 보네.[43]

---

[42] 이 부분의 서사는 특히 중국소설 『삼국지연의』를 원용(援用)하면서도 『천군기』의 주제의식과 결부된 새로운 재창조를 보여준다. 이 점은 본서의 보론에서 자세히 논한다.

결출한 무장(武將)은 당대에 임금의 은혜 입었고

호표(虎豹) 같은 관군(官軍)을 몇 해 동안 길렀던가.

하지만 공경들이 좌임(左衽)을 두려워한다면

누가 조정에 이전의 계책 빌려주겠나.[44]

서생(書生)이 본래 담력 없지 않으니

곧장 누란(樓蘭)[45]으로 가 적의 머리를 베고 싶어라.

(……)

虜末西來渡鴨流,

江都先見引龍舟.

麒麟武將恩當代,

虎豹官軍養幾秋.

但使公卿危左衽,

誰從廊廟借前籌.

書生不是元無膽,

直向樓蘭欲斬頭.

(……)[46](강조는 인용자)

---

43 당시 후금이 침략해 온다고 해서 조정에서 임금이 시급히 강화도록 파천해야 한다고 건의했기에 한 말이다.

44 하지만 공경들이~빌려 주겠나: '좌임(左衽)'은 오랑캐의 복장을 말한다. 중국 전국시대 조(趙)나라의 무령왕(武寧王)은 북방 호족(胡族)에 대항하기 위해 전쟁에 편리한 호복(胡服)을 입기까지 했다. 여기서는 조정의 공경들이 후금에 대비하려는 계책은 없고 헛된 주장만 일삼고 있음을 비판한 말이다.

45 '누란(樓蘭)'은 중국 한대(漢代)에 서역에 있던 나라인데, 흔히 이민족을 가리키는 말로 쓴다.

이 시를 쓸 무렵 황중윤은 스스로를 노부老父라 칭했지만,[47] 인용문에서 보듯 여전히 굳센 장부의 뜻을 드러내고 있다. 특히 "서생書生이 본래 담력 없지 않으니 / 곧장 누란樓蘭으로 가 적의 머리를 베고 싶어라"라는 구절에서, 절절한 심정으로 국난을 근심하는 황중윤의 태도가 잘 드러난다. 이런 태도는 한편으로는 황중윤의 강개한 성품과도 관계가 있겠으나, 다른 한편으로는 그의 스승인 박성과 정구가 임진왜란 때 의병을 일으켜 구국救國에 앞장섰던 일이라든가, 그의 부친인 황여일이 임진왜란 때 권율의 종사관으로서 참전했던 일에서 받은 영향도 없지 않으리라 여겨진다. 이 점에서 '임금은 현인賢人을 가까이 하고, 초야에 있는 인재를 찾아 등용해야 한다'는 『천군기』의 메시지에는 유배중인 황중윤의 심사가 투사된 면이 없지 않다고 생각된다.

이상 『천군기』에서 확인되는 군주에 대한 몇 가지 제언들을 황중윤이 체험한 당시의 역사적·현실적 맥락과 관련지어 해석해 보았다. 『천군기』가 이전에 창작된 다른 천군서사에 비해 서사의 전 과정에서 한층 더 깊이 있게 현실을 다루게 된 데에는, 평생 큰 전란을 여러 차례 겪으며 국가의 혼란과 재건의 과정을 목도해 온 작가 황중윤의 체험이 중요한 영향을 미쳤다고 생각한다. 그 결과 『천군기』의 인간학과 정치학의 결합은 추상적인 차원에 그치지 않고 실제적인 차원에서 당대 현

---

46 黃中允, 『東溟集』 권4 「聞西虜將渝盟, 朝廷遣申得淵, 加其米布之數. 且覘其勢入遼陽, 虜頗凌侮, 秣立四萬騎, 朝夕將出. 廟堂獻計, 急催舟師, 自上先爲去邠之策, 且徵諸道兵, 備西路. 又下敎書, 諭中外耆老臣民, 勸起義旅, 故慷慨賦之」.

47 앞에서도 살폈듯 황중윤은 1633년에 쓴 「천군기서(天君紀敍)」에서 자신을 '동명노부(東溟老父)'로 칭했다.

실에 대한 '경세적經世的' 지향을 담게 된 것으로 보인다.

3) 지적 유희

앞의 두 절에서 고찰했듯 『천군기』는 기본적으로 마음에 대한 성찰의 문제를 다룬 작품이면서, 치도治道에 대한 우의寓意를 담아 바람직한 군주에 대한 생각을 피력한 작품이다. 그렇지만 『천군기』에서 이런 주제를 구현하는 표현 방식이 진지하고 무겁지만은 않다. 오히려 『천군기』는 세부 서사의 차원에서 유희적 면모를 많이 보인다.

일단 작품의 곳곳에 웃음을 자아내는 장치들이 포치布置되어 있다. 예를 들어 제12회에서 비관鼻官, 코이 등장하는 다음 대목을 보자.

> 스스로 이렇게 요량했다.
> '저 이관(耳官)이라는 자는 천군이 늘 '공이', '국이'라고 칭했는데도 환백에게 항복했거늘 하물며 나처럼 겨울이 되면 차가운 눈물을 많이 흘린다고 미움을 받는 자임에랴! 환백을 맞아들이는 게 낫겠다.'[48]

인용문은, 이관耳官, 귀과 같은 천군의 신하들이 하나 둘씩 환백에게 항복하자 비관이 스스로 어찌해야 하나 고민하는 대목이다. 그 중 자신이 겨울이면 늘 미움을 받는 처지였음을 토로하는 말이 보이는데, 기온이 내려감으로써 훌쩍훌쩍 콧물이 나오는 생리적 현상을 알레고리로써 표

---

48 "自計曰: '彼耳官者, 天君嘗稱公耳、國耳, 而亦爲拜降, 況我以冬月多寒涕而見嫌者乎! 不如迎之'"(『천군기』 제12회).

현한 것이다.

다른 예로 제11회에서 대장大腸과 소장小腸 형제가 등장하는 대목을 보도록 한다.

이 두 사람은 본래 형제인데, 한 사람은 이름이 대장(大腸)이고 다른 한 사람은 이름이 소장(小腸)이니 대련(大連)과 소련(小連)을 본받아 이름을 지은 것이다.[49]

본래 '대련大連'과 '소련小連' 형제는 『예기禮記』「잡기雜記」에 나오는 인물들로 상례喪禮를 잘 지킨 동이東夷 사람이다. 신체기관인 대장과 소장이 『예기』에 나오는 인물들과 관계가 없음은 자명한 일이지만, 짐짓 그 이름에 깊은 연유가 있는 양 소개함으로써 웃음을 자아낸다. 이렇게 '가짜 전거典據'에 기댐으로써 웃음을 유발하는 방식도 주목할 만하다.

한편 등장인물의 명명命名 중에도 재미있는 것이 많다. 한 예로 제9회에서 욕생에게 '통흔대부 탕심대장군 지복부내외사通欣大夫蕩心大將軍知腹府內外事'라는 긴 관직이 부여되는데, 풀이하면 '즐거움과 통하는 대부 겸 마음을 방탕하게 하는 대장군 겸 배 안팎의 일을 맡은 자'라는 뜻이다. 욕생의 특징을 드러낸 명명이되 일부러 긴 이름을 붙임으로써 일종의 '말놀이'의 성격을 보인다. 이런 면모는 본서의 제4장 제3절에서 고찰했듯 『천군기』가 가전假傳의 전통을 계승하고 있는 점과 관련이 깊다.

---

49 "這二人本兄弟也, 一個名曰大腸, 一個名曰小腸, 依大連小連而爲名者也"(『천군기』 제11회).

이상에서 살핀 예들이 재치 있는 표현이라든가 가짜 전거라든가 재미있는 명명을 통해 직접적으로 '웃음'을 유발하는 장치라면, 조금 다른 차원에서 서사적 흥미를 불러일으키는 장치도 있다.

예를 들어 제9회 '월백이 크게 전투를 벌여 천군을 곤경에 빠뜨리다 越白大戰困天君'에서 천군이 월백과 처음 대적하는 장면에는, '속이기'라는 장치가 구사되고 있다. 즉 '위염衛艷'과 '초왜楚娃'[50]라는 장수를 가짜 월백으로 내세워 천군을 방심하게 해 놓고, 마지막 세 번째에야 진짜 월백이 나타나 천군과 대적하게 함으로써 천군으로 하여금 놀라고 기겁하게 만들어 놓았다. 이런 장치는 극적 효과를 높임으로써 서사의 흥미를 배가시킨다.

다른 예로 제6회 '천군이 노는 데 빠져 뜻이 호탕해지다天君耽遊志浩蕩'에서는 복선의 제시가 주목된다. 노는 데 빠진 천군이 점차 마음이 해이해져서 신명법전神明法殿 사방의 벽에 그림을 바꿔 걸도록 하는데, 〈당명희태진도唐明戲太眞圖〉, 〈오궁취서시도吳宮醉西施圖〉, 〈이백거배요명월도李白擧杯邀明月圖〉, 〈산공도착접리도山公倒着接籬圖〉가 그것이다. 모두 가상의 그림들이지만 제목에서 보듯 앞의 두 개는 양귀비楊貴妃나 서시西施와 같은 '경국지색傾國之色'의 고사를 떠올리게 하고, 뒤의 두 개는 이백李白이나 산공山公[51]과 같은 '주당酒黨'의 고사를 떠올리게 한다. 그러므로 언뜻 사소하게

---

50 '위염(衛艷)'은 '위나라의 미녀'라는 뜻이고, '초왜(楚娃)'는 '초나라의 미녀'라는 뜻이다.
51 '산공(山公)'은 중국 진(晉)나라 때의 인물인 산간(山簡)을 말한다. 죽림칠현의 한 사람인 산도(山濤)의 아들이다. 산간이 정남장군(征南將軍)이 되어 습씨(習氏)의 정원에 자주 놀러갔는데, 한번은 하루 종일 술을 마시며 즐기다가 저물녘에 흰 두건을 거꾸로 눌러쓰고 말 등에 올라타 돌아왔다는 고사가 전한다. 『世說新語』「任誕」참조.

지나칠 수 있는 이 네 가지 그림은, 앞으로 천군의 나라에 닥칠 월백과 환백이라는 두 적을 암시하는 복선이 된다.

이런 예를 통해 황중윤이 『천군기』를 창작하며 서사적 흥미를 고조시키기 위해 극적 장치 및 공간적 배경에 관한 세세한 부분에까지 공력을 기울였음을 알 수 있다.

이러한 작가적 열의는 심성론적 지식이 표출된 대목에서도 확인된다. 예를 들어 제17회 '성성옹이 대원수를 추천하다惺惺翁薦大元帥'에서 성성옹이 천군에게 주일옹을 추천하며 그 인물됨을 소개하는 다음 대목을 보자.

신이 듣기로 엄주(嚴州) 장현(莊縣) 공숙리(恭肅里)에 단정하고 반듯한 한 선비가 있으니, 그의 성은 엄(嚴)이고, 이름은 경(敬)이며, 자(字)는 경지(敬之)라고 합니다. 그는 매사에 삼가고 두려워하며 언제나 나태하지 않아 실로 『시경(詩經)』에서 말하는 "그대가 방에 있을 때 보니 / 방 깊은 곳에서도 부끄럽지 않네"[52]에 해당되는 사람입니다. 그는 동쪽으로 가려다 서쪽으로 가는 법이 없고, 남쪽으로 가려다 북쪽으로 가는 법이 없으며, 땅을 가려 밟고 다른 데로 가는 일이 없습니다.[53] 그리하여 스스로 '주일

---

52 그대가 방에~부끄럽지 않네 : 『詩經』大雅「抑」에 이 구절이 보인다. '옥루(屋漏)'는 방의 서북쪽 모퉁이로, 집 안에서 가장 깊고 어두운 곳이다. 아무도 보지 못하는 곳에 홀로 거처할 때에도 스스로 삼가며 경건하게 행동함을 말한 것이다.

53 동쪽으로 가려다~일이 없습니다 : 원문은 "不東以西, 不南以北, 擇地而蹈, 靡他其適"이다. 이 구절은 주희(朱熹)가 지은 「경재잠(敬齋箴)」의 일부 구절을 취해 환골탈태해쓴 것이다 : "正其衣冠, 尊其瞻視, 潛心以居, 對越上帝. 足容必重, 手容必恭, 擇地而蹈, 折旋蟻封. 出門如賓, 承事如祭, 戰戰兢兢, 罔敢或易. 守口如瓶, 防意如城, 洞洞屬屬, 罔敢或輕. 不西以東, 不南以北, 當事而存, 靡他其適(……)"(강조는 인용자)

옹(主一翁)'이라 칭하고 그것을 호(號)로 삼았습니다.

그의 선조는 요순(堯舜) 임금의 시대에 현달했으니, 공자·맹자·안자(顔子)·증자(曾子)가 모두 추종하였으나, 그 자손들이 한(漢)나라와 당(唐)나라 때에 쇠미해져 사람들에게 알려진 바 없었는데, 송대(宋代)에 이르러 주돈이(周敦頤)가 비로소 표창하고, 하남(河南) 정씨(程氏)가 매번 '성인에 이르게 하는 스승'이라 칭하며 공부하는 이들에게 그를 높이 섬기도록 권했습니다. 신종(神宗) 때에는 일찍이 주공섬(朱公掞)[54]을 따라서 조정에서 홀을 잡고 바르게 서 있었는데, 엄숙하여 범하기 어려웠으며, 반행(班行)에서도 숙연하였던바, 소식(蘇軾)이 매우 질시하여 "어느 때에야 타파할까?"라고 말했으나 끝내 그를 해칠 수 없었습니다.[55] 그 후 주희(朱熹)가 집 한 채를 지어 '경재(敬齋)'라는 현판을 걸어두고 그 후손이 거처하게 하였으며 잠(箴)을 지어 말하기를 '문을 나설 때에는 손님을 대하듯이 하고, 일을 받들 때에는 제사를 모시듯이 한다'라고 했으니 그 단정하고 엄숙하여 잡되지 않음을 기린 것입니다. 그리고 서산(西山) 진덕수(眞德秀)는 또한 『심경(心經)』에서 극구 칭찬했으니, 주일옹은 실로 그 종파입니다.[56]

---

54 주공섬(朱公掞): 중국 송(宋)나라 때 인물인 주광정(朱光庭)을 말한다. '공섬(公掞)'은 그 자(字)이다. 정호(程顥), 정이(程頤)와 함께 낙당(洛黨)에 속한 인물로, 정호에게 가르침을 받고 크게 즐거워한 일화가 『近思錄』권40에 보인다.

55 소식(蘇軾)이 매우~ 수 없었습니다: 중국 송(宋)나라 철종대(哲宗代)의 한 당파인 천당(川黨)에는 사천 출신인 소순(蘇洵), 소식(蘇軾), 소철(蘇轍), 여도(呂陶) 등이 속했다. 이들은 시문(詩文)과 풍류를 숭상했다. 이와 달리 낙양(洛陽) 출신인 정호(程顥), 정이(程頤), 주광정(朱光庭), 가이(賈易) 등이 속한 낙당(洛黨)은 문학보다 도학(道學)을 중시했다. 이 때문에 두 당은 서로 대립했다.

56 "臣聞嚴州莊縣恭肅里有一整飭之士, 姓嚴, 名敬, 字敬之, 兢兢業業, 常居無惰容, 實『詩』所謂'相在爾室, 尙無愧于屋漏'者也. 嘗不東以西, 不南以北, 擇地而蹈, 靡他其

이 인용문은 표면적으로 주일옹의 가계에 대해 소개하고 있지만, 실제로는 동아시아 유교를 통시적으로 살피며 '경敬'이라는 철학 개념에 대한 역사를 집약해 제시한다. 즉『시경詩經』대아大雅「억抑」을 위시해 주희의 「경재잠敬齋箴」과 진덕수의『심경心經』등에서 거론된 '경敬'에 대한 여러 논의들을 언급한다. 또한 유교에서 성현으로 받드는 요순堯舜·공자·맹자·안지顔子·증지曾子 및 중국 송대宋代의 성리학자인 주돈이周敦頤·정이程頤·정호程顥·주광정朱光庭을 차례로 등장시키며 '경敬'을 중시해 온 유교 문화의 흐름에 대해 고찰한다. 게다가 소식蘇軾을 등장시켜 중국 송대宋代에 있었던 천당川黨과 낙당洛黨의 대립에 대해서도 언급한다.

이와 유사하게 심성론적 지식을 풍부하게 펼쳐낸 다른 예로, 제1회에 보이는 천군의 가계에 대한 소개 부분, 제3회에 보이는 욕생의 가계에 대한 소개 부분, 제4회에 보이는 성성옹의 상소문上疏文, 제20회에 보이는 천군의 조서詔書, 제21회에 보이는 주일옹의 표문表文, 제29회에 보이는 주일옹의 제언提言 등이 주목된다.

이상의 분석을 종합해 볼 때, 황중윤은『천군기』의 여기저기에 웃음을 유발하는 서술을 해놓기도 하고, 서사적 흥미를 불러일으키는 극적 장치들을 심어두기도 했으며, 다소 긴 호흡으로 심성론적 지식을 방대하게 펼쳐내기도 했다.

適, 故自稱主一翁, 因以爲號. 其先祖顯於堯舜之世, 孔孟顔, 曾皆追宗之. 其子孫衰微於漢唐之間, 無所見知於人, 至趙宋, 有周敦頤始表而出之, 河南程氏每稱其'作聖之師', 勸學者尊事之. 神宗時, 嘗從朱公袚, 端笏正立於朝, 嚴毅不可犯, 班行肅然, 蘇軾甚嫉之, 曰:'何時打破?', 然竟不能害之. 其後, 朱熹爲搆一堂, 揭號曰'敬齋', 以館其孫, 又作箴曰:'出門如賓, 承事如祭', 蓋譽其端嚴不雜. 而西山眞德秀, 又於『心經』中, 亹亹稱道, 主一翁實其宗派也"(『천군기』제17회).

그러므로 『천군기』의 또다른 창작의식으로 '지적 유희'의 차원을 들 수 있다. 황중윤은 자신이 평생 쌓아온 사대부적 교양 및 성리학적 지식을 이 한 작품 안에 다채롭게 담아내고자 했다. 이 점은 『천군기』가 초고본으로부터 수정본으로 개고되고, 수정본으로부터 장회본으로 개작되는 긴 과정을 거쳐 탄생했다는 사실에서도 확인된다.

그런데 이와 같은 지적 유희의 태도가 '자기위안'과 관련되어 있다는 점 또한 놓쳐서는 안 된다. 이미 검토했듯 『천군기』는 황중윤이 유배기에 창작한 것으로 추정된다. 그 시절 황중윤의 처지를 살피는 데는 『동명집』에 수록된 시편들이 크게 참조가 된다. 『동명집』의 권1부터 권4까지에는 시가 실려 있는데, 그 중 권2와 권3에 수록된 300편 가까운 시가 유배기에 지은 것으로 여겨진다. 황중윤은 본래 시를 즐겨 지었지만[57] 특히 유배기에 많은 시를 창작했음이 확인된다.

그런데 황중윤이 유배기에 지은 시 중에는 객지에서 병든 몸으로 고통스러워하며 울분을 토로한 시가 여럿 보인다. 다음은 「고열苦熱」이라는 작품의 제4수이다.

> 유월의 불타는 태양
>
> 삼년 유배에 늙고 병든 몸.

---

57 황중윤은 17세 때인 1593년에 조부 황응징을 따라 평해에 귀양 와 있던 아계(鵝溪) 이산해(李山海)를 만난 일이 있다. 그 때 이산해의 시에 화답하여 시재(詩才)를 칭찬받은 바 있다(『東溟集』 권1 「鵝臺吟奉鵝溪李相公」). 또한 황중윤은 당시 조선을 대표하는 문사(文士)였던 월사(月沙) 이정귀(李廷龜)와도 여러 편의 시를 주고받았다. 이정귀는 황중윤의 부친 황여일과 절친한 사이였다. 황중윤은 주문사(奏聞使)로 연경에 갔을 때 이정귀를 도와 외교적 공무를 수행한 바 있다.

객심(客心)에 불기운 간직되어 있는데

삼복 더위가 다시 사람을 태우네.

모기 파리는 틈을 타 어지러이 달려들고

구름과 우레는 여름 되니 진을 치네.

괜스레 소나무 가지 끝 보나니

어디서 시원한 바람 일어날까.

六月焚愾日,

三年老病身.

客心元貯火,

庚熱更焦人.

蚊蚋乘時亂,

雲雷入夏屯.

空瞻松樹末,

何處起青蘋.[58]

또한 다음의 「슬픈 가을悲秋」이라는 작품에서와 같이 고향에 대한 깊은 그리움을 담은 시도 다수 보인다.

---

58 黃中允, 『東溟集』 권2 「苦熱四首」. 원문의 '青蘋'은 '처음 이는 약한 바람'을 뜻하는 말
이다. 중국 전국시대 초(楚)나라 사람 송옥(宋玉)의 「풍부(風賦)」에 "夫風生於地, 起於
青蘋之末"이라는 구절이 보인다.

천리 밖 고향 산은 누각에서 보이지 않고

돌아가고픈 이 마음 물을 따라 유유히 흐르네.

시 읊는 이 쓸쓸하니 흰 부평초 떠 있는 저녁이요

변방의 기러기 처량하니 단풍이 든 가을이네.

남국의 광음(光陰)은 절로 늦어지고

서쪽 숲 비바람이 시름 더하네.

죄를 지어 이리 몰락한 것이 마땅하거늘

어찌 감히 천애에서 유배를 한탄하리.

千里鄕山不入樓,

歸心逐水共悠悠.

騷人蕭瑟白蘋夕,

塞鴈凄凉紅樹秋.

南國光陰看自晩,

西林風雨謾添愁.

深知罪戾宜淪落,

敢向天涯恨楚囚.[59]

한편 『동명집』 권4에는 「신臣은 잠을 사랑한다네臣愛睡」라는 고시古詩
가 실려 있다. 이 시는 다음 구절, "신은 잠을 사랑한다네, 신은 잠을 사

59 黃中允, 『東溟集』 권2 「悲秋」.

랑한다네 / 신의 집에는 이불이 있는데, 이불은 하늘이라네 / (······) / 신은 잠을 사랑한다네, 신은 잠을 사랑한다네 / 잠속에는 이치가 있나니, 현묘하고도 현묘하다네"[60]에서 보듯 '신은 잠을 사랑한다네'라는 시구가 여러 차례 반복된다. 이처럼 '잠'에 대해 노래한 이 시는 그 독특한 형식 때문에 눈길을 끈다. 황중윤의 개인사와 관련지어 볼 때, 이 시에서 읊조린 잠에 대한 애정이 혹 기나긴 유배기 이래의 '하릴없음'에서 비롯된 것이 아닌가 한다. 황중윤은 십여 년의 유배기 동안 아픈 몸으로 고통과 외로움 속에서 끝 모를 긴 시간을 견뎌야 했다.[61] 그런 처지를 고려할 때, 시를 짓거나 역사서를 읽는 일에 취미를 두었던 일[62]과 더불어, 『천군기』 창작은 '자견自遣'으로서의 의미가 없지 않았다고 여겨진다.

그러므로 『천군기』가 전대의 천군서사에 비해 오락성을 짙게 띠며, 지적 유희의 성격이 현저함은 작가의 창작의식을 반영한다고 할 것이다.

---

60 "臣愛睡臣愛睡, 臣家有衾衾則天. (······) 臣愛睡臣愛睡, 睡裏有理玄又玄."(黃中允, 『東溟集』 권4 「臣愛睡」).

61 앞에서 살핀 「슬픈 가을[悲秋]」 외에도 황중윤이 유배기에 지은 시 중에는 자신이 '천애(天涯)'에 외따로 떨어져 있음을 읊은 작품이 여럿 보인다. 대표적으로 『東溟集』 권2의 「見午溪書, 仍簡寄」, 「落葉」 등을 들 수 있다.

62 "六月到配所, 杜門潛居, 日讀所載去書史以消遣"(黃㬎九, 『東溟集』 권8 「家狀」). 한편 「讀漢史有感」(『東溟集』 권3)이라는 시는, 황중윤이 유배 시절에 『한서(漢書)』 등의 역사서를 읽고 지은 것이다.

2. 이념과 욕망의 변증법

앞 절에서는 『천군기』의 창작의식을 세 가지 층위에서 고찰했다. 이 세 가지의 창작의식이 똑같은 비중으로 작용했다고 보기는 어렵다. 그럼에도 불구하고 자신의 생을 회고하며 마음을 성찰하기 위한 방편으로써 『천군기』를 저술했다는 작가의 말은 진실이다. 또한 서사의 곳곳에 치도治道에 대한 우의를 담아 올바른 군주의 상像을 제시하고자 한 작가의 기도企圖 역시 진실이다. 그리고 지적 유희의 태도로 텍스트 사이를 오가며 자견自遣을 추구한 작가의 태도 또한 진실이다. 그렇다면 이렇게 세 층위로 나누어 살핀 창작의식 간의 '관계'를 어떻게 해석해야 할까? 필자는 이 세 층위의 의식이 복합적으로 작용하여 『천군기』라는 작품이 창작되었다고 생각한다. 뿐만 아니라 『천군기』는 그러한 여러 층위의 의식이 어우러진 가운데 그 사이의 '모순'을 안은 채로 탄생한 작품이라고 생각한다.

자칫 고립적인 것으로 파악될 수 있는 이 세 층위의 창작의식은 내적으로 긴밀한 관련을 맺고 있다. 일단 마음에 대한 성찰의 문제를 다룬 차원과 치도治道에 대한 우의를 담은 차원을 비교해 보면, 전자는 개인 윤리와 관련되고 후자는 사회 윤리와 관련된다. 그렇지만 이 둘은 '유교적 이념'이라는 공통의 가치 속에서 표리를 이루며 결합되어 있다. 왜냐하면 유교에서 '인간'을 보는 시각의 기저에는 '사회적 존재로서의 인간'이라는 문제의식이 존재하기 때문이다.[63] 즉 유교에서 상정하는 개개의 인간이란 홀로 존재하는 자가 아니라 언제나 사회의 구성원이

되는 자이다. 따라서 개인이 마음을 성찰하는 문제는 단지 사적 차원에 머물지 않고, 국가라는 공적 차원에 연결된다.[64] 이 점에서 16세기 조선 성리학자들이 '인간의 마음을 어떻게 수양할 것인가'라는 개인 윤리의 문제를 주요한 쟁점으로 삼았던 학문적 현상의 이면에, 사회 윤리에 대한 진지한 문제 제기가 놓여 있었다는 사실이 환기될 필요가 있다.[65]

이렇듯 『천군기』는 '사회적 존재로서의 인간'에 대한 탐구의 일환으로서 특히 '마음'의 문제를 고찰한 작품이다. 그런데 그 탐구가 '소설'이라는 형식을 통해 이루어짐으로써, 『천군기』는 진중한 어조로 성리학적 이념을 전달하는 교술적 글쓰기에 머물지 않고, 지적 유희의 측면과 오락성을 띠게 되었다.

요컨대 『천군기』의 창작의식은 여러 층위가 확인되지만, 그럼에도 그것은 내적으로 서로 긴밀한 관련을 맺으며 작품 안에서 조화롭게 어

---

63 이 점은 도가나 불교의 경우와 비교하면 자명하다. 주지하듯 도가에서는 인간을 '자연(自然)'의 일부로서 보는바 일체의 사회적 구속에서 벗어나 자유로운 존재가 될 것을 강조한다. 한편 불교에서는 '성불(成佛)'이라는 개념에서 보듯, 불완전한 인간의 가능성에 주목한다. 깨달음을 통한 인간의 성장과 변화를 긍정한다는 점에서 인간을 보는 불교의 시각은 유교의 그것과 통하는 면이 없지 않지만, 불교의 경우 현세(現世)에 국한되지 않음으로써 탈역사적인 종교성을 강하게 띠며 현실 사회와 일정한 거리를 둔다는 점에서 중요한 차이가 있다.

64 천군서사가 인간학과 정치학이 결합되는 구조를 취하고 있음은 앞 절의 제2항 '치도(治道)에 대한 우의'에서 논한 바 있다.

65 16세기 초엽의 기묘사화(己卯士禍)를 비롯한 연이은 사화로 인해 사림과 선비들은 큰 화를 입었다. 그러한 정치 지형 속에서 처사를 자처하는 이들이 학문에 몰두한 결과 16세기 중반에 이르러 서경덕, 조식, 이황, 이이와 같은 대학자들이 등장했다는 사실을 다시 환기할 만하다. 뿐만 아니라 사림과 선비들의 주도로 결국 정권 교체가 이루어져 선조(宣祖)가 즉위하게 된 역사적 사실을 기억할 필요가 있다. 이로 볼 때 16세기 조선 성리학자들이 심성론의 연구에 몰두한 학문적 현상이 당대의 '정치 현실'과 긴밀한 관련을 맺고 있으며, 군주의 도덕적 정당성에 대한 성찰과 연결되어 있었음을 확인할 수 있다.

우러져 있다. 그래서 독자는 『천군기』를 읽으며 자신의 마음을 성찰해 보기도 하고, 바람직한 군신君臣의 관계와 올바른 정치의 방향에 대해 생각해 보기도 하며, 유희적 표현에서 재미를 느끼기도 하는 등 다채로운 감흥을 맛볼 수 있다.

이처럼 『천군기』가 전대의 천군서사와 다르게 긴 호흡의 장편 형식을 통한 소설적 탐구를 꾀할 수 있었던 데에는 황중윤이라는 작가의 고도의 서사 전략이 있었음을 놓쳐서는 안 될 것이다. 본서의 제3장 '『천군기』의 성립과정'에서 고찰했듯, 황중윤은 개고와 개작을 통해 이 작품의 서사적 완성도를 높이는 데 힘을 기울였다. 그리하여 개개의 등장인물 설정과 중심 사건의 진행은 물론, 세부적인 서사의 안배 등에 대해 깊이 고심하며 작품을 창작했다. 그 결과, 인간의 기본적인 욕구와 그것의 지나친 발현으로서의 욕망이 각각 '욕씨欲氏'와 '욕생慾生'이라는 인물로 구분되어 설정되었고, 또한 '몸'에 대해 본격적으로 주목함으로써 이전의 천군서사와 차별화된 접근이 이루어졌으며, 아울러 '월백'과 '환백'의 실체에 대한 집요한 서사화가 이루어지는 등의 참신한 시도가 가능했다.

문제는, 그러한 고도의 서사 전략 하에 구축된 『천군기』 내에, '마음을 경의 상태에 거하게 하라居敬'는 작품의 주제의식과 어긋버긋한 관계를 보이는 부분들이 발견된다는 점이다. 먼저 천군의 군대가 환백의 군대와 벌이는 전쟁 장면을 서술한 다음 대목을 보기로 한다.

천군이 중군(中軍)을 친히 거느리고 흉관(胸關)의 밑에 진을 쳐 놓고 조구대(糟丘臺)[66] 곁을 보니 용맹스러운 한 장수가 뛰어나오는데, 풍취는 물과 같이 맑고, 기세는 노을과 같이 아롱거리니, 그의 성은 백(白)이고 이름은 타(墮)이며 자(字)는 지숙(旨叔)으로 천수군(天水郡) 사람이다. 사람 됨이 온화함이 부족하고 성품이 매우 사나워 평원독우(平原督郵)[67]에 임명된 자이다. 환백 장군의 명령을 받들어 자신에게 속한 세 명의 형제를 이끌었으니, 하나는 이름이 백아(伯雅)이고, 하나는 이름이 중아(仲雅)이며, 하나는 이름이 계아(季雅)이니 모두 체구가 크지만 백아가 가장 거구였다.[68] 빠르게 달려 나와 돌격하니 좌부장군(左部將軍)의 다리가 후들거려 후퇴하려고 했다. 그때 행화촌(杏花村)[69] 가에서 또 한 무리의 씩씩한 군사들이 나오는데 우두머리가 된 자는 환백의 막하관 청주종사(靑州從事)[70]였다. 그의 성은 육(陸)이고, 이름은 서(醑)이며, 자(字)는 순백(醇伯)으로 예남(豫南) 죽엽촌(竹葉村) 사람이다. 환백의 군중에 있으면서 '옥우(玉友)'로 칭해졌는데 기상과 도량이 맑으나 고결하지는 않고, 혼들더라도 탁해지지는 않으며, 성대해 만경창파와 같은 자였다. (……) (천군의

---

66 조구대(糟丘臺): '조구(糟丘)'는 술을 만들고 남은 찌꺼기가 언덕처럼 쌓였다는 뜻이다. 중국 당나라 때 시인 이백(李白)의 다음 시에 이 말이 보인다: "遙看漢水鴨頭綠, 恰似葡萄初醱醅. 此江若變作春酒, 壘曲便築糟丘臺"(李白, 『李太白集』 卷6 「襄陽歌」).
67 평원독우(平原督郵): 품질이 좋지 않은 술을 뜻하는 말이다. 본서 제4장의 각주 74 참조.
68 하나는 이름이~가장 거구였다: 백아(伯雅)·중아(仲雅)·계아(季雅)는 모두 주기(酒器)의 일종이다. 백아가 가장 크고 중아가 그 다음 크기이고 계아가 가장 작다. "荊州牧劉表, 跨有南土, 子弟驕貴, 并好酒, 爲三爵, 大曰'伯雅', 次曰'中雅', 小曰'季雅'. 伯雅受七勝, 中雅受六勝, 季雅受五勝"(曹丕, 『典論』 「酒誨」).
69 행화촌(杏花村): '행화촌'은 '술집이 있는 마을'을 뜻하는 말이다. 중국 당나라 때 시인 두목(杜牧)의 다음 시를 통해 널리 알려졌다: "淸明時節雨紛紛, 路上行人欲斷魂. 借問酒家何處有, 牧童遙指杏花村"(杜牧, 「淸明」).
70 청주종사(靑州從事): 품질이 좋은 술을 뜻하는 말이다. 본서 제4장의 각주 74 참조.

군대가-인용자) 한창 당황하는 사이에 환백이 또한 돌격장군(突擊將軍)으로 하여금 달려 나가도록 명했다. 그 장군의 성은 추(秋)이고, 이름은 로(露)이며,[71] 자(字)는 맹기(猛起)로 전국시대의 추호(秋胡)[72]와 성이 같았다. (……) 그날 굉선(觥船)을 타고 흉해(胸海)를 건너 물결을 따라 내려가니 주폐(朱肺)와 주비(朱脾)가 모두 크게 패했다.

추로가 중부(中部)로 돌입하여 대장(大腸)을 지목하며 이렇게 말했다.

"네 형제는 밥자루와 고기 주머니에 불과할 뿐이다. 너는 곧 썩어 죽을 터인데 어찌 나를 당해내겠느냐!"

대장이 크게 화를 내며 이렇게 말했다.

"너는 비유컨대 한 병의 물과 같으니, 비록 병속에서는 충만할지라도 큰 독 안에 들어가면 정말 한 구기[勺]로 뜰 분량밖에 안 되거늘 어찌 가득 채워 넘치게 할 수 있겠느냐? 내가 너를 삼켜 자멸하게 만들겠다!"

마침내 돌고 돌아 진을 쳐서 '구회진(九回陣)'[73]이라고 이름하고, 그 아우인 후부장군(後部將軍) 소장(小腸)과 함께 웅렬하게 일어서서 싸워 무찌를 것을 준비했다. 그런데 추로가 곧 맹렬한 기세를 타서 대장의 진문(陣門)으로 쳐들어와 좌충우돌하니 용문산(龍門山)에 황하가 터지듯이 형세를 막을 수가 없었다. 대장이 끝내 막지 못하고, 소장도 무너지니 천군이 겹겹이 포위되어 곤경에 처했다.[74]

---

71 성은 추(秋)이고 이름은 로(露)이며 : '추로(秋露)'는 맑은 술의 일종이다. 중국 송나라 때 문인 소식(蘇軾)이 지은 다음 부가 참조된다. "湛若秋露, 穆如春風, 疑宿雲之解駁, 漏朝日之曉紅. 初體粟之失去, 旋眼花之掃空"(蘇軾, 「濁醪有妙理賦」).

72 추호(秋胡) : 유향(劉向)의 「열녀전(列女傳)」에 등장하는 중국 전국시대의 인물이다.

73 구회진(九回陳) : 장(腸)이 아홉 번 꼬여 있다고 해서 이런 말을 만들었다.

74 "天君親禦[御]中軍, 出陣於胸關之下, 只見糟丘臺側, 湧出一員勇將, 姿淸如水, 氣翁如

이 인용문은 제11회의 한 장면이다. 전쟁 장면을 자세히 그리고 있는데, 실은 음주飮酒 행위를 알레고리로써 표현한 것이다. 그런데 여러 종류의 술과 술잔, 술로 유명한 장소, 술에 관한 고시故事 등, 술과 관련된 다채로운 제재들이 등장하고 있다. 그 결과 술을 마시고 술에 취하는 모습이 매우 흥미롭게 그려져 있을 뿐만 아니라, 어떤 면에서는 음주 행위에 대한 관심을 높이는 효과를 낳고 있다.

다음에 인용하는 월백과 천군의 전투 장면은 한층 더 문제적이다.

이 때 천군이 두 장수를 물리치고는 스스로 용감함을 자랑하며 기고만 장하여 나를 당할 자가 아무도 없다고 말했는데, 뜻밖에도 이 젊은 장수를 보고는 칼을 휘두르기도 전에 황홀해졌다. (⋯⋯) 이 젊은이가 바로 진짜 월백이다. 천군은 넋이 하늘 밖으로 날아가 무릎을 꿇고자 했는데 월백이 미리 구덩이 하나를 파 놓았으니 그 이름이 '혹닉갱(惑溺坑)'이다. 천군을 유인하니 붉은 해가 서편으로 기울어 점점 날이 저물었다. 월백이 황혼을 틈타 혈전(血戰)을 벌여 물러가지 않아 하룻밤 사이에 전투가 대여섯 차례

霞, 姓白, 名墮, 字旨叔, 天水郡人也. 爲人少和, 賦性太猛, 任爲平原督郵者也. 承歡伯將令, 領其屬兄弟三人, 一名伯雅, 一名仲雅, 一名季雅, 形體俱大, 而伯雅最巨. 迭出迭擊, 左部將軍立腳不住, 方欲倒退. 忽из杏花村邊, 又挺出一起雄兵, 爲首者乃歡伯幕下官靑州從事也. 姓陸, 名酼, 字醇伯, 豫南竹葉村人, 在歡伯軍中, 素稱'玉友', 其氣度澄而不淸, 撓之不濁, 汪汪若千頃波者也. (⋯⋯) 政慌慌間, 歡伯又令其突擊將軍奮然橫出. 其將姓秋, 名露, 字猛起, 與戰國時秋胡同姓也. (⋯⋯) 當日, 以魷船渡胸海, 順流而下, 朱肺朱脾皆大敗. 秋露衝入中部, 指將軍大腸曰: "汝兄弟特不過飯囊肉俗耳. 今汝立成爛死, 怎當我耶!" 大腸大怒曰: "汝比如一甁水, 雖自滿於甁裡, 及至巨甕中, 眞一勻爾, 何能溢其盛耶? 我將平呑, 使汝自殘!" 遂回回作陣, 號爲九回, 與其弟省部將軍 小腸, 激雄起立, 以備鏖戰. 秋露便乘其威猛之氣, 殺入大腸陣門, 左衝右突, 河決龍門, 勢不可遏. 大腸竟未抵當, 小腸亦潰, 天君困在垓心"(『천군기』 제11회).

에 이르렀는데 날이 밝기 전에 짙은 구름이 자욱했다. 월백이 요태(妖態)를 부리니 이것은 제갈량(諸葛亮)이 쓴 음운냉무(陰雲冷霧)의 술법이다. 천군이 구덩이에 빠졌다가 다행히 아침의 맑은 기운에 힘입어 빠져 나왔으나 피곤함이 극심했다.[75]

이 인용문은 제9회의 한 장면이다. 표면적으로는 전투 장면을 그리고 있지만, 월백이 미색美色을 뜻하는 인물이므로 이 장면은 성행위를 알레고리로써 표현한 것이다. 그런데 묘사의 수위가 예사롭지 않다.[76] 이런 표현은 전대의 천군서사에서는 전혀 볼 수 없었던 것이다.[77] 비단 이 장면뿐만 아니라, 월백과 그 수하들이 등장하는 제7회·제8회·제9회에서도 이와 유사한 양상이 확인된다.

이런 표현 방식은 일단 『천군기』의 세 가지 창작의식의 층위 중 흥미를 추구하는 유희적 측면을 극대화해 보여주는 것으로 이해된다. 그렇지만 이런 부분들을 단지 서사적 흥미와 관련지어 해석할 것만은 아닌

---

[75] "當是時, 天君擊却兩將, 自誇勇敢, 眼高意允, 謂無當我者, 不意睹此少年將, 未交鋒刃, 先自怳惚. (……) 而此少者, 乃眞越白. 天君魂飛天外, 政欲屈膝, 而越白豫鑿一坑, 名曰惑溺坑. 誘引天君, 紅日平西, 看看漸暮. 越白乘黃昏, 血戰不退, 一夜之間, 戰到五六合, 天未明, 淫雲漫漫, 殢雨淋淋. 越白作妖, 眞諸葛亮陣中陰雲冷霧之術也. 天君落在坑中, 幸賴淸朝之氣, 得以奮出, 而疲困已劇"(『천군기』 제9회).

[76] 저본에는 이 대목 중 "魂飛天外", "豫鑿一坑, 名曰惑溺坑. 誘引天君, 紅日平西, 看看漸暮. 越白", "五六", "天未明, 淫雲漫漫, 殢雨淋淋. 越白作妖, 眞諸葛亮陣中陰雲冷霧之術也", "落在坑中"이라는 구절에 삭제하라는 표시가 되어 있다. 이 표시는 후인이 한 것으로 추정되는바, 해당 구절을 삭제함으로써 표현의 수위를 조절하고자 했던 것으로 보인다.

[77] 비록 천군서사는 아니지만 전대의 작품 중 송세림(宋世琳)의 「朱將軍傳」과 성여학(成汝學)의 「灌夫人傳」에 성애(性愛) 장면의 노골적 묘사가 보인다.

듯하다. 필자는 이렇게 작품의 주제의식과 어긋버긋한 관계를 보이는 『천군기』의 '모순적 지점들'이 역설적이게도 황중윤이라는 작가가 고도의 서사 전략을 구사하며 인간의 마음을 도저하게 탐구한 결과가 아닐까 생각한다.

그렇게 생각하는 이유는 무엇인가? 『천군기』는 기본적으로 성리학적 심성론에 기초하여 전대 천군서사의 주제의식을 계승했으며, 전체적으로 '주경적主敬的 서사구조'를 취했다. 그런데 황중윤은 '마음을 경의 상태에 거하게 하라居敬'는 주제를 '소설적'으로 형상화하는 과정에서, 전대의 천군서사 일반에서와 같이 그저 관념적 차원에 그치지 않았다. 즉 '마음'의 문제, 그 중에서도 '욕망'의 문제를 실제 생활세계에서의 구체적 차원에서 형상화했다. 그 결과 앞의 인용문에서 보았듯 외물外物로서의 '환백'과 '월백'의 실체가 핍진하게 그려지게 되었고, 아울러 외물과 관계 맺는 '몸'의 문제가 절실하게 부각되었다. 본서의 제4장 제2절 '몸의 의인화'에서 구체적으로 살펴보았지만, 이 문제는 서사기법상의 참신한 시도로만 파악되어서는 안 된다. 왜냐하면 '몸'의 의인화를 통해 미색에 취하고 술에 취한 존재로서의 '천군'이 처음으로 실감나게 그려지게 되었기 때문이다. 이것은 성욕性慾과 식욕食慾에 탐닉하는 인간의 마음을 그린 것으로, 이런 서사를 통해 '마음'의 문제, 그 중에서도 '욕망'의 문제는 그저 관념적 차원에 머무는 것이 아니라, 언제나 실체實體로서의 '몸'과 관련된다는 사실을 말해주는 것으로 해석된다. 필자의 이런 해석은 『천군기』의 제13회에 등장하는 '단원'을 통해 뒷받침된다. 앞에서 고찰했듯, 단원은 과도한 욕망으로 인해 피폐해진 천군에게 두 적과의 화해를 제안한 인물이다. 그런데 '두 적과의 화해'라는 것은 곧 '욕망의 조정'을 의미한다. 단원은 몸을 대표하는 인물인바, 단원의 제안은 곧 몸의 요청으로 해석될 수 있는 것이다.

필자는 이처럼 작품의 메시지를 깊이 있게 서사화하고자 한 황중윤의 소설적 탐구가 성리학적 이념과 배치되는 모순적 부분을 낳게 된 것이야말로『천군기』가 도달한 의미 있는 지점이라고 생각한다. 즉 두 가지의 상반된 지향이 긴장되게 공존함으로써 '이념과 욕망의 변증법'을 담아내게 된 이 지점에서『천군기』가 장편소설로서의 빛을 발하고 있는 것은 아닐까. 바로 이 지점에서『천군기』는 작가의 의도를 넘어서는 부분을 가지면서 새로운 사유를 펼쳐 보이게 된 것은 아닐까. 그리하여 독자로 하여금 '인간의 마음이란 정말 어떤 것인가?', '인간이란 정말 어떤 존재인가?' 하는 근원적인 물음과 다시 직면하게 하는 것은 아닐까 생각된다.

요컨대『천군기』는 기본적으로 성리학적 심성론에 기초해 '뉘우침을 통해 잃어버린 마음을 회복하고 깨어 있으라'는 메시지를 전하는 작품이다. 이에 '마음 일탈–마음 회복'의 서사구조와 '경敬'과 '욕慾'의 갈등구조라는 대구조大構造를 통해 그 메시지를 뒷받침했다. 하지만 구체적인 세부 서사 및 표현의 차원에서는 '몸'과 '욕망의 대상' 그리고 '욕망함'을 부각시킴으로써 심성론의 문제를 관념의 차원만이 아닌 실제의 차원에서 동시에 사유해 보였다.[78] 이로써 '마음'과 '몸'의 문제를 분리

---

78 정병설,「조선시대 한문과 한글의 위상과 성격에 대한 一考」(『한국문화』 48, 서울대 규장각한국학연구원, 2009)에서는 '심성우언(心性寓言)'과 '신체우언(身體寓言)'이 각

해 보기보다, 이 둘을 동시에 문제 삼는 보다 현실적인 인간의 모습을 그린 것이 『천군기』의 의미 있는 성취로서 주목해야 할 점인 것이다.[79] 나아가 이와 같이 '욕망'의 실체에 접근하고 그것을 전면적으로 문제 삼는 서사적 특질로 인해 『천군기』는 단지 성리학적 이념을 순직純直하게 전달하는 작품이 아닌, 철학과는 다른 지평에서 인간과 삶에 대해 새로운 물음을 던지는 '소설'의 본령을 구현하고 있다고 여겨진다.

각 '마음'과 '몸'에 대응되며, 전자는 한문으로 존재하고 후자는 기본적으로 한글로 되어 있음을 해명하였다. 그렇지만 『천군기』의 경우는 마음과 몸을 동시에 문제삼고 있는 바 '심성우언', 즉 천군서사를 단지 '마음의 서사'로만 파악할 수 없음을 말해 준다.

[79] 『천군기』가 보여주는 이런 사유 방식을, '몸'을 '정신-몸'의 두 영역을 총체적으로 통합하는 다양한 층을 가진 구조체(構造體)로 파악하는 신체현상학적 개념과 관련지어 이해해 볼 수도 있을 것이다. 메를로-퐁티는 인간의 정신과 몸에 대한 데카르트 이래 서양 철학의 이원론적·이분법적 사유에 의문을 제기했다. 그는 인간의 의식은 순수하게 즉자적으로 존재하는 것이 아니라 '육화된 의식(conscience incarnée)'이라는 이론을 제기했다. 또한 그는 인간을 심리적인 면과 생리적인 면이 명백히 분리되지 않는 존재로 재규정했다. 모리스 메를로-퐁티(Maurice Merleau-Ponty), 류의근 역, 『지각의 현상학』, 문학과지성사, 2002; 市川浩, 『精神としての身體』, 東京 : 講談社, 1992, 11~63면 참조.

제6장

『천군기』의 『천군연의』로의 변개

1. 비유교적非儒教的 내용의 삭제

본서의 지금까지의 고찰을 통해 『천군기』가 어떠한 과정을 거쳐 성립되었으며, 그 창작원리와 창작의식이 무엇인지가 규명되었다. 이처럼 『천군기』는 17세기 초에 황중윤이라는 소설가가 공들여 빚어낸 독창적인 작품이다. 그럼에도 불구하고 수백 년 동안 이 사실이 제대로 밝혀지지 못했다. 그 결과 원작인 『천군기』에 돌아가야 마땅한 주목이 오랫동안 그 후대적 변개變改에 해당하는 『천군연의天君衍義』에 돌아갔다.

그러나 원작 『천군기』와 그것을 변개한 『천군연의』 사이에는 간과할 수 없는 중대한 차이가 존재한다. 특히 『천군기』가 이룬 주제적 성취와 개성적 표현이 『천군연의』로 변개되는 과정에서 '보수화'되는 방향으로 바뀌었다는 점을 놓쳐서는 안 된다고 생각한다.

이 문제를 본격적으로 고찰하기 위해, 먼저 정태제鄭泰齊가 쓴 「천군연의서天君衍義序」를 새로운 각도에서 다시 읽어 볼 필요가 있다. 대체로 선행연구에서는 작자 문제를 따지는 근거로 「천군연의서」의 일부 구절을 주로 거론해 왔다.[1] 그렇지만 「천군연의서」에서 정작 주목해야 할 부분은, 『천군연의』에 대한 정태제의 비평적 언술로 생각된다. 「천군연의서」의 전문全文을 보도록 한다.

① 일찍이 역사가들이 쓴 연의류(衍義類)의 책을 보면 말을 만들고 수식함이 모두 허랑하고 과장되며, 허황된 것을 실제인 듯이 꾸미고, 없는 것을 있는 것처럼 말을 보태고, 사건을 나눈 다음 제목을 따로 붙이고, 앞 회의 마지막 부분에서 사건의 결말을 짓지 않은 채 다음 회에서 다시 이어가니, 대개 읽는 사람을 주목하게 하고 즐겁게 하고자 해서이다.

② 『천군연의』라는 이 책은 누가 지은 것인지 모른다. 목차는 31회로 되어 있으며 가짜로 이름을 지어 부르고, 형체가 없는 대상을 형체가 있듯이 그려내니, 문자가 공교하되 허랑되고 과장하는 병폐가 많아, 마치 광대가 너스레를 떨며 복을 빌면 좌중이 웃는 것과 흡사하다.

③ 그렇기는 하나, 우리 인간이 처음에 사욕(私慾)에 흔들리는 바가 되어 마음이 욕망에 빠지고 주색(酒色)에 몸을 잃어 장차 질곡이 되풀이되는 데 이르다가 마침내 하루아침에 뉘우치고 깨달아 이전에 행한 일을 부끄럽게 여기면서 성(誠)과 경(敬)에 나아가 마음을 바로잡고, 선(善)을 밝혀 타고난 본연의 마음을 돌이키는 것을 말했다. 요컨대 그 형식은 역사가의 연의(衍義)를 모방했지만, 그 내용은 본래의 유가(儒家) 공부라고 하겠다.

---

[1] 작자 문제와 관련해 「천군연의서(天君衍義序)」의 "『天君衍義』一書, 不知何人所作也"라는 구절이 주로 거론되어 왔다.

④ 근래 유행하는 소설, 잡기(雜記)가 실로 많다. 그 중 유명한 것을 들자면 중국에서 온 것으로는『전등신화(剪燈新話)』나『염이편(艶異篇)』이 있고, 우리나라에서 나온 것으로는『종리호로(鍾離胡盧)』나『어면순(禦眠盾)』등의 책이 있는데 귀신 이야기 같은 허황된 이야기가 아니면 죄다 남녀의 연애 이야기라 여러 사서(史書: 연의류의 책을 가리킴 ─ 인용자)에 비할 바가 아니니 하물며 이 책과 동렬에서 말할 수 있겠는가!

⑤ 독자들께서 의당 취할 것은 취하고 버릴 것은 버려야 할 것이다.

갑진(甲辰, 1664년) 6월 상한(上澣)에 국당거사(菊堂居士) 정태제(鄭泰齊)가 쓰다.[2]

필자가 내용을 고려해 인용문을 임의로 다섯 단락으로 나누었다. 먼저 첫째 단락에서는 "역사가들이 쓴 연의류衍義類의 책", 즉 '연의소설'의 주요한 형식적 특징인 '허구화'와 '장회체 형식'에 대해 논하고 있

---

[2] "嘗見史家諸書衍義, 其立言遣辭, 皆是浮夸, 實虛而修之, 有無而張之, 分其事而別其題, 未結於前尾而更起於下回, 蓋欲利於引目而務於悅人也.『天君衍義』一書, 不知何人所作也. 其目凡三十有一, 設辭假稱, 形其無形, 有文字之工, 而多浮夸之病, 絶類優人之祝福而左右咳也. 雖然, 始言吾人爲私欲所撓奪, 陷溺其心, 失身花酒, 將至於梏之反覆, 而乃以一朝悔悟, 羞前之爲, 就誠敬決定, 恁地明善而復其初. 終之, 其法則倣史氏衍義, 而其說則本儒家工夫也. 近來小說雜記, 行於世者, 固多. 而以其中表著者言之, 來自中國者,『剪燈新話』,『艶異篇』, 出於我東者,『鍾離胡盧』,『禦眠盾』等書, 非鬼神怪誕之說則皆男女期會之事, 其不及諸史遠矣, 況可與此書同日道哉! 覽者宜有以取舍之矣. 時閼逢執徐, 季夏上澣, 菊堂居士鄭泰齊書"(鄭泰齊,「天君衍義序」,『天君衍義』). 지금까지 조사된『천군연의(天君衍義)』이본 가운데 서문(序文)이 실려 있는 것은 서울대 규장각 소장본(이하 '규장각본'으로 명명), 동래(東萊) 정씨(鄭氏) 가장본(家藏本), 한남서림에서 1917년에 간행한 현토본(懸吐本)의 3종이다. 필자가『천군연의』의 이본들을 비교해본 결과 이본 간에 서사적으로 크게 유의미한 차이가 발견되지 않고, 세부 표현의 수준에서 자구(字句)의 차이만 발견된다는 점을 확인했다. 이하에서 인용하는『천군연의』는 모두 규장각본임을 밝혀둔다.

다. 이 단락은 연의소설의 형식에 대한 총론에 해당된다. 이 단락을 통해 정태제가 연의소설의 형식적 특징 및 그 효과를 간파하고 있었다는 점이 확인된다.

이어지는 둘째 단락은 『천군연의』의 형식에 대한 각론에 해당된다. 먼저 전체 31회의 장회로 이루어진 구성 및 의인화의 서사기법에 대해 논한 뒤, "문자가 공교하되 허랑되고 과장하는 병폐가 많"다는 평을 달고 있다. 여기에서 유의해야 할 사실은, 이와 같은 '비평'은 통상적으로 자신의 작품에 붙이는 것이 아니라는 점이다. 즉 정태제가 이 단락의 첫머리에서 "『천군연의』라는 이 책은 누가 지은 것인지 모른다"라고 한 말이 애초 자신을 감추기 위해 한 말이 아니라는 사실이 이 대목에서 확인된다.

한편 셋째 단락에서는 『천군연의』의 중심 내용 및 주제의식에 대해 논하고 있다. 이어 앞의 둘째 단락과 이 셋째 단락의 논의를 정리해, "요컨대 그 형식은 역사가의 연의를 모방했지만, 그 내용은 본래의 유가儒家 공부라고 하겠다"라고 평하고 있다. 이 마지막 문장은 『천군연의』의 형식과 내용에 대한 정태제의 간요한 해석이다.

이처럼 정태제가 『천군연의』를 높이 평가한 이유는, "유가儒家 공부"와 관련된 내용 때문인 것으로 보인다. 그 결과 그는 넷째 단락에서, 『천군연의』가 근래에 유행하는 여타의 소설들과 동렬에서 비교될 수 없는 훌륭한 작품이라고 평가하고 있다.

마지막 다섯째 단락은 독자들에 대한 당부이다. "의당 취할 것은 취하고 버릴 것은 버려야 할 것"이라는 짤막한 말로 마치고 있다.

이상의 분석을 종합해 볼 때, 「천군연의서」는 일종의 '비평'으로 읽힐 여지가 크다고 생각한다.[3] 또한 「천군연의서」에서 표명된 정태제의 소설관이 『천군기』의 『천군연의』로의 변개에 반영되어 있어 주목된다.

『천군기』가 『천군연의』로 변개되면서 생긴 첫 번째 중요한 차이는 『천군기』에 보이는 비유교적非儒敎的 내용이 대거 삭제되었다는 점이다. 가장 눈에 띄는 사례가 『천군기』 제13회에 등장하는 '단원丹元'의 경우이다. 제13회의 제목인 '단원이 적에게 유세하여 화해를 구하다丹元說賊求和解'에 잘 요약되어 있듯 단원은 월백과 환백의 연이은 공격으로 위기에 처한 천군을 구하고자 두 적에게 화친을 제안하는 유세가遊說家로 설정되어 있다. 본서의 제2장 제2절에서 검토했듯, '단원'은 도교 경전인 『황정경黃庭經』에 등장하는 '심신心神'의 이름이다. 그런데 『천군연의』에서는 이처럼 도교적 색채를 띠는 문제적 등장인물인 단원을 없애 버리고, 작품의 앞부분에 등장한 바 있는 독과장군督過將軍, 즉 '오씨惡氏, 미움'로 단원을 대체했다. 아울러 『천군연의』 제13회의 제목도 '독과장군이 화해를 구하다督過將軍求和解'로 바꾸어 놓았다. 뿐만 아니라 단원이 등장하는 대목의 내용을 상당히 적극적으로 고쳐 놓았다.

먼저 『천군기』에서 단원이 처음 등장하는 제13회의 도입부를 보도록 한다.

당시 천군의 나라에 한 사람이 있었으니 중대부(中大夫)로 성은 단(丹)

---

3 다만 본래 '天君紀'였던 작품의 제목이 '天君衍義'로 바뀌게 된 경위는 분명하게 밝히기 어렵다. 크게 두 가지 가능성을 생각해 볼 수 있다. 하나는, 정태제가 황중윤의 『천군기』 필사본을 입수해 읽은 뒤 그 내용을 변개하고 '天君衍義'라는 제목을 새로 붙였을 가능성이다. 다른 하나는, 정태제가 이미 '天君衍義'라는 별칭으로 유포되고 있던 『천군기』의 필사본을 입수해 읽은 뒤 그 내용을 변개하고 서문을 붙였을 가능성이다.

이고 이름은 원(元)이며 자(字)는 수령(守靈)이다. 그의 선조는 노담(老聃)과 가까이 지냈는데, 노담은 일찍이 그를 일컬어 "적신(赤神)의 아들이 중지(中池)에 서 있네"라고 했고, 또 "중지(中池)에 선비가 있으니 붉은 옷을 입었네"라고도 했다. 그가 중지(中池)에 살면서 항상 진홍빛의 옷을 입었기에 그렇게 말했던 것이다. 단원도 가법(家法)을 잘 지키며 선조의 명성에 누를 끼치지 않았다. 천군이 날마다 두 적에게 공격당하는 것을 보고서 그 상황을 타개하고자 밤기운이 청명한 때를 기다렸다가 천군의 궁궐에 들어가서 군에게 아뢰었다. (……)[4]

—『천군기』

이 부분이 『천군연의』에서는 다음과 같이 바뀌었다.

각설하고, 독과장군(督過將軍) 오씨(惡氏)가 처음에 비록 욕생(慾生)에게 그르친바 되어 적을 따르기는 했으나 천군이 날마다 두 적에게 공격당하는 것을 보고서 개연히 천군을 도울 뜻을 품고 밤기운이 청명한 때를 기다렸다가 들어가서 천군에게 아뢰었다. (……)[5]

—『천군연의』

---

4 "時天君國中有一人, 見爲中大夫, 姓丹, 名元, 字守靈. 其先世與老聃相親, 聃嘗稱之曰 : '赤神之子中池立', 又曰 : '中池有士服赤朱', 蓋其居在中池, 而常服絳衣故云. 丹元亦能守家法而不忝乃祖者也, 見天君日被二賊侵伐, 將抵於顚喪, 乃伺夜氣淸明, 進入天君之宮, 告於君曰 (……)"(『천군기』, 제13회).

5 "却說, 督過將軍惡氏, 初雖爲慾生所誤, 未免順賊, 而及見天君日被二賊侵伐, 慨然有扶顚之意, 乃俟夜氣淸明, 入告於天君曰 (……)"(『천군연의』, 제13회).

가장 주목되는 변화는, 단원을 독과장군 오씨로 대체함으로써 단원의 선조先祖에 대한 서술 내용, 즉 노자老子와 관련된 일화 부분이 빠진 것이다. 그 부분은 본래 『황정경』에서 차용한 것이다.[6] 이처럼 『천군연의』에서는 『황정경』과 관련된 내용이 '일관되게' 삭제되었다. 『천군기』에서 폐肺라는 인물의 자字를 '화개華蓋'라고 한 것, 비脾라는 인물의 자字를 '상재常在'라고 한 것 등이 모두 『황정경』에 근거한 표현인데 이런 세세한 표현까지 『천군연의』에서는 모두 삭제되었다.

비단 『황정경』만이 아니다. 『천군연의』에서는 여러 가지 도가서道家書에 출전을 둔 원작의 서술이 삭제되었다. 한 예로 『천군기』 제9회의 다음 대목을 보도록 한다.

> 신이 듣건대 월백은 당대에 대적할 자가 없으니, 물고기도 그를 보면 물속으로 깊이 들어가고 새도 그를 보면 하늘로 높이 날아간다고 합니다. 물고기와 새도 그를 두려워하거늘 하물며 사람이야 어떻겠습니까? 지금 이미 적들이 들이닥쳤으니 굳게 지키기가 결코 어려울 듯합니다. 제 생각에는 문을 열어주는 것이 좋겠습니다.[7] (강조는 인용자)
>
> —『천군기』

---

6 "적신(赤神)의 아들이 중지(中池)에 서 있네[赤神之子中池立]"는 『황정경(黃庭經)』 「상부경(上部經)」의 "赤神之子中池立, 下有長城玄谷邑. 長生要慎房中急, 棄捐淫俗專子精"에서 차용한 표현이고, "중지(中池)에 선비가 있으니 붉은 곳을 입었네[中池有土服赤朱]"는 『황정경(黃庭經)』 「상부경(上部經)」의 "中池有土服赤朱, 田下三寸神所居"에서 차용한 표현이다.

7 "臣聞越白當代無敵, 魚見之深入, 鳥見之高飛. 魚鳥猶畏, 況於人乎? 今旣逼迫, 決難固守. 以愚所料, 開門爲便"(『천군기』 제9회).

인용문은 천군을 알현해 월백에게 항복하라고 종용하는 욕생의 말이다. 그 중 강조 표시한 부분은 『장자莊子』「제물론齊物論」에서 유래하는 구절이다. 모장毛嫱과 여희麗姬라는 두 인물을 보고 사람들은 그 미모를 칭송했지만, 물고기는 그들을 보면 물속으로 깊이 들어가고 새는 그들을 보면 하늘로 높이 날아가며 사슴은 그들을 보면 달아나 버렸다는 이야기[8]의 일부 구절을 그대로 차용한 것이다.

이 부분이 『천군연의』에서는 다음과 같이 바뀌었다.

> 신이 듣건대 월백은 당대에 대적할 자가 없다고 하건만 지금 이미 적들이 들이닥쳤으니 굳게 지키기가 결코 어려울 듯합니다. 제 생각에는 문을 열어주는 것이 좋겠습니다.[9]
>
> —『천군연의』

인용문에서 보듯 『천군연의』에서는 원작 『천군기』에 있는 『장자』에 출전을 둔 구절이 전부 삭제되었다. 이와 유사한 다른 예로 『천군기』 제15회의 다음 대목을 보도록 한다.

> 흑첨의 무리 중에 한 노인이 있으니 성은 오(寤)이고 이름은 대몽(大夢)이며 자는 유신(遊神)이고 자호는 몽몽옹(夢夢翁)으로 본래 고망국(古莽國) 사람이다. 그의 선조 중에는 제요(帝堯)의 신하가 되어 제요를 받들어 신룡

8　"毛嬙 麗姬, 人之所美也, 魚見之深入, 鳥見之高飛, 麋鹿見之決驟"(『莊子』「齊物論」).
9　"臣聞越白當代無敵, 今旣見逼, 決難固守, 以愚所料, 開門爲便"(『천군연의』 제9회).

(神龍)을 타게 한 이도 있고, 주 문왕(周文王)의 보좌관이 되어 문왕을 도와 비웅(飛熊)을 찾게 한 이도 있으며, 상 고종(商高宗)을 보필하여 부열(傅說)을 만나게 한 이도 있고, 진 목공(秦穆公)을 이끌어 균천(鈞天)에 오르게 한 이도 있다. 대개 이들이 집안의 부조(父祖)인데, 모두 정성스럽고 허탄함이 없다고 세상에서 일컬어졌다. 몽몽옹에 이르러 일찍이 고망국에 출사하여 먼저 깨달은 자가 뒤에 깨달은 자를 깨우쳐 주는 것을 자신의 임무로 여겼다.[10]

(강조는 인용자)

—『천군기』

인용문은 꿈을 의인화한 '몽몽옹夢夢翁'이 처음 등장하는 대목이다. 그중 강조 표시한 부분에 보이는 '고망국古莽國'은 도가서인 『열자列子』「주목왕周穆王」편에 보이는 나라의 이름이다. 고망국에는 해가 들지 않아 낮과 밤의 구별이 없으며, 그곳의 백성들은 먹지도 않고 잠을 자는데, 50일에 한 번 깨어나므로 꿈에서 본 일을 실제로 여기고, 깨어서 본 일을 허망한 것으로 여긴다는 이야기가 『열자』에 실려 있다. 이처럼 몽몽옹의 고향을 고망국으로 설정한 것은 지적 유희에 해당되는 재미있는 발상인데, 이 부분이 『천군연의』에서는 다음과 같이 바뀌었다.

흑첨의 무리 중에 한 노인이 있으니 성은 거(遽)이고 이름은 몽(夢)이

---

10 "黑甜之徒有一老翁, 姓寢, 名大夢, 字游神, 自號夢夢翁, 本古莽國人也. 其先, 有爲帝堯之臣, 奉帝堯而乘神龍; 有爲周文王之佐, 相文王而訪飛熊; 有輔商高宗而接傅說; 有引秦穆公而登鈞天. 蓋其家世父祖, 皆以誠信無虛誕, 著稱於世, 傳至夢夢翁, 嘗仕於古莽國, 以先覺覺後覺爲己任"(『천군기』 제15회).

며 자는 유신(遊神)이다. 노인의 선조 중에는 상 고종(商高宗)을 보필하여 부열(傅說)을 만나게 한 이도 있고, 진 목공(秦穆公)을 이끌어 균천(鈞天)에 오르게 한 이도 있다. 노인 또한 선조의 기풍을 지녀 먼저 깨달은 자가 뒤에 깨달은 자를 깨우쳐 주는 것을 자신의 임무로 여겼다.[11]

— 『천군연의』

인용문에서 보듯 『천군연의』에서는 원작 『천군기』에 있는 『열자』에 출전을 둔 서술이 전부 삭제되었다.

잘 알려져 있듯 『장자』와 『열자』는 도가서인 동시에 동아시아의 문학 방면 고전으로서 『황정경』과는 다른 위상을 지닌다. 그래서 유학자라 하더라도 『장자』나 『열자』를 읽고 시문의 창작 과정에서 그 표현을 차용하는 일이 17세기 초엽의 문학장文學場에서 얼마든지 가능한 일이었다. 그런데 불과 30여 년 뒤인 17세기 후반, 『천군기』가 『천군연의』로 변개되면서 『황정경』은 물론 『장자』나 『열자』와 관련된 내용이 철저히 삭제된 것은, 『천군연의』가 유교중심주의를 강화하는 보수적 방향으로 변개되었음을 보여주는 주요한 증거에 해당된다.

이로 볼 때 『천군연의』의 개작자는 '유가 공부', 즉 심성론적 주제를 『천군기』의 요지要旨라고 생각하고, 이에서 벗어나 조금이라도 비유교적 지향을 보이는 내용은 일관되게 삭제한 것으로 생각된다. 그 결과,

---

11 "黑甜之徒有一老翁, 姓蘧, 名夢, 得字游神, 自號夢夢翁, 本古莽國人也. 其先, 有爲帝堯之臣, 奉帝堯而乘飛龍; 有爲周文王之佐, 相文王而訪飛熊; 有輔商高宗而接傅說; 有引秦穆公而登鈞天. 蓋其家世父祖, 皆以誠信無虛誕, 著稱於世, 傳至夢夢翁, 嘗仕於古莽國, 以先覺覺後覺爲己任"(『천군연의』 제15회).

『천군연의』에서는 원작 『천군기』의 의미 있는 성취인 '욕망'과 '몸'에 대한 진지한 소설적 탐색의 과정이 변형되거나 축소되거나 소거消去되었으며 그에 따라 『천군기』가 제기한 참신한 문제의식이 퇴색되었다.

2. 문체의 보수적 방향으로의 변개

『천군기』는 『천군연의』로 변개되면서 문체가 크게 바뀌었다. 정태제는 『천군기』의 문체를 보수적 방향으로 바꾸는 작업을 작품 전체에서 상당히 철저하게 수행했다.

구체적인 예를 들어보기로 한다. 다음 인용문은 『천군기』 제7회에서 월백의 가계가 서술된 부분이다.

> 그의 성은 월(越)이고 이름은 백(白)이며 자(字)는 야지(冶之)이고 본관(本貫)은 양성(陽城)이며 하채(下蔡) 사람이다. 속설에 따르면 월백의 시조(始祖)는 뱀의 몸에 사람의 머리를 지녔으며, 복희(伏羲)·신농씨(神農氏)와 함께 살았으나 족씨(族氏)는 없었다고 한다. 그 후예 중에 말희(末喜)라는 자가 하(夏)나라의 걸왕(桀王)을 섬겼다. 걸왕은 그를 심복으로 여겨 잠자리도 함께 했는데 말희는 걸왕을 황음(荒淫)한 데로 이끌어 남소(南巢)의 화(禍)가 이르게 했다.[12] 말희의 원손(遠孫)은 숭후(崇侯) 호

---

12 그 후예~이르게 했다: '말희(妹喜)'는 중국 하(夏)나라의 마지막 왕인 걸왕(桀王)의 비(妃)이다. 걸왕은 말희와 더불어 이른바 '주지육림(酒池肉林)'을 일삼는 등의 패악을 저질

(虎)의 천거로 은(殷)나라 주왕(紂王)의 총애를 받았으며 은나라를 망하게 했다.[13] 또 그 후손 중에 포(襃) 땅에 사는 이가 있었다. 주(周)나라 유왕(幽王)이 그를 얻은 뒤 일없이 봉화를 올려 제후의 군대를 오게 하기를 일삼더니 결국 견융(犬戎)에게 멸망당했다.[14] 유왕이 시해당한 뒤 그 후손 가운데 월나라 저라산(苧蘿山)에 숨어 산 이가 있었는데, 구천(句踐)이 범려(范蠡)로 하여금 그를 불러오게 했다. 그의 성은 서(西)이고 이름은 시(施)인데 결국 부차(夫差)와 그 사직(社稷)을 무너뜨렸다.[15] 서시의 후손으로 온유향(溫柔鄕)에 숨어 살던 이를 한(漢)나라 성제(成帝)가 월정후(越亭侯) 비연장군(飛燕將軍)에 봉했는데 그는 봉지(封地)를 따라 성을 월(越)로 고쳤다. 성제는 결국 비연장군의 동생인 온향후(溫鄕侯) 합덕(合德)의 공격을 받아 내상을 입어 죽었다.[16] 당(唐)나라 현종(玄宗)이 즉위

러 동아시아에서 폭군(暴君)의 전형으로 불린다. '남소(南巢)의 화(禍)'는 은(殷)나라 탕왕(湯王)이 이윤(伊尹)과 더불어 군사를 일으켜 걸왕을 남소(南巢)로 추방한 일을 말한다.

13 말희의 원손은~망하게 했다 : '말희의 원손'은 중국 은(殷)나라 주왕(紂王)의 총희(寵姬)인 달기(妲己)를 가리킨다. 주왕은 달기와 더불어 황음무도(荒淫無道)한 정치를 일삼다 나라를 패망에 이르게 했다.

14 포(襃) 땅에~견융(犬戎)에게 멸망당했다 : '포(襃) 땅에 사는 이'는 중국 주(周)나라 유왕(幽王)의 총희(寵姬)인 포사(襃姒)를 가리킨다. 포사는 한 번도 웃는 일이 없었는데, 언젠가 봉화를 올려 제후들을 모았을 때 포사가 웃자 유왕이 그녀를 웃게 만들기 위해 아무 일없이 봉화를 올리는 일을 일삼았다고 한다. 후에 유왕이 왕비인 신후(申后)와 태자인 의구(宜臼)를 폐하고 포사를 왕비로 삼고, 그 아들 백복(伯服)을 태자로 삼자, 신후(申后)의 아버지인 신후(申侯)가 격분하여 견융(犬戎 : 중국 섬서성(陝西省) 봉상현(鳳翔縣) 지방에 있던 종족)을 이끌고 와 유왕을 공격했다. 이때 유왕이 봉화를 올렸으나 거짓 봉화에 길들여진 제후군이 출동하지 않았다. 결국 유왕과 백복은 살해되고 서주(西周)는 멸망했다.

15 월나라 저라산(苧蘿山)~사직(社稷)을 무너뜨렸다 : 중국 춘추시대 월왕(越王) 구천(句踐)은 오(吳)나라에 패한 뒤 충신 범려(范蠡)를 통해 미인 서시(西施)를 오왕(吳王) 부차(夫差)에게 보냈다. 부차가 서시의 미색에 빠져 정치를 태만하게 하는 틈을 타 마침내 월나라가 오나라를 멸망시켰다.

16 서시의 후손으로~입고 죽었다 : '월정후(越亭侯) 비연장군(飛燕將軍)'은 중국 한(漢)나

한 뒤 그 후손인 절대(絶代)가 월(越) 지방을 떠나 양가(楊家)에서 성장했다는 소문을 듣고 수왕(壽王)으로 하여금 주선을 하도록 하여 데려와 평장정사 육궁도제점(平章政事六宮都提點)에 봉했다.[17] 지금의 이 월백이란 자가 그의 후손이다.[18]

—『천군기』

먼저 뱀의 몸에 사람의 머리를 지녔다는 월백 가문의 기이한 시조가 소개되고, 이어서 월백의 여러 조상들이 소개되는데 이 부분은 '경국지색傾國之色'의 역사적 나열이라고 할 만하다. 중국 역사상 가장 유명한 절세가인絶世佳人인 하夏나라의 말희末喜, 은殷나라의 달기妲己, 주周나라의 포사褒姒, 월越나라의 서시西施, 한漢나라의 조비연趙飛燕·조합덕趙合德, 당唐나라의 양귀비楊貴妃의 고사가 차례로 서술된다. 이런 장황한 서술은 작가 황중윤이 서사적 재미를 위해 일부러 의도한 것으로 생각된다. 즉 월백이라는 반동인물의 가계를 자세히 소개함으로써 그 인물 설정에

라 성제(成帝)의 황후인 조비연(趙飛燕)을 가리키며, '온향후(溫鄉侯) 합덕(合德)'은 조비연의 동생인 조합덕(趙合德)을 가리킨다. 한나라 성제는 조합덕과 동침 중에 죽었다.

17 당(唐)나라 현종(玄宗)이~평장정사육궁도제점(平章政事六宮都提點)에 봉했다: '절대(絶代)'는 당(唐)나라 현종(玄宗)의 총희(寵妃)인 양귀비(楊貴妃)를 가리킨다. 양귀비는 본래 현종의 아들인 수왕(壽王)의 비(妃)였는데 현종이 자신의 비(妃)로 삼았다.

18 "其姓越, 名白, 字治之, 本貫陽城, 下蔡人也. 其始祖, 俗傳爲蛇身人首, 與伏羲神農氏並生, 未有族氏, 其後裔有曰喜者, 事夏桀, 桀委以心腹, 寢處與偕, 導桀以荒淫, 馴致南巢之禍. 喜之遠孫, 因崇侯 虎之薦, 得幸於殷紂, 亦亡其國. 又其後有居于褒者, 周幽王求得之, 乃無故擧烽火, 徵諸侯之兵, 卒爲犬戎所滅. 幽王旣被弑, 後其子孫有隱於越之苧蘿山者, 句踐使范蠡訪之, 其姓西, 名施, 遂破夫差宗社. 施之孫潛隱於溫柔鄉, 漢成帝封爲越亭侯 飛燕將軍, 從其所封地, 改姓曰越. 帝終爲飛燕將軍弟溫鄉侯 合德所攻, 帶傷而崩. 唐玄宗卽位, 聞其裔絶代度越而長於楊家, 以壽王爲媒而致之, 卽拜爲平章政事六宮都提點. 今此越白, 卽其雲孫也"(『천군기』 제7회).

깊이를 더하고, 나아가 이후 월백이 천군과 대립하며 펼칠 주요 사건들에 대한 기대를 고조시키는 서사적 효과를 의도한 것으로 보인다.

그런데 이 부분이 『천군연의』에서 이렇게 바뀌었다.

> 그의 성은 월(越)이고 이름은 백(白)이며 자(字)는 야지(冶之)이고 본관(本貫)은 양성(陽城)이며 하채(下蔡) 사람이다. 그의 선조 가운데 월(越)나라 저라산(苧蘿山)에 산 이가 있었는데 구천(句踐)이 그를 이용하여 마침내 부차(夫差)를 파멸시켰다. 그 후예 중에 온유향(溫柔鄉)에 숨어 살던 이를 한(漢)나라 성제(成帝)가 불러 총애했다. 지금의 이 월백(越白)이란 자는 그의 후손이다. 그 선조가 살던 지역의 이름을 따라 월(越)을 성으로 삼았다.[19]
>
> ─『천군연의』

인용문에서 보듯 『천군연의』에는 뱀의 몸에 사람의 머리를 지녔다는 월백의 시조에 대한 서술이 더 이상 보이지 않는다. 또한 앞서 살핀 『천군기』의 장황한 서술과 달리, 『천군연의』에서는 서시와 조비연의 고사만이 간략히 서술되어 있다. 옛날식의 표현을 쓴다면 『천군기』의 문체가 '왕양방사汪洋放肆, 활달하고 거리낌 없음'하다면, 『천군연의』의 문체는 보다 '방정간약方整簡約, 반듯하고 간략함'하다고 말할 수 있을 듯하다. 이런 쪽으로

---

19 "其姓越, 名白, 字冶之, 本貫陽城, 下蔡人也. 其先有移居越之苧蘿山者, 句踐用之, 遂破夫差. 後裔潛隱溫柔鄉, 漢成帝召而寵之. 今此越白, 乃其雲孫, 而從其祖所居地, 以越爲姓也"(『천군연의』 제7회).

의 변개를 통해 『천군연의』는 그 문체가 좀 더 순정해진 면이 있으나, 그 대신 다소 밋밋하고 단조로워진 서술로 인해 서사적 재미가 크게 줄어들게 되었다.

환백의 가계가 서술된 제10회에서도 이와 유사한 방향으로의 변개가 확인된다. 『천군기』에는 환백 가문의 시조인 청清부터 환백의 부친인 이酏까지 총 9명에 이르는 조상의 일화가 장황하게 서술되어 있다. 사실 이 각각의 일화는 술과 관련된 유명한 고사를 알레고리적 방식으로 제시한 것이다. 그런데 변개된 『천군연의』의 해당 부분에는 환백의 조상으로 총 5명의 일화만 서술되어 있다. 황중윤은 『천군기』에서 서사적 풍성함을 위해 의도적으로 파란波瀾이 풍부하고 곡진하며 장황한 문체를 구사했으나, 개작자인 정태제는 『천군연의』에서 다소 평이하고 무미건조한 문체로 바꾸어 놓았다.

이와 같은 보수적 방향으로의 문체 변개는 『천군연의』 전반에서 두루 확인된다. 예를 하나 더 들기로 한다. 다음은 『천군기』 제17회의 한 부분이다.

환백은 기해(氣海) 가로 나아가 나라를 세워 국호를 침면국(沈醔國)이라 하고 또한 '국군(麴君)'으로 자칭했으며, 장요씨(長腰氏)를 왕후로 세워 ㉠'국모(麴母)'라 칭하고, 아들 국생(麴生)을 태자로 삼았다. 옹성(甕城)을 매우 높고 크게 세우고, 명기(名器)를 보유하여 그 무리를 참람하게 임명한바 하잔(夏琖)을 전향어사(傳香御史)로 삼고, 은가(殷斝)를 봉렬대부(奉烈大夫)로 삼고, 주작(周爵)을 공봉랑(供奉郞)으로 삼았다. ㉡저 하잔 등이 국군(麴君)에게 '형덕성렬 합도화신 청성대왕(馨德盛烈合道和神淸聖大

王)'이라는 존호를 올렸다. 동방육자(洞房六子) 등은 또한 그 소군(少君 : 월백을

가리킴－인용자)에게 '숙미농온 조음순양 요조대왕(淑美濃溫調陰順陽窈窕大

王)'이라는 존호를 올렸다.[20](강조는 인용자)

—『천군기』

이 인용문에서 강조 표시한 부분이 『천군연의』에서 어떻게 바뀌었는

지 유의하며 다음 인용문을 보자.

환백은 기해(氣海) 가로 나아가 나라를 세워 이름을 침면국(沈湎國)이

라 하고 또한 '국군(麴君)'으로 자칭했으며, 장요씨(長腰氏)를 왕비로 세

우고, 아들 국생(麴生)을 태자로 삼았다. 명기(名器)를 보유하여 그 무리

를 참람하게 임명한바 은가(殷檗)를 봉렬랑(奉烈郎)으로 삼고, 주작(周

爵)을 공봉랑(供奉郎)으로 삼았다.[21]

—『천군연의』

두 인용문의 자구를 일일이 비교해 보면 세세한 변화가 여럿 발견되

지만, 여기서는 일단 문체의 변개를 잘 보여주는 대목만을 비교하도록

한다. 공통적으로 두 인용문에는 천군을 도성에서 몰아낸 뒤 환백과 월

---

20 "歡伯又就氣海之上立一國, 國號沈醞國, 亦自稱麴君, 立長腰氏爲后, 稱曰麴母, 以子麴
    生爲太子. 築甕城極高大, 坐擁名器, 僞署其屬, 曰夏孯爲傳香御史, 曰殷孯爲奉烈大夫,
    曰周爵爲供奉郎. 那夏孯等, 上麴君尊號, 曰馨德盛烈合道和神淸聖大王. 洞房六子等,
    又上其少君尊號, 曰淑美濃溫調陰順陽窈窕大王"(『천군기』 제17회).
21 "歡伯又就氣海之上立一國, 號沈湎國, 亦自稱趙君, 立長腰氏爲妃, 以子麴生爲太子, 坐
    擁名器, 僞署其屬, 以殷孯爲奉烈郎, 周爵爲供奉郎"(『천군연의』 제17회).

백이 각각 나라를 세워 스스로 군주로 참칭하고, 자신의 주변 인물들에게 참람히 벼슬을 제수한 일이 서술되어 있다. 주목되는 것은, 『천군기』의 인용문 중 ⓛ이 『천군연의』에서 모두 빠져버렸다는 사실이다. 그런데 이런 변개는 단지 간요한 서술을 위한 것만으로 여겨지지 않는다. 『천군기』의 인용문 ⓛ을 보면, 환백은 그 수하의 하잔夏琖, 술잔 등으로부터 '형덕성렬 합도화신 청성대왕馨德盛烈合道和神淸聖大王'이라는 성대한 존호를 받는다. 또한 월백은 그 수하의 동방육자洞房六子, 침실용품 등으로부터 '숙미농온 조음순양 요조대왕淑美濃溫調陰順陽窈窕大王'이라는 성대한 존호를 받는다. 이 일은 자신의 분수를 모르고 날뛰는 환백과 월백 무리의 참람함을 잘 보여주는바 서사적으로 상당히 흥미로운 대목이며, 특히 두 존호의 명칭에 유희적 양상이 극대화되어 있다.[22] 그렇지만 『천군연의』의 개작자는 이 대목의 서술이 아무리 허구라 하더라도 너무 맹랑하다고 판단한 듯하다. 이에 해당 대목을 아예 없애버림으로써 문체를 좀 더 평실平實한 쪽으로 바꾸고자 한 것으로 보인다. 『천군기』 인용문 ㉠에 보이는, 환백이 장요씨長腰氏를 왕후로 세운 뒤 '국모麴母'라 칭했다는 구절을 『천군연의』에서 없애버린 것 역시 궤軌를 같이한다고 생각된다. 그런데 이런 변개로 인해, 유희적 태도로 다채로운 명명을 통해 일종의 '말놀이'를 추구한 『천군기』 원작자의 의도가 소거되어 버

---

22 '형덕성렬 합도화신 청성대왕(馨德盛烈合道和神淸聖大王)'은 '향기로운 덕이 성대하고 진해 도에 합치되고 신(神)을 조화롭게 하는 맑고 성스러운 대왕'이라는 뜻이고, '숙미농온 조음순양 요조대왕(淑美濃溫調陰順陽窈窕大王)'은 '현숙한 아름다움이 농염하고 온화해 음(陰)을 조섭하고 양(陽)을 따르는 정숙한 대왕'이라는 뜻이다. 원래 '존호'라는 것이 미화(美化) 위에서 성립되는 것이지만, 이 두 존호는 특히 환백과 월백의 참람함을 유희적으로 드러내기 위해 극도의 미화를 해 놓고 있다.

림으로써,『천군연의』를 소설로서 읽는 재미는 줄어들게 되었다.

　이상에서 살폈듯 원작『천군기』의 장황하고 유희적이고 흥미진진한 문체가『천군연의』에서는 보다 간략하고 반듯하고 평실한 쪽으로 바뀌게 되었다. 이렇게 문체가 변개됨으로써『천군연의』의 서사적 재미는 반감되고 말았다.

　요컨대『천군연의』는『천군기』의 비유교적 내용을 삭제하고, 그 문체를 보수화하는 방향으로 변개되었다. 그 결과『천군연의』에서는 원작『천군기』의 참신한 문제의식이 퇴색되고, 개성적인 문체가 잘 드러나지 않게 되었다. 이처럼 원작『천군기』와 그 후대적 변개인『천군연의』사이에는 질적으로 적지 않은 차이가 있다. 이에 지금까지 원작인『천군기』가 아닌, 후대적 변개에 해당하는『천군연의』를 대상으로 이루어진 선행 작품론에 대한 재고가 요망된다고 하겠다.

제7장

『천군기』의 문학사적 의의

1. 새로운 소설 형식의 실험

『천군기』는 17세기 한국 고전소설사에서 새롭게 주목해야 할 몇 가지 소설 형식상의 실험을 선보인 의의를 지닌다.

첫째, 『천군기』는 현전하는 한국 고전소설 가운데 최초의 장회소설章回小說이다.

『천군기』는 전체 31회의 장회로 이루어져 있다. 본서의 제3장 제2절 '『천군기』의 성립과정'에서 밝혔듯이 황중윤이 『천군기』의 집필을 구상한 초기부터 장회체 형식을 염두에 둔 것은 아니라고 생각된다. 작가는 초고본에서 수정본으로, 수정본에서 장회본으로 여러 차례 작품을 고치고 수정하는 과정을 거쳐 최종적으로 장회체 형식의 실험을 시도했던 것으로 보인다. 한편 본서의 제4장 제4절 '장회체章回體 형식의 도입'에서 검토했듯이, 황중윤이 이런 새로운 형식을 도입할 수 있었던 직접적인 배경으로 중국 연의소설의 풍부한 독서 체험을 꼽을 수 있다. 이 점에서 장회체 형식의 도입 자체는 모방적 성격이 짙으나, 실제 작품 안에서 장회체가 활용된 양상을 보면, 황중윤의 모방은 첫 시도라고 보기 어려울 만큼 성공적이었다고 평가할 만하다. 특히 『천군기』를 전체 31회의 장회로 구성하면서, 전반의 15회에서 '마음 일탈'을 다루고, 후반의 15회에서 '마음 회복'을 다루며, 한가운데인 제16회에 '유희씨'를 등장시킴으로써 작품의 주제와 형식 간에 긴밀한 연관성을 부여한 점을 높이 평가할 만하다.

둘째, 『천군기』는 17세기 전반기에 군담軍談 화소話素를 본격적으로 활용한 소설이다.

'군담소설'이란 작품의 중심적 내용이 군담軍談, 즉 전쟁 이야기로 이루어진 소설을 총칭한다.[1] 그런데 조선 후기에 창작된 군담소설은 많은 경우 '영웅소설'[2]로도 일컬어질 만큼 '영웅의 일대기' 구조를 취하고 있다. 그래서 대체로 초인적 능력을 갖춘 개인의 일생을 다룬 작품들이 주를 이루는데, 영웅이 시련을 겪고 그것을 극복하는 과정에서 군담이 주요하게 활용된다. 이 점에서 『천군기』는 조선 후기에 성행한 일반적인 군담소설과는 다르다. 그렇다면 『천군기』는 어떤 배경에서 군담 화소를 본격적으로 활용하게 되었을까?

일단 『천군기』에 앞서 창작된 전대의 주요 천군서사에서 '전쟁'이라는 제재가 서사의 중심을 이루어 온 것이 주요한 이유로 파악된다. 천군서사에서는 '마음'이 '국가'와 연결되어 사유되어 온 바, 마음의 일탈이 자연스럽게 국가의 혼란으로 그려져 왔으며, 이 때문에 국가의 혼란

---

1   서대석, 『군담소설의 구조와 배경』, 제2판, 서울대 출판부, 2008, 11~16면 참조.
2   조동일, 「영웅의 일생, 그 문학사적 전개」, 『東亞文化』 10, 서울대 동아문화연구소, 1971.

을 초래한 외적外敵과의 '전쟁'이 서사 전개의 핵심적 요소가 되었다. 그래서 김안로의 「성의관기誠意關記」, 김우옹의 「천군전」 등에서도 모두 전쟁이 나타난다.

그렇지만 중요한 차이가 있다. 전대 천군서사에서는 전쟁 부분이 서사적으로 구체화되어 그려지지 않고 소략하게 서술되는 데 그쳤다. 일례로 「천군전」의 다음 부분을 보자.

대장군 극기(克己)는 사물기(四勿旗)를 내세워 선봉이 되고, 공자 지(志)는 무리를 거느려 원수(元帥)가 되었다. 대장군의 고립된 군사는 깊숙이 들어가 생사의 길목에서 적을 만났다. 대장군은 모든 솥을 깨뜨려 버리고 막사를 불태워 버리도록 명하여 사졸(士卒)들에게 죽을 각오로 임할 것을 보였다. 혈전을 벌인 지 백여 차례에 적의 무리가 크게 무너졌다.[3]

이에 비해 『천군기』에서는 군담 화소가 본격적이고 상세하다. 『천군기』의 제24회 '대장군이 환백을 공격해 달아나게 하다大將軍擊走歡伯'의 한 대목을 보자.

각설하고, 성성옹이 주일옹에게 말했다.

"장수된 도리는 마땅히 안과 밖을 함께 방비해야 합니다. (……) 이제 원수(元帥)께서 비록 낙씨 등의 세 사람을 감금했으나 욕생과 욕씨가 바야흐

---

3 "大將軍克己建四物旒爲前鋒, 公子志統大衆爲元帥. 大將軍孤軍深入, 遇賊于生死路頭, 命破釜甌, 燒廬舍, 視士卒必死, 血戰百合, 賊象大潰"(金宇顒, 『東岡集』 권16 「天君傳」).

로 적의 신하가 되었으니 만약 소홀한 데가 있어 안팎으로 통한다면 후회해도 늦을 것입니다. 그러므로 원수께서는 군사를 거느려 적과 싸우고 저는 돌아가서 안을 지켜서 간사한 자들을 엄히 살피는 것이 어떻겠습니까?"

주일옹이 답했다.

"군사(軍師)의 말씀이 명견(明見)입니다!"

그리하여 성성옹으로 하여금 들어와 안을 수호하게 한 후에 주일옹은 지수(志帥)와 기수(氣帥)를 불러 장막에 올라오게 하여 귀에 대고 이렇게 이렇게 하라 하니, 두 장수가 계책을 가지고 나갔다.

주일옹이 군사를 거느리고 쇄도하니 푸른 깃발이 나부끼는 곳에 한 장수가 앞에 섰는데 기색이 맹렬해 보였다. 주일옹이 눈을 들어 보니, 깃발 위에 '환백대장군(歡伯大將軍)'이라는 다섯 글자가 쓰여 있어, 이 사람이 환백인 줄 알고 분연히 곧장 돌격하여 앞으로 향해 나아가 저지했다. 그러자 다섯 진의 적장이 다투어 무기를 들고 일제히 몰려들어 막지 못했는데, 그때 아관(牙關) 왼편에서 한 장수가 돌격하니 좌선봉 지수(志帥)였다. 적장들이 막지 못하자 또한 홀연 인문(咽門) 안쪽에서 함성이 크게 울리며 한 장수가 가로질러 나와 적을 막으니 우선봉 기수(氣帥)였다.

원래 두 장수가 주일옹의 비밀 명령을 받고 관문의 길목에서 매복했다가 불의에 역습했으니, 적장이 크게 놀라 거꾸러지며 물러나 내빼는 것이었다. 주일옹이 정신을 가다듬고 세 길에서 협공하니 환백이 치(巵)에서 빠져나와 도망치고 도로와(陶老瓦) 등은 와해되어 사방으로 흩어졌다.[4]

4　"却說, 惺惺翁言於主一翁曰 : '爲將之道, 宜內外俱防. (……) 今元帥雖監樂氏等三人, 而慫生及欲者方爲賊臣, 儻有疎漏, 表裏交通, 則後悔晚矣. 元帥領兵迎戰, 我則還守於

이런 군담 화소는 월백의 무리가 천군의 나라를 침략하는 제7회 '목관이 달려와 요사한 적이 출몰했음을 천군에게 아뢰다目官奔走告妖賊'에서부터 제26회 '주일옹이 죄를 따져 욕생을 죽이다主一翁數罪誅慾生'까지의 부분에서 서사의 핵심적 요소를 이룬다. 특히 제21회 '주일옹이 출사표를 올리다主一翁上表出師'에서는 대장군인 주일옹이 전쟁에 임해 천군에게 출사표를 올리는 상황이 자세하게 그려져 있으며 제22회 '두 적이 주일옹을 모욕하다二賊慢罵主一翁'에서는 주일옹이 월백과 환백에게 보내는 두 편의 격문이 소개되고 있다.

이렇듯 『천군기』에서 군담 화소가 본격적으로 활용된 데에는, 우선 황중윤의 중국 연의소설 독서 체험이 직접적인 영향을 미쳤을 것으로 보인다. 황중윤이 「일사목록해逸史目錄解」에서 거론한 『삼국지연의三國志衍義』·『초한연의楚漢衍義』·『동한연의東漢衍義』·『당서연의唐書衍義』 등의 소설이 모두 전쟁을 주요한 제재로 삼고 있다는 점은 주지의 사실이다. 다른 한편으로 황중윤이 임진왜란을 겪은 '전쟁 체험 세대'라는 사실 또한 간접적으로 주목될 필요가 있다고 생각된다.

이처럼 『천군기』가 조선 후기에 성행한 일군의 군담소설에 앞서, 17세기 전반기에 군담 화소를 적극적으로 활용했다는 사실이 소설사적으

內, 嚴察奸細, 若何?'主一翁曰: '軍師之言, 可謂明見!' 遂令入內守護, 然後主一翁招志帥、氣帥, 上帳附耳如此如此, 二帥領計去了. 主一翁統兵殺來, 只見青旗颺處, 首出一將, 氣色猛厲. 主一翁擧眼看來, 旗上書'歡伯大將軍'五字, 知是歡伯, 奮然直撞, 向前截住. 那五寨賊將, 爭擧手提器, 一齊擁入, 不堤防, 牙關左側, 一將衝出, 乃左先鋒志帥也. 賊將等不能抵當, 忽又於咽門裏面, 喊聲大震, 一將橫截, 乃右先鋒氣帥也. 元來二帥受主一翁密付, 把關伏路, 不意逆擊, 賊將大驚, 倒退奔回. 主一翁抖搜精神, 三路挾攻, 歡伯漏巵而走, 陶老瓦等瓦解四散"(『천군기』 제24회).

로 주목될 필요가 있다.

셋째, 『천군기』는 17세기 전반기에 '악인형惡人型' 인물을 부각시킨 소설이다.

『천군기』에 등장하는 여러 반동인물 가운데 특히 악인으로서 주목되는 인물은 욕생慾生이다. 본서의 제4장 제1절에서 고찰했듯이 욕생은 본래 칠정七情의 하나인 욕씨欲氏에 속한 인물이지만 욕씨보다 한결 더 간악한 인물로 그려져 있다. 제5회 '간사한 무리가 차례로 성성옹을 참소하다群邪交譖惺惺翁'에서 보듯 거짓으로 눈물을 흘리며 충직한 신하를 모함하는 것은 물론이고, 제9회 '월백이 크게 전투를 벌여 천군을 곤경에 빠뜨리다越白大戰困天君'에서 보듯 외적과 내통하여 주군主君을 배신하며, 천군과 외적의 강화가 이루어지지 못하도록 방해하여 결국 천군이 심각한 상황에 처하도록 만드는 인물이 욕생이다. 결국 욕생은 참수되는 운명을 맞는다. 한편 욕생과는 조금 다른 차원이지만, 월백이라는 인물도 주목된다. 월백에 투영된 악녀의 이미지는 17세기 한국 고전소설사에서 이채를 띤다.

이상에서 살핀 장회체 형식의 도입, 군담軍談 화소話素의 확장, 악인형惡人型 인물의 부각과 같은 『천군기』의 새로운 소설형식적 실험들은, 모두 이 작품의 '장편화 경향'과 깊은 관련을 맺고 있다. 한국 고전소설사에서 장편 형식의 발달은 17세기에 접어들면서 이루어졌다. 16세기 후반까지의 작품 대부분은 가장 긴 경우를 보더라도 권필權鞸의 「주생전周生傳」의 경우처럼 중편화中篇化 경향을 보였을 뿐이고,[5] 17세기에 들어와서야 장편 형식이 등장하게 되었다. 특히 17세기 후반부터『구운몽九雲夢』,

『사씨남정기謝氏南征記』, 『홍백화전紅白花傳』, 『창선감의록彰善感義錄』과 같은 장편소설이 본격적으로 등장하게 되었다.[6] 장회본『천군기』는 한문약 23,000자 분량이다. 이 점에서『천군기』에서 확인되는 장편화 양상은 17세기 전반기의 한국 고전소설사에서 주목할 만한 점이다.

2. 철학소설로서의 의의와 한계

『천군기』는 '철학소설'이다. 이와 관련해 일찍이 김태준은『천군연의』를 '개념소설'이라고 평한 바 있다.[7] '철학소설'은 '철학'과 '소설'이라는 두 가지 영역을 포괄하고 있다. 이와 같은 특수한 위상으로 말미암아 철학소설은 분리된 두 영역을 넘어서 새로운 지평을 펼쳐 보일 가능성을 담지하고 있다. 그렇다면『천군기』는 어떠한가?

『천군기』는 성리학에 철학적 기반을 두고 있다. 본서의 제2장에서 고찰했듯이, 특히 16세기를 중심으로 조선의 신유학은 놀라운 발전을 이룩했다. 조선의 신유학은 기본적으로 주희를 대종사大宗師로 삼아 송학宋學을 연구하고 탐구하는 바탕 위에서 이룩되었다. 그러나 출발은 같았으되 도달한 지점은 다양했다. 이황은 주희의 철학을 계승하면서도

---

5   16세기 말에 창작된「주생전」은 한문으로 5,800자 분량이다. 정길수,『한국 고전장편소설의 형성과정』, 돌베개, 2005, 17면 참조.
6   17세기 후반부터 18세기 초까지의 시기에 창작되었을 것으로 추정되는 대표적인 장편소설의 분량은,『구운몽』은 한문 46,000자,『사씨남정기』는 한문 33,400자,『홍백화전』은 한문 30,700자,『창선감의록』은 한문 65,000자이다. 위의 책, 같은 곳 참조.
7   김태준, 박희병 교주,『校注 증보 조선소설사』, 한길사, 1990, 109면.

마음과 리기理氣의 관계를 '심시리기합心是理氣合' 이론을 통해 보다 명징하게 정의했으며, 이를 바탕으로 '심통성정론心統性情論'의 근거를 제시했다. 그러므로 이황의 철학은 '미발未發 중심中心', '리理 중심中心'으로 요약될 수 있다. 자연히 이황은 본성의 선한 마음을 기르는 '거경居敬'을 강조했다.

『천군기』의 작가 황중윤은 기본적으로 남인南人 학맥에 속한 인물이다. 따라서 이황의 철학과 깊이 연결되어 있으며, 성리학적 심성론에 기초하여 『천군기』를 창작했다. 그렇지만 이 작품을 '성즉리性卽理'나 '심통성정心統性情'이라는 이론에 기초한 '성리학적 이념의 순직한 서사화'라고 단순히 평가할 수만은 없다. 본서의 제4장에서 고찰했듯, 이 작품에서 서사의 중심을 이루는 갈등구조는 '경敬'과 '욕慾'이다. 그 가운데 '욕망하는 마음'의 문제에 서사의 초점이 놓여 있는바, '미발未發'이 아닌 '이발已發'의 마음에 대한 탐구가 중점적으로 이루어졌다. 결과적으로 『천군기』는 '리理'보다 '기氣'를 중심에 둔 서사가 되었다. 『천군기』에서 선한 본성의 발단인 인仁·의義·예禮·지智와 같은 인물이 거의 존재감이 없다는 점에 유의할 필요가 있다.

여기에 철학적 글쓰기와 문학적 글쓰기의 본질적 차이가 있다고 생각된다. 철학적 글쓰기는 대상에 대한 추상화·논리화를 추구하는 반면 문학적 글쓰기는 대상에 대한 형상화·구상화를 추구한다. 또한 철학적 글쓰기는 '보편'을 추구하지만, 문학적 글쓰기는 '구체'를 추구한다. 따라서 이런 상반된 특징을 한 데 품고 있는 '철학적 서사'는 근원적으로 두 가지 지향의 충돌 '가운데'에 존재한다고 볼 수 있을 것이다.

천군서사가 바로 그러한 바, 철학적 글쓰기와 문학적 글쓰기의 교섭 양상이 흥미롭게 관찰된다. 그런데『천군기』의 경우 문학적 글쓰기로서의 면모가 좀 더 강하게 발휘된 것으로 파악된다. 특히 이 작품은 '소설성'을 강하게 띰으로써, 이전의 천군서사와 다른 질적 도약을 이루었다고 보인다.[8] 이를 해명하기 위해 '소설성'이라는 측면에서『천군기』와 김우옹의「천군전」및 임제의「수성지」사이의 차이 내지 거리를 짚어 보기로 한다.

본서의 제2장 제2절에서 고찰했듯「천군전」은 김우옹이 그의 스승인 조식의 명에 따라 지은 작품이다. 그런 만큼 이 작품은 마음에 대한 조식의 사상을 집약적으로 담아냈는데, 특히 본격적으로 '경敬'을 의미하는 인물을 서사의 중심에 두는 '주경적主敬的 서사구조'를 확립함으로써『천군기』를 비롯한 후대의 천군서사에 큰 영향을 미쳤다. 게다가 이 작품은 조식이 지은〈신명사도神明舍圖〉및「신명사명神明舍銘」에 기초했으면서도 '서사'라는 방식을 택함으로써 비로소 '갈등'을 드러내는 사건이 부각되게 했다. 이런 특징으로 인해 김우옹의「천군전」은 천군서사의 역사적 전개 과정에서 중요한 작품이며, 후대 작품에 미친 영향력으로 보더라도 천군서사의 실제적인 효시嚆矢라고 평가될 만한 작품이다. 그럼에도 불구하고 필자는「천군전」을 '천군소설天君小說'이라고 일컬어

---

8 '소설성'의 문제, 곧 '소설이란 무엇인가'라는 문제는 근대의 문학 연구에서 가장 뜨거운 쟁점의 하나인바, 이 자리에서 간단히 결론짓기는 어렵다. 하지만 '소설'이 다른 산문 장르와 구별되는 주요한 특질이 '구체적'이고 '역동적'인 갈등구조를 지닌다는 점은 이론(異論)의 여지가 없지 않은가 한다. 이런 갈등구조는 소설의 '시간구성방식'(시간을 개념화하는 방식) 및 '공간구성방식'과 밀접한 관련을 갖는다. 박희병,『朝鮮後期 傳의 小說的 性向 硏究』, 성균관대 대동문화연구원, 1993, 50면 참조.

온 기존의 견해[9]에 대해서는 회의적이다. 이 작품은 이상에서 언급한 중요한 의의에도 불구하고, 역시 '철학적 글쓰기'에 큰 비중을 둔 교술적敎述的 서사에 해당하며, '소설'로 보기는 어렵다고 생각한다. 즉「천군전」은 '가전'이라는 서사 형식을 취함으로써 단지 '철학의 서사화'를 넘어 '소설'로 진입할 가능성을 얼마간 비쳤으나 그 가능성을 충분히 실현하지 못했다.

한편 임제의 「수성지」는 「천군전」에 비해 좀 더 '소설성'이 심화된 작품이다. 이 작품은 전대의 천군서사에 비해 그 편폭을 한층 확장함으로써, 다양한 인물 군상이 등장하는 가운데 보다 다채로운 사건이 전개될 수 있게 되었다. 게다가 몽유록을 비롯한 한문 서사의 풍부한 전통을 계승함으로써 형식적으로도 진일보한 면모를 보여주었다. 그렇지만 '소설성'의 측면에서 볼 때 「수성지」에서 무엇보다 주목할 지점은, 이 작품이 '술'을 의미하는 인물을 등장시켜 '수성愁城'을 함락시키는 서사 구도를 취함으로써 당대 성리학적 논리의 부조리함과 파탄을 비판적으로 짚어낸 점이다. 이 점에서 「수성지」는 당대 주류 철학의 이념을 단지 교술적으로 전달하지 않고 오히려 비판적 관점에서 그에 대해 의문을 제기한 의의를 지니는바 이 때문에 「천군전」에 비해 좀 더 '소설성'을 띠게 되었다고 생각한다.

그렇다면 『천군기』는 어떠한가? 본서의 제5장에서 『천군기』의 창작 의식의 한 층위로서 '치도治道에 대한 우의'를 살핀 바 있다. 『천군기』에

---

9   이런 견해는 김광순, 『天君小說 研究』(형설출판사, 1980)에서 본격적으로 제기되었다.

는 역사와 현실에 대한 비판적 의식을 우의寓意한 측면이 분명히 존재하지만, 그럼에도 불구하고 『천군기』에서 세계를 바라보는 기본적인 태도는 낙관적이다. 즉 인간이란 본래 선한 존재이며, 그렇기 때문에 자신의 마음을 성찰함으로써 다시 본연本然의 선한 본성을 회복하고 덕성德性을 함양涵養할 수 있으리라는 믿음이 『천군기』의 대전제로서 자리하고 있는 것이다. 그런데 『천군기』는 그러한 주제를 장편의 서사로 풀어내는 과정에서 욕생慾生을 중심으로 빚어지는 겹겹의 갈등을 생활세계에서의 그것과 방불하게 대단히 핍진하게 그려냈다. 그럼으로써 욕망과 밀접한 관련을 맺는 '몸'의 문제를 '마음'과 분리해 사유할 수 없다는 사실을 보여주었으며, 더 나아가 인간이란 본래 '마음'과 '몸'을 동시에 지닌 존재라는 진실을 새롭게 드러냈다. 아울러 필연적으로 '성聖'과 '속俗'의 면모를 동시에 지닐 수밖에 없는 인간에게 있어서 '욕망'의 극복이라는 것이 얼마나 지난한 일인가를 깊이 있게 그려냈다. 이렇듯 '욕망'이라는 주제를 진지하게 탐구함으로써 비로소 『천군기』는 전대의 천군서사와 다르게 완전한 '소설'이 될 수 있었다고 필자는 생각한다.

그렇지만 『천군기』의 '소설성'이 장편의 작품 분량으로부터 자연히 도출된 것으로 간주되어서는 안 된다. 19세기에 창작된 천군서사인 정기화鄭琦和의 『천군본기天君本紀』[10] 역시 장편 형식을 취하고 있지만, 이 작품은 '소설성'의 측면에서 『천군기』에 비해 후퇴한 것으로 여겨지기

---

10 정기화(鄭琦和, 1786~1840)의 『천군본기(天君本紀)』는 19세기 초엽에 창작된 천군서사 작품이다. 이 작품은 "三十而立"이란 『논어(論語)』의 한 구절에 착안해, 사람이 태어나서 주체적인 성인(成人)으로 성장하는 데 걸리는 31년의 시간을 천군이 다스리는 나라의 31년 역사에 대응시켜 서술하는 구조를 취하고 있다.

때문이다. 『천군본기』의 서문에서 이 점이 확인된다.

심학(心學)은 사람에게 중요한 것이다. 주돈이·정호·정이 등 송나라의 제현으로부터 우리나라의 이름난 석학에 이르기까지 혹 주해(註解)도 하고 혹 도설(圖說)도 하여 말한 것이 잘 갖추어졌고, 논변한 것이 이미 자세히 되었으니, 나의 보잘 것 없는 소견으로써 비록 그 전철을 밟아 그대로 본뜨더라도 오히려 그 만분의 일도 통하지 못하겠거늘, 하물며 감히 문호를 별도로 열어 옛 사람이 발견하지 못한 뜻을 어찌 찾아낼 수 있으랴!

그러나 (……) 잠자코 입을 닫고 있다면, 이는 스스로 자획(自畫)하는 것이다. 자획하는 것은 성인(聖人)이 배척하는 바인데, 내가 어찌 자포자기하겠으며 천 번을 생각해서 한 번이라도 이루는 걸 시도해 보지 않겠는가?[11]

인용한 대목은 서문의 첫 부분인데, 시작부터 '심학心學', 즉 성리학적 심성론의 중요성을 설파하고 있다. 이어 중국의 제현諸賢으로부터 우리나라의 이름난 석학에 이르기까지 앞 시대 학자들의 심성론이 이미 수준 높게 축적되어 왔음을 지적하며, "감히 문호를 별도로 열어 옛 사람이 발견하지 못한 뜻을 어찌 찾아낼 수 있"겠느냐는 겸양의 어법을 취하고 있다. 하지만 이는 '허虛'에 해당되며, 작가가 말하고자 하는 진의

---

11 "心學之於人, 大矣. 自濂洛諸賢, 以至我朝名碩, 或爲註解, 或爲圖說, 言之極備, 辨之已詳, 以余諛寡之見, 雖使循塗守轍, 依樣畵葫, 尙不能透其萬一, 況可以別拓門戶, 發前人所未發之旨哉! 然 (……) 遂囚其舌則是畵也. 畵, 聖人之所斥也, 余何必自沮自棄, 不試千慮之一得耶?"(鄭琦和, 「天君本紀序」). 번역은 김광순 역, 『愁城誌·天君本紀』, 형설출판사, 1979 참조.

는 그 다음 대목에 드러나 있다. 스스로 한계를 짓는 일, 다시 말해 '자획自畫'하는 일이란 성인이 배척하는 바라는 말을 짐짓 근거로 내세우며, 자신이 심학의 논의를 새롭게 전개하기 위해『천군본기』라는 작품을 창작했음을 말하고 있는 것이다. 여기서 작가 정기화가『천군본기』의 창작에 내심 큰 의의를 부여하며 의욕적인 태도로 창작에 임했음을 엿볼 수 있다.[12] 그러나 이와 같은 창작에의 열의에도 불구하고, 결과적으로『천군본기』는 성리학적 심성론과 차별되는 '소설'로서의 새로운 문제의식을 잘 보여주지 못했다. 그래서 장편의 분량에도 불구하고 교술적 성격을 짙게 띠며,『천군기』에 비해 '소설성'의 측면에서 크게 후퇴했다.[13]

이처럼 '소설성'은 단지 장편의 분량을 취한다고 하여 획득되는 것은 아니다. 형이상학적 수준에서의 언급을 넘어, 생활세계에 존재하는 대상의 참모습을 얼마나 핍진하게 그려냈는가, 그 내면의 갈등을 얼마나 다층적으로 조망했는가가 소설성에서는 중요한 문제가 된다.

그렇다면 이 절의 서두에서『천군기』를 '철학소설'이라고 규정하면서 철학소설이 철학과 문학이라는 두 영역을 넘어서 새로운 지평을 펼쳐 보일 가능성을 담지하고 있다고 했던 언급을 다시 상기해 보자.『천군기』는 그러한 성취를 이루어 냈는가?『천군기』는 적어도 당대 조선의 어떠한 철학적 논의에서보다도 '욕망'에 대해 깊이 있게 응시했으

12　이 점은 작가가 '서(序)'의 뒤에 이어 쓴 '총론(總論)'에서 더 분명하게 드러난다.

13　『천군본기(天君本紀)』의 전반적인 글쓰기 특징에 대해서는 김수영, 「한국의 유교문화와 천군서사(天君敍事) -『천군본기(天君本紀)』의 경우」, 『국문학연구』 24, 국문학회, 2011 참조.

며, 그 실제에 가깝게 사유한 게 아닌가 생각된다.

이처럼 17세기 전반기에 『천군기』가 보여준 '마음'과 '욕망'에 대한 진전된 관점은 비단 조선만이 아니라 동아시아 전체에서 보더라도 특기할 만한 것이다. 잘 알려져 있다시피 중국의 경우 명明 말기의 사상가인 이지李贄, 1527~1602가 욕망을 긍정하는 철학을 펼친 바 있다. 그는 인간이 욕망을 지닌 것을 자연스러운 일로 여겼다. 나아가 욕망이란 '마음에 없어서는 안 되는 것'으로 적극적으로 긍정했으며,[14] 그 연장선상에서 '마음이란 사심私心'이라는 해석을 제기했다.[15] 아울러 의식주에 대한 인간의 기본적인 욕구, 즉 인간이 생명을 유지하는 데 필수불가결한 형이하학적인 욕망이 인륜이나 물리物理와 같이 성리학에서 중요하게 여겨 온 형이상학적 가치들과 동등한 중요성을 지닌다는 주장을 제기했다.

> 옷 입고 밥 먹는 것이 바로 인륜이고, 만물의 이치입니다. 옷 입고 밥 먹는 것을 제외하면 인륜도 만물의 이치도 없습니다. 세상의 온갖 것이 모두 옷과 밥과 같은 부류일 뿐입니다. 그러므로 옷과 밥을 들면 세상의 온갖 것이 저절로 그 안에 포함되어 있고, 옷과 밥 이외에 백성과 전혀 무관하게 또 다른 것이 존재하는 것은 아닙니다.[16]

---

14 시마다 겐지(島田虔次), 김근우 역, 『주자학과 양명학』, 까치출판사, 제2판, 2001, 174면.
15 "사사로움이 사람의 마음이다. 사람은 반드시 사사로움이 있은 후에 그 마음이 나타난다. 만약 사사로움이 없다면 마음도 없다[夫私者, 人之心也. 人必有私, 以後其心乃見, 若無私, 則無心矣]"(李贄, 『藏書』 권24 「德業儒臣後論」).
16 "穿衣吃飯, 卽是人倫物理, 除却穿衣吃飯, 無倫物矣"(李贄, 『焚書』 권1 「答鄧石陽」, 台北 : 漢京文化事業有限公司, 1984). 번역은 李贄, 홍승직 역, 『분서』, 홍익출판사, 1998 참조.

이와 같은 이지의 주장은 양명 좌파陽明左派에 속한 사상가로서의 그의 오랜 철학적 숙고의 결과로 도출된 것이다. 이지 이후에는 18세기에 들어와서야 중국 청대淸代의 학자인 대진戴震, 1723~1777이 욕망을 본성에 속한 것으로 파악하는 관점을 제시했다.[17] 이렇듯 '욕망'을 긍정하는 입장은 근대 이전의 동아시아 철학계에서 소수의 철학자들에 의해서만 제기된 파격적인 관점이었다.

이런 사실로 볼 때, 철학소설로서의『천군기』는 당대의 철학 담론에서 활발히 모색되지 못한, '마음'과 '욕망'에 대한 진전된 관점을 '소설'이라는 문학적 글쓰기를 통해 선취先取한 의의를 지닌다.

17세기 전기에는 신흠申欽, 1566~1628이나 장유張維, 1587~1638처럼 양명학을 수용한 문인들이 눈에 띈다. 하지만 황중윤의 경우 양명학의 영향을 받은 것 같지는 않다.『동명집』에 수록된 황중윤의 시문詩文을 보면 오히려 그는 도가 혹은 도교 사상으로부터 영향을 받은 듯하다. 본서의 제4장 제2절에서 검토했듯, '몸의 의인화'라는『천군기』의 문제적인 창작 원리는『황정경』이라는 도교서를 탐독한 바탕 위에서 가능했던 것이다. 그 결과 성리학적 심성론에 도교 사상이 습합習合되기에 이르렀다.

이처럼『천군기』는 성리학적 심성론에 기초한 서사구조와 주제를 내세워 '이발已發'과 '기氣'의 문제에 대한 깊은 탐구로 나아갔다. 또한 도교 사상에 기대어 '몸'과 '욕망'을 부각시킴으로써 심성론의 문제를 '관

---

17 대진(戴震)은 "욕망은 혈기(血氣)에서 나온다[欲生於血氣]"라고 했으며, "사람의 생(生)은 혈기(血氣)와 심지(心知)일 뿐이다[夫人之生也, 血氣心知而已矣]"라고 했다. 대진(戴震), 임옥균 역,『孟子字意疏証』, 홍익출판사, 1998 참조.

념'과 '몸'의 차원에서 함께 문제 삼는 새로운 관점을 제시했다.

한편 『천군기』에서 작가가 인용한 수백 가지의 텍스트들은, 오랜 시간 동안 동아시아에서 축적된 유학儒學과 고전에 대한 폭넓은 교양 없이는 해석이 불가능하다. 이 점에서 『천군기』는 사대부 계급을 전제로 한 문학이다. 사대부 작가인 황중윤은 자신이 지닌 교양의 총화를 『천군기』를 통해 구현해 냈다. 그러므로 『천군기』에서 탐구된 '인간', 그리고 '마음'이란 기본적으로 '사대부 남성'을 전제로 한 것이다. 그 결과 『천군기』에서는 여성이 '여색女色'으로서 물화物化되고 대상화되었다. 이는 '욕망'의 문제에 대해 좀 더 철저하고 근본적으로 사유하는 데 결정적인 제약이 되었다. 이 점에서 동시대에 창작된 「운영전雲英傳」과 『천군기』는 좋은 대조가 된다. 두 작품 다 17세기 전기라는 우리 고전 소설사의 전변기轉變期에 탄생되었지만 그럼에도 사뭇 다른 방식으로 욕망의 문제가 탐색된 것은, 『천군기』에서 '보편적 인간'으로 상정한 인간의 범주가 실제로는 '사대부 남성'에 한정되었던 것과 무관하지 않다고 여겨진다.

『천군기』의 『삼국지연의』
원용援用 양상과 의미*

1. 서론

황중윤의 『천군기』는 알레고리를 활용하여 성리학적 심성론을 서사
화한 17세기 '천군서사天君敍事'의 대표작이다. 황중윤은 개고와 개작을
통해 장회체 형식으로 된 『천군기』를 완성했다. 이 『천군기』는 '일사逸
史'라는 제목으로 된 황중윤의 소설집에 실려 전한다. 『일사』에는 「일사
목록해逸史目錄解」라는 글이 실려 있는데, 작가는 스스로 자문자답하며 장
회체 형식을 취한 이유가 무엇인지 다음과 같이 밝혀 두었다.

"그렇다면 '일사(逸史)'라 하고, 각각 나누어서 제목을 붙인 이유는 무

---

* 이 글은 『大東漢文學』 제57집(대동한문학회, 2018년 12월)에 게재한 논문이다. 본서
   의 논의를 보완하고 확충하는 성격의 후속 연구이기에 본서의 체재에 맞게 일부 개수
   (改修)하여 여기에 싣는다.

엇인가?"

"이것(장회체 형식 - 인용자)은 사가(史家)의 연의(衍義)의 방법을 본뜬 것이다. 일찍이 『열국지연의(列國誌衍義)』, 『초한연의(楚漢衍義)』 및 『동한연 의(東漢衍義)』, 『삼국지연의(三國志衍義)』, 『당서연의(唐書衍義)』 및 『송사연 의(宋史衍義)』, 『황명영열전연의(皇明英烈傳衍義)』 등의 제사(諸史)를 보면, 모 두 전체 목록을 만들고 각 회마다 제목을 따로 붙였다. 그렇게 한 뜻은 제 목을 찾기 쉽게 하여 읽는 사람을 기쁘게 하고, 읽는 사람으로 하여금 싫증 나지 않게 하고자 해서이다. 무릇 내용이 길게 늘어지면 싫증이 나게 되고, 싫증이 나면 느릿느릿 읽게 되고, 느릿느릿 읽다 보면 아예 그만 읽게 되기 마련이다. 그런데 차례를 나누어 제목을 붙이고, 앞의 회에서 해결되지 않 은 내용을 다음 회에서 다시 이어 전개한다면, 읽는 사람이 늘 아쉬운 마음 이 생겨 결말까지 다 본 뒤에야 책을 덮을 것이다. 이것이 바로 제가(諸家) 의 연의(衍義)에 목록이 있는 이유이다. (……)"[1]

위의 인용문에서 보듯, 황중윤은 당시 동아시아에서 유행한 중국의 연의소설들을 탐독했으며, 그 과정에서 장회체 형식의 서사적 효과를 체득하고는 이를 자신의 소설 창작에 활용했다. 17세기 초반의 우리 소설사에서 『천군기』가 보여주는 이런 소설형식상의 실험은 선구적인

---

1   "曰 : '然則爲之逸史而各分爲題目者, 何也?' 曰 : '此效史家衍義之法也. 嘗考諸『列國誌 衍義』, 『楚漢衍義』及『東漢衍義』, 『三國志衍義』, 『唐書衍義』及『宋史衍義』, 『皇明英烈傳衍 義』等諸史, 則皆爲目錄以別其題. 其意盖欲易於引目, 務於悅人, 而使觀者不厭也. 夫人 情於書史, 多則必厭, 厭則必倦, 倦則必廢, 例也. 若爲之分目立題, 未結於前尾, 而更起於 下回, 則覽者每懷未盡之意, 輒窮其終編而後已. 此諸家衍義之所以爲目錄也 (……)'"(黃 中允, 『逸史』「逸史目錄解」).

것이라 평가할 만하다.

그런데 '장회체 형식의 도입' 외에, 중국 연의소설의 독서가 황중윤의 『천군기』 창작에 끼친 또 다른 영향으로는 무엇이 있을까? 이 물음은 아직까지 제대로 물어지지 않았다고 여겨진다.[2] 다만 『천군기』 자체는 아니고, 『천군기』보다 30여 년 뒤에 나온 후대적 개작본인 『천군연의天君衍義』를 논하는 자리에서 이와 비슷한 물음이 제기된 바 있으니, 전성운은 『천군연의』가 중국 연의소설 『열국지연의列國誌演義』, 『당서연의唐書演義』, 『초한연의楚漢演義』, 『삼국지연의三國志演義』, 『서주연의西周演義』로부터 영향을 받은 요소들이 무엇인지를 두루 거론했다.[3]

황중윤이 「일사목록해」에서 거론한 중국 연의소설은 여러 작품이나, 그 중 『천군기』의 창작에 가장 큰 영향을 미친 작품은 『삼국지연의』이다. 그러므로 중국 연의소설 여럿을 논의 대상으로 삼아 『천군기』와의 비교를 시도해서는 『삼국지연의』의 영향이 뚜렷하게 해명되기 어렵다고 여겨진다. 이에 본고에서는 『천군기』와 『삼국지연의』, 이 둘을 마주 세워 『천군기』가 『삼국지연의』를 어떻게 원용援用했는지를 고찰하고, 아울러 『천군기』가 『삼국지연의』를 원용한 의미가 무엇인지를 따져 보고자 한다. 필자는 황중윤이라는 작가가 자기대로의 문제의식 속에서 '서사전략'에 따라 선행 텍스트인 『삼국지연의』를 주체적이고도 창의적으로 활용했다고

---

2 본서의 제4장 제4절에서는 주로 '장회체 형식의 도입' 문제가 논의되었다.

3 전성운, 「『천군연의』와 연의소설의 상관성」, 『韓國言語文學』 53, 언어문학회, 2004, 309~323면. 전성운은 『천군연의』가 중국 연의소설의 영향으로 전대 천군서사와 달리 간투어구(間投語句)를 사용하고 군담적(軍談的) 서술을 보이게 되었음을 고찰했다. 또한 『천군연의』의 등장인물이나 서술 내용 중 여러 가지 중국 연의소설의 독서를 통해 들어온 것이 무엇인지를 부분적으로 확인했다.

판단하기에 본고에서는 '수용'이 아닌 '원용'이라는 말을 쓰고자 한다.

본고에서 『천군기』와 비교 대상으로 삼은 『삼국지연의』 텍스트에 대해 간략히 언급해 둔다. 황중윤이 어떤 판본의 『삼국지연의』를 읽었는지에 관한 직접적인 언급은 없다. 다만 다음의 두 단서가 참조된다.

첫째는 「천군기서天君紀敍」가 1633년 가을 중추절仲秋節에 쓰였다는 사실이다.[4] 이에서 『천군기』 창작 시기의 하한선이 1633년 중추절 이전임을 알 수 있다. 조선 후기에 널리 읽힌 『삼국지연의』 판본으로 일명 '모종강평본毛宗崗評本'으로 불리는 『모종강평삼국지연의毛宗崗評三國志演義』가 있다.[5] 그런데 현전하는 최고最古의 모종강평본은 1679년에 간행된 것이다.[6] 그러므로 황중윤이 읽은 『삼국지연의』는 모종강평본이 아님이 분명하다.

둘째는 황중윤이 장회체로 된 장편의 한문본 『삼국지연의』를 읽었다는 사실이다. 이 사실은 「일사목록해」에서 확인된다. 그렇다면 모종강평본 말고, 조선 후기에 유입된 '장회체로 된 장편의 한문본' 『삼국지연의』에 어떤 것이 있는가? 이른바 '가정본嘉靖本'[7]이라고 불리는 것과 이른바 '주왈교간본周曰校刊本'[8]이라고 불리는 것이 있다. 이 중 가정본은

---

4 "崇禎癸酉仲秋, 東溟老父敍"(黃中允, 『逸史』「天君紀敍」).

5 모종강평본(毛宗崗評本)은 청초(淸初) 인물인 모윤(毛綸), 모종강(毛宗崗) 부자가 총 60권(卷) 120회(回)로 간행했으며, 전대 『삼국지연의』의 체재와 서술을 수정하고 새로 비평을 가한 판본이다.

6 민관동, 「『三國志演義』의 國內 流入과 出版 – 조선 출판본을 중심으로」, 『中國文化研究』 24, 중국문화연구학회, 2014, 228~231면 참조.

7 가정본(嘉靖本)은 명나라 가정(嘉靖) 연간인 1522년에 간행된 나관중(羅貫中)의 『三國志通俗演義』를 말한다. 가정본은 현재까지 조사된 『삼국지연의』 판본 가운데 가장 오래된 것으로, 총24권(卷) 240칙(則)으로 되어 있다.

8 주왈교간본(周曰校刊本)은 명나라 만력(萬曆) 연간인 1591년에 주왈교(周曰校)가 펴

현전하지 않고, 주왈교간본만 개각본改刻本의 형태로 남아 있다.[9]

그러므로 황중윤이 읽은『삼국지연의』판본을 확정하기는 어렵지만, 이상의 단서를 고려해 본고에서는 현전하는 주왈교간본의 조선 각본刻本인『신간교정고본대자음석삼국지전통속연의新刊校正古本大字音釋三國志傳通俗演義』[10]를 비교의 대상으로 삼아 논의를 진행하고자 한다.

2.『천군기』의『삼국지연의』원용援用 양상

『천군기』는 총31회로 이루어져 있으며, 유회씨有悔氏, 뉘우침가 등장하는 제16회를 중앙에 두고, 전체적으로 '마음 일탈放心 – 마음 회복求放心'이라는 두 단계의 서사로 이루어져 있다.『천군기』의 핵심적인 갈등은 '경敬'을 뜻하는 인물과 '욕慾'을 뜻하는 인물 간의 대립으로 설정되어 있다. 그 중에서도 '경敬'을 뜻하는 인물의 축출과 복귀, 활약에 따라 중심사건이 전개되고, 작품의 주제의식 또한 '거경居敬'을 강조하는 마음

냄『新刊校正古本大字音釋三國志傳通俗演義』를 말한다. 총12권(卷) 240칙(則)으로 되어 있다.

9   이은봉,「『三國志演義』의 수용 양상 연구」, 인천대 박사논문, 2007, 46~48면; 박재연, 「새로 발굴된 朝鮮 活字本『三國志通俗演義』에 대하여」,『中國語文論叢』44, 중국어문연구회, 2010, 241~262면; 이은봉,『중국을 만들고 일본을 사로잡고 조선을 뒤흔든 책 이야기』, 천년의상상, 2016, 123~130면 참조.

10 『新刊校正古本大字音釋三國志傳通俗演義』, 박재연·김민지 교주(校注), 학고방, 2009. 이 책은 선문대 중한번역연구소에 소장된 주왈교간본을 저본으로 삼아 서울대 규장각본, 동국대 도서관본 등을 참조하여 보완한 본이다. 이하 '주왈교간본'으로 약칭한다. 이 책의 문헌적 가치에 대해서는 박재연,「조선각본『新刊校正古本大字音釋三國志傳通俗演義』에 대하여」,『中國語文學誌』27, 중국어문학회, 2008, 179~208면 참조.

의 수양에 두고 있는바, 『천군기』는 '주경적主敬的 서사구조'를 취한다고 말할 수 있다. 이는 16세기에 김우옹金宇顒, 1540~1603이 창작한 단편의 천군서사인 「천군전天君傳」의 구조를 계승한 것이다.[11]

그런데 『천군기』는 「천군전」에서 확립된 '주경적 서사구조'를 계승하면서도 새로운 변화를 꾀했다. 「천군전」에서 '경敬'을 뜻하는 인물이 '경敬'이라는 이름을 지닌 한 명의 인물로 설정된 것과 달리, 『천군기』에서는 '경敬'을 뜻하는 인물이 '성성옹惺惺翁', '주일옹主一翁', '성의백誠意伯'이라는 세 명의 인물로 설정되어 있다.[12]

『천군기』의 이런 발상은 어디에서 비롯된 것일까? 또한 '경敬'이라는 하나의 개념을 세 인물로 삼분三分한 이유는 무엇일까? 결론부터 말하자면 『천군기』의 주제의식과 관련된 핵심적인 등장인물인 성성옹惺惺翁·주일옹主一翁·성의백誠意伯 3인은 모두 『삼국지연의』를 원용하여 창조된 인물들이다. 이하 구체적인 비교분석을 통해 이 점을 논증하고자 한다.

1) 성성옹惺惺翁과 서서徐庶의 비교

『천군기』에서 '경敬'을 뜻하는 3인 가운데 가장 먼저 등장하는 인물은 성성옹이다. 성성옹은 제4회 '성성옹이 와서 천군에게 간언하다惺惺翁來諫天君'에 처음 등장한다. "애초 천군이 임금이 되어 나라를 세우고 그 기틀

---

11 본서의 제2장 제2절; 제4장 제1절 참조.
12 김인경, 「16~17세기 心性敍事 연구」, 고려대 박사논문, 2015, 127면에서도 성성옹·주일옹·성의백 3인 모두 "경(敬)의 방법론을 구체화한 것"이라고 언급했다. 필자는 여기서 좀 더 나아가 이 글에서 성성옹·주일옹·성의백 3인 모두 『삼국지연의』를 원용해 창조된 인물이라는 사실을 처음으로 논증하고자 한다.

을 닦을 수 있었던 것은 성성옹의 공이었다"[13]라는 말에서 보듯, 성성옹은 개국공신開國功臣에 해당되는 원로이다. 천군이 욕생을 좇아 방탕히 노닐자 성성옹은 사특한 무리들을 멀리하고 잘못된 행동을 고칠 것을 충성스럽게 간언한다. 이에 천군은 부끄러움을 느끼지만 독과장군督過將軍 오씨惡氏 : 惡, 건위장군建威將軍 노씨怒氏 : 怒, 욕생 등의 참소에 넘어가 성성옹을 꾸짖고 물리친다. 성성옹은 탄식하며 물러나 관직을 버리고 은거한다. 이렇게 축출된 성성옹이 재등장하는 것은 제16회 '유회씨가 성성옹을 부르다有悔氏召惺惺翁'에 이르러서다. 제16회에서부터『천군기』의 후반부가 시작된다. 성성옹은 유회씨가 전한 천군의 조서詔書를 받고 감격하여 천군에게 나아온다. 성성옹은, 월백과 환백의 무리를 물리치고 승리하기 위해 한漢나라를 흥하게 한 '한신韓信과 같은 대원수'가 필요하다며 천군에게 주일옹을 추천한다. 다음 인용문을 보자.

(가) 성성옹이 이 소식을 자세히 듣고 천군에게 아뢰었다.

"(……) 신이 듣기로 엄주(嚴州) 장현(莊縣) 공숙리(恭肅里)에 단정하고 반듯한 한 선비가 있으니, 성은 엄(嚴)이고, 이름은 경(敬)이며, 자는 경지(敬之)라고 합니다. 그는 매우 삼가고 두려워하며 언제나 나태하지 않아 실로『시경』에서 말하는 '그대가 방에 있을 때 보니 / 방 깊은 곳에서도 부끄럽지 않네'[14]에 해당되는 사람입니다. 그는 동쪽으로 가려다 서쪽으로 가는 법이 없고, 남쪽으로 가려다 북쪽으로 가는 법이 없으며, 땅을

---

13 "初天君之得以爲君, 而開國拓基者, 寔惺惺翁之功也"(『천군기』 제4회).
14 『詩經』 大雅「抑」의 구절이다.

가려 밟고, 다른 데로 가는 일이 없습니다. 그리하여 스스로 '주일옹(主一翁)'이라 칭하고 그것을 호로 삼았습니다. (……) ㉠폐하께서 만약 이 사람을 얻어 장수로 삼으신다면, 비록 삼국시대 주연(朱然)이 종일토록 조심하여 행진(行陣)에 있듯이 했다[15]고 했으나 이 사람보다 낫지는 못할 터이니, 저 두 적이 막아낼 수 없을 것입니다."

천군이 말했다.

"수고스럽지만 공은 나를 위하여 가서 그를 불러오라."

성성옹이 말했다.

"㉡이 사람은 폐하께서 몸소 가셔서 절하며 청해야 하니, 가만히 앉아서 찾아오게 할 수 없습니다. (……)"[16](강조는 인용자)

『천군기』 제17회 '성성옹이 대원수를 추천하다惺惺翁薦大元帥'의 한 부분이다. 성성옹의 말을 통해 처음으로 주일옹의 성명과 자호字號, 인물됨이 소개된다. 강조 표시한 ㉠에서 보듯 성성옹은 "폐하께서 만약 이 사람을 얻어 장수로 삼으신다면 (……) 저 두 적이 막아낼 수 없을 것입니다"라고 말하며, 주일옹을 대원수로 추천한다. 이에 천군이 성성옹으로 하여금 주일옹을 불러오라 명하니, ㉡에서 보듯 성성옹은 "이 사람

---

15 주희(朱熹)가, 중국 삼국시대 오(吳)나라 주연(朱然)이 종일 조심하여 행진(行陣)에 있듯이 했으니, 배우는 자가 이렇게 한다면 마음이 항상 방자하지 않을 것이라고 했다는 말이 『心經附註』 권1에 보인다.

16 "惺惺翁細聽這箇消息, 奏於天君曰∶'(……) 臣聞嚴州莊縣恭肅里有一整飭之士, 姓嚴, 名敬, 字敬之, 兢兢業業, 常居無惰容, 實『詩』所謂〈相在爾室, 尙無愧于屋漏〉者也. 嘗不東以西, 不南以北, 擇地而蹈, 靡他其適, 故自稱主一翁, 因以爲號. (……) 君若得此人爲將, 則雖三國朱然之在行陣, 終日欽欽, 蔑以加此, 顧二賊不足禦也.' 天君曰∶'煩公就與我去一召.' 惺惺翁曰∶'此人, 可躬往拜請, 不可坐屈 (……)'"(『천군기』 제17회).

은 폐하께서 몸소 가셔서 절하며 청해야 하니, 가만히 앉아서 찾아오게 할 수 없습니다"라고 대답한다. 이처럼 성성옹은『천군기』에 등장하는 천군의 충직한 신하로서, 최고의 대원수인 주일옹을 천군에게 추천하는 중요한 역할을 맡고 있다.

흥미롭게도 성성옹의 이런 역할은『삼국지연의』에 등장하는 서서徐庶의 그것과 비교됨직하다. 서서는『삼국지연의』에서 가장 먼저 유비의 군사軍師가 된 인물로, 제69회 '유현덕이 사마휘를 만나다劉玄德遇司馬徽'에 처음 등장한다. 유비는 채모蔡瑁 일당의 계략에 걸려들어 목숨을 잃을 위기에 처하는데 적노的盧라는 말의 활약으로 간신히 달아난다. 그러던 중 우연히 신야新野를 지나며 사마휘司馬徽와 처음 만나게 된다. 그날 유비가 사마휘의 집에서 유숙할 때, 밤중에 사마휘를 찾아온 벗이 바로 서서이다. 유비는 옆방에 머물렀기에 서서와 직접 만나지 못했지만, 사마휘와 서서의 대화를 엿들으며 왕을 보좌할 재주를 지닌 인물인 서서에 대해 궁금증을 품게 된다. 그러나 날이 새기 전 서서가 떠나버려 만나지 못할 뿐만 아니라 그 이름조차 알지 못한다. 그 후 유비와 서서가 실제로 대면하게 되는 것은 제70회 '현덕이 신야에서 서서를 만나다玄德新野遇徐庶'에서이다. 서서는 처음에 본명을 숨기고 가명인 선복單福이라는 이름으로 유비를 만나 그의 인품을 시험해 보고, 마침내 자신의 본명을 밝히며 유비의 군사軍師가 된다. 하지만 얼마 못 가 서서는 유비에게 작별을 고하게 된다. 조조가 서서의 모친을 인질로 삼고 그 편지를 위조하여 보냈기 때문이다. 그리하여 서서는 군사軍師의 직위를 내려놓고, 조조가 주둔해 있는 허창許昌을 향해 떠나다 급히 말을 되돌려 유비에게 와 새로운 군사軍師를 추천한다. 다음이 그 대목이다.

(나) 서서(徐庶)가 말했다.

"제 마음이 헝클어진 실처럼 어지러워 한 말씀 드리는 걸 잊었습니다. 대현(大賢)이 한 명 있으니 양양성(襄陽城)에서 이십 리 떨어진 융중(隆中)에 살고 있습니다. 사군(使君)께서는 어찌 그를 찾아가 보시지 않으십니까?"

현덕(玄德)이 말했다.

"그대가 그를 오도록 청해 만나게 해 주면 매우 좋겠소."

서서가 말했다.

"ⓐ이 사람은 저와 비교할 수 있는 사람이 아닙니다. 사군(使君)께서 가셔서 만나보실 수는 있어도 불러와서 만나볼 수 있는 사람이 아닙니다. 사군께서 만약 이 사람을 얻으신다면, 주(周)나라 문왕(文王)이 여망(呂望)을 얻고 한(漢)나라 고조(高祖)가 장량(張良)을 얻은 일에 비할 수 있을 것입니다."

(……)

현덕이 크게 기뻐하며 말했다.

"대현(大賢)의 성명을 알고 싶소."

서서가 말했다.

"(……) 성은 복성인 제갈(諸葛)이고, 이름은 량(亮)이며, 자는 공명(孔明)입니다. 그가 사는 곳에 '와룡강(臥龍岡)'이라는 언덕이 하나 있어 스스로 '와룡선생(臥龍先生)'이라는 호를 지었습니다. ⓑ이 사람이야말로 당세(當世)의 대현(大賢)이니 사군께서는 급히 거마(車馬)를 타고 가 만나

보셔야 할 것입니다. 만약 이 사람이 사군을 보좌해 주기만 한다면 어찌 천하를 안정시키지 못할까 근심하겠습니까?"[17](강조는 인용자)

『삼국지연의』 제72회 '서서가 말을 달려와 제갈량을 천거하다徐庶走薦諸葛亮'의 한 부분이다. 서서가 유비에게 융중隆中에 살고 있는 대현大賢을 추천하자, 유비가 서서에게 그를 불러와 달라고 부탁하므로 ⓐ에서 보듯 서서는 "이 사람은 (……) 사군使君께서 가셔서 만나보실 수는 있어도 불러와서 만나볼 수 있는 사람이 아닙니다"라고 대답한다. 앞에서 검토한 『천군기』 인용문 (가)의 ⓛ과 비교해 보면, 그 어투까지 상당히 유사함을 알 수 있다. 또한 서서의 말을 통해 처음으로 제갈량의 성명과 자호字號, 인물됨이 소개되고 있는데, 인용문 (가)에서도 비슷한 양상이 확인된다. 뿐만 아니라 서서는 제갈량을 주周나라의 여망呂望, 한漢나라의 장량張良과 같은 중국 역사상 탁월한 책략가에 견주고, ⓑ에서 보듯 "이 사람이야말로 당세當世의 대현大賢이니 (……) 이 사람이 사군을 보좌해 주기만 한다면 어찌 천하를 안정시키지 못할까 근심하겠습니까?"라고 말하며 그를 군사軍師로 추천한다. 이 역시 앞의 인용문 (가)의 ㉠에 비슷한 어투의 말이 보인다. 서서는 이 외에도 『삼국지연의』 제74회, 제78회, 제82회, 제96회 등에 잠깐씩 등장하지만, 유비가

---

17 "庶曰:'庶心緒如麻, 失却一語. 有一大賢, 居在襄陽城二十里隆中. 使君何不見訪?' 玄德曰:'君可與某請來相見, 甚好.' 庶曰:'此人非比庶也. 使君可往相見, 不可屈致也. 使君如得此人, 可比周得呂望, 漢得張良.' (……) 玄德大喜曰:'願求大賢姓名.' 庶曰:'(……) 覆姓諸葛, 名亮, 字孔明. 所居之地有一岡, 名臥龍岡, 故自號爲臥龍先生. 此人乃當世之大賢也, 使君急宜枉駕見之. 若此人肯相輔佐, 何慮天下不定乎?'"(『三國志演義』 제72회).

이끄는 촉한蜀漢의 세력 확장에 적극 기여하지는 못한다. 이 점에서 『삼국지연의』에서 서서에서 부여된 가장 주요한 역할은, 제갈량이라는 탁월한 군사軍師를 유비에게 추천하는 것이라고 여겨진다.

이상의 비교를 통해, 황중윤이 『천군기』에 등장하는 성성옹이라는 인물의 창조 과정에서 『삼국지연의』에 등장하는 서서라는 인물을 원용했음을 알 수 있다. 황중윤은 특히 서서가 보여주는 '주군主君에게 최고의 인재를 추천하는 자'로서의 역할을 적극 참조했다고 여겨진다.

서서의 이야기는 『삼국지연의』에서 가장 매력적인 인물의 한 명인 제갈량의 이야기를 위한 '도입부'로서의 성격을 지닌다고 볼 수 있다. 즉 서서를 먼저 등장시켜 제갈량의 등장을 준비하고 있는 것이다. 모종강毛宗崗의 다음 비평은 그 점을 정확히 지적하고 있다.

> 본 회는 현덕이 공명(孔明: 제갈량의 자字 – 인용자)을 찾아가고 공명이 현덕을 만나보는 이야기를 끌어들이기 위한 도입부에 해당된다. (……) 장차 공명이 군사(軍師)가 되기에 앞서 먼저 선복(單福: 서서의 다른 이름 – 인용자)이 군사(軍師)가 되는 이야기를 끌어들이고 있다.[18]

모종강평본의 성립 시기를 고려할 때, 이 비평은 1679년에서 그리 멀지 않은 시기에 쓰였을 것으로 추정된다. 앞에서 언급했듯, 황중윤의

---

18 "此回爲玄德訪孔明, 孔明見玄德, 作一引子耳. (……) 將有孔明爲軍師, 先有單福爲軍師以引之"(박기봉 역, 『三國演義』제10책, 비봉출판사, 2014, 67면). 이 인용문은 모종강평본 『삼국지연의』제35회에 붙인 모종강의 서시평(序始評)의 첫 부분이다. 모종강평본 제35회는 주왈교간본 제69·70회에 해당된다.

『천군기』는 1633년 중추절 이전에 완성되었다. 그렇다면 모종강의 이 비평이 나오기 전에, 황중윤 스스로『삼국지연의』에 등장하는 서서의 서사적 역할을 꿰뚫어보고 이를 성성옹의 창조에 원용한 것은 자못 주목할 만한 사실이라고 생각된다.

2) 주일옹主一翁과 제갈량諸葛亮의 비교

『천군기』에서 '경敬'을 뜻하는 3인 가운데 두 번째로 등장하는 인물은 주일옹이다. 주일옹은『삼국지연의』의 제갈량을 원용하여 창조한 인물이라고 할 수 있다. 주일옹의 경우는, 성성옹이나 성의백에 비해 『삼국지연의』의 영향이 한층 현저하다. 특히 주일옹이 작품에 처음 등장하여 그의 서사가 본격적으로 펼쳐지는『천군기』제18회 '임금의 수레가 친히 주일옹을 맞이하다御駕親迎主一翁'는, 한 회 전체가『삼국지연의』의 원용에 해당된다.[19] 이 점을 논증하기 위해『천군기』제18회의 경개를 서술분절로 나누어 제시하면 다음과 같다.

> ① 천군이 주일옹을 대원수로 초빙하기 위해 엄주(嚴州) 장현(莊縣)으로 간다.
> ② 천군이 도중에 노래를 부르는 한 동자를 만나 문답을 통해 그 노랫말의 작자가 주일옹이며, 그의 거처가 근방에 있음을 알게 된다.
> ③ 천군이 수레를 재촉해 숲 속의 초가집을 발견한다.

---

19 전성운, 앞의 논문, 322면에서『천군기』의 후대적 변개인『천군연의』를 대상으로 이 점이 지적된 바 있다. 하지만 전성운은 텍스트의 비교분석을 시도지는 않았다.

④ 집안에서 노랫소리가 들려 문을 두드리니 주일옹이 나와 천군을 맞이한다.

⑤ 천군이 주일옹에게 나라를 회복할 방책을 가르쳐줄 것을 청한다.

⑥ 주일옹이 천군에게 준비된 방책을 말해준다.

⑦ 천군이 주일옹에게 자신을 보좌해 줄 것을 청하자 주일옹이 수락한다.

위의 서술분절 중 ①~③은,『삼국지연의』제73회 '유현덕이 모려茅廬를 세 번 방문하다劉玄德三顧茅廬'의 서사를 원용한 것이다. 비교를 위해 먼저『천군기』의 해당 부분을 보자.

(가) 이에 천군은 '정제(整齊)의 길'을 따라 구불구불 앞으로 나아가 현곡읍(玄谷邑) 앞을 지나갔다. 그때 흰 옷을 입은 동자가 폐부(肺部)에서 나와 이렇게 노래했다.

씩씩하고 엄숙한 사람
항상 공경하고 삼가네.
혼매(昏昧)하지 않고 게으르지 않아
그 집에 밝게 임하네.
(……)
하남(河南)은 적막하고 자양(紫陽)은 멀어[20]

백대(百代)가 지나도록 친하게 지낼 이 없네.

개밋둑도 꺾어 돌아가는 이 없으니

내 누구와 같이 사람들을 일깨우리.

천군이 말했다.

"내가 듣기로 강상(姜尙: 여상呂尙 – 인용자)이 은거했던 마을의 노래가 예사롭지 않다더니, 지금 이 노래가 참으로 덕 있는 사람의 말이구나. 짐작컨대 주일옹이 저 안의 멀지 않은 곳에 있는 듯하다."

이에 길가에 말을 세우고 동자를 불러 주일옹이 사는 곳을 물었다.

동자가 말했다.

"이곳에 주일옹이 계시다는 말을 듣지 못했습니다. 다만 저쪽에 어른한 분이 계시는데 거동과 몸가짐이 매우 엄숙합니다. 이 노래도 그 분이 지은 것입니다."

천군이 기뻐하며 말했다.

"그가 틀림없이 주일옹일 것이다!"[21]

주일옹은 본래 초야에 묻혀 지낸 고매한 선비인데 성성옹에 의해 대원수로 추천된다. 이에 천군이 길일을 택해 목욕재계한 후 친히 주일옹

---

21 "於是, 天君遵整齊之路, 迤邐前過玄谷邑, 有童子衣白衣, 出自肺部而歌曰: '若有人兮莊栗, 常洞洞兮屬屬. 不昏惰而弛慢兮, 有赫臨於其室. (……) 河南空兮紫陽遠, 曠百代兮無相親. 蔑蟻封之折旋兮, 吾誰與而啓人.' 天君曰: '予聞姜尙所隱之里, 歌曲不凡, 今此歌眞有德者之言, 想主一翁在這裡不遠.' 乃按轡路上, 招問主一翁所寓. 童子曰: '此間不聞有主一翁, 但那邊有一丈人, 儀容甚肅, 此歌乃其所製也.' 天君喜曰: '此必主一翁也.'"(『천군기』 제18회).

을 초빙하러 가는 내용이 인용문 (가)이다. 그런데 이와 아주 유사한 서사가『삼국지연의』제73회 '유현덕이 모려茅廬를 세 번 방문하다劉玄德三顧茅廬'에 보인다. 다음의 인용문을 보자.

(나) 다음날 현덕은 관우, 장비 두 사람과 함께 수행하는 사람 수십 명을 데리고 융중(隆中)으로 갔다. 멀리 바라보니 산기슭의 밭에서 몇 사람이 호미로 김을 매며 노래하고 있었다.

푸른 하늘은 둥근 덮개같고
큰 땅은 바둑판같네.
세상은 흑과 백으로 나뉘어
오가며 영욕(榮辱)을 다투네.
(……)
남양(南陽)에 은거하는 이 있어
베개 높이 베고 만족하지들 못함을 웃고 있네.

현덕이 그 노랫말을 듣고 말을 세워 농부를 불러 물었다.
"이 노래는 누가 지은 건가?"
"이 노래는 와룡선생께서 지은 것입니다."
현덕이 말했다.
"와룡선생은 어디에 사는가?"
농부가 멀리 가리키며 말했다.

"이 산 남쪽부터 그 일대가 높은 언덕이니 바로 와룡강(臥龍岡)입니다. 그 언덕 앞에 나무가 듬성듬성한 숲이 있고 그 안에 초가집 한 채가 있는데, 제갈량 선생이 은거하고 계신 곳입니다."

현덕은 그에게 감사를 표했다.[22]

인용문 (가)와 (나) 사이에는 다음과 같은 공통된 모티프가 확인된다.

ㅇ 군주가 훌륭한 인재를 초빙하기 위해 친히 길을 나선다.

ㅈ 도중에 비상한 노래를 부르는 사람을 만나 군주가 행차를 멈추고 문답을 나눈다.

ㅉ 군주가 노랫말의 작자가 자신이 찾는 인재이며, 그의 거처가 근방에 있음을 알게 된다.

서로 다른 두 작품의 일부분이 이 정도로 유사하기는 어렵다. 따라서 『천군기』의 인용문 (가)는 『삼국지연의』의 인용문 (나)를 원용했다고 봄이 타당하다.

한편 『천군기』 제18회의 서술분절 ④~⑦ 또한 『삼국지연의』의 서사를 원용했는데, 서술분절 ①~③과 달리 축약을 꾀했다. 『천군기』의 서

---

22 "次日, 玄德同關張二人, 將帶數十人來隆中. 遙望山畔數人, 荷鋤耕於田間, 而作歌曰: '蒼天如圓蓋, 陸地似碁局. 世上黑白分, 往來爭榮辱. (……) 南陽有隱者, 高眠笑不足.' 玄德聞其言, 勒馬喚農夫而問之曰: '此歌何人所作?' 答曰: '此歌乃臥龍先生之所作也.' 玄德曰: '臥龍先生住於何處?' 農夫遙指曰: '自此山之南, 一帶高岡, 乃臥龍岡也. 岡前疏林內茅廬中, 卽諸葛亮先生高臥之地也.' 玄德謝之"(『三國志演義』 제73회).

술분절 ④는 『삼국지연의』의 '삼고초려三顧草廬' 에피소드와 연결된다. 다만 『천군기』의 서술분절 ④에서는 천군이 주일옹을 찾아가 단번에 만난다는 차이가 있다. 말하자면 '삼고초려'를 '일고초려—顧草廬'로 단순화시켰다.[23] 『천군기』의 서술분절 ⑤~⑦은 『삼국지연의』 제75회 '천하삼분책을 정하고 제갈량이 초가에서 나오다定三分亮出茅廬'에 나오는 제갈량의 서사를 원용한 것으로 보인다. 다음 인용문을 보자.

(다) 천군이 말했다.

"선생으로 하여금 재주를 품고도 나라의 어지러움을 구하지 못하게 한 것은 나의 잘못입니다. 내가 본래 어리석고 아둔하여 스스로 간사한 적들을 불러들여 이렇게 어지럽게 만들었으며, 엎어지고 자빠지는 이러한 지경에 이르게 했습니다. 바라건대 선생께서 회복할 방책을 가르쳐 주십시오."

주일옹이 겸손하게 사양한 뒤 말했다.

"(……) 황간(黃幹)이 또 말하기를, '뛰어난 장수와 정예병, 견고한 갑옷과 예리한 병기로 요사한 기운을 깨끗이 쓸어버려야 하늘이 맑아지고 땅이 평탄해질 것이다'라고 했습니다. 이제 폐하께서 이 적들을 정벌하고자 하신다면 마땅히 장수를 뽑아 단련시키고, 상황에 맞게 계책을 써서 몰아내어 숙청해야 할 것입니다. (……)"

천군이 크게 기뻐하며 일어나 두 번 절하고 말했다.

---

23 『삼국지연의』에서는 '삼고초려(三顧草廬)' 에피소드가 제74회 '현덕이 풍설 중에 공명을 방문하다[玄德風雪訪孔明]' 전체와 제75회 '천하삼분책을 정하고 제갈량이 초가에서 나오다[定三分亮出茅廬]'의 초반부까지 흥미진진하게 상세히 서술되어 있다.

"원컨대 선생께서는 나의 궁한 처지를 저버리지 마시고, 부디 잘 붙들어 구원해 주십시오."**24**

—『천군기』

(라) 현덕이 말했다.

"(……) 바라건대 선생께서 나의 아둔함을 깨우쳐 주시고 가르침을 주시면 진실로 다행이겠습니다."

"(……) 장군께서 패업을 이루고자 하신다면 북쪽은 천시(天時)를 얻은 조조에게 양보하시고, 남쪽은 지리를 얻은 손권에게 양보하시되, 장군께서는 인화(人和)를 차지하시면 됩니다. 먼저 형주(荊州)를 취하여 터전으로 삼고, 후에 서천(西川)을 취하여 황도(皇都)를 세움으로써 '정족지세(鼎足之勢)'를 이루십시오. 그렇게 한 후에 중원(中原)을 도모할 수 있습니다." (……)

현덕이 머리를 숙여 감사하며 말했다.

"저는 비록 이름도 없고 덕도 박하지만 부디 선생께서 신야(新野)에 함께 가셔서 인의(仁義)의 군사를 일으키시어 천하 백성을 구해 주십시오."**25**

—『삼국지연의』

인용문 (다)는 『천군기』 제18회의 서술분절 ⑤~⑦에 해당된다. 인용

---

24 "天君曰：'使先生懷寶迷邦, 孤之過也. 孤本昏闇, 自召邪賊, 擾亂如彼, 顚沛至此, 匡復之術, 願先生敎之.' 主一翁謙讓而後言曰：'(……) 黃幹又曰：〈良將勁卒, 堅甲利兵, 掃除妖氛, 而乾淸坤夷矣.〉今君欲征此賊, 亦宜選將鍊銳, 臨機設策, 以驅而廓之耳. (……)' 天君大悅, 起身再拜曰：'願先生不棄孤窮, 特賜扶救'"(『천군기』제18회).

25 "玄德曰：'(……) 望先生開備愚鹵, 以賜敎之, 實爲萬幸.' '(……) 將軍欲成霸業, 北讓曹操占天時, 南讓孫權占地利, 將軍可占人和. 先取荊州爲本, 後取西川建皇都, 以成鼎足之勢, 然後可圖中原也.' (……) 玄德頓首謝曰：'備雖名微德薄, 願先生同往新野, 興仁義之兵, 拯救天下百姓'"(『三國志演義』제75회).

문 (라)는 『삼국지연의』 제75회의 일부분으로, '천하삼분책天下三分策'으로 알려진 제갈량의 전략이 처음 설파되는 대목이다. 인용문 (다)와 (라)는 구체적인 내용이 다르고 서술 분량상으로도 큰 차이가 있지만, 다음과 같은 공통된 모티프가 확인된다.

ㄱ 군주가 인재에게 나라를 구할 방책을 묻는다.
ㄴ 인재가 군주에게 준비된 방책을 답한다.
ㄷ 군주가 인재에게 자신을 보좌해 줄 것을 청한다.

『천군기』에 등장하는 주일옹의 서사가 『삼국지연의』에 등장하는 제갈량의 서사를 원용한 것임이 여기서 재차 확인된다. 특히 『천군기』 제18회는 『삼국지연의』 제73회, 제74회, 제75회를 참조함으로써, 주일옹과 제갈량의 유사성이 두드러지게 되었다. 그 결과, '주군을 보좌하는 최고의 인재'로서의 역할이 주일옹에게 선명히 부여되었다.

주일옹은 제18회에 처음 등장한 이래 『천군기』의 후반부에서 가장 큰 활약을 하는 인물이다. 제19회에서는 대장에 제수되고, 제21회에서는 천군에게 출사표를 올리며, 제22회에서는 월백과 환백의 무리에게 격문을 날리고, 제22회부터 제26회까지에서는 적들을 무찔러 마침내 전쟁에서 승리를 거둔다. 이런 주일옹의 군담軍談은, 『삼국지연의』에 나오는 거대한 편폭과 복잡한 구성의 제갈량의 군담軍談에 비하면 짧고 소략하다. 그럼에도 불구하고 『천군기』의 제18회에서 탄탄하게 구축된 주일옹과 제갈량의 유사성은, 이어지는 서사에 지속적으로 영향을 미친다. 그 결과『천군기』제21회에 나오는 주일옹의 출사표는 저 유명한『삼국지연의』의 제갈량의 출사표를 자연스레 연상시킨다.

주일옹의 출사표를 보면, 전반부에는 국난의 시기에 군주에게 바치는 신하의 충성스런 간언諫言이 담겨 있고, 후반부에는 초야에 묻혀 있던 자신을 발탁해 준 군주에 대한 깊은 감사와 더불어 목숨을 걸고 전쟁에 임하는 대원수로서의 비분강개한 소회가 담겨 있다. 이와 같은 주일옹의 출사표를『삼국지연의』제182회 '공명이 처음 출사표를 올리다孔明初上出師表'에 나오는 제갈량의 출사표와 비교해 보면, 구체적인 내용에는 차이가 있으나 '군주에게 올리는 간언-출사의 각오와 소회'로 이루어진 큰 틀에서의 구성에서는 공통점이 보인다. 특히 두 출사표의 후반부에는 상당히 비슷한 표현이 많이 보인다. 다음 인용문을 보자.

(마) ㉠신은 본래 한미한 곳에 거하여 사람들에게 버림받은 지 오래였는데, 폐하께서 조심하고 공경하는 신의 마음을 알아주시고, 외람되게도 친히 몸을 낮추어 왕림하시어 신에게 적을 토벌하고 나라를 회복하는 임무를 맡기셨습니다. 신은 맡은 임무를 다하지 못하여 폐하의 부탁을 저버리게 될까 두렵사옵니다.

그러므로 뿔뿔이 달아나 흩어진 뒤의 일을 수습하고 뒤집히고 엎어져 남은 것을 정돈하여, ㉡장차 기한을 작정해 깨끗하게 적을 쓸어낸 후 폐하를 모시고 옛 도성으로 돌아가는 것, 이것이 신이 폐하께 충성하는 직분이옵니다. (……)

㉢신에게 적을 토벌하는 일을 맡겨주셨으니 만일 임무를 해내지 못하거든 신의 죄를 다스려 그 태만함을 드러내시옵소서. 신은 이제 출정해야 하오니, 표

문을 올리며 강개(慷慨)하여 아뢸 바를 알지 못하겠사옵니다.[26](강조는 인용자)

—『천군기』

(바) ⓐ신은 본래 포의(布衣)로 남양에서 밭을 갈면서 다만 난세에 목숨을 부지하려고 했으며 제 이름이 제후들에게 알려져서 등용되기를 바라지 않았사옵니다. 선제(先帝)께서는 신을 비루하다 여기지 않으시고 외람되게도 친히 몸을 낮추어 왕림하시어 신이 사는 초가로 세 번이나 찾아오셔서 신에게 당세의 일을 하문하셨습니다. 이에 감격하여 선제께 이 한 몸 바치기로 약속하였습니다. (……)

바라건대 신의 작은 재주와 미력을 다 바쳐 ⓑ간흉한 무리를 제거함으로써 한(漢) 황실을 다시 일으켜 세우고 옛 도성으로 돌아가는 것, 이것이 신이 선제께 보답하고 폐하께 충성하는 직분이옵니다.

ⓒ폐하께서는 신에게 적을 토벌하여 한 황실을 부흥시키는 임무를 맡겨주셨으니, 임무를 해내지 못하거든 신의 죄를 다스리시어 선제의 영전에 고하소서. (……) 이제 멀리 떠나면서 표문을 올리며 눈물이 흘러 아뢸 바를 알지 못하겠사옵니다.[27](강조는 인용자)

—『삼국지연의』

---

26 "臣本伏於散地, 見棄於人, 已久, 我后知臣之小心翼翼, 猥自枉屈, 加臣以討賊興復之任. 臣恐所任不效, 以負我后之托也. 故收拾於奔散之後, 整頓於顚覆之餘, 將刻期掃清, 奉我后還于舊都, 此臣所以忠我后之職分也. (……) 而委臣以討賊, 如其不效, 治臣之罪, 以彰其慢焉. 臣今當出征, 臨表慷慨, 不知所云"(『천군기』 제21회).

27 "臣本布衣, 躬耕南陽, 苟全性命於亂世, 不求聞達於諸侯. 先帝不以臣卑鄙, 猥自枉屈, 三顧臣於草廬之中, 諮臣以當世之事. 由是感激, 許先帝以驅馳. (……) 庶竭駑鈍, 攘除奸凶, 以復興漢室, 還於舊都, 此臣所以報先帝而忠陛下之職分也. (……) 願陛下托臣以討賊興復之效, 不效則治臣之罪, 以告先帝之靈. (……) 今當遠離, 臨表涕泣, 不知所云"(『三國志演義』 제182회).

인용문 (마)는『천군기』제21회에서 주일옹이 천군에게 올린 출사표의 일부분이고, 인용문 (바)는『삼국지연의』제182회에서 제갈량이 유선劉禪에게 올린 출사표의 일부분이다. 강조 표시한 (마)의 ㉠과 (바)의 ⓐ, (마)의 ㉡과 (바)의 ⓑ, (마)의 ㉢과 (바)의 ⓒ는 그 내용은 물론 표현이 유사하다. 특히『천군기』㉠의 "외람되게도 친히 몸을 낮추어 왕림하시어猥自枉屈"는『삼국지연의』ⓐ의 "외람되게도 친히 몸을 낮추어 왕림하시어猥自枉屈"와 똑같다. 또한『천군기』㉡의 "옛 도성으로 돌아가는 것, 이것이 신이 폐하께 충성하는 직분이옵니다還于舊都, 此臣所以忠我后之職分也"는,『삼국지연의』ⓑ의 "옛 도성으로 돌아가는 것, 이것이 신이 선제께 보답하고 폐하께 충성하는 직분이옵니다還於舊都, 此臣所以報先帝而忠陛下之職分也"와 매우 유사하다. 뿐만 아니라『천군기』㉢의 "표문을 올리며 강개慷慨하여 아뢸 바를 알지 못하겠사옵니다臨表慷慨, 不知所云"는,『삼국지연의』ⓒ의 "표문을 올리며 눈물이 흘러 아뢸 바를 알지 못하겠사옵니다臨表涕泣, 不知所云"와 거의 같다. 요컨대『천군기』제21회의 주일옹의 출사표는『삼국지연의』제182회의 제갈량의 출사표의 구성과 표현을 원용했다.

이상의 분석 결과를 통해, 황중윤은『천군기』에 등장하는 주일옹이라는 인물의 창조 과정에서『삼국지연의』에 등장하는 제갈량이라는 인물의 서사를 대거 참조하여 원용했음을 알 수 있다.

3) 성의백誠意伯과 방통龐統의 비교

『천군기』에서 '경敬'을 뜻하는 3인 가운데 마지막으로 등장하는 인물

은 성의백이다. 성의백은 성이 진眞이고, 이름은 실實이며, 자는 무망无妄
으로, 성지誠之라는 공신功臣의 후예이다. 성의백은 일찍이 천군의 나라
에서 '성의백誠意伯'이라는 관직에 임명되었던 자인데, 나라가 어지러워
지자 관직을 버리고 은거했다. 그는 주일옹의 추천을 받아, 제20회 '천
군이 특별히 성의백을 부르다天君特召誠意伯'에 모습을 드러낸다. 다음 인
용문을 보자.

  (가) [천군이-인용자] 또 물었다.
  "경(卿)이 천거하는 자는 어떤 사람인가?"
  주일옹이 답했다.
  "그 사람은 다른 곳에 있지 않으며, 원래부터 폐하의 부내(部內)에 있었
  으니, 즉 예전에 성의백(誠意伯)에 봉해졌던 자입니다. 폐하께서 성의백
  과의 약속을 한번 따르시면 성성옹이 하려는 일에 흠결이 없을 것이며, 신
  도 의지할 데가 있을 것입니다."
  이에 천군이 즉시 성의백을 불렀다.[28]

  위의 인용문에서 보듯, 성의백은 최고의 인재로부터 주군의 신하로
추천받는다. 성의백의 작중 역할은 『삼국지연의』에 등장하는 방통龐統
에 견줄 만하다. 다음 인용문을 보자.

---

[28] "又問：'卿所薦者, 何人?' 主一翁曰：'其人不在他處, 原在於君之部內, 乃曾封爲誠意
  伯者也. 君宜一聽誠意伯約束, 則惺惺翁方得以施設, 無所欠缺, 而臣亦有所憑仗矣.' 天
  君卽召誠意伯"(『천군기』 제20회).

(나) 공명이 웃으면서 말했다.

"방사원(龐士元: 방통 - 인용자)은 사방 백리 되는 작은 고을이나 다스릴 인재가 아닙니다. 그가 가슴속에 품은 학문은 저보다 열 배나 뛰어납니다. 제가 전에 사원(士元)의 집에서 그를 천거하는 글을 올렸는데 주군께 전달되었는지요?"

현덕이 말했다.

"오늘에서야 비로소 자경(子敬: 노숙魯肅의 자字 - 인용자)이 쓴 이러이러한 추천서를 받았소."

공명이 말했다.

"대현(大賢)이 작은 임무를 맡으면 술에 빠져 흐리멍덩하게 지내며 일하기를 게을리 하는 경우가 많습니다."

현덕이 말했다.

"만약 아우(장비를 가리킴 - 인용자)가 말해주지 않았다면, 대현 한 분을 잃을 뻔 했소."

그리고는 즉시 또 장비로 하여금 뇌양현(未陽縣)으로 가서 방통을 형주로 정중히 모셔오게 했다.[29]

『삼국지연의』제114회 '뇌양에서 장비가 봉추를 천거하다未陽張飛薦鳳雛'의 한 대목이다. 여기서 제갈량은 유비에게 자신을 능가하는 훌륭한

---

[29] "孔明笑曰: '龐士元非百里之才, 胸中所學, 勝亮十倍. 亮嘗有薦書在士元處, 曾達主公否?' 玄德曰: '今日却得子敬書如此如此.' 孔明曰: '大賢若處小任, 多以酒糊塗, 倦於視事.' 玄德曰: '若非吾弟所言, 險失大賢.' 隨即又令張飛往未陽縣, 敬請龐統到荊州"(『三國志演義』제114회).

인재라며 방통을 추천하고 있다. 인용문 (가)와 (나)를 비교해 보면, 그 구체적인 서술은 다르지만[30] 최고의 인재가 주군에게 새로운 인재를 추천한다는 설정이 동일하다.

흥미로운 점은, 성의백과 방통 모두 최고의 인재로부터 주군의 신하로 추천받는 자이되 실질적으로는 최고의 인재를 더욱 돋보이게 해주는 서사적 역할을 맡고 있다는 점이다. 방통은 처음에 제갈량에 비견될 정도로 빼어난 능력을 지닌 인물로 평가받아 유비의 군사軍師가 된다. 이런 인물은 『삼국지연의』에서 방통 말고는 없다. 그렇지만 승리를 위해 때로 불인不仁한 전술을 서슴지 않고, 공명심을 발휘하려다 전투에서 패해 서른여섯의 나이로 일찍 죽음을 맞이한다. 작중에 그려진 방통의 이런 면모는 결과적으로 제갈량의 탁월한 지혜와 깊은 충정忠貞을 더욱 돋보이게 해주는 측면이 있다. 이와 비슷한 면을 성의백에게서도 찾아볼 수 있다. 성의백은 『천군기』 제20회에서 빼어난 인재로 추천되지만, 정작 이어지는 제21회부터 제26회까지에서는 전쟁에서 승리를 거두는 주일옹의 대활약만이 펼쳐진다. 그 후 제27회에야 성의백이 다시 등장하여 주일옹의 보조적 역할을 수행하며 함께 천군을 보좌한다. 그러므로 성의백의 주일옹에 대한 보조적 역할은, 『삼국지연의』에 등장하는 방통의 경우와 유사한 점이 있다고 생각된다.

다만 성의백의 경우, 그 서사적 역할을 성성옹과 분담하고 있다는 점

30　『삼국지연의』 제114회에서 방통은 잘 생기지 않은 외모로 인해 처음에 손권과 유비 모두로부터 외면받는다. 그러다 뒤늦게야 장비·노숙·제갈량을 통해 방통의 진짜 능력을 알게 된 유비에 의해 중용된다. 『천군기』의 성의백은 '경'을 뜻하는 인물인 만큼 이런 내용은 일체 받아들이지 않았다.

에서 방통과 차이가 있다. 즉 방통의 경우, 서서와 결부됨이 없이 제갈량에 견줄 만한 유일한 인재로 거론되는 데 반해, 성의백은 언제나 성성옹과 결부되어 주일옹에 견줄 만한 인재로 거론된다. 다음 인용문을 보자.

　(다) 천군이 말했다.

　"한(漢)나라 고조(高祖)가 세 호걸[31]을 등용하여 천하를 얻었다 하더니, 지금 짐에게도 세 호걸이 있노라! 혼미한 지경에서 맹렬히 성찰하여 사특한 무리들에게 흔들리지 않기로는 내가 성성옹만 못하고, 실지(實地) 위에 서서 흔들리지 않고 진실하여 명철하기로는 내가 성의백만 못하며, 의병을 이끌고 강한 적들을 처단하여 전쟁에서 반드시 승리하기로는 내가 주일옹만 못하다. 나는 이 세 호걸에 힘입어 나라를 다시 회복할 수 있었으니, 어찌 짐의 세 호걸과 한나라의 세 호걸을 같이 비교해 말할 수 있겠는가! (……)"[32]

—『천군기』

　(라) 현덕이 비로소 깨달아 말했다.

　"옛날에 사마덕조(司馬德操: 사마휘司馬徽 – 인용자)와 서원직(徐元直:

31　중국 한(漢)나라의 공신(功臣)인 소하(蕭何), 장량(張良), 한신(韓信)을 말한다.
32　"天君曰:"漢祖用三傑得天下, 今朕亦有三傑! 夫猛省於昏迷之境, 不爲衆邪所撓, 吾不如惺惺翁, 實地上立脚不搖, 而能誠則明者, 吾不如誠意伯, 提義旅, 截强寇而戰必勝者, 吾不如主一翁. 吾能賴此三傑, 得以重恢, 而抑朕之三傑與漢三傑, 有不可同年語者(……)"(『천군기』 제27회).

서서徐庶－인용자)이 말하기를, '복룡(伏龍)과 봉추(鳳雛) 두 사람 중 한 사람만 얻어도 천하를 안정시킬 수 있다'고 했는데, 지금 나는 두 사람을 모두 얻었으니 한(漢) 황실을 다시 일으킬 수 있을 것이오!"

마침내 방통을 부군사(副軍師) 중랑장(中郎將)으로 삼아서 공명과 함께 협력하여 전략을 짜고, 군사를 훈련하며 출정명령을 기다리게 했다.[33]

—『삼국지연의』

인용문 (다)는『천군기』제27회 '천군이 환도하여 세 영웅을 표창하다天君還都褒三傑'의 일부분이다. 장회 제목에서 잘 드러나듯, 천군은 외적을 물리치고 나라를 회복시킨 공로로 성성옹·주일옹·성의백을 표창하며, 특별히 이 세 신하를 한漢나라의 세 공신에 견준다. 이 외에도 제28회의 "성성옹·주일옹·성의백은 서로 다섯 명의 어진 선비를 추천했다"[34]라는 말이나, 제29회의 "천군은 성성옹·주일옹·성의백 세 대신에게 마음을 쏟아서 그들의 말을 듣고 그들의 계책을 따랐으며"[35]라는 말에서 보듯, 이 3인은 공동으로 협력하며 천군을 보좌한다. 성의백은 언제나 성성옹과 묶여서 주일옹에 견줄 만한 인물로 거론되는 것이다.

반면 인용문 (라)는『삼국지연의』제114회 '뇌양에서 장비가 봉추를 천거하다耒陽張飛薦鳳雛'의 일부분인데, '복룡伏龍, 제갈량의호과 '봉추鳳雛, 방통의

---

33 "玄德纔悟曰:'昔日司馬德操之言,徐元直之語云:〈伏龍,鳳雛, 兩人得一, 可安天下〉. 今吾二人皆得, 漢室可興矣!'遂拜龐統爲副軍師中郎將, 與孔明共贊方略, 敎練軍士, 聽候征伐"(『三國志演義』제114회).
34 "惺惺翁,誠意伯,主一翁交薦五箇賢士"(『천군기』제28회).
35 "天君旣注意於惺惺,主一,誠意三大臣, 言聽計從(……)"(『천군기』제29회).

호'가 나란히 칭송되고 있다. 즉 방통은 독자적으로 제갈량에 견줄 만한 인재로 거론된다.

이런 차이가 생긴 이유는 황중윤이 『천군기』의 창작 과정에서 『삼국지연의』를 적극적으로 참조하되, 작품 고유의 주제의식을 유념하며 '서사전략'에 따라 『삼국지연의』를 적절히 취사선택하여 원용했기 때문으로 여겨진다.[36]

이상의 분석 결과를 통해, 황중윤은 『천군기』에 등장하는 성의백이라는 인물의 창조 과정에서 『삼국지연의』에 등장하는 방통이라는 인물을 원용했음을 알 수 있다. 다만 성의백은 성성옹과 서사적 역할을 분담하고 있다는 점에서 방통과 차이가 있다.

지금까지 본 장의 고찰을 통해 새로 밝혀진 『천군기』의 『삼국지연의』 원용 양상을 정리하면 다음과 같다.

첫째, 『천군기』에서 '경'을 뜻하는 세 인물인 성성옹·주일옹·성의백의 서사는 각각 『삼국지연의』에 등장하는 서서·제갈량·방통의 서사를 원용했다.

둘째, 『천군기』에서는 성성옹이 주일옹을 천거하고, 주일옹이 성의백을 천거하는데, 이는 『삼국지연의』에서 서서가 제갈량을 천거하고, 제갈량이 방통을 천거하는 것을 원용한 것이다.

셋째, 『천군기』에서 '경'을 뜻하는 세 인물의 서사 각각이 『삼국지연의』를 원용한 정도에는 차이가 있다. 그 중 주일옹의 서사는 제갈량의

---

36 이 점에 대한 자세한 논의는 이 글의 제3장에서 이루어진다.

서사를 적극적으로 참조하여 원용한바, 『삼국지연의』의 영향이 가장 현저하다.

3. 『천군기』의 『삼국지연의』 원용의 의미

앞 장에서는 자세한 텍스트 비교분석을 통해 『천군기』가 『삼국지연의』를 원용한 양상을 검토했다. 그 결과 『천군기』에 등장하는 성성옹·주일옹·성의백 3인의 서사가 모두 『삼국지연의』의 영향을 받았다는 사실이 새롭게 밝혀졌다. 이 장에서는 거시적인 관점에서 『천군기』의 『삼국지연의』 원용이 지닌 의미가 무엇인지 고찰해 보기로 한다.

필자가 줄곧 '원용'이라는 용어를 쓴 이유는, 『천군기』가 단지 수동적으로 『삼국지연의』의 서사를 본뜨거나 받아들인 작품이 아니기 때문이다. 『천군기』와 『삼국지연의』 간에는 '상호텍스트성'이 인정되나, 주목되는 점은 『천군기』가 대단히 주체적으로 『삼국지연의』의 서사를 '활용'하고 있다는 사실이다. 즉 황중윤은 자신의 문제의식과 지적 전망을 적절히 표현하기 위해 통합적인 기획 하에 『삼국지연의』의 서사를 활용했다고 생각된다. 이런 추론을 논증하는 데 도움이 되는 한 단서가 다음 인용문에 보인다.

(가) 공숙리(恭肅里)에 이르기 전에 세 갈래의 작은 길이 있었다. 길머리마다 푯말이 세워져 있고, 그 길 이름이 쓰여져 있으니 하나는 '정제의

길[整齊之路]'이요, 하나는 '불혼의 길[不昏之路]'이요, 하나는 '수렴의 길[收斂之路]'인데 세 길 모두 태반이 가시덤불로 덮혀 있었다. 천군은 수레를 멈추고 가야할 바를 몰라 성성옹에게 물었다.

"저 세 길이 작은 길임은 매한가지인데 그 이름이 각각 다른 것은 어째서인가?"

성성옹이 말했다.

"이른바 '정제의 길'은 정이천(程伊川)이 연 길이요, 이른바 '불혼의 길'은 사상채(謝上蔡)가 닦은 길이요, 이른바 '수렴의 길'은 윤화정(尹和靖)이 통하게 한 길입니다. 저 세 길은 실로 『시경』의 '주나라로 가는 길 숫돌처럼 판판하니 / 그 곧기가 화살과 같네'에 해당되는바 군자가 밟는 길입니다. 처음에는 작지 않고 실로 탄탄한 길이었는데 근래 오랫동안 버려두고 이용하지 않았기에 이처럼 황폐해지고 막힌 것입니다."

천군이 말했다.

"그렇다면 주일옹을 찾아가려면 어느 길로 가야 하오?"

성성옹이 말했다.

"㉠ 여기에서 공숙리의 주일옹의 거처로 가려면, 세 길 모두로 갈 수 있습니다. 만약 길 하나를 따라서 저쪽으로 가면, 세 길로 들어온 곳이 모두 그 안에 있습니다."

㉡ 이에 천군은 '정제의 길'을 따라 구불구불 앞으로 나아가 현곡읍(玄谷邑) 앞을 지나갔다.[37] (강조는 인용자)

---

37 "未及恭肅里, 有三條細路. 其路頭各立堠標, 書其路名, 一曰整齊之路, 一曰不昏之路, 一曰收斂之路, 而三路皆太牛荊榛蕪沒. 天君停駕, 莫適所從, 問於惺惺翁曰 : '那三路, 一般

『천군기』제18회의 앞부분이다. 천군은 주일옹을 초빙하기 위해 공숙리로 가던 중 세 갈림길 앞에 서게 된다. 세 길은 각각 '정제의 길整齊之路', '불혼의 길不昏之路', '수렴의 길收斂之路'이다. 성성옹은, '정제의 길'은 정이천程伊川이 연 길이고, '불혼의 길'은 사상채謝上蔡가 닦은 길이며, '수렴의 길'은 윤화정尹和靖이 통하게 한 길이라고 아뢰고 있다. 이 부분은 『천군기』창작의 사상적 배경인 성리학적 심성론의 맥락 속에서 이해될 수 있으며, 『천군기』후반부의 주요한 서사전략을 내포하고 있다.

먼저 '정제의 길整齊之路'은 송대 성리학자인 정이程頤, 1033~1107, 이천(伊川)은그호의 경 사상을 알레고리로 표현한 것이다. 정이가 주창한 경 사상의 핵심 명제는 '주일무적主一無適'과 '정제엄숙整齊嚴肅'이다. 정이는, "경이라는 것은 '하나에 오로지 함主一'을 이른다. '하나一'라는 것은 '다른 곳으로 감이 없음無適'을 이른다"[38]고 하였다. 또한 "'하나一'라는 것은, 다른 것이 아니라 단지 '단정하며 엄숙히 함整齊嚴肅'이니, 그러면 마음이 곧 하나가 되고, 하나가 되면 본시 편벽한 간사함이 없게 된다"[39]고 하였다. 즉 정이는 '경'을 구체적으로 실천하는 방법으로서 '마음을 전일專一하게 함으로써 다른 데 빠지지 말 것主一無適'과 '단정하며 엄숙히

細路, 而其名各異, 何也?' 惺惺翁曰 : '所謂整齊之路, 乃程伊川之所開; 所謂不昏之路, 乃謝上蔡之所修; 所謂收斂之路, 乃尹和靖之所通. 那三路, 實『詩』之〈周道如砥, 其直如矢〉, 而君子之所履也. 初非微細, 政是坦坦, 而近久廢而不用, 故荒塞如此.' 天君曰 : '然則欲訪主一翁, 當取何路去?' 惺惺翁曰 : '此去恭肅里主一翁住處, 三路皆入得, 若從一路入至彼, 則三路入處皆在其中矣. 於是, 天君遵整齊之路, 迤邐前過玄谷邑'"(『천군기』제18회). 이 인용문 중의 "周道如砥, 其直如矢"는『詩經』小雅「大東」의 구절이다.

38 "所謂敬者, 主一之謂敬; 所謂一者, 無適之謂一"(程頤, 『二程集』上『二程遺書』권15「伊川先生語」, 北京 : 中華書局, 2004, 169면).

39 "一者, 無他, 只是整齊嚴肅, 則心便一, 一則自是無非僻之奸"(위의 글, 150면).

할 것'을 제시하였다. 이처럼 '정제의 길'은 경에 관한 정이의 핵심 명제인 '정제엄숙整齊嚴肅'을 표현한 것이며, 이것은 정이의 또다른 명제인 '주일무적主一無適'과 내적으로 긴밀히 연결되어 있다. 그러므로 '정제의 길'은 정이의 경 사상을 알레고리로 표현한 것으로서 '주일옹의 길'에 해당된다고 말할 수 있다.

다음으로 '불혼의 길不昏之路'은 정이의 제자인 사량좌謝良佐, 1050~1103, 상채(上蔡)는 그 호의 경 사상을 알레고리로 표현한 것이다. 사량좌는 정이의 제자인 만큼 스승의 경 사상을 계승한 측면이 있지만, 새롭게 보완한 명제를 내세우기도 하였다. 그가 주창한 사상은 '경은 항상 깨어 있는 방법이다敬是常惺惺法'라는 것이다. 사량좌의 이 명제에 대해 훗날 주희는 "깨어 있음惺惺은 마음이 혼매하지 않음不昏을 이르니, 이것이 곧 경이다"[40]라고 해석하였다. 그러므로 '불혼의 길'은 사량좌의 경 사상을 알레고리로 표현한 것으로서 '성성옹의 길'에 해당된다고 말할 수 있다.

끝으로 '수렴의 길收斂之路'은 정이의 제자인 윤돈尹焞, 1071~1142, 화정(和靖)은 그 호의 경 사상을 알레고리로 표현한 것이다. 윤돈은 "경에 형체와 그림자가 있겠는가? 다만 '몸과 마음을 수렴하는 것收斂身心', 이것이 곧 '하나에 오로지 함主一'이다"[41]라고 함으로써, 경에 대한 새로운 관점을 제시하였다. 또한 윤돈은 '경'과 '성誠'의 관련에도 주목하였다. 그는 "배우는 이는 모름지기 성誠해야 하고, 모름지기 경敬해야 하니, 경敬하

---

40 "惺惺, 乃心不昏昧之謂, 只此便是敬"(『朱子語類』 권17 『大學或問』, 北京 : 中華書局, 2007, 373면).
41 "敬有甚形影? 只收斂身心, 便是主一"(尹焞, 『和靖集』 권7 「師說附錄」, 文淵閣 四庫全書 電子版, 上海 : 上海人民出版社, 1999).

면 곧 성誠하게 된다"[42]라고 함으로써, 경의 개념에 성誠의 뜻을 더하였다. 그러므로 '수렴의 길'은 윤돈의 경 사상을 알레고리로 표현한 것으로서 '성의백의 길'에 해당된다고 말할 수 있다.

요컨대 『천군기』 제18회에서 천군이 주일옹을 초빙하러 가는 도중 만나게 된 세 갈림길인 '정제의 길', '불혼의 길', '수렴의 길'은 각각 주일옹·성성옹·성의백에 대응되는 것으로서, '경'의 구체적인 의미와 실천 방법에 대한 정이·사량좌·윤돈의 세 가지 사상을 알레고리로 표현한 것이다.

그런데 인용문 (가)에서 강조 표시한 ㉠의 "주일옹의 거처로 가려면, 세 길 모두로 갈 수 있습니다. 만약 길 하나를 따라서 저쪽으로 가면, 세 길로 들어온 곳이 모두 그 안에 있습니다"라는 서술이 주목된다. 즉 갈림길이 셋으로 나뉘어 있지만, 어느 길을 택해도 목적지로 갈 수 있으며, 목적지에 도착하면 나머지 두 길과도 연결이 된다는 뜻이다. 이 구절은 정이·사량좌·윤돈의 경 사상을 통합적으로 계승한 주희朱熹, 1130~1200의 경 사상[43]을 알아야 이해될 수 있다. 다음은 주희의 말이다.

> 기실은 일반(一般)이다. 만일 경의 상태에 있을 때에는, 자연히 주일무적(主一無適)하고, 자연히 정제엄숙(整齊嚴肅)하며, 자연히 상성성(常惺惺)하고, 그 마음이 수렴되어 일물(一物)도 용납하지 않게 된다.[44]

---

42 "學者須是誠, 須是敬, 敬則誠矣"(尹焞, 『和靖集』 권5 「師說」).
43 주희의 경 사상에 대해서는 박영식, 「朱熹의 敬 思想에 관한 研究」, 동국대 박사논문, 2016, 71~106면; 이상돈, 「주희의 수양론-未發涵養工夫를 중심으로」, 서울대 박사논문, 2010, 48~71면 참조.

어떤 제자가 주희에게 '경'에 관한 여러 선생의 설이 같지 않으니 어떻게 해야 하는가를 물었다. 인용문은 바로 그 물음에 대한 주희의 답인데, 주희는 정이의 '주일무적主一無適'과 '정제엄숙整齊嚴肅', 사량좌의 '상성성법常惺惺法', 윤돈의 '수렴신심收斂身心'이 모두 경을 뜻하며 그 실제는 매일반이라고 말했다. 다만 주희는 사량좌나 윤돈의 학설보다는 정이의 학설이 좀 더 근본적이며 좋다는 입장을 취했다.[45]

이상의 고찰을 바탕으로 『천군기』에서 세 갈림길에 대해 서술한 인용문 (가)를 다시 읽어 보면, 짧은 서술 속에 송대宋代 이래 축적되어 온 전근대 동아시아 경 사상의 요체가 함축되어 있음을 알 수 있다. 그런데 눈여겨볼 점은, 이 세 갈림길의 이야기가 인용문 (가)의 ㉡에서 보듯 "이에 천군은 '정제의 길'을 따라" 간 것으로 마무리되고 있다는 점이다. 앞에서 살폈듯, '정제의 길'은 '주일무적主一無適'과 '정제엄숙整齊嚴肅'을 중시한 정이의 경 사상을 알레고리로 표현한 것으로, 『천군기』에 등장하는 인물 가운데서는 주일옹이 그것을 표상하고 있다. 이에 따라 뒤이어지는 『천군기』의 서사는 대장군 주일옹이 전쟁에 임해 승리를 거둠으로써 천군의 나라를 회복하는 데 초점을 맞추고 있다.

이쯤에서 이제 『천군기』의 『삼국지연의』 원용의 의미를 종합적으로 생각해 보자. 지금까지의 고찰을 통해 밝혀졌듯이, 『천군기』는 작품의

---

44 "其實只一般. 若是敬時, 自然主一無適, 自然整齊嚴肅, 自然常惺惺, 其心收斂不容一物"(앞의 책, 『大學或問』, 371면).

45 "問: '上蔡說〈敬者, 常惺惺法也〉, 此說極精切?' 曰: '不如程子整齊嚴肅之說爲好. 蓋人能如此, 其心卽在此, 便惺惺. 未有外面整齊嚴肅, 而內不惺惺者. 如人一時間外面整齊嚴肅, 便一時惺惺; 一時放寬了, 便昏怠也'"(위의 책, 372면).

주제의식인 '마음을 경의 상태에 거하게 하라居敬'를 성성옹·주일옹·성의백 3인을 통해 알레고리적으로 형상화하고 있다. 전대의 천군서사와 달리 『천군기』에서 '경'을 뜻하는 인물을 이렇게 셋으로 설정하고, 그 중에서도 주일옹을 가장 중요하게 부각시킨 것은 주희의 경 사상에 뿌리를 두고 있다. 즉 정이·사량좌·윤돈이 주창한 세 가지 경 사상을 모두 긍정하고 통합적으로 수용하되, 그 중에서도 정이의 학설을 좀 더 근본적인 것으로 여긴 주희의 경 사상이 바로 『천군기』 창작의 사상적 배경에 해당된다.[46]

그러므로 성성옹·주일옹·성의백은 하나이면서 셋이고, 셋이면서 하나이다. 『천군기』 제20회의 "성성옹과 주일옹도 성의백의 보조가 없으면 독자적으로 성립成立할 수 없기 때문에 그를 추천한 것이다"[47]라는 말이나, 제28회의 "성성옹·주일옹·성의백은 서로 어진 선비를 추천했다"[48]라는 말은 모두 이처럼 특수한 3인의 관계를 염두에 둔 표현이다. 그렇다면 황중윤이 성성옹·주일옹·성의백 3인의 창조 과정에서, 『삼국지연의』의 수많은 등장인물 가운데 하필 서서·제갈량·방통 3인의 서사를 활용한 이유를 추론해 볼 수 있다. 오로지 이 세 인물이 유비를 일깨워주는 군사軍師의 역할을 맡은바, 서서·제갈량·방통 역시 각

---

46 잘 알려져 있듯 주희의 경 사상은 『근사록(近思錄)』과 『심경(心經)』 등의 책을 통해 중국을 넘어 동아시아에 널리 퍼지게 되었다. 16세기 이래 조선의 유학자들은 주희의 사상을 깊이 공부해 그 심성론(心性論)을 더욱 심화시켰다. 황중윤의 스승인 정구(鄭逑, 1543~1620)도 1603년에 『심경(心經)』에 대한 집주서(集註書)인 『심경발휘(心經發揮)』를 편찬한 바 있다.

47 "而兩翁亦非誠意伯補助, 則不能獨自成立, 故乃薦之"(『천군기』 제20회).

48 "惺惺翁、誠意伯, 主一翁交薦五箇賢士"(『천군기』 제28회).

각 셋이지만 하나로 묶일 만한 공통점을 지니고 있는 것이다. 요컨대 황중윤은 '마음을 경의 상태에 거하게 하라居敬'라는 『천군기』의 주제 의식을 효과적으로 표현하기 위한 '서사전략'의 일환으로, 『삼국지연의』를 주체적이고도 창의적으로 원용했다고 말할 수 있다.

한편 서서·제갈량·방통의 서사를 원용함으로써, 『천군기』의 성성 옹·주일옹·성의백의 서사가 좀 더 복잡다단하고 흥미진진하게 서술된 점도 주목될 필요가 있다. 이는 자연스럽게 욕망과 관련된 주요 인물인 욕생慾生, 월백, 환백의 서사 또한 그에 상응하게 확장되고 구체화되는 결과를 낳았다. 그러므로 『천군기』가 전대의 천군서사와 질적으로 구별되는 새로운 차원을 열며 '장편화'될 수 있었던 중요한 요인의 하나로 『삼국지연의』의 원용을 꼽을 수 있다. 나아가 『천군기』가 단순히 성리학적 사상을 순직純直하게 전달하는 교술적 산문에 머물지 않고, '소설'의 본령을 구현[49]할 수 있었던 데에 『삼국지연의』의 영향이 적지 않았다고 생각된다.

4. 결론

본고에서는 17세기 초반에 황중윤이 창작한 『천군기』가 중국의 연의소설 『삼국지연의』를 어떻게 원용하였는가를 전면적이고도 자세한

---

[49] 이 점은 본서의 제5장 제2절에서 해명되었다.

텍스트 분석을 통해 밝혔으며, 아울러『천군기』의『삼국지연의』원용이 어떠한 의미를 갖는지를 고찰했다.

그 결과『천군기』의 주제의식인 '마음을 경의 상태에 거하게 하라居敬'를 구현하는 중심인물인 성성옹·주일옹·성의백의 서사는『삼국지연의』에서 유비의 군사軍師에 해당되는 서서·제갈량·방통의 서사를 원용한 것임을 밝혔다. 또한『천군기』의 성성옹·주일옹·성의백 3인은 각각 사량좌, 정이, 윤돈에 의해 주창된 경 사상을 알레고리적으로 표현한 인물이며, 그 중에서도 주일옹의 서사가 가장 중심이 된 것은 주희의 경 사상이 그 창작의 사상적 배경이었기 때문임을 밝혔다. 그리하여 본고에서는 황중윤이『천군기』의 주제의식을 효과적으로 표현하기 위한 통합적인 기획 하에 '서사전략'의 일환으로 주체적이고도 창의적으로『삼국지연의』를 원용했다는 결론에 이르게 되었다.『천군기』의『삼국지연의』원용은 17세기 초반에 이루어진바 한국고전소설사상 상당히 이른 시기의 시도로서 각별히 주목될 필요가 있다.

본고는 비교논의 과정에서 텍스트 분석을 미시적으로 수행하기도 했지만, 기본적으로는『천군기』의『삼국지연의』원용의 서사전략적 방법과 서사맥락상의 의미를 원리적으로 밝히는 데 관심을 두었다. 이에 본고에서는 세부적인 원용의 양상 모두를 다루지는 않았으며,『삼국지연의』이외의 중국 연의소설의 영향은 검토하지 않았다. 본고의 논의 결과가 조선 후기 소설이 중국 소설을 방법적으로 어떻게 창의적으로 원용하였는가에 관한 문제를 탐구하는 비교문학적 논의의 확장에 기여할 수 있기를 기대한다.

참고문헌

자료

黃中允, 『天君紀』, 한국국학진흥원 소장(草稿本 天君紀).

_____, 『三皇演義』『天君紀』, 한국국학진흥원 소장(修整本 天君紀).

_____, 『逸史』『天君紀』, 한국국학진흥원 소장(章回本 天君紀 A).

_____, 『逸史』『四代紀』, 한국국학진흥원 소장.

_____, 『逸史』『玉皇紀』, 한국국학진흥원 소장.

_____, 『逸史』『逸史目錄解』, 한국국학진흥원 소장.

_____, 『逸史』『天君紀敍』, 한국국학진흥원 소장.

_____, 「鏽川夢遊錄」, 한국국학진흥원 소장.

_____, 『東溟集』, 한국역대문집총서 303, 경인문화사, 1989.

_____, 『黃東溟小說集』(문학과언어연구회 편), 대구: 대동인쇄소, 1984.

鄭泰齊, 『天君衍義』, 서울대 奎章閣 소장.

_____, 『天君衍義』, 東萊 鄭氏 家藏.

_____, 『懸吐 天君衍義』, 翰南書林, 1917.

金宇顒, 『東岡集』 권16 「天君傳」, 한국문집총간 50, 한국고전번역원.

南孝溫, 『秋江集』 권1 「屋賦」, 한국문집총간 16, 한국고전번역원.

_____, 『秋江集』 권4 「睡鄕記」, 한국문집총간 16, 한국고전번역원.

박재연·김민지 교주, 『新刊校正古本大字音釋三國志傳通俗演義』 上·下, 학고방, 2009.

박재연·김영 교주, 『三國志通俗演義』, 학고방, 2010.

박재연·정승혜·이재홍 교주, 『東漢演義』, 학고방, 2007.

李奎報, 『東國李相國集』, 한국문집총간 1, 한국고전번역원.

李睟光, 『芝峯類說』 권8 「文評」, 한국고전번역원.

李植, 『澤堂先生續集』 권1 「五評事詠」, 한국문집총간 88, 한국고전번역원.

李珥, 『栗谷全書』, 한국문집총간 44·45, 한국고전번역원.

李滉, 『退溪集』, 한국문집총간 29~31, 한국고전번역원.

林悌, 『林白湖集』 권4 「愁城誌」, 한국문집총간 58, 한국고전번역원.

_____, 박희병 標點·校釋, 「愁城誌」, 『韓國漢文小說校合句解』, 소명출판(제2판), 2007.

林椿, 『西河集』 권5 「麴醇傳」, 한국문집총간 1, 한국고전번역원.

장효현·윤재민 외, 『校勘本 韓國漢文小說 寓言寓話小說』(민족문화자료총서 1), 고려대 민족문화연구소, 2007.

張顯光, 『大菴集』 권5 「大庵先生行狀」, 한국문집총간 속집 6, 한국고전번역원.

鄭逑, 『心經發揮』, 서울대 奎章閣 소장.

曹植, 『南冥集』, 아세아문화사, 1992.

_____, 『南冥集』, 한국문집총간 31, 한국고전번역원.

____,『사람의 길 배움의 길 學記類編』(경상대 남명학연구소 편), 한길사, 2002.

曺好益,『芝山集』권4「祭朴大庵文」, 한국문집총간 55, 한국고전번역원

黃汝一,『海月集』, 한국역대문집총서 2338·2339, 경인문화사.

許筠,『惺所覆瓿藁』권13「西遊錄跋」, 한국문집총간 74, 한국고전번역원.

許穆,『寒岡集』『寒岡年譜』권2「寒岡鄭先生墓誌銘」, 한국문집총간 53, 한국고전번역원.

許愈,『后山集』권12「神明舍圖銘或問」, 한국문집총간 327, 한국고전번역원.

『國朝文科榜目』, 한국학중앙연구원 한국역대인물종합정보시스템. 〈http://people.aks.ac.kr〉

『光海君日記』, 국사편찬위원회 한국사데이터베이스. 〈http://sillok.history.go.kr〉

『宣祖實錄』, 국사편찬위원회 한국사데이터베이스. 〈http://sillok.history.go.kr〉

『承政院日記』, 국사편찬위원회 한국사데이터베이스. 〈http://sillok.history.go.kr〉

『仁祖實錄』, 국사편찬위원회 한국사데이터베이스. 〈http://sillok.history.go.kr〉

『中宗實錄』, 국사편찬위원회 한국사데이터베이스. 〈http://sillok.history.go.kr〉

김광순 역주,『天君演義』, 형성출판사, 1977.

_____,『愁城誌·天君本紀』, 형설출판사, 1979.

_____,『天君演義·天君實錄』, 경북대 출판부, 1989.

_____,『天君小說』(연강학술도서 한국고전문학전집 26), 고려대 민족문화연구소, 1996.

金時讓,『涪溪記聞』,『국역 大東野乘』, 한국고전번역원.

김인경·조지형 역,『황중윤 한문소설』, 새문사, 2014.

南孝溫, 박대현 역,『국역 추강집』1·2, 한국고전번역원.

朴惺,『국역 大菴先生文集』, 대암선생문집편찬위원회, 2011.

신해진 편역,『조선 후기 몽유록』, 역락, 2008.

李珥, 권오돈 외 역,『국역 율곡전서』, 한국고전번역원.

李滉, 권오돈 외 역,『국역 퇴계집』, 한국고전번역원.

____,『역주와 해설 성학십도』(고려대 민족문화연구원 한국사상연구소 편), 예문서원, 2009.

林悌, 신호열·임형택 편역,『譯註 白湖全集』, 창작과비평사, 1997.

曺植, 경상대 남명학연구소 편역,『남명집』, 한길사, 2001.

段玉裁 注,『說文解字注』, 上海: 上海古籍出版社, 1981.

黎靖德 編,『朱子語類』, 北京: 中華書局, 2007.

『四書五經』, 北京: 中華書局, 2009.

『雲笈七籤』권4「上淸經述」, 北京: 書目文獻出版社, 1992.

『二程集』, 北京: 中華書局, 2004.

李贄,『焚書』, 台北: 漢京文化事業有限公司, 1984.

『莊子集釋』, 王孝魚 點校, 北京: 中華書局, 제2판, 2004.

尹焞,『和靖集』, 文淵閣 四庫全書 電子版, 上海: 上海人民出版社, 1999.

『太平廣記』권58「魏夫人傳」, 文淵閣 四庫全書 電子版, 上海: 上海人民出版社, 1999.

김종석 역주, 『심경강해』, 이문출판사, 1999.
김학주 역, 『列子』, 연암서가, 2011.
戴震, 임옥균 역, 『孟子字意疏証』, 홍익출판사, 1998.
박기봉 역, 『三國演義』, 비봉출판사, 2014.
배병철 역, 『黃帝內徑』, 성보사, 2000.
성백효 역주, 『心經附註』, 전통문화연구회, 2002.
이운구 역, 『순자 1・2』, 한길사, 2006.
李贄, 홍승직 역, 『분서』, 홍익출판사, 1998.
최창록 역, 『黃庭經』, 동화문화사, 1993.

저서
금장태, 『한국유학의 心說』, 서울대 출판부, 2002.
김광순, 『天君小說 研究』, 형설출판사, 1980.
김기동, 『李朝時代小說論』, 선명문화사, 1973.
김낙필, 『조선시대의 內丹 思想』, 대원출판, 2005.
김창룡, 『가전문학의 이론』, 박이정, 2007.
_____, 『韓中假傳文學의 研究』, 새문사, 1985.
김치우, 『고사촬요 책판목록과 그 수록 간본 연구』, 아세아문화사, 2008.
김태준, 박희병 교주, 『校注 증보 조선소설사』, 한길사, 1990.
민관동, 『중국 고전소설의 출판과 연구자료 집성』, 아세아문화사, 2008.
박희병, 『유교와 한국문학의 장르』, 돌베개, 2008.
_____, 『朝鮮後期 傳의 小說的 性向 研究』, 성균관대 대동문화연구원, 1993.
서대석, 『군담소설의 구조와 배경』, 제2판, 서울대 출판부, 2008.
손영식, 『성리학의 형이상학 시론－이황과 이이 철학의 성격 규정』, 울산대 출판부, 2007.
신기형, 『韓國小說發達史』, 창문사, 1960.
신재홍, 『한국몽유소설연구』, 계명문화사, 1994.
이영주, 『漢字字義論』, 서울대 출판부, 2001.
이은봉, 『중국을 만들고 일본을 사로잡고 조선을 뒤흔든 책 이야기』, 천년의상상, 2016.
정길수, 『한국고전장편소설의 형성과정』, 돌베개, 2005.
조윤제, 『國文學史』, 동방문화사, 1949.
차용주, 『韓國漢文小說史』, 아세아문화사, 1989.
한명기, 『정묘・병자호란과 동아시아』, 푸른역사, 2009.
_____, 『임진왜란과 한중관계』, 역사비평사, 1999.
홍원식 외, 『조선시대 심경부주 주석서 해제』, 예문서원, 2007.

陳美林・馮保善・李忠明, 『章回小說史』, 杭州: 浙江古籍出版社, 1998.

市川浩,『精神としての身體』, 東京: 講談社, 1992.

丸山浩明,『明清章回小說研究』, 東京: 汲古書院, 2003.

Copeland, Rita · Struck, Peter T. , *Allegory,* Cambridge: Cambridge University Press, 2010.

魯迅, 정범진 역,『中國小說史略』, 학연사, 2008.

蒙培元, 홍원식 외 역,『성리학의 개념들』, 예문서원, 2008.

李遠國, 김낙필 외 역, 「내단－심신수련의 역사 1」, 성균관대 출판부, 2005.

島田虔次, 김근우 역,『朱子學과 陽明學』, 까치출판사, 제2판, 2001.

宇野哲人, 손영식 역,『송대 성리학사』(I) ·『송대성리학사』(II), 울산대 출판부, 2005.

Freud, Sigmund, 윤희기 · 박찬부 역,『정신분석학의 근본 개념』, 열린책들, 2003.

＿＿＿＿＿＿＿＿, 조대경 편역,『꿈의 해석』, 서울대 출판부, 1993.

Lacan, Jacques, 맹정현 · 이수련 역,『세미나 11－정신분석의 네 가지 근본 개념』, 새물결, 2008.

Merleau-Ponty, Maurice, 류의근 역,『지각의 현상학』, 문학과지성사, 2002.

논문

강재철, 「天君演義 作者攷」,『東洋學』19, 단국대 동양학연구소, 1989.

강혜규, 「「愁城誌」의 주제의식」,『大東文化研究』62, 대동문화연구원, 2008.

＿＿＿＿, 「천군계 작품의 史的 고찰」,『精神文化研究』31, 정신문화연구원, 2008.

금장태, 「退溪 · 南冥 · 栗谷과 선비의식의 세 유형」,『退溪學報』105, 퇴계학회, 2002.

김광순, 「天君傳의 構造와 小說史的 位相」,『語文論叢』40, 한국문학언어학회, 2004.

＿＿＿＿, 「白湖 林悌의 生涯와 文學世界」,『語文論叢』39, 어문학회, 2003.

＿＿＿＿, 「天君演義의 構造와 實相」,『韓國擬人小說 研究』, 1987.

＿＿＿＿, 「天君演義의 作者是非와 創作意圖」,『淵民李家源博士六秩頌壽紀念論集』, 1977.

김기주, 「중기 퇴계학파」,『심경부주와 조선유학』, 예문서원, 2008.

＿＿＿＿, 「퇴계학파의『심경부주』이해」,『심경부주와 조선유학』, 예문서원, 2008.

김동협, 「黃中允 小說 研究」, 경북대 박사논문, 1990.

＿＿＿＿, 「東溟 黃中允의 小說觀과 생애」,『국어교육연구』20, 국어교육학회, 1989.

＿＿＿＿, 「「天君紀」考察」,『韓國의 哲學』16, 경북대 퇴계연구소, 1988.

＿＿＿＿, 「「달천몽유록」고찰」,『국어교육연구』17, 경북대 사범대학 국어교육연구회, 1985.

김수영, 「한국의 유교문화와 천군서사(天君敍事)－『천군본기(天君本紀)』의 경우」,『국문학연구』24, 국문학회, 2011.

김영, 「중한번역문헌연구소 소장 한글 필사본『남송연의』에 대하여」,『中國小說論叢』25, 한국중국소설학회, 2007.

김유미, 「「愁城誌」의 서술구조와 주제 연구」, 이화여대 석사논문, 2003.

김인경, 「16~17세기 心性敍事 연구」, 고려대 박사논문, 2015.

김창룡, 「중국의 산문 명작(I)－「취향기」(醉鄕記) · 「수향기」(睡鄕記)」,『漢城語文學』22, 한성어문학회, 2003.

김충열, 「神明舍圖 · 銘의 새로운 考釋」,『南冥學研究論叢』11, 남명학연구원, 2002.

김현양, 「16세기 후반 소설사 전환의 징후와 「愁城誌」」, 『古典文學硏究』 24, 한국고전문학회, 2003.

민관동, 「『三國志演義』의 國內 流入과 出版 - 조선 출판본을 중심으로」, 『中國文化硏究』 24, 중국문화연구학회, 2014.

_____, 「『東漢演義』 硏究 - 판본과 국내 流入本을 중심으로」, 『中國小說論叢』 21, 한국중국소설학회, 2005.

_____, 「『列國志』의 國內 수용양상에 관한 硏究」, 『中國小說論叢』 13, 한국중국소설학회, 2001.

박영식, 「朱熹의 敬 思想에 관한 硏究」, 동국대 박사논문, 2016.

박재연, 「새로 발굴된 朝鮮 活字本 『三國志通俗演義』에 대하여」, 『中國語文論總』 44, 중국어문연구회, 2010.

_____, 「조선각본 『新刊校正古本大字音釋三國志傳通俗演義』에 대하여」, 『中國語文學誌』 27, 중국어문학회, 2008.

손미정, 「후기 퇴계학파」, 『심경부주와 조선유학』, 예문서원, 2008.

손영식, 「남명 조식의 주체성 확립 이론과 사림의 정신(I)」, 『남명 조식 - 한국의 사상가 10인』(오이환 편), 예문서원, 2002.

_____, 「남명 조식의 주체성 확립 이론과 사림의 정신(II)」, 『南冥學硏究論叢』 7, 남명학연구원, 1999.

신상필, 「天君類 出現의 철학적 기반과 서사문학적 지위」, 『漢文學報』 22, 우리한문학회, 2010.

신해진, 「黃中允의 政治的 立場과 「鍮川夢遊錄」」, 『국어국문학』 118, 국어국문학회, 1997.

안병설, 「天君系 寓言의 形成 科程과 特徵」, 『중한논총』 7, 국민대 중국학연구소, 1991.

_____, 「漢文小說의 受容樣相과 天君演義」, 『韓國學論叢』 3, 국민대 한국학연구소, 1980.

_____, 「李朝心性假傳의 展開와 그 性格」, 『韓國學論集』 1, 국민대 한국학연구소, 1978.

안세현, 「15세기 후반~17세기 전반 성리학적 사유의 우언적 표현 양상과 그 의미」, 『民族文化硏究』 51, 고려대 민족문화연구소, 2009.

_____, 「朝鮮前期 「醉鄕記」・「睡鄕記」의 創作 樣相과 그 意味」, 『語文硏究』 37, 어문연구회, 2009.

윤세순, 「17세기, 간행본 서사류의 존재양상에 대하여」, 『민족문학사연구』 38, 민족문학사학회, 2008.

_____, 「16세기, 중국소설의 국내유입과 향유 양상」, 『민족문학사연구』 25, 민족문학사학회, 2004.

윤주필, 「「愁城誌」의 3단 구성과 그 의미」, 『韓國漢文學硏究』 13, 한국한문학회, 1990.

윤재천・김현룡, 「李朝 '天君'關係小說의 硏究」, 『상명대학교 논문집』 4, 상명대 사범대학, 1975.

이기훈, 「율곡학파의 심경부주 이해」, 『심경부주와 조선유학』, 예문서원, 2008.

이동근, 「朝鮮朝 心性假傳의 硏究」, 『古小說硏究』 1, 한국고소설학회, 1995.

이상돈, 「주희의 수양론 - 未發涵養工夫를 중심으로」, 서울대 박사논문, 2010.

이은봉, 「『三國志演義』의 수용 양상 연구」, 인천대 박사논문, 2007.

이종묵, 「白湖 林悌 漢詩의 文藝美學」, 『震檀學報』 96, 진단학회, 2003.

임형택, 「李朝前期의 士大夫文學」, 『韓國文學史의 視角』, 창작과비평사, 1984.

전병윤, 「南冥 曺植의 〈神明舍圖〉 考察」, 『南冥學硏究』1, 경상대 남명학연구소, 1991.

전성운, 「『천군연의』와 연의소설의 상관성」, 『韓國言語文學』53, 언어문학회, 2004.

전재강, 「心經發揮에 나타난 寒岡 心學의 특성 연구」, 『南冥學硏究論叢』7, 남명학연구원, 1999.

정병설, 「조선시대 한문과 한글의 위상과 성격에 대한 一考」, 『한국문화』48, 서울대 규장각한
　　　국학연구원, 2009.

정원재, 「知覺說에 입각한 李珥 철학의 해석」, 서울대 박사논문, 2001.

정학성, 「林白湖 文學硏究」, 서울대 박사논문, 1986.

조동일, 「영웅의 일생, 그 문학사적 전개」, 『東亞文化』10, 서울대 동아문화연구소, 1971.

조수학, 「禹秉鍾의 心性假傳 및 托傳 硏究」, 『嶺南語文學』9, 영남어문학회, 1982.

최석기, 「南冥의 〈神明舍圖〉·「神明舍銘」에 대하여」, 『南冥學硏究』4, 경상대 남명학연구소,
　　　1994.

허원기, 「心性圖說의 圖像學的 意味와 心性寓言小說」, 『南冥學硏究』20, 남명학연구원, 2005.

_____, 「天君小說의 心性論的 意味」, 『古小說硏究』11, 한국고소설학회, 2001.

홍원식, 「전기 퇴계학파」, 『심경부주와 조선유학』, 예문서원, 2008.

_____, 「李滉과 그의 直傳 제자들의 『心經附註』 연구」, 『退溪學報』121, 퇴계학회, 2007.

_____, 「退溪 心學과 『心經附註』」, 『民族文化論叢』30, 영남대 민족문화연구소, 2004.

황일근, 「임제 문학에 나타난 '욕망'과 '시름'의 양상」, 연세대 석사논문, 2005.

황지원, 「『심경』, 『심경부주』, 「심경후론」」, 『심경부주와 조선유학』, 예문서원, 2008.

_____, 「전기율곡학파」, 『심경부주와 조선유학』, 예문서원, 2008.

金建人, 「天君小說與心性學」, 『韓中人文科學硏究』, 韓中人文科學硏究會, 2002.

• 제1회 천군이 즉위하여 관직을 나누어 봉하다[天君卽位分封官]

천군天君의 성은 주朱이고, 이름은 명明이며, 격현膈縣 사람이다. 주명朱明의 선조는 태고에 인황씨人皇氏와 함께 태어났으며, 그 뒤로 자손이 도심道心, 대인심大人心, 적자심赤子心, 유정惟情·유일惟一 형제로 이어졌다. 유정·유일 형제의 손자가 범순부范純夫의 딸과 혼인해 낳은 자손이 바로 주명이다. 처음에 주명이 거처한 곳은 사방 한 치의 땅에 불과했으나 천하만국을 통괄할 수 있게 되었다. 모든 사람들이 주명의 허령虛靈함을 칭송하니 마침내 하늘의 명덕明德을 받아 왕위에 올라 '천군'이라 했다. 천군은 화덕火德으로써 왕이 되어 붉은 색을 숭상했다. 단부丹府에 도읍을 정해 '신경神京'이라 하고, 성을 쌓아 '심성心城'이라 하고, 궁실을 지어 '신명궁神明宮'이라 했다. 천군은 개원改元 태초太初 원년元年에 관직을 설치하고 나누어 봉한다. 먼저 목관目官·비관鼻官·이관耳官·구관口官을 임명했다. 다음으로 정부情府에 거하는 일곱 사람七情이 천군을 알현하니, 희喜를 구수장군驅愁將軍으로, 노怒를 건위장군建威將軍으로, 애哀를 회척장군懷戚將軍으로, 낙樂을 진환장군鎭歡將軍으로, 오惡를 독과장군督過將軍으로, 애愛를 양인장군揚仁將軍으로, 욕欲을 오리장군五利將軍으로 봉한다. 천군은 정치에 정성을 기울여 요순시대에 가까운 태평성대를 이루었으나 장년에 이르러 나태해져 방랑하기를 좋아해 정궁正宮에 머물지 않고 천하를 주유한다.

• 제2회 도독이 형위 중에서 싸워 크게 이기다[都督戰覇荊圍中]

문예文藝는 스스로 선생이라 일컫는 자인데 천군을 찾아와 알현했다. 천군이 문예에게 나라를 이롭게 할 계책을 물으니 상·중·하의 세 계책을 말한다. 천군이 세 가지 모두 바라는 바이나 먼저 월전月殿의 섬궁蟾宮에 오르는 하책을 따르고 싶다고 답한다. 이에 문예가 모영毛穎:붓·진현陳玄, 먹·저지백楮知白, 종이·도홍陶弘, 벼루 네 사람을 천거하며 문전文戰에서 승리하도록 해주겠다고 한다. 천군이 기뻐하며 문예를 광문도독 소단사백 영시성사廣文都督騷壇詞伯領詩城事에 봉하고, 네 사람을 불러 모영을 중서령中書令으로, 진현을 자묵객경子墨客卿으로, 저지백을 백주자사白州刺史로, 도홍을 즉묵대부即墨大夫로 삼고 '사우四友'라 불렀다. 천군이 네 사람과 함께 문방文房에 거처하며 일을 이루기를 도모하니 수십 년 사이에 사봉詞鋒이 예리해져 당할 자가 없게 되었다. 회화나무 열매가 노랗게 익는 철이 되자 문예가 천군에게 문전文戰에 나아가 대업大業을 이룰 것을 권했다. 이에 천군이 나아가 숙련된 장수들과 더불어 형위荊圍의 가운데에서 싸움을 벌인다. 마침내 천군이 홀로 천여 명을 대적하여 무찌르고 개선가를 울리며 돌아온다. 천군이 문예를 문성대장군 광문대도독 문향후 겸 중서평장사文成大將軍廣文大都督文鄕侯兼中書平章事에 봉하고, 모영은 관성후管城侯로, 진현은 송자후松滋侯로, 저지백은 호치후好畤侯로, 도홍은 석향후石鄕侯로 삼아 공로를 포상한다. 천군이 월전의 섬궁에 오른 후부터 뜻이 자만해지고 기운이 넘치니 식견 있는 이들이 그 조짐을 근심한다.

• 제3회 오리장군이 욕생을 추천하다[五利將軍薦慾生]

천군이 월전의 섬궁에 오른 뒤 방탕한 흥취가 솟아나 경박하고 허망한 지경에 이르게 되었다. 이에 오리장군五利將軍이 천군의 뜻을 알아채고 자신의 부중部中에 있는 욕생慾生을 추천하니, 천군이 사신을 재촉해 욕생을 부른다. 욕생의 선조는 인심人心으로 도심道心과 같은 뿌리에서 태어났으나, 도심과 달리 요임금에게 등용되지 못했다. 인심의 아들은 기사己私인데 그 자손들이 번성하여 대대로 악행을 하므로 우禹, 탕湯, 문文, 무武 임금에게 내쫓겼다. 그 뒤 기사의 후손인 의意・필必・고固・아我의 무리가 문선왕文宣王, 공자을 알현하고자 했으나 문선왕이 끊어버렸다. 이에 안연顏淵과 교유하고자 했으나 거부당했으며, 아성공亞聖公, 맹자에게 귀의했으나 아성공이 과욕寡慾하여 간여할 수 없었다. 그 후손이 대대로 더럽고 탁한 일들을 자행하므로 정이程頤, 정호程顥, 주희朱熹 같은 성현에게 배척당하고 여여숙呂與叔에게 비판받았다. 이때 욕생은 선조들의 삿된 행태를 따르더니 오리장군과의 인연으로 천군에게 나아갈 수 있게 되었다. 천군은 욕생을 한 번 보고 친압하여 특진시켜 총락후寵樂侯에 봉한다. 욕생이 천군의 뜻을 얻자 게으르고 음란한 습성으로 천군을 미혹하고, 사특하고 편벽된 술책으로 천군을 인도한다. 욕생의 영향이 커질수록 천군의 덕이 줄어들어, 천군은 하지 않는 바가 없게 된다.

• 제4회 성성옹이 와서 천군에게 간언하다[惺惺翁來諫天君]

처음에 천군이 임금이 되어 나라를 세우고 기틀을 닦을 수 있었던 것은 대신大臣이자 원로元老인 성성옹惺惺翁, 깨어 있음의 공이었다. 천군이 사특한 무리에게 미혹되어 나라가 위태로운 지경에 이르자 성성옹이 나아와 천군에게 간언한다. 성성옹은 일곱 사람[七情]이 천군을 혼란한 상황으로 인도하고 있으며, 욕생이 천군을 음란하고 사치스러운 데 빠뜨리고 있으니 사특한 무리들을 억누르고 그릇된 행실을 고치시라고 간언한다. 천군이 듣지 않자 성성옹이 물러나며 다시 소疏를 올려, 올바로 생각하면 성인聖人이 되고 올바로 생각하지 않으면 광인狂人이 되니, 이제라도 일곱 사람을 멀리하고 실제의 일에 힘쓰고, 욕생을 막고 바른 길에 정신을 쏟아 인의仁義의 부府를 열고, 중화中和의 영역을 넓히어 나라를 태평하게 하고 성인이 되도록 힘쓰시라 간언한다.

• 제5회 간사한 무리가 차례로 성성옹을 참소하다[群邪交譖惺惺翁]

이때에 천군은 닭이 울면 일어나 부지런히 이익을 추구하고, 종소리를 들으면 그 소리가 끝나기도 전에 마음이 다른 곳으로 치달리며, 편히 누워 마음대로 하고자 했는데, 성성옹의 소疏를 본 후 안색이 변하며 부끄러워한다. 그러자 일곱 사람 중 독과장군督過將軍, 오(惡)과 건위장군建威將軍, 노(怒)이 차례로 나아와 성성옹을 참소하니, 천군이 동조하며 상소문을 찢어버리려 한다. 그때 총락후 욕생이 울면서 천군에게 나아와 성성옹의 질투가 심하고, 성성옹과 자신은 양립할 수 없는 형세이니 자신을 물리쳐 성성옹의 마음을 통쾌하게 해달라 거짓으로 청한다. 이에 천군은 성성옹이 근신近臣들을 일망타진하고자 한다며 꾸짖어 물리친다. 이에 성성옹이 물러나며 천군이 욕생에게 미혹되어 큰 길을 버려두고 작은 길을 따라감을 한탄하고, 관직을 버리고 숨는다.

• 제6회 천군이 노는 데 빠져 뜻이 호탕해지다[天君耽遊志浩蕩]

욕생 등이 성성옹을 내쫓고 천군에게 더욱 아첨하자 천군이 그들을 매우 사랑한다. 독과장군은 천군에게 아뢰어 신명법전神明法殿을 편전便殿으로 고쳐 부르고, 그 출입문인 의리문義理門을 풍월문風月門으로, 예법문禮法門을 연희문燕喜門으로 고쳐 부르게 한다. 또 신명법전의 사면 벽에 걸린 그림을 모두 떼어내고 풍류행적을 담은 그림으로 바꿔 단다. 아름다운 춘삼월의 어느 날 천군이 조회를 마치고 쓸쓸해하자 낙씨와 욕씨 등이 봄의 흥취를 즐긴 옛 인물들의 고사와 시를 열거하며 천군이 봄날을 즐기기를 권한다. 이에 천군이 흔쾌히 동조하며 그들과 더불어 좋은 경치를 찾아다니며 열흘 간 밤낮으로 즐겁게 노느라 돌아가기를 잊는다.

• 제7회 목관이 달려와 요사한 적이 출몰했음을 아뢰다[目官奔走告妖賊]

천군이 노닐기를 그치지 않고 있는데, 목관에 봉해진 방동方瞳이 급히 달려와 전방의 화류림花柳林에 스스로를 '낭자군娘子軍'으로 일컫는 요사한 적이 출몰했음을 아뢴다. 그 장수는 월백越白, 미색(美色)으로 열여섯 정도의 나이에 모습은 천신天神과 같고 가슴의 교묘한 술책은 헤아리기 어려운 자였다. 월백의 선조는 뱀의 몸에 사람의 머리를 하고 복희씨伏羲氏·신농씨神農氏와 함께 태어났으며, 그 후예는 하나라의 말희妺喜, 은나라의 달기妲己, 주나라의 포사褒姒, 월나라의 서시西施, 한나라의 조비연趙飛燕·조합덕趙合德, 당나라의 양태진楊太眞으로 이어졌다. 월백은 비록 먼 후손이나 그 간교함은 일맥상통했다. 또한 월백은 손무孫武와 함께 진법陣法을 익힌 선조로부터 운우雲雨를 부르는 전술을 전수받아 요사한 환술을 부렸다. 월백은 거처에서 정기를 쌓으며 기회를 엿보고 있었는데 천군이 노닐기를 탐한다는 소문을 듣고 습격을 계획한다. 월백의 수하는 모두 정예병으로 그 중 초왜楚娃와 위염衛艷은 특히 아름다워 일당백一當百인 자들이다. 또한 군중에 행수行首라는 모사謀士가 있어 기이한 계책을 잘 내었다. 이때 목관이 월백의 군중에서 화전花牋에 쓴 선전포고서宣戰布告書를 천군에게 보내왔음을 고하고, 계책을 세워 대응할 것을 청한다.

• 제8회 요병이 빈틈을 타 관문으로 들어오다[妖兵乘虛入關門]

이에 앞서 천군은 성성옹의 권유로 '인귀관人鬼關'이라는 관문을 세워 나라의 방비를 철저히 했다. 성성옹이 떠나자 관문이 퇴락하고 기울었는데 보수하지 않으니 사특한 무리들이 마구 날뛰었다. 월백은 관문이 무너진 것을 알고 순탄하게 걸어 들어온다. 관문의 방어가 무너지자 천군이 목관을 보내 대적하도록 한다. 목관은 교전을 피하고자 했으나 미산眉山의 아래에서 유인되어 월백과 맞닥뜨린다. 목관이 월백의 모습과 말에 압도되어 싸워보지도 않고 항복한다. 월백은 목관을 인로장군引路將軍으로 삼는다. 목관이 몰래 오리장군 욕씨를 만나 천군이 월백에게 항복하게끔 권하라고 말한다. 욕씨가 총락후 욕생을 불러 이 일을 주관하게 하고 함께 계책을 정한다.

• 제9회 월백이 크게 전투를 벌여 천군을 곤경에 빠뜨리다[越白大戰困天君]

그날 욕생이 은밀히 월백에게 사람을 보내 안에서 응하고 밖에서 힘

을 합하기로 밀약한다. 이에 월백이 욕생을 통혼대부 탕심대장군通欣大
夫蕩心大將軍에, 욕씨를 병중대부 영심대장군 단성대도독秉中大夫領心大將軍丹
城大都督에 몰래 봉하고 사람을 돌려보낸다. 욕씨가 그 소식을 듣고 기뻐
하며 욕생을 시켜 희씨·낙씨·애씨 세 장군에게 사태를 전하고 항복을
권유하니 모두 따른다. 이어 욕생이 노씨·오씨를 찾아가 월백을 칭찬
하고 이해득실을 말하며 회유하니 따르기로 한다. 욕생이 천군을 알현
하여 당대에 월백을 당할 자가 없으며 목관은 이미 투항하고 일곱 장군
모두 싸울 의지가 없으니 월백의 무리에게 성문을 개방하라고 설득한
다. 이어 욕씨가 월백의 위세를 당할 수 없으니 나중에 패하여 항복하
기보다 순종하여 무사한 편이 낫다고 말한다. 천군은 슬피 탄식하며 항
복하기를 거절하고 절충교위折衝校尉 중랑장中郎將 등을 거느리고 풍월문
으로 나가 월백의 진陣과 대치한다. 월백이 먼저 미혼진迷魂陣을 펼치니
진중에서 행수가 계책을 낸다. 먼저 백부장百夫長 위염衛艶이 뛰쳐나오니
천군이 맞서 쉽게 퇴각시킨다. 다음으로 천부장千夫長 초왜楚娃가 뛰쳐나
와 천군과 접전하며 엎치락뒤치락하니 행수는 천군을 가벼이 볼 수 없
다고 여긴다. 다음날 월백이 원앙진鴛鴦陣을 치고 직접 돌진하니 행수가
손짓으로 천군을 부르며 승리를 장담한다. 앞선 두 번의 승리로 거만해
진 천군은 월백과 맞서기도 전에 넋을 잃는다. 천군이 무릎을 꿇고자
했으나 월백이 미리 혹닉갱惑溺坑을 파서 천군을 유인한다. 천군이 밤새
월백과 혈전을 벌이는 동안 구름과 안개비가 자욱했다. 아침이 되어 천
군이 가까스로 빠져 나왔으나 극도로 피곤해한다.

• 제10회 환백이 기회를 타서 크게 침략하다[歡伯乘勢大入寇]

한편 환백歡伯은 주천군酒泉郡 사람으로 본래 성은 양粱이다. 그 시조는 청淸으로 황하黃河 구곡호九曲湖에 살았다. 청의 후손인 현玄은 황제黃帝 때 합환백合歡伯에 봉해지고, 현의 아들 예醴는 제곡帝嚳·요임금에게 총애를 받아 중헌대부中憲大夫가 되었다. 예醴의 아들 진醆은 국수재麴秀才의 딸과 혼인했다. 우禹임금은 처음에 예를 총애했으나 나중에 '나라를 망하게 할 자'라 하여 멀리했다. 이에 예는 성을 미米로 이름을 양釀으로 바꾸었다. 양釀의 후손인 표醥는 상商나라 고종高宗과 부열傅說에게 총애를 받았다. 그 후에도 자손들이 이어졌으니 유醹는 위衛나라 무공武公 때에 '덕을 어지럽히는 자'라 하여 쫓겨나고, 그 후손인 전醹은 동진東晉 때 죽림칠현과 가까이 지내며 특히 유령劉伶에게 '대인선생大人先生'으로 칭송받았다. 선의 아들 영醽은 양왕醸王에 봉해지고, 영의 아들 녹醁은 광록시상경 제점양온서사 겸 국부상서光醁寺上卿提點良醞署事兼麴部尙書에 제수되었다. 녹의 아들 이醿는 취향후醉鄕侯에 봉해졌으며 곡성穀城 사람 백찬씨白粲氏와 혼인해 아들을 낳으니 그가 환백이다. 환백의 이름은 주酎이고 자는 미숙美叔이며 모습이 맑고 기상이 웅대하여 스스로 큰 그릇이라 자부했다. 환백은 예천후 겸 국성도독醴泉侯兼麴城都督에 봉해졌으나 만년에 분에 넘치는 행동으로 파직되어 술집에 은거했으며 월백과 잘 지냈다. 이때 월백이 함께 군대를 일으키자고 하니 환백이 크게 기뻐하며 스스로 '환백대장군歡伯大將軍'이라 칭하며 군사를 불러 모았다. 환백은 호구壺口로부터 약옥주藥玉舟를 타고 은하부斷下府를 공격했다. 구관인 양설옹치羊舌雍齒가 겁을 먹고 낭자관군의 침략으로 천군이 위급한 때이니 공격하지 말 것을 환백에게 청하나 거절당하자 옥지玉池의 요충지를 지킬 계책을 세운다. 일찍이 욕씨·낙씨·희씨는 환백을 만나 정우淨友가 되기를 바랐는데 환백이 이르렀다는 소식을 듣고 기뻐하며 구관에게 몰래 연락해 환백의 군대를 막지 말라고 한다. 이에 구관이 환백에게 항복하니 환백이 그를 용후장군 겸 인접사春喉將軍兼引接使에 임명한다.

• 제11회 천군이 친히 싸워 크게 패하다 [天君親戰被大敗]

구관이 전도前導가 되자 환백의 기세가 커져 천관天關에 들이닥치니 천군이 신하들 가운데 나서서 대적할 자를 찾는다. 이에 대장大腸·소장小腸 형제가 함께 나선다. 이어서 주폐朱肺, 폐·주비朱脾, 비장가 함께 나선다. 본래 대장은 전도관傳導官에, 소장은 수성관壽盛官에, 주폐는 상전관相傳官에, 주비는 창름관倉廩官에 임명된 자였다. 천군이 네 관원의 말을 듣고서 두려울 것이 없다 생각하고는 주폐를 좌부장군左部將軍으로, 주비를 우부장군右部將軍으로, 대장을 중부장군中部將軍으로, 소장을 후부장군後部將軍으로 삼고 친히 중군을 거느리고 흉관胸關 아래로 출전한다. 환백의 수하로 평원독우平原督郵에 임명된 백타白墮가 환백의 명을 받아 백아伯雅·중아仲雅·계아季雅 세 형제를 이끌고 공격하니 좌부장군이 달아나고자 한다. 이어서 환백의 장수 가운데 막하관인 청주종사靑州從事 육서陸醑, 백수향白水鄕 사람 고건강顧建康, 신풍新豊 사람 석동춘石凍春이 맹렬한 기세로 뛰어나와 에워싸자 좌부장군과 우부장군이 버티지 못한다. 이 때 돌격장군突擊將軍 추로秋露가 환백의 명을 받아 큰 배로 흉해胸海를 건너 물길을 따라 내려오니 주폐와 주비가 모두 패한다. 추로가 중심부로 쳐들어오니 대장이 크게 노하며 '구회진九回陣'을 치고 소장과 같이 대적하고자 하나 추로의 기세를 막지 못하고 패한다. 천군이 겹겹이 에워싼 포위망에 갇힌다.

• 제12회 두 관원이 바람에 쓰러지듯 모두 적에게 복종하다[二官望風皆順賊]

대장 등 네 관원이 환백의 군대를 막지 못하여 변방의 관문이 뚫리자 그 안의 성들이 저절로 함락된다. 천군은 겨우 포위망을 빠져나올 수 있었으나 넘어지고 엎어지며 존망의 기로에 선다. 월백은 환백이 전투에서 승승장구하자 공방형孔方兄, 돈을 보내 군수품을 원조한다. 월백은 환백을 맞아 연회를 크게 벌여 〈일전매一剪梅〉 등의 노래를 부르고 악기를 연주한다. 이관에 봉해진 섭총聶聰이 천군에게 간언하여 설분할 계책을 내려달라 청한다. 하지만 천군이 두 적에게 능멸 당해 인사불성 상태에 처해 있으니 욕씨·희씨·낙씨가 이관에게 대세를 따를 것을 번갈아 요구한다. 이관이 탄식하고는 월백에게 항복하니, 월백이 이관을 청원장군 공벌성총관사聽遠將軍空筏城摠管使로 임명한다. 환백이 이관의 항복 소식을 듣고 부장副將인 도취와 묘료 등을 보내 오악성五岳城을 공격하게 한다. 비관이 이관의 항복 소식을 듣고 환백에게 항복하니, 환백은 비관을 습방후 겸 옥려도통사襲芳侯兼玉廬都統使로 임명한다.

• 제13회 단원이 적에게 유세하여 화해를 요구하다[丹元說賊求和解]

단원丹元, 심신(心神)은 천군의 나라에서 중대부中大夫에 임명된 자로 중지中池에 거처하며 항상 붉은 옷을 입었으며, 그의 선조는 노담老聃과 친했다. 단원은 천군이 날마다 두 적의 공격을 받는 것을 보고 장차 나라가 망하게 되리라 생각했다. 이에 천군에게 나아가 두 적과 화해할 것을 청한다. 천군은 정신이 혼미하여 단원에게 임의로 도모하라고 한다. 단원이 먼저 월백을 찾아가 도리와 이해득실을 따지며 천군이 이미 항복했으므로 싸움을 멈출 것을 요구하니 월백이 단원의 제안을 수락한다. 이어서 단원이 환백을 찾아가 위태로움을 경계하며 싸움을 멈추고 군대를 쉬게 할 것을 요구하니 환백이 단원의 제안을 수락한다. 단원은 돌아와 천군에게 보고한다.

• 제14회 욕생이 밀통하여 두 적을 머물게 하다[慾生潛通留二賊]

단원이 강화를 청했다는 소식을 듣고 욕생이 월백과 환백에게 밀서를 보낸다. 욕생은 밀서에서, 단원의 유세를 믿어서는 안 되며 천군과 면전에서만 약속한 뒤 월백과 환백이 다시 군사를 거느리고 공격하면 자신과 욕씨·희씨·낙씨·애씨 등이 천군을 모시고 있다가 내응하겠다는 계책을 전한다. 이에 월백이 기뻐하며 부인성夫人城에서 군대를 일으켜 천군을 전복시키니 천군이 전광부顛狂府에 숨어 나오지 않는다. 환백이 백배白杯·백준白樽 형제와 옥완玉椀·금굴치金屈卮 등을 모아 천군을 압박한다. 천군이 지친 몸으로 겨우 대항하며 전투가 이어지더니 총령장군 겸 대도독摠領將軍兼大都督 전구全軀, 전신와 진두장군鎭頭將軍 여수黎首, 머리가 차례로 들어와 천군에게 나라의 진산鎭山인 옥산玉山과 그 봉우리인 곤륜봉崑崙峯, 곤륜봉의 니환궁泥丸宮이 요동치고 기우니 이를 경계해야 한다고 아뢴다. 전구와 여수가 채 물러나기도 전에 옥산과 곤륜봉이 연이어 무너져 나라 사람들이 상서롭지 않게 여긴다. 이 때 담씨膽氏·간씨肝氏·단씨膻氏, 횡경막·방광씨膀胱氏·골씨骨氏·슬씨膝氏·요씨腰氏·신씨腎氏 모두 월백에게 패하고, 혼씨魂氏·백씨魄氏는 혼미해져 달아나고자 하니 온 조정에 한 사람도 지킬 수 있는 자가 없었다. 이에 천군은 단신으로 달아나 갈 곳을 모르고 갈림길에서 방황한다.

• 제15회 흑첨이 감면국으로 인도하다[黑甜導入酣眠國]

천군의 앞에 흑첨黑甜, 잠이 나아와 감면국酣眠國 수향睡鄕을 소개하니 천군이 흑첨의 인도를 따라 수향으로 간다. 감면국 사람들이 오랫동안 잠자는 비법을 천군에게 알려주고, 수향에 아무 일이 없자 천군의 마음이 자못 안정된다. 흑첨의 무리 가운데 자호自號가 몽몽옹夢夢翁, 꿈인 자가 천군을 알현하고 괴안국槐安國 남가군南柯郡으로 인도하니, 천군이 호접을 완상하고 자족하며 세월을 보낸다. 수향의 귀적鬼賊인 수미睡魔가 천군에게 해를 가하고자 '혼침굴昏沉窟'이라는 구덩이를 파서 천군을 밀어 빠뜨리고 그 무리인 엽魘, 가위눌림을 시켜 위에서 내리누르게 한다. 이에 천군이 고통스러워할 때 도미국대장군酴醾國大將軍과 연지국대장군胭脂國大將軍이 나타나 천군을 에워싸 공격한다. 이에 천군이 다급히 소리치며 괴로움을 호소하나 아무도 구해주지 않아, 적들에게 사로잡히기만 기다린다. 그때 청허부淸虛府 사람 정신情神이 천군을 뵙고자 수향에 이르렀다가 그 위급함을 보고 보필관輔弼官 혼씨魂氏와 광좌관匡佐官 백씨魄氏를 급히 불러 함께 천군을 구출한다. 천군이 포위에서 벗어났으나 어찌할 바 없어 계속 수향에 몸을 의탁해 세월을 보낸다.

• 제16회 유회씨가 성성옹을 부르다[有悔氏召惺惺翁]

어느덧 스산한 가을날이 되자 천군은 편안한 집과 바른 길을 잃은 자신의 처지를 슬퍼하고, 도성을 빼앗긴 일을 한탄하며 눈물을 흘린다. 그때 유회씨有悔氏, 뉘우침로 불리는 자가 나타난다. 유회씨는 하夏나라 태강太康 때와 한漢나라 무제武帝 때 임금을 뉘우치게 한 충신들의 후손이다. 유회씨가 천군에게 나아와 지난날 천군이 거만하여 두 적을 불러들였으나, 이제는 슬퍼하여 선善을 생각하니 어서 천군을 보필할 자를 구해 행실을 갈고 닦으면 중흥中興의 군주가 될 수 있을 것이라 아뢴다. 천군은 예전에 직간直諫하던 성성옹을 부르고 싶으나 사신으로 보낼 자가 없다며 한탄한다. 유회씨가 천군이 조서를 내려주면 즉시 받들고 가겠다고 자청한다. 이에 천군이 기뻐하며 조서를 내린다. 한편 성성옹은 천군에게 물리침을 당한 후 숨어 지내다가 두 적이 난을 일으켜 천군이 달아났다는 소식을 듣고 비분강개하고 있었다. 유회씨가 험난한 길을 뚫고 가 성성옹에게 조서를 전한다. 성성옹이 조서를 받고 감격하여 유회씨를 따라 천군에게 나아가니, 천군이 친히 성성옹을 맞이한다.

• 제17회 성성옹이 대원수를 추천하다[惺惺翁薦大元帥]

천군이 성성옹을 만나 지난 일을 부끄러워하자 성성옹이 임금께서 깨달아 바른 길로 돌아가려고 하니 늦지 않았다고 말한다. 이어 성성옹은 사람을 보내 적들의 정세를 정탐하게 한다. 욕생과 욕씨, 희씨, 낙씨 네 장군은 두 도적과 결탁해 방자하게 전횡을 일삼고 있었다. 월백은 욕해慾海 가에 홍분도호부紅粉都護府를 열고 즉위하여 여국女國 과소군寡少

君으로 자칭했다. 또한 동방육자洞房六子, 침실용품를 각각 관직에 봉하고, 천군의 사우四友를 불러들여 벼슬을 올려주니 그들이 월백을 좌우에서 따랐다. 환백은 기해氣海 가에 침면국沈麵國을 세워 스스로 국군麵君으로 칭하고, 장요씨長腰氏, 쌀를 왕비로 세워 국모麵母로 칭하며, 국생麵生을 태자로 삼는다. 하잔夏瓚 등 환백의 수하는 환백에게 '형덕성렬 합도화신 청성대왕馨德盛烈合道和神清聖大王'이라는 존호를 올리고, 동방육자 등 월백의 수하는 월백에게 '숙미농온 조음순양 요조대왕淑美濃溫調陰順陽窈窕大王'이라는 존호를 올린다. 두 도적이 천군의 국도를 할거하면서도 천군이 돌아올 것을 두려워하여 단장丹粧과 누룩으로 성과 보루를 높이 쌓고, 욕생으로 하여금 방어사防禦使를 겸직시켜 요해처를 막게 한다. 두 도적의 정세를 들은 성성옹이 엄주嚴州 장현莊縣 공숙리恭肅里에 살고 있는 단정하고 반듯한 선비인 주일옹主一翁, 하나에 오로지함 엄경嚴敬을 천군에게 대원수로 추천한다. 이에 천군이 성성옹으로 하여금 주일옹을 불러오게 하려 하니, 성성옹이 주일옹은 천군이 재계하고 길일을 택해 친히 가서 초빙해야 하는 인물이라고 말한다. 이에 천군이 성성옹의 말을 따르기로 한다.

• 제18회 임금의 수레가 친히 주일옹을 맞이하다[御駕親迎主一翁]

천군이 재계를 마치고 성성옹으로 하여금 길을 인도케 하여 친히 엄주 장현으로 간다. 공숙리에 이르기 전 세 갈래의 길이 나오니, 각각 '정제整齊의 길', '불혼不昏의 길', '수렴收斂의 길'이다. 천군이 수레를 멈추고 어느 길로 가야할지 몰라 성성옹에게 물으니, 어느 길을 택하든

세 길이 모두 그 안에서 만나게 된다고 답한다. 이에 천군이 '정제의 길'을 택해 나아가다가 현곡읍홚谷邑 앞에서 흰 옷 입은 동자를 만나 그 노래를 듣고 주일옹의 거처가 멀지 않으리라 생각한다. 천군이 동자에게 주일옹의 거처를 물으니, 주일옹이 있는지는 알지 못하나, 이 노래를 지은 이가 근방에 살고 있다고 알려준다. 이에 천군이 기뻐하며 수레를 재촉해 가보니 인목仁木이 무성하고 지수智水가 빙 둘러 흐르는 곳에 깨끗한 초당이 있는데 거기서 노래 소리가 들려왔다. 천군이 가서 문을 두드리니 주일옹이 문 밖으로 나와 성성옹과 적조했던 회포를 푼다. 성성옹이 주일옹에게 천군을 소개하자 주일옹이 엎드려 절한다. 천군이 주일옹에게 지난날 자신의 잘못을 말하며 나라를 회복할 방책을 묻는다. 주일옹이 겸손히 사양한 뒤 장수를 뽑아 단련시키고 알맞은 계책을 쓰면 두 적을 물리칠 수 있다고 답한다. 이에 천군이 크게 기뻐하며 주일옹에게 두 번 절하고 도와달라고 청한다. 주일옹이 응낙하자 천군이 수레에 주일옹을 태워 함께 돌아온다.

• 제19회 단을 쌓고 날을 택해 대장을 제배하다[築壇擇日拜大將]

천군은 주일옹을 얻은 뒤로 잠시도 그와 떨어지지 않는다. 천군이 주일옹을 대장군에 제수하는 고명誥命을 내리고자 하니, 성성옹이 좋은 날을 택해 예를 갖추어 제수하기를 청한다. 이에 천군이 예관禮官에게 명해 의식을 치를 시기를 정하고 높은 단을 만들게 한다. 예전禮典이 갖추어지자 천군이 주일옹과 함께 단에 나아간다. 성성옹이 축문을 대독한 뒤 천군이 친히 인갑仁甲과 의인義刃을 주일옹에게 주면서 두 적을 속히 소탕해 달라 명한다. 단에서 내려와 천군이 주일옹에게 계책을 물으니, 환백과 월백의 난리는 본래 욕씨와 욕생이 주도한 것이므로 욕씨와 욕생을 먼저 주벌誅罰해야 한다고 답한다. 계책을 듣고 천군이 감탄하니 주일옹이 혈전을 맹세하며 성성옹과 함께 천군을 보좌할 어진 재상을 초치하기를 청한다.

• 제20회 천군이 특지로 성의백을 부르다[天君特召誠意伯]

주일옹이 천군에게 성성옹을 군사軍師로 삼기를 청하니 천군이 이를 허락한다. 이어 주일공이 천군에게 예전에 성의백誠意伯, 진실함에 봉해졌던 이를 천거한다. 이에 천군이 즉시 성의백을 부르나 외적의 침입 이후 은거한 지 오래인 성의백은 사양한다. 천군이 다시 조서를 써서 성의백에게 보내 성성옹·주일옹과 함께 서로 수미首尾가 되어 중흥中興할 수 있게 도와 달라 말한다. 성의백은 본래 조상 대대로 성왕聖王을 보필해온 가문의 후예로, 그 시조인 성지誠之는 성성옹·주일옹의 선조와 막역했다. 성의백이 천군의 간곡한 조서를 받고 몸을 일으켜 조정에 들어가니, 천군은 친히 성성옹을 맞이해 옛날의 봉직을 그대로 이어주고 재상으로 삼는다.

• 제21회 주일옹이 출사표를 올리다[主一翁上表出師]

감면국 수향의 귀적들이 성성옹이 들어왔다는 소식을 듣고 모해謀害를 그만두고, 주일옹이 대장군이 되었다는 소식을 듣고 두려워하며 스스로 해산한다. 천군은 스스로 분발하면서 주일옹이 월백과 환백을 토벌하기를 기다린다. 주일옹은 출사出師를 앞두고 천군에게 진정어린 당부를 담은 표表를 올린다. 이어 주일옹은 이해득실을 밝힌 격문을 써서 희씨 등 일곱 장군을 부른다. 희씨 등 여섯 장군이 서로 의논해 이제라도 용서를 빌어 죄를 감면받고 의탁하고자 주일옹에게 나아가기로 한다. 욕씨는 스스로 죄를 면하기 어려운 줄 알고 욕생과 함께 월백과 환백에게 뜻을 기울여 주일옹의 군대에 맞설 계책을 세운다. 희씨 등 여섯 장군이 주일옹에게 나아가니 주일옹이 이들을 꾸짖고 잘못을 뉘우치라고 하며 가둔다. 이어 주일옹이 광문도독 문향후文都督文鄕侯 문예를 불러 적들에게 보낼 격문을 지어달라 청하고, 적에게 귀순한 모영 등 4인을 대신해 격문의 글씨를 쓸 더 뛰어난 자들을 부른다.

• 제22회 두 적이 주일옹을 모욕하다[二賊慢罵主一翁]

주일옹이 새로 불러온 원예元銳, 붓, 역현광易玄光, 먹, 섬등剡藤, 종이, 석허중石虛中, 벼루으로 하여금 각각 모영, 진현, 저지백, 도홍을 대신하게 하고 광문廣文에 배속시킨다. 원예 등이 광문의 뜻을 받들어 단숨에 격문을 완성한다. 격문에서 월백과 환백의 잘못을 크게 꾸짖고, 두 적을 죽이기 어렵지 않지만 지극한 인仁으로 살리고자 계책을 깨우쳐 주는 것이니 잘 알아들으라고 말한다. 이어 주일옹이 다시 광문에게 욕씨와 욕생에게 보낼 격문을 요청한다. 광문이 원예 등과 같이 주일옹의 명에 따라 격문을 짓는다. 격문에서 월백과 환백을 불러들인 욕씨와 욕생의 죄악이 가장 크다고 꾸짖고, 두 죄인에게 상형常刑이 있을 것임을 알린다. 격서가 완성되자 주일옹은 광문의 재주를 칭찬하고, 천군에게 아뢰어 관직을 더하여 수문저작 겸 군중찬획修文著作兼軍中贊畫으로 삼는다. 원예 등 4인은 막부에 충원해 서기書記를 맡긴다. 격문을 읽은 환백은 상황에 따라 대응하면 되니 두려워할 바 없다고 말하나, 월백은 지난 승리는 욕생 등이 내응했기 때문이므로 욕생과 상의해야 한다고 주장한다. 이에 욕생을 맞아 계책을 물으니 욕씨와 욕생이 함께 계책을 올리며, 주일옹과 자신들은 양립할 수 없으며 방어를 잘 하면 주일옹이 공격해 오더라도 충분히 물리칠 수 있다고 장담한다. 이에 환백 등이 크게 기뻐하여 주일옹에게 속히 결전하자고 회답하니, 주일옹이 크게 노한다.

• 제23회 주일옹이 군대를 일으키며 맹세하다[主一翁起兵誓師]

주일옹이 그날로 의병義兵을 점고해 일으켰다. 인목仁木으로 방패를 만들고, 의금義金을 모아 예화禮火로 녹여 지수智水에 담금질해 무기를 만드니 그 빛이 번뜩였다. '물자기勿字旗'라는 깃발을 만들어 군대 앞에 높이 세우고, '무불경毋不敬' 세 글자를 새겨서 발병부發兵符를 만들었다. 성성옹은 국난 이후 물러나 있던 견지堅志와 정기正氣를 주일옹에게 천거해 장수로 삼게 했다. 견지는 지수志帥라 하여 좌선봉으로 삼고, 정기는 기수氣帥라 하여 우선봉으로 삼았다. 군대와 무기가 모두 갖추어지자 주일옹은 중군中軍의 원수元帥가 되었다. 주일옹이 군대에 맹세하기를 욕씨와 욕생의 머리를 먼저 베는 자는 그 공이 으뜸이 될 것이며, 월백과 환백을 격파하는 자는 그 다음의 공을 차지할 것이니 힘쓰라고 말한다. 주일옹이 맹세를 마치고 군대를 정렬해 진격해 기안氣岸이라는 절벽에 올라 '심학도진心學圖陳'을 펼치니, 군대의 전열은 흔들리지 않고, 군영의 문은 굳게 닫힌다. 주일옹은 군막에 올라 월백과 환백에게 전서戰書를 보낸다.

• 제24회 대장군이 환백을 공격해 달아나게 하다[大將軍擊走歡伯]

월백과 환백이 서로 의논해 주일옹의 군대와 맞서 싸우기로 한다. 이에 욕생이 환백에게 계책을 아뢰길, 은밀히 구관과 결탁하여 옥에 갇혀 있는 희씨·낙씨·애씨와 밀통해 계략을 꾸며 그들과 같이 협공한다면 주일옹과 성성옹을 모두 잡아들일 수 있을 것이라 한다. 환백은 욕생의 계책에 동조한다. 환백이 군대를 녹의진綠蟻陣·태백진太白陣·홍우진紅友陣·마유진馬乳陣·황아진黃鵝陣의 다섯 진영으로 나눈 뒤 이를 통틀어 '오룡음해진五龍飮海陳'이라고 일컫고, 그 수하의 금파라金叵羅·도로와陶老瓦·옥섬아玉蟾兒 등에게 각각 부대를 거느리게 한다. 환백은 욕생의 계책에 따라 몰래 구관을 꾀어 아문장군 협거후牙門將軍頰車侯에 봉하고 옥에 갇혀 있는 희씨 등 세 장군과 밀통하게 한다. 희씨 등 세 장군이 환백의 밀보密報를 보고 기뻐하며 적당한 틈을 타서 위씨胃氏·설씨舌氏·장씨腸氏에게 사정을 알려 일을 주선하겠다고 회답한다. 이에 환백이 크게 기뻐하며 주일옹이 자신들에게 패할 것이라 생각한다. 한편 성성옹이 주일옹에게 말하길, 장수의 도는 마땅히 안팎을 모두 방비해야 하므로 주일옹은 군대를 이끌고 나가 싸우고 자신은 안으로 들어가 첩자가 있는지 살피겠다고 한다. 이에 주일옹이 그 생각에 감탄하며 성성옹으로 하여금 안으로 들어가 지키게 하고, 자신은 지수와 기수를 불러 별도로 계책을 일러준다. 주일옹이 군대를 거느리고 나가 환백의 군대를 만나 분연히 공격하니 다섯 진영의 적군이 모두 막지 못한다. 그때 아관牙關의 왼편에 매복해 있던 좌선봉 지수가 돌진하고, 인문唇門 안에서 우선봉 기수가 가로막으니 적장들이 크게 놀라 물러나 도망친다. 주일옹이 정신을 집중해 두 장수와 함께 세 길에서 협공하자 환백은 달아나고 그 수하의 도로와 등은 와해되어 사방으로 흩어진다.

• 제25회 주일옹이 군사를 몰아 월백을 추격하다[主一翁驅兵追越白]

월백이 환백의 대패를 보고 욕생의 계책이 성공하지 못했음을 알게 된다. 이에 월백이 의심스러워하고 두려워하나 그 모주謀主가 월백으로 하여금 주일옹과 교전하도록 설득한다. 월백이 긴 소매 옷을 입고 이사利屣를 신고 화문花門의 왼편으로 나가 손에 가위를 들고 격한 말로 주일옹을 도발한다. 주일옹이 크게 노하여 공격하고자 하나 하루 동안의 연이은 전투로 피로하여 바로 대적하기 어려워 군영의 문을 닫고 한밤의 기습에 대비한다. 주일옹은 옥에 갇혀 있는 오씨와 노씨를 꺼내주며 이전의 죄를 감면받을 기회를 주고자 하니 월백과의 전투에서 이러이러한 역할을 하라고 몰래 분부한다. 다음날 주일옹이 의마意馬를 타고 나타나 싸움을 걸자 월백이 교전하려고 한다. 주일옹의 위의와 기상이 엄숙하고, '심패心旆'라는 붉은 대장기 아래 좌우로 신병神兵과 기졸氣卒이 늠름해 월백은 위축된다. 월백이 해질 무렵까지 시간을 끌다가 초경初更이 지나자 몰래 군사를 방주房州로 들여보내 대도독 겸 구역총령장군大都督兼區域摠領將軍 구씨軀氏를 습격한다. 구씨는 무방비 상태로 누워 있다가 갑자기 월백에게 포위를 당해 단병短兵으로 접전해 보지만 벗어날 수 없자 강화를 맺으려고 한다. 그때 매복해 있던 건위장군 노씨와 독과장군 오씨가 뛰쳐나와 욕하고 꾸짖으니 월백이 저항하다가 추격을 당해 본진으로 돌아온다. 월백이 더 이상 쓸 만한 계책이 없어 근심스레 앉아 있는데 그때 감언甘言이라는 자가 나타난다. 감언은 천군의 마음이 아직 확고하지 않으며 본성이 유약하고 나태하니, 천군을 설득해 주일옹의 군대를 철수시키고 우호적 관계를 맺으라는 계책을 낸다. 월백이 감언의 말을 듣고 그 계책을 속히 행하도록 명한다. 감언이 즉시 공벌성空筏城으로 가는 길을 택해 몰래 천군의 거처에 들어가 공손한 말로 애걸하고 아첨하니 천군이 불쌍히 여겨 군대를 철수시키고자 한다. 그때 성성옹이 급히 들어와, 당唐나라 현종玄宗의 고사 등을 언급하며 감언의 말을 따라서는 안 된다고 간언한다. 이에 천군이 감언을 내쫓는다. 월백은 감언이 실패하고 돌아오자 심복인 백교百嬌, 백미百媚, 백언百嫣, 백묘百妙 네 장수를 보내 승부를 결정짓기로 한다. 월백과 네 장수가 신관神關의 바깥에서 도전해 오자 주일옹이 지수와 기수를 불러 계책이 담긴 비단 주머니를 준다. 주일옹이 먼저 앞장서서 접전을 벌이는데 정신이 빼어나 백교 등이 사방에서 공격해도 우뚝하고 흔들림이 없었다. 이에 월백이 계책을 쓰지 못할 때, 갑자기 지수가 나타나 월백의 진영 하나를 토벌하니 백교 등이 흉해胸海 가로 퇴각하여 집결하려고 한다. 그때 격관膈關에서 기수가 뛰쳐나오니 백교 등이 모두 달아난다. 월백은 수하의 네 장수가 모두 크게 패하자 낙담하여 달아난다. 지수와 기수는 전승을 거두고 돌아와 주일옹을 알현한다.

• 제26회 주일옹이 죄를 따져 욕생을 죽이다[主一翁數罪誅慾生]

주일옹은 지수와 기수를 크게 칭찬한다. 주일옹이 성성옹에게 달아난 욕씨와 욕생을 잡을 계책을 물으니, 성성옹은 대대로 욕생과 원수 사이인 천리天理를 추천한다. 이에 주일옹은 즉각 천리를 알격장군遏擊將軍으로 임명하고 욕생 등을 잡으라 명한다. 주일옹이 광문을 불러 승전勝戰의 첩서를 짓게 한다. 천군에게 올리는 첩서에서, 지난날 천군의 나라에 두 적이 쳐들어와 천군이 피난길에 올랐던 고난의 역사를 회고하고, 이어 주일옹이 대장군이 되어 적들을 토벌한 경과 및 결과를 상세히 아뢴다. 주일옹이 첩서를 올리려 할 때, 갑자기 알격장군이 달려와 욕생과 욕씨의 은거지를 찾아냈음을 보고한다. 이에 주일옹이 친히 군대를 거느리고 가서 욕생과 욕씨를 끌어내 포박한다. 주일옹은 욕생의 죄를 꾸짖은 뒤 즉각 주살誅殺하고, 욕씨는 천군의 가까운 친척이므로 함거檻車에 가둔 뒤 천군의 처분을 기다린다.

• 제27회 천군이 환도하여 세 영웅을 표창하다[天君還都褒三傑]

주일옹이 욕생을 주벌誅罰한 뒤 군대를 정비해 심성心城으로 돌아온다. 주일옹은 난리 중에 훼손된 영대靈臺와 신명궁神明宮을 수리하고 깨끗하게 청소한 뒤 기일을 정해 새로 단장했다. 또한 허물어져 있는 천군의 공전公田인 단전丹田을 개간하여 옛날의 전제田制를 회복한 뒤 위의를 갖추고 나아가 천군의 어기御駕를 맞이한다. 마침내 천군이 호종하는 신하들을 늘어세우고 옛 도성으로 돌아오자 길가의 좌우에서 보는 사람들이 모두 감탄한다. 천군이 단극전丹極殿에 나아가니 성성옹·주일옹·성의백을 비롯한 모든 신하들이 조회하고 하례한다. 천군은 환도할 수 있도록 큰 공을 세운 주일옹의 노고를 치하한다. 또한 천군의 세 신하인 성성옹·주일옹·성의백이, 한漢나라의 개국삼걸開國三傑에 비길 수 없을 만큼 훌륭하다고 칭찬한다. 이에 성성옹 등이 천군의 말씀에 사례한다.

• 제28회 세 사람이 서로 다섯 현사를 추천하다[三人交薦五賢士]

그날 천군은 연회를 베풀어 주일옹 등의 노고를 치하한다. 주일옹은 천군에게 나아가 언제든 월백과 환백 같은 자들이 다시 나타나 더 심한 난을 일으킬 수 있으니 지난날의 곤욕을 잊지 말고 늘 경계하기를 간언한다. 주일옹이 물러나 성성옹·성의백과 함께 의논하여 신명궁 앞에 정문을 하나 새로 창건해 '입덕문入德門'이라는 현판을 걸고, 천군이 출입할 때 항상 이 문을 거치도록 한다. 성의백은 성의관誠意關을 중수重修한다. 관關이 완성되자 천군이 성의백에게 성의관을 맡아보도록 명한다. 한편 성성옹·성의백·주일옹이 함께 오상五常이라 불리는 어진 선비 다섯을 천군에게 추천한다. 천군이 그들을 한번 만나보니 마치 예전부터 알던 사이 같아 크게 칭찬하고, 원인元仁을 박애대부博愛大夫로, 문례文禮를 병절대부秉節大夫로, 정의正義를 숙정대부肅正大夫로, 주지周智를 통응대부通應大夫로, 부신孚信을 중실대부中實大夫로 삼는다. 천군은 이들을 오대부五大夫의 반열에 올려 좌우에서 보좌케 한다.

• 제29회 성성옹이 주일옹을 찬미하다[惺翁贊頌主一翁]

천군은 성성옹·성의백·주일옹 세 대신에게 주의를 쏟아 그들의 말을 듣고 그들의 계책을 따른다. 오대부는 밤낮으로 안에 거하며 도에 합당하도록 천군을 이끈다. 또한 태극옹太極翁의 부친인 무극옹無極翁을 초빙해 스승으로 삼으니, 천군이 그 가르침을 받아 도를 배운다. 주일옹은 천군에게 나아와 간언하기를, 힘껏 공격해 적들을 전부 퇴치하는 안연顔淵의 방법과, 방비를 튼튼히 해 적들에게 공격할 빌미를 주지 않는 중궁仲弓의 방법 가운데 천군의 역량에 맞는 중궁의 방법을 택한다면 앞으로 온갖 사악한 적들이 스스로 달아날 것이라 아뢴다. 성성옹이 천군에게 나아와, 알격장군 천리가 떠나면 나라에 분란이 일어나고 천리가 남아 있으면 나라가 편안하므로, 욕씨를 저자에서 공개 처형함으로써 욕씨와 양립할 수 없는 천리를 존숭해 주기를 청한다. 또한 천리로 하여금 요직을 담당케 하려면 마땅히 한 사람을 종사宗師로 삼아야 하니, 천하고금天下古今의 선한 자들이 모두 따른 주일옹을 천군의 스승으로 삼아 잠시도 그와 떨어지지 마시라 청한다. 이에 천군이 성성옹의 말이 옳다고 여기고 주일옹을 스승으로 삼는다.

• 제30회 두 적이 군사를 이끌고 다시 난을 도모하다[二賊提兵更謀亂]
한편 천군의 군대에 패한 월백은 분을 내다가 병이 나 한 달간 피를 흘렸으며, 환백도 기운을 잃어 오랜 시간 뒤에야 안정이 된다. 패잔병들이 돌아와 모이자 월백이 환백에게 말하길, 자신의 가문은 시조 때부터 용병에 능해 한 번도 패하지 않았는데 뜻밖에 주일옹 같은 늙은이에게 패배했으므로 설욕하겠다고 한다. 환백 또한 월백에게 말하길, 자신의 조상들도 대대로 병법의 운용에 뛰어나, 오직 조糟·이醨라는 선조가 예전에 굴원屈原에게 당한 일 외에는 패한 일이 없었는데, 뜻밖에 주일 옹 같은 애송이에게 패하게 되었다고 한탄한다. 이에 월백과 환백이 다시 함께 난을 일으키기로 약조한다. 월백은 초향楚鄕에서 송왜宋娃라는 자를 선발해 절충장군 장수교위 전부대선봉折衝將軍長水校尉前部大先鋒으로 삼고, 환백은 형산荊山 남쪽에서 오정烏程이라는 자를 선발해 진중장군 호관도총제鎭中將軍壺關都統制로 삼는다. 월백과 환백의 군대는 송왜와 오정을 앞세워 천군의 나라를 공격하기 위해 출정한다. 그러나 국경에 이르러 보니, 천군의 나라의 방비가 군건해져 전과 다른데다, 성성옹·성의백·주일옹이 천군을 보필하고 있어 더 이상 무너뜨릴 수 없음을 간파한다. 이에 월백과 환백의 군대는 방향을 돌려 다른 나라로 간다.

• 제31회 천군이 난을 평정하고 공신을 봉하다[天君平難封功臣]

월백과 환백의 군대가 스스로 물러나니, 천군이 주일옹의 산 같은 위엄 덕분이라고 말한다. 이어 천군은 공 있는 자에게 작위를 내리고, 죄있는 자에게 벌을 준다. 먼저 성성옹을 태중대부太中大夫로 삼아 강후絳侯에 봉하고, 주재 겸 강주대도독主宰兼絳州大都督에 제수하고, 정혼찬정함양공신靖昏贊正涵養功臣의 칭호를 내렸다. 주일옹은 봉정대부奉正大夫로 삼아 숙후肅侯에 봉하고, 우승상 겸 엄주대도독右丞相兼嚴州大都督에 제수하고, 정란한사방정공신靖亂閑邪方正功臣의 칭호를 내렸다. 성의백은 무위대부無僞大夫로 삼아 개기후開基侯에 봉하고, 좌승상 겸 실성대도독左丞相兼實城大都督에 제수하고, 익성명성진실공신翊聖明誠眞實功臣의 칭호를 내렸다. 천리는 중정대부中正大夫로 삼고, 불혼후 겸 단성대도독不昏侯兼丹城大都督에 제수하고, 전천거사순인공신全天去私純仁功臣의 칭호를 내렸다. 다음으로 지수, 기수, 단원, 심각오유회씨, 무극옹, 원인, 정의, 문례, 주지, 부신 등의 공신들의 관직을 올려 주었다. 한편 오씨와 노씨는 원직으로 복귀시키고, 애씨哀氏는 원직에다 영수성시領愁城事를 더해 주었다. 문예와 원예 등 네 명은 관직의 품계를 한 단계씩 올려 주었다. 정신, 혼씨, 백씨에게 벼슬을 제수하고, 나머지 담씨, 간씨, 폐씨 등도 각각 품계를 더해 주었다. 한편 목관 등 네 관원이 적에게 항복한 죄를 군율에 따라 벌했다. 욕씨는 효수梟首의 형벌에 처함이 마땅하나, 천군과 가까운 친척이므로 형을 감하여 쫓아냈다. 나머지 애씨와 낙씨 등은 그 관직을 삭탈했다.

부록 2 _ 황중윤 연보

○ 1577년(명종 10, 丁丑), 1세

- 음력 5월 7일(이하 날짜는 모두 음력) 유시酉時에 경상도 안동 천전리川前里의
  외가에서 태어나다. 부친은 공조 참의工曹參議를 지낸 해월海月 황여일黃汝一,
  1556~1622이고, 모친은 귀봉龜峯 김수일金守一의 딸이자 학봉鶴峯 김성일金誠一
  의 질녀인 의성義城 김씨金氏이다.

○ 1583년(선조 16, 癸未), 7세

- 조부인 창주滄州 황응징黃應澄에게 글을 배우다.

○ 1592년(선조 25, 壬辰), 16세

- 임진왜란이 발발하여 경상도 울진 호전虎田 부근으로 피난 가다.

○ 1593년(선조 26, 癸巳) 17세

- 평해로 귀양 온 아계鵝溪 이산해李山海를 찾아가 만나다. 이산해와 함께 곡대
  鵠臺를 유람하고 「곡대에서 읊어 아계 이 상공께 올리다鵠臺吟奉鵝溪李相公」『東
  溟集』 권1라는 시를 지어 시재詩才를 칭찬받다.

○ 1596년(선조 29, 丙申), 20세

- 봄, 대암大庵 박성朴惺의 차녀인 밀양密陽 박씨朴氏와 혼인하다.

• 이 무렵부터 박성의 문하에서 수학하다.

○ 1597년(선조 30, 丁酉), 21세
• 겨울, 울진의 불영사佛影寺 남암南庵에서 『주역』을 공부하다.

○ 1600년(선조 33, 庚子), 24세
• 봄, 안여명安汝明·조위趙煒·황처중黃處中 등과 울진의 백암산白巖山 금곡사金谷寺에서 독서하다.[1]
• 여름, 부친의 명에 따라 한강寒岡 정구鄭逑를 찾아뵙고 몇 달 간 머물면서 배우다.

○ 1601년(선조 34, 辛丑), 25세
• 봄, 강원도 양양襄陽의 낙산사洛山寺에서 독서하다.

○ 1602년(선조 35, 壬寅), 26세
• 6월에 모친상을 당하고 9월에 외가 인근의 안동安東 박곡朴谷에 모친을 안장하다.

○ 1603년(선조 36, 癸卯), 27세
• 스승 정구가 『심경발휘』心經發揮를 편찬하다.

---

1 黃中允, 『東溟集』권4 「고모산성 아래를 지나며 감회가 있어[過姑母山城下, 有感]」.

○ 1605년(선조 38, 乙巳), 29세

• 봄, 생원시와 진사시에 합격하다.

○ 1606년(선조 39, 丙午), 30세

• 봄, 류우잠柳友潛 · 권환權奐과 함께 외증조부 김진金璡이 건립한 선유정仙遊亭
에서 글공부하다.

• 10월, 스승 박성이 별세하다.

○ 1607년(선조 40, 丁未), 31세

• 부친의 임소任所인 경상도 영천永川에 가서, 부친과 조호익曺好益을 도와 『포
은집』圃隱集 중간重刊을 위한 교수校讎 작업에 참여하다.

○ 1608년(선조 41, 戊申), 32세

• 봄, 안여명 · 박돈복朴敦復과 함께 한양에 가서 백악산白岳山을 유람한 뒤 영
천으로 돌아오다.

• 여헌旅軒 장현광張顯光이 부친을 찾아와 여러 날 동안 강론하니 배알하고 가
르침을 청하다.

• 가을, 원경순元景錞 · 박건원朴乾元 · 최기崔基鏘 · 안여명 등과 함께 오현五賢, 김굉필
· 정여창 · 조광조 · 이언적 · 이황의 문묘배향을 청하는 소疏를 올리러 한양에 다녀오다.

○ 1610년(광해군 2, 庚戌), 34세

• 여름, 정인홍鄭仁弘이 이언적과 이황의 문묘배향을 배척하는 차자箚子를 지

어 올리자 소두疏頭인 최경영崔景英을 따라서 안여명·장효원張孝元·이여필 李汝弼·주개신朱介臣 등과 함께 상경해 소를 올리다.

• 소두疏頭가 되어 재차 소를 지어 올리다.

○ 1611년(광해군 3, 辛亥), 35세

• 봄, 증광시를 보다. 한양에서 돌아오는 길에 충청도 충주 탄금대彈琴臺에서 묵었는데 기이한 꿈을 꾸어 「달천몽유록㺚川夢遊錄」을 짓다.

• 여름, 다시 상경하여 「회재·퇴계 두 선생이 무함 당함을 신변申辨하는 두 번째 소辨晦齋退溪兩先生被誣再」『東溟集』권5 등의 소를 지어 올리다.[2]

○ 1612년(광해군 4, 壬子), 36세

• 9월, 증광시에서 갑과甲科 3위로 급제하다.

○ 1615년(광해군 7, 乙卯), 39세

• 4월 21일, 존숭 도감尊崇都監이 설치되어 낭청郎廳에 제수되다.

• 4월 28일, 세자시강원 사서世子侍講院司書에 제수되다.

• 6월 8일, 사간원 정언司諫院正言에 제수되다.

• 11월 10일, 정인홍鄭仁弘 등의 인목대비 폐비 논의를 폭로한 심경沈憬 사건에 연루되어 정경세鄭經世·김몽호金夢虎·이명李溟 등과 함께 국문鞫問을 받다.

---

2   黃中允,『東溟集』권1「신해년 6월에 상소하러 갔다가 돌아오는 길에 단양을 지나다가 비에 막혀 기행시를 객관에서 쓰다(辛亥六月, 疏行歸路, 過丹陽阻雨, 紀行書客館)」.

○ 1616년(광해군 8, 丙辰), 40세

• 10월 30일, 지난해 심경沈憬 사건에 연루된 일로 관직을 삭탈당하다.

○ 1617년(광해군 9, 丁巳), 41세

• 봄, 울진 덕신촌德新村에 들어가 밭농사를 지으며 야인野人처럼 지내다.

• 8월, 「곽망우당을 애도하는 만시挽郭忘憂堂」『東溟集』권1를 짓다.

○ 1618년(광해군 10, 戊午), 42세

• 윤4월 26일, 조정에서 명나라의 징병徵兵에 응하는 일의 편부便否를 논할 때 윤휘尹暉 · 조찬한趙纘韓 · 이위경李偉卿 · 임연任兗 등과 함께 반대 의견을 내다.

• 6월 8일, 세자시강원 사서世子侍講院司書에 제수되다.

• 7월 5일, 병조 좌랑兵曹佐郎에 제수되다.

• 9월 12일, 세자시강원 사서世子侍講院司書에 제수되다.

• 11월 9일, 사간원 헌납司諫院獻納에 제수되다.

○ 1619년(광해군 11, 己未), 43세

• 5월, 재자관齎咨官에 임명되어 중국 요양遼陽에 가다.

• 6월 19일, 대제학大提學 이이첨李爾瞻이 광해군에게 별지제교別知製敎로 추천한 33인의 명단에 박홍미朴弘美 · 윤광계尹光啓 · 이준李埈 · 김계도金繼燾 · 이광윤李光胤 · 허적許摘 · 조익趙翼 · 이민구李敏求 · 이식李植등과 함께 들다.

• 7월, 중국 요양에서 돌아와 복명復命하다.

• 8월 27일, 사헌부 지평司憲府持平에 제수되다.

○ 1620년(광해군 12, 庚申), 44세

• 4월 1일, 주문사奏聞使에 임명되어 11일, 중국 연경燕京으로 출발하다.

• 5월, 중국 연경에서 진주사陳奏使로 먼저 와 있던 이정귀李廷龜를 만나 임무를 논의하고 주문奏文을 홍려시鴻臚寺에 올리다.

• 7월 24일, 명나라 신종神宗이 붕어崩御하여 성복례成服禮에 참여하다.

• 8월 1일, 명나라 희종憙宗이 즉위하여 문화전文華殿의 하례 반열에 참여하다.

• 9월, 중국 연경에서 돌아와 복명復命하다.

○ 1621년(광해군 13, 辛酉), 45세

• 4월 11일, 승정원 동부승지承政院同副承旨에 제수되다.

• 5월 3일, 승정원 우부승지承政院右副承旨에 제수되다.

• 10월, 여진족의 발호에 대한 대응책으로 '기미羈縻의 계책'을 언급한 뒤 박승종朴承宗에 의해 주화론자主和論者로 지목되다.

○ 1622년(광해군 14, 壬戌), 46세

• 4월, 부친상을 당하다. 울진 오태산五台山의 간좌艮坐에 부친을 안장하다.

○ 1623년(인조 1, 癸亥), 47세

• 3월 12일, 인조반정이 일어나 광해군이 폐위되다.

• 4월 13일, 양사兩司가 합계하여 황중윤의 정배定配를 청하자 인조가 윤허하다.

- 4월 25일, 유배지인 전라도 해남海南을 향해 떠나다.
- 5월 19일, 해남에 도착하다.
- 해남에서 윤선도尹善道를 만나 교유하고 그 종제從弟인 윤선진尹善進과 윤선일尹善一을 가르치다.

○ 1627년(인조 5, 丁卯), 51세
- 후금後金의 군대가 강홍립姜弘立을 앞세워 쳐들어왔다는 비보悲報를 듣고 「서쪽 오랑캐가 깊이 들어왔다는 소식을 듣고聞西虜深入」『東溟集』권2를 짓다.
- 군관軍官으로 있던 동생 황중량黃中亮이 안주성安州城 전투에서 전사하다.

○ 1629년(인조 7, 己巳), 53세
- 유배된 지 7년이 된 소회를 담아 「일곱 해七歲」『東溟集』권3를 짓다.

○ 1631년(인조 9, 辛未), 55세
- 5월 22일, 황중윤을 양이量移하라는 명이 내려지다.
- 「정자우와 이별하며 주다留別鄭子羽」『東溟集』권3라는 증별시를 지어 정진명鄭振溟에게 주다.
- 7월, 이배지移配地인 충청도 서산을 향해 출발하다.
- 8월 4일, 서산에 도착하다.
- 9월 1일, 서산 잠동潛洞의 집으로 이사하다.

○ 1633년(인조 11, 癸酉), 57세

• 가난이 심해져 한양의 집을 팔다.

• 5월 8일, 황중윤을 해배解配하라는 명이 내려지나 사헌부의 탄핵으로 시행이 미루어지다.

• 8월 15일, 「천군기서天君紀敍」를 쓰다.

• 11월, 해배되어 고향 울진에 돌아오다.

○ 1634년(인조 12, 甲戌), 58세

• 신원伸冤되어 직첩職帖을 돌려받다.

○ 1635년(인조 13, 乙亥), 59세

• 선친의 유지遺志에 따라 울진 월야동月夜洞에 수월당水月堂을 짓고 은거하다.

○ 1636년(인조 14, 丙子), 60세

• 금강산을 유람하다.

○ 1637년(인조 15, 丁丑), 61세

• 인조가 남한산성南漢山城에서 청나라에 항복했다는 비보悲報를 듣고 서쪽을 향해 통곡하다. 그 후 일정한 거처를 정하지 않고 선암사仙巖寺・광흥사廣興寺 등의 산사山寺를 다니며 지내다.

○ 1641년(인조 19, 辛巳), 65세

• 1월, 계절병에 걸려 죽을 고비를 넘기고 회생하다.

○ 1644년(인조 22, 甲申), 68세

• 역병을 피해 울진의 해촌海村에 머물다.

○ 1646년(인조 24, 丙戌), 70세

• 은거하는 삶의 소회를 담아 「김이승에게 부치다寄金以承」『東溟集』 권4를 짓다.

○ 1648년(인조 26, 戊子), 72세

• 1월 1일, 「무자년 원일 술을 보내온 아우에게 읊어서 보여 주다戊子元日吟眎舍
弟送酒」『東溟集』 권4를 짓다.

• 3월 29일, 지병으로 별세하다. 울진 묵방동墨坊洞의 신좌申坐에 안장되다.

○ 1905년

• 7대손 황면구黃冕九가 편찬한 『동명집東溟集』 목판본, 8권 5책이 간행되다.

* 이 연보는 『선조실록』, 『광해군일기』, 『인조실록』 등의 사료를 참조하고, 황중윤의
『동명집東溟集』, 박성의 『대암집大庵集』 등의 문헌을 참조하여 작성한 것이다.